Mina Baites
Das Herz des weißen Ahorns

Das Buch

Berlin, 1917: Der große Krieg fordert unzählige Opfer. Um seine Familie und die Arbeiter von Schuherzeugung Breitenbach & Sohn durchzubringen, ist Georg beinahe jedes Mittel recht, und sei es noch so gefährlich. Unterdessen muss Felix seine schwangere Frau und den kleinen Sohn zurücklassen und in Nordfrankreich an der Front kämpfen. Auch Carolines Tochterfirma in Mailand ist in Schwierigkeiten und sie hat eine schwere Entscheidung zu treffen.

Colorado, 1918: Julia und ihr Ehemann Chesmu sorgen sich nicht nur um die Familie im Deutschen Reich, sondern auch um den Fortbestand des Familienunternehmens. Wie soll es den Breitenbachs gelingen, allen Schicksalswirren zum Trotz am Schwur auf den weißen Ahorn festzuhalten?

Die Autorin

Mina Baites alias Iris Klockmann ist eine Geschichtenerzählerin.

Als kleines Mädchen unterhielt sie ihre Familie mit kindlichen Abenteuern und konnte es kaum erwarten, endlich selbst lesen und schreiben zu können. Mit sieben verschlang sie so viele Bücher, dass sie ihre Eltern schier zur Verzweiflung brachte.

Doch erst viel später, sie hatte längst selbst Kinder, fand sie Raum und Zeit, um ihre unzähligen Ideen aufzuschreiben.

Seit gut zehn Jahren veröffentlicht die erfolgreiche Schriftstellerin zeitgenössische und historische Romane.

MINA BAITES

DAS HERZ DES WEISSEN AHORNS

Die Breitenbach Saga

Roman

TINTE & FEDER

Deutsche Erstveröffentlichung bei
Tinte & Feder, Amazon Media EU S.à r.l.
38, avenue John F. Kennedy, L-1855 Luxembourg
März 2022
Copyright © der deutschsprachigen Ausgabe 2022
By Mina Baites

Umschlaggestaltung: zero-media.net, München
Umschlagmotiv: © Joanna Czogala /ArcAngel;
© Potapov Alexander / Shutterstock; © GW3ND0LIN / Shutterstock
Lektorat und Korrektorat: VLG Verlag & Agentur, Haar bei München,
www.vlg.de
Gedruckt durch:
Amazon Distribution GmbH, Amazonstraße 1, 04347 Leipzig /
Canon Deutschland Business Services GmbH, Ferdinand-Jühlke-Straße 7,
99095 Erfurt /
CPI books GmbH, Birkstraße 10, 25917 Leck

ISBN 978-2-49670-601-7

www.tinte-feder.de

Das Herz des weißen Ahorns

Die wichtigsten Charaktere, Prenzlauer Berg, nahe Berlin:

Felix Breitenbach (geb. 1875): Erbe des Familienunternehmens

Emilie Breitenbach (gesch. Münzer, geb. 1883): seine Frau

Clemens Breitenbach (geb. 1915): sein Sohn

Jakob Breitenbach (geb. 1917): sein zweiter Sohn

Theodor Breitenbach (geb. 1851): sein Vater

Vanda Breitenbach (geb. 1855): seine Stiefmutter

Isa Breitenbach (geb. 1888): seine Schwester

Bernhard Wedekind (geb. 1885): Isas Freund

Caroline Singer, geb. Breitenbach (geb. 1890): seine Schwester

Walther Singer (geb. 1887): Carolines Mann

Anton und Adele Singer (geb. 1919): Zwillinge von Caroline und Walther

Georg Breitenbach (geb. 1857): Onkel von Felix, Bruder von Theodor

Mathilde Breitenbach (geb. 1870): Georgs Frau

Levy Weißmann (geb. 1869): Freund von Felix

Arturo und Enzo De Luca (geb. 1876 und 1872): Herrenschneider aus Mailand

Simon Ernst (geb. 1847): Hausangestellter und Bruder von Wendelin

Magda (geb. 1846): Hausangestellte

Elena Steinhausen (geb. 1850): Mutter von Felix

An der Kriegsfront in Nordfrankreich, in einem Vorfeld von Reims

Julius Helbig (geb. 1885): Hutmacher aus Oranienburg, Gefreiter und Kamerad von Felix

Cortez in Colorado:

Rosa Ehrlich (geb. 1859): Schwester von Theodor und Georg

Wendelin Ehrlich (geb. 1845): ihr Mann

Julias Farm, Grundstück des Reservats der Weeminuche

Julia Ehrlich (White Bear Sue, geb. 1885): Tochter von Rosa und Wendelin

Chesmu (Redleaf Bobbie, geb. 1877): Julias Ehemann, ein Weeminuche-Indianer

Sam (Moon Eyes Sam, geb. 1906): ihr Sohn

Gracie (Repeat Dances Grace, geb. 1911): ihre Tochter

James Carrington (geb. 1857): englischer Missionar und
Indian Agent

Reservat der Weeminuche:

Akule (Acowitz, geb. 1848): Chesmus Vater,
»One who looks up«

Onawa (Eve, geb. 1850): seine erste Frau, »Wide awake«

Nituna (Alice, geb. 1860): seine zweite Frau, »Daughter«

Ashok (John Deer, geb. 1859): Freund von Akule,
»Without Sorrow«

Gaagii (Bernie, geb. 1902): sein Sohn, »Strong Fist«

Dyami (Peter, geb. 1904): sein Sohn »Full of Hope«

PROLOG

Mailand, Via Visconti, 19. Juli 1915

Das Geräusch, das ihre Stiefelabsätze auf dem Steinfußboden erzeugten, hallte gespenstisch durch den großen Raum, als Caroline in der Werkstatt von *Salone di Scarpe Breitenbach* nach dem Rechten sah. Die Schuhmacher, Näherinnen und Feintäschner, die für ihr Unternehmen tätig waren, hatten die Köpfe mit regloser Miene über ihre Arbeit gebeugt. Sogar der Vorarbeiter Sergio Conti, der beim Werkeln sonst immer volkstümliche Weisen summte und damit so manches Mal an Carolines Nerven zerrte, machte bei ihrer Begrüßung ein ernstes Gesicht.

»Wie sieht es aus, Sergio? Wann sind die Arbeitsschuhe für Signor Mancini fertig?«

»Spätestens übermorgen«, versicherte der Mittvierziger, der zwar kaum noch Haupthaar, dafür aber einen üppigen Bart besaß, der ihm bis auf die Brust reichte. Er warf einen vielsagenden Blick in die Runde. »Zu siebt ist die Arbeit eindeutig mühseliger geworden.«

»Ich weiß.« Caroline hatte sich stets bemüht, Zuversicht unter ihren Arbeitern zu verbreiten. Doch seit Italien im Mai überraschend Österreich-Ungarn und dem Deutschen Reich den Krieg erklärt hatte, waren neue Aufträge für ihr Unternehmen ausgeblieben. Zunächst hatte sie den Umstand den überkochenden Emotionen der Italiener zugeschrieben und darauf gehofft, diese würden beizeiten erkennen, dass die Fabrikantin aus Berlin nicht zu ihren Feinden zählte. Aber Carolines anfänglicher Optimismus war inzwischen Ernüchterung gewichen, und sie hatte schweren Herzens einen Teil ihrer Belegschaft entlassen müssen. Auch heute noch, Wochen später, kreisten ihre Gedanken oft um sie und ihre Familien. Nächtelang hatten ihr Mann Walther und sie mit sich gerungen, die Buchführung studiert und die Einnahmen-Ausgaben-Bilanz wieder und wieder nachgerechnet, wussten sie doch, dass sie ihre Arbeiter in dieser ohnehin schwierigen Zeit mit der Entlassung in finanzielle Schwierigkeiten brachten. Doch sie hatten keinen anderen Ausweg gesehen. Um nichts in der Welt wollte sich Caroline weiter in Schulden stürzen. Wie hätte sie dies auch ihrer Familie in Berlin erklären sollen?

»Wenn wir fertig sind, kümmern wir uns um die Abendtaschen und Gürtel für die De-Luca-Kollektion«, meldete sich ihr Feintäschner Luigi Paratore zu Wort. »Dafür brauchen wir bestimmt zwei Wochen, Signora Singer.«

Caroline bemühte sich um ein Lächeln. »Die sollen Sie bekommen. Gutes Gelingen zusammen.« Damit verließ sie die Werkstatt, steuerte auf ihre Schreibstube zu und nahm dort zunächst einen Schluck von dem längst erkalteten Tee, den Walther ihr auf den Tisch gestellt hatte. Gedankenverloren öffnete sie die Mappe mit Skizzen für Hochzeitsmode. Skizzen, die ihr viel bedeuteten, denn ihr Freund Enzo De Luca, Inhaber einer benachbarten Herrenschneiderei mit angeschlossener Fabrik, hatte sie im Frühling nach ihren Ideen angefertigt. Sie betrachtete den elfenbeinfarbenen Umhang, dessen Kragen von Federn geschmückt wurde. Das knielange, in Lindgrün gehaltene Hochzeitskleid und die dazugehörige Jacke, die auch zu anderen Anlässen getragen werden konnte. Oder das zweiteilige Kleid, das aus einer spitzenbesetzten Bluse und einem bodenlangen Rock bestand. Viele Abende lang hatten ihr Geschäftspartner und sie damit verbracht, aus ihren unkonventionellen Ideen die erste Hochzeitsmode zu entwerfen, die sie unter ihrem Namen präsentieren wollte. Als Italien aber in den Krieg eingetreten war und junge Männer in Scharen Mailand verließen, um in die Schlacht zu ziehen, hatte sie ihren Traum von einer eigenen Kollektion begraben müssen. Dennoch brachte Caroline es nicht übers Herz, die Mappe im Schrank zu verstauen.

Ihr Blick flog durchs Fenster auf die belebte Straße. Ein halbwüchsiger Fahrradfahrer betätigte heftig die Glocke am Lenker und fuhr knapp an einem alten Mann vorbei, der gerade die Straßenseite wechselte.

Für die nächsten vier Wochen würde sie ihre verbliebenen Arbeiter dank des größeren Auftrags einer Adelsfamilie noch beschäftigen können. Außerdem hatte sie einem Holzfabrikanten einen Vertragsentwurf für die Anfertigung von einhundertfünfzig Paar Arbeitsschuhen zugesandt, seine Unterschrift war reine Formsache. Aber wie sollte es danach weitergehen? Caroline stellte den Becher hart auf dem Schreibtisch ab. Die Annoncen, in denen sie regelmäßig für ihr Unternehmen geworben hatte, waren bisher ohne Wirkung geblieben. Von Unruhe getrieben, lief sie in ihrer Schreibstube auf und ab. Das konnte doch nicht alles gewesen sein, schließlich hatte sie sich in den vergangenen Jahren einige Anerkennung für die hochwertigen Kreationen erworben.

Caroline schielte zu dem Fernsprecher, den sie Anfang des Jahres angeschafft hatte, um dem umständlichen Prozedere auf dem Postamt aus dem Weg zu gehen. Es war kurz nach neun.

Ob sie ihre Familie zu Hause in der Stadtvilla am Prenzlauer Berg erreichen würde?

Sie wollte gerade den Hörer abheben, da zerriss das schrille Klingeln des Fernsprechers vor ihr auf dem Schreibtisch die Stille.

»Salone di Scarpe Breitenbach. Caroline Singer.«

»Holzverarbeitung Valencia, Galli«, erklang die sonore Stimme des Unternehmers aus Padua am anderen Ende.

»Signor Galli, wie schön, von Ihnen zu hören. Haben Sie meinen Vertragsentwurf erhalten?«

Der Fabrikant am anderen Ende räusperte sich vernehmlich. »Deshalb rufe ich an. Zu meinem Bedauern muss ich den Auftrag stornieren, ein entsprechendes Schreiben geht heute noch in die Post. *Mi dispiace.*«

Caroline überlief ein eiskalter Schauer. Sie konnte förmlich spüren, wie ihr das Blut aus dem Kopf wich. »Darf ich fragen, warum?«

»Nun, sehen Sie, zum einen lässt es meine wirtschaftliche Lage nicht zu. Zum anderen habe ich mich entschlossen, künftige Aufträge nur noch mit heimischen Unternehmen abzuschließen. Nichts für ungut, Signora Singer. Persönlich habe ich nichts gegen Sie. Doch ich bitte um Verständnis, dass ich in Zukunft bevorzugt italienische Unternehmen unterstützen werde.«

Wie betäubt starrte Caroline ins Nichts, wünschte dem Fabrikanten mechanisch alles Gute und legte den Hörer auf die Gabel, als habe sie sich an ihm verbrannt.

So fand Walther sie einige Zeit später vor.

»Setz dich«, bat sie ihn mit einer Stimme, die nicht zu ihr zu gehören schien.

Seine Gesichtsfarbe wechselte, während sie ihm stockend von dem Gespräch berichtete.

»Ich verstehe ihn in gewisser Weise«, sagte er nach einer kurzen Pause nachdenklich. »Mach dir keine Sorgen. Ich habe noch einige kleinere Rücklagen, mit denen wir uns einige Wochen über Wasser halten können.«

»Auf keinen Fall!« Caroline fuhr so hastig vom Stuhl hoch, dass er umgekippt wäre, hätte sie ihn nicht im letzten Moment festgehalten. Das Schluchzen, das ihr in die Kehle steigen wollte, raubte ihr die Stimme.

Walther schloss sie in die Arme und Caroline sog den vertrauten Duft seines Rasierwassers ein. Ihn vor zwei Jahren geheiratet zu haben, war die beste Entscheidung, die sie je getroffen hatte. Niemand berührte ihr Herz wie er, ihr bester Freund und Vertrauter seit Jugendtagen.

»Wir haben alles Menschenmögliche getan, um das Unternehmen zu retten«, flüsterte sie schließlich an seiner Schulter und machte sich entschieden von ihm frei. »Aber jetzt wird es Zeit, etwas zu unternehmen. Ich muss mit Enzo sprechen.«

Er strich über ihre Wange. »Soll ich dich begleiten?«

Caroline wehrte ab. »Danke, aber das muss ich allein erledigen.« Sie küsste ihn zart. »Wünsch mir Glück.«

Die folgende Stunde entwickelte sich zur schwierigsten, seit sie Mailänder Boden betreten hatte. Sich ihr Scheitern einzugestehen, traf sie empfindlich. Wäre ihr ein Fehler unterlaufen, hätte sie die Situation als Herausforderung betrachtet, die Hemdsärmel hochgekrempelt und weitergekämpft. Doch gegen den Patriotismus der Italiener war auch sie machtlos. Caroline konnte es ihnen nicht einmal verdenken.

Mit butterweichen Knien kehrte sie nach ihrem Besuch bei Enzo direkt in ihre Schreibstube zurück. Walther wiegte sie in seinen Armen und wartete geduldig, bis ihr Tränenfluss versiegte.

Mit dem entscheidenden Gespräch war die Angelegenheit jedoch noch nicht erledigt.

Es kostete Caroline einige Überwindung, sich mit ihrer Familie am Prenzlauer Berg verbinden zu lassen. Der Hörer in ihrer Hand zitterte, und Walthers aufmunterndes Lächeln erschien ihr wie ein Sonnenstrahl, der sich durch tief hängende Wolken stahl.

»Guten Morgen, Caroline«, drang die vertraute Stimme des Hausangestellten Simon an ihr Ohr. »Warte kurz, deine Mutter steht neben mir.«

»Wie schön, dich zu hören, mein Schatz«, sagte Vanda Breitenbach etwas atemlos. »Wie geht es euch? Dein Vater und ich haben vorhin gerade über euch gesprochen. Habt ihr neue Aufträge? Wir drücken euch so sehr die Daumen.«

»Danke, Mutter, aber es ist vorbei.« Der Schmerz in Carolines Brust wurde schier unerträglich. Nach einem tiefen Atemzug fuhr sie fort: »Enzo und Arturo kaufen die Räumlichkeiten. Außerdem hat mir Enzo zugesichert, meine Arbeiter zu übernehmen. Wir kommen nach Hause.«

TEIL 1

KAPITEL 1

Felix

Nordfrankreich, in einem Vorfeld von Reims, 6. April 1917

Was vor zweieinhalb Jahren vom Deutschen Kaiserreich als schneller Sieg gegen die Franzosen propagiert wurde, hatte sich zum Weltkrieg ausgeweitet, an dem sich inzwischen alle Großmächte beteiligten. Hunderttausende waren auf den Schlachtfeldern im Osten und Westen gefallen, und es schien noch immer kein Ende in Sicht. Die leidenschaftlichen Kriegsparolen waren im Rauch der Kanonen und in Bergen von Leichen, die die Soldaten mit ausdruckslosen Gesichtern von den Schlachtfeldern karrten, längst verstummt, und die harten Winter im Norden hatten die Männer ihre letzten Kraftreserven gekostet. Während der Feuerpausen, wenn Felix Breitenbach mit Kameraden Wachdienst hielt oder sie in Gräben die Zeit bis zum nächsten Einsatz totschlugen, warteten sie begierig auf Neuigkeiten, was sich jenseits der Stacheldrahtzäune in der gro-ßen Politik abspielte. Meldungen dieser Art sprachen sich in Windeseile herum, so auch die dramatischen Entwicklungen in Russland. Die Unzufriedenheit der Bevölkerung, die gegen die sozialen Missstände rebellierte, hatte sich nach den großen Verlusten im Krieg verschärft, Hunderttausende demonstrierten auf den Straßen von St. Petersburg. Felix wie auch viele seiner Kameraden begrüßten, dass sich die hungernden Bürger in Revolten gegen den Zaren erhoben, der sein Reich in eine Inflation getrieben hatte und die Staatsgelder für die Fertigung von Waffen fürs Militär verschleuderte, statt sein eigenes Volk mit Lebensmitteln zu versorgen. Als Nikolaus II. im März schließlich dem Druck der Revolution nachgab und dem Thron entsagte, breitete sich Entsetzen unter den deutschen Soldaten aus. Da der Bruder des Zaren die Krone schließlich ebenfalls ablehnte, hatte man Nikolaus samt seiner Familie unter Hausarrest gestellt und eine provisorische Regierung gebildet. Die ganze Welt schien sich im Umbruch zu befinden.

Doch auch in Berlin war nichts mehr wie zuvor. Während die Trauer um die Gefallenen die Bevölkerung zunächst gelähmt hatte, wurden nun auch dort die Rufe nach einer politischen Reform zusehends lauter. In den Straßen der kaiserlichen Hauptstadt mehrten sich die Stimmen jener, die die tragischen Ereignisse der Schwäche des Kaisers zuschrieben, den Krieg mit diplomatischen Mitteln zu verhindern.

Mit gefurchter Stirn saß Felix Breitenbach eines Tages in der Mittagszeit an einem der beiden Schreibtische in einer unterirdischen Kleiderkammer, in der er als Versorgungsoffizier für die Ausrüstung und Materialbeschaffung eines Reservekorps der Infanterie verantwortlich war, und kontrollierte die Listen der Materialausgabe, die ihm ein Unteroffizier überreicht hatte. Die Staubwolke des letzten Geschosseinschlags verbarg den Eingang zur Kleiderkammer wie eine undurchdringliche Wand. Dort draußen, keine hundert Meter entfernt, hatte er noch am Morgen mit anderen Soldaten in den Schützengräben gesessen, das Geschehen hinter den Stacheldrahtverhauen beobachtet, die sie von ihren Feinden trennten, und mit brennenden Augen gehofft, nicht zur Waffe greifen zu müssen.

Nachdenklich drehte er seinen Siegelring am linken Ringfinger, der ihn stets an den Schwur auf den weißen Ahorn erinnerte. Das Versprechen, die Familie zusammenzuhalten und das Unternehmen in eine sichere Zukunft zu führen, war ihm ebenso heilig wie seinen Eltern und Großeltern zuvor, und er fühlte die Verantwortung, die damit einherging, mit jedem Atemzug. Eine Verantwortung, der er im Krieg nicht gerecht werden konnte.

Die Nachricht von seiner Einberufung hatte Felix wie ein Schlag getroffen. Dachte er an jenen Moment zurück, der sein Leben von einem auf den anderen Tag auf den Kopf gestellt hatte, fühlte er wieder die Betäubung, die ihn beim Lesen des Schreibens ergriffen hatte. Er sah seinen besten Freund Levy vor sich, der seit vielen Jahren als Schuhmachermeister für das Familienunternehmen tätig war und wissen wollte, was ihn derart aus der Bahn geworfen hatte. Die kleine Abschiedsfeier, die der sechs Jahre ältere Freund und dessen Frau am Tag vor seiner Abreise für ihn gegeben hatten, und seine Umarmung zum Abschied würde er nie vergessen. Er hätte schwören können, dass in den Augenwinkeln seines Freundes Tränen geschimmert hatten. Unweigerlich flogen Felix' Gedanken zu seiner Frau. Die Angst auf Emilies schönem Gesicht, als sie einander Lebewohl gesagt hatten, begleitete ihn Tag und Nacht. Nicht ahnend, dass sie einander für eine lange Zeit nicht sehen würden, hatte sein zweijähriger Sohn Clemens ihn zum Abschied geküsst und fröhlich gewunken.

An jenem Morgen im Februar hatte sich die Umgebung seines Hauses über Nacht in eine Märchenlandschaft verwandelt. Der Schnee lag knöchelhoch, die Fensterscheiben der Stadtvilla waren von Eisblumen geschmückt und ihr Atem hatte

Dampfwolken in der Luft hinterlassen. Er entsann sich, wie er zärtlich über den leicht gewölbten Bauch seiner Frau gestrichen hatte. Sie in diesem Zustand zurücklassen zu müssen, in der dunklen Ahnung, zur Zeit ihrer Niederkunft womöglich nicht zu Hause sein zu können, war wohl das Härteste, das man ihm je abverlangt hatte.

»Du musst gut auf dich und die Kleinen aufpassen, mein Herz. Versprich es mir.«

Ihre Augen hatten einen seltsamen Glanz angenommen. »Ich verspreche es. Komm gesund zu uns zurück, Liebling.«

Das Räuspern des Gefreiten Julius Helbig riss ihn unsanft in die Wirklichkeit zurück. »Die Wäsche fürs Lazarett ist eingetroffen. Wie es aussieht, haben sie ein paar Dinge vergessen.«

»Zeig mal her.« Felix blickte zu dem knapp zehn Jahre jüngeren Hutmacher aus Oranienburg auf, mit dem ihn inzwischen eine enge Freundschaft verband. Oberflächlich betrachtet hatte Felix mit dem schüchternen und grobschlächtigen Kameraden nichts gemein; sah man jedoch hinter Julius' Fassade, lernte man einen überaus belesenen Mann kennen, mit dem es sich angeregt diskutieren ließ.

Die Freunde verglichen die Liste mit dem gelieferten Material, was sich angesichts des spärlichen Lichts in der Kleiderkammer stets als Herausforderung darstellte.

»Die Bettlaken fehlen, nicht so tragisch«, wiegelte Felix ab. »Ich kümmere mich darum.«

Ein dumpfes Grollen hing plötzlich Unheil kündend in der Luft. Kanonendonner setzte ein und wollte kein Ende nehmen. Mit verzerrtem Gesicht hielten sich Felix und Julius die Ohren zu. Der Schmerz in ihren Trommelfellen war schier unerträglich. Kisten fielen durch die andauernde Erschütterung vom Stapel. Julius fluchte. Felix gelang es im letzten Moment, die Öllampe auf dem Tisch aufzufangen, die im Begriff war hinunterzufallen.

»Die Schweine bringen uns um, ich sag's dir!«, schrie Julius. »Wenn nicht durch die Haubitzen oder Granaten, dann durch ihre Trommelfeuer.«

Felix schüttelte ihn und zwang ihm seinen Blick auf. »Sieh mich an, mein Freund!« Er senkte seine Stimme zu einem Flüstern. Man konnte schließlich nie wissen, ob und wann die verdammten Franzosen sie abhörten. »Wir werden diesen Ort unversehrt verlassen, hast du mich verstanden? Die wollen, dass wir den Verstand verlieren.« Felix verstärkte den Griff um Julius' Oberarme. »Aber den Gefallen werden wir ihnen nicht tun. Ist das klar?«

Zunächst wirkte der Hutmacher, als hätte er seine Worte nicht vernommen, doch dann nickte er.

»Denk an deine Verlobte. Deine Hannah und meine Emilie brauchen uns.« Felix drückte ihn energisch auf einen Stuhl. »Reiß dich zusammen!«

Obgleich Felix versuchte, gefasst zu bleiben, setzte dieses grauenhafte Geräusch, das jeden klaren Gedanken auslöschte, auch ihm zu. Es war bereits das zweite Trommelfeuer in den vergangenen sechs Wochen, und er erinnerte sich schaudernd, wie der Feind sie vier Tage und vier Nächte lang auf diese Weise gefoltert hatte. Einen Feldwebel hatte man unlängst wegen des Verdachts auf Wahnsinn fortgebracht; ein Unteroffizier und Vater von fünf Kindern hatte in seiner Verzweiflung versucht, sich seine Ohren abzuschneiden. Seither befand er sich im Lazarett, und es erschien fraglich, ob er je wieder vollständig genesen würde.

Julius wippte auf dem Stuhl mit dem Oberkörper auf und ab und starrte ins Nichts.

Felix legte ihm eine Hand auf die Schulter. »Geht es wieder?«

Als der Gefreite nicht antwortete, zog Felix ihn auf die Füße. »Komm! Auf uns wartet eine Menge Arbeit. Außerdem hat sich der Stabsarzt des Reservelazaretts schon mehrfach nach der Lieferung erkundigt.«

»Geht klar.« Julius war zwar noch etwas blass um die Nase, erhob sich jetzt jedoch.

Draußen entstand Unruhe, Soldaten huschten wie Geister in gebückter Haltung am Eingang der Kleiderkammer vorbei. Da ein Granateneinschlag ausblieb, beugte Felix den Kopf wieder über die Listen. Doch wie sollte er sich konzentrieren, wenn der Druck auf seine Trommelfelle anhielt und sich weiter verstärkte, dass er meinte, sie müssten jeden Augenblick platzen? Mit zum Zerreißen gespannten Nerven zwang er seine Aufmerksamkeit auf die Papiere vor ihm.

Der eine oder andere Kamerad gab bei Julius eine Bestellung auf oder nahm Material entgegen, wobei die von Erschöpfung gezeichneten Soldaten kein Wort über das Trommelfeuer verloren und sich bewegten wie von fremder Hand gelenkt. Wie Felix wollten sie nur fort aus der nicht enden wollenden Hölle und heim zu ihren Familien.

Ihm kam es so vor, als würden sich die markerschütternden Töne wie Parasiten durch sein Inneres fressen, jeden Tag etwas tiefer.

Nachdem Felix seine Aufgaben erledigt hatte und Julius bereits zum wiederholten Mal in sichtlicher Verzweiflung eine Bestellung nachzählte, schlug er mit der flachen Hand auf den Tisch: »Du bleibst hier. Ich bringe die Lieferung selbst ins Lazarett.«

Felix wartete, bis der Laufgraben frei war, dann schlängelte er sich mit dem Karren in geduckter Haltung an den Beobachtungsposten vorbei und versuchte, den Schmerz in seinen Ohren zu ignorieren. In einer Ecke kauerten Soldaten, die darauf warteten, ihre Kameraden abzulösen. Auf ihren Gesichtern zeichnete sich Schmerz ab, auch sie ertrugen den Lärm nicht länger.

Das Lazarett befand sich in einem verlassenen Herrenhaus, eingerahmt von hohen Laubbäumen, die das erste Grün zeigten. Der Anblick versetzte ihm einen Stich. Von der Kleiderkammer aus benötigte man nur etwa zehn Minuten für den Weg, doch der sandige, vom Blut gefallener Soldaten getränkte Laufgraben verlief unweit der feindlichen Linien und kam jedermann endlos vor.

Im Lazarett angelangt, begrüßte ihn ein Gefreiter freudlos.

»Wohin soll die Lieferung denn gehen?«

»Zu Stabsarzt Weber.«

Felix händigte ihm die Papiere aus und machte sich auf den Weg zurück.

Die nächste Stunde zog sich quälend in die Länge. Ihre Befürchtung, das Trommelfeuer werde tagelang andauern, bewahrheitete sich diesmal glücklicherweise nicht und es verstummte endlich. Julius und er wechselten befreite Blicke und lauschten beinahe ungläubig in die Stille. Sie hielt tatsächlich an, und eine lähmende Erschöpfung ergriff von Felix Besitz. Grundgütiger, die Ruhe kam ihm geradezu himmlisch vor, und sah er auf Julius' Miene, wurde ihm deutlich, dass sie gerade noch rechtzeitig eingesetzt hatte.

»Dienstschluss«, erklärte Felix kurz darauf. »Ruh dich aus, Julius, solange wir die Möglichkeit dazu haben.«

Der Freund drehte sich zu ihm um. »Wie wäre es mit ein paar Runden Siebzehn und Vier? Ich komme jetzt bestimmt nicht zur Ruhe.«

Felix lächelte müde. »Ich auch nicht.«

Julius verließ die Kleiderkammer, kehrte kurz darauf mit einem grimmigen Lächeln zurück und hielt ihm eine Feldflasche entgegen.

Felix nahm einen langen Schluck und hustete. »Grundgütiger! Was ist das für ein Teufelszeug?«

»Selbst Gebrannter. Trink noch einen Schluck, dann schmeckt er gleich besser.«

Felix stellte keine weiteren Fragen, trank einen weiteren Schluck und mischte die Karten.

Es war spät am Abend, als er ihre Stube betrat, die sich gleich neben der Kleiderkammer befand. Vom oberen Etagenbett aus war bereits Julius' Schnarchen zu hören. Felix entzündete eine Petroleumlampe und streckte sich auf seinem Bett aus. Seit seiner Ankunft in Frankreich hatte er nie länger als zwei Stunden in der Nacht geschlafen und schreckte bei jedem Laut hoch.

Wie musste es erst den Männern ergehen, die in diesem Moment dicht gedrängt in den Schützengräben kauerten und sich die Stube mit einem halben Dutzend Kameraden teilten? Sie besaßen keinen Rückzugsort wie Julius und er, der die Geräusche wohltuend dämpfte und wo sie ihre Gedanken ordnen konnten, um Kraft für den nächsten Tag zu schöpfen. Ganz zu schweigen von den Wachen, die dort draußen in die Nacht starrten, wohl wissend, dass sie die bevorzugte Zeit für Angriffe war.

Versunken betrachtete er den Umschlag auf der Truhe neben dem Etagenbett, der schon seit vorgestern ungeöffnet dalag. Nach kurzem Zögern las er den mit der schwungvollen Handschrift seiner Mutter eng beschriebenen Bogen und warf ihn danach kurzerhand in den Mülleimer. Ihm lag nichts an ihren guten Wünschen und den Beteuerungen, die sich in ihren Nachrichten stets wiederholten und in denen sie sich ein engeres Verhältnis zu ihm und ihren Enkeln wünschte. Ähnliche Floskeln hatte er in den vergangenen Jahren, insbesondere seit dem Tod ihres zweiten Mannes im letzten Jahr, allzu oft gehört.

Felix nahm das silberne Zigarettenetui zur Hand, in dem er einige Fotografien verstaut hatte, und betrachtete die Aufnahme von Clemens und Emilie, die ihm fröhlich entgegenblickten. Seine Frau trug ihr wundervolles Haar offen, genauso wie er es liebte, und sein Zweijähriger, der einen Hut von Felix aufhatte, schmiegte sich mit rosigen Wangen an sie.

Als seine Sehnsucht übermächtig wurde, griff er nach seinem Schreibzeug auf dem Nachttisch.

Meine Liebste,

ich weiß nicht, ob meine Briefe Dich inzwischen erreicht haben, und sende bei jedem Atemzug ein Stoßgebet gen Himmel, dass Ihr wohlauf seid. Dein liebes Gesicht begleitet mich bei jedem Schritt. Was würde ich dafür geben, Dich und unseren Clemens jetzt im Arm zu halten. Bitte sag ihm, dass es seinem Papa gut geht.

Bedenkt man die Lage, habe ich allen Grund, täglich dankbar für mein Leben zu sein. Wie geht es Dir, mein Herz? Bestimmt hast Du in der Suppenküche alle Hände voll zu tun und kommst kaum zum Luftholen. Bitte vergiss nicht, dass unser Kind in Dir wächst, und gönn Dir ein wenig Ruhe. Wie kommen Caroline und Isa mit der Leitung unseres Unternehmens zurecht? Sei ehrlich, mir gegenüber würden sie stets versichern, dass alles in bester Ordnung sei. Für unsere Eltern, Tante Mathilde und Onkel Georg muss es schwer sein, uns Kindern in dieser Zeit das Ruder zu überlassen, nicht wahr?

Bitte umarme alle von mir.

In Liebe, Dein Felix

Nachdenklich legte er wenig später das adressierte Kuvert auf den Nachttisch. Hätte er seinen Lieben nur von dem Grauen erzählen können, das ihn Tag und Nacht nicht verließ! Von dem

Ausdruck in den Augen der Soldaten, die wie er ahnten, dass der Krieg verloren war und sie lediglich als Kanonenfutter dienten. Von dem zunehmenden Zorn jener Männer, die den Gehorsam verweigerten und Unfrieden zwischen den Kameraden säten. Oder von den Kameraden, deren Gesichter und Körper man bis zur Unkenntlichkeit zerschossen hatte. Und nicht zuletzt von dem Geruch nach Verwesung, der wie eine Dunstglocke über dem Schlachtfeld waberte und gleich einem schmierigen Film an ihnen zu kleben schien.

Doch all dies und erst recht seine Ängste sollten unerwähnt bleiben. Felix rieb sich die Augen und löschte das Licht.

KAPITEL 2

Julia

In der Nähe von Cortez, Colorado, Julias Farm, Grundstück des Reservats der Weeminuche, zur selben Zeit

Der Ahornbaum, den sie vor vielen Jahren an dieser Stelle gepflanzt hatte, um ihren Teil des Schwurs nicht aus den Augen zu verlieren, blühte in diesem Frühling besonders schön, und Julia, die Tochter von Rosa und Wendelin Ehrlich, liebte es, an warmen Tagen unter seinem Blätterdach zu weben. Das Plaid, welches Agnes, eine Freundin ihrer Mutter, bei ihr in Auftrag gegeben hatte, war beinahe fertig. Manchmal, wenn sie in ihrer Arbeit versunken war, vergaß sie beinahe, dass sie als junges Mädchen das Leben einer behüteten weißen Siedlertochter geführt hatte. Zuweilen erschrak die Zweiunddreißigjährige, weil sie sich kaum noch an jene Zeit erinnerte. In den ersten Jahren ihrer Ehe mit Chesmu hatten sie Zweifel an den Gesetzen und Regeln der Núu-ci begleitet. Sie hatte nie begriffen, wieso der Stamm der Weeminuche den Müttern einerseits höchsten

Respekt zollte und auf ihren Rat vertraute, sie aber gleichzeitig bei Stammesentscheidungen ausschloss. Doch mit den Jahren hatte die Liebe zu ihrem Mann sie gelehrt, seine Tradition zu respektieren und hinzunehmen, denn hier auf ihrem Land lebten sie als gleichwertige Partner. Das allein zählte. Nur auf diese Weise, das wusste sie heute, konnte eine Ehe zwischen Weißen und Indianern glücklich sein.

Julia blickte von ihrem Webrahmen auf. Der Wind brachte ein Hämmern und Klopfen zu ihr herüber. Chesmu nutzte stets den Frühling, wenn ihre Rinderherde auf der Weide graste, zum Ausbessern der Ställe. Da ruhige Augenblicke rar gesät waren, sog sie den Duft der Ahornblüten ein und beobachtete den Rottweiler Barney, der trotz seiner acht Jahre noch immer mit Vorliebe Präriehunde jagte, obgleich er wusste, dass er nicht die geringste Chance gegen die flinken Erdhörnchen hatte. Barney jagte, weil es ihm Freude bereitete. Sein Bruder Blackbeard bewachte die Rinderherde, deren Größe sie mittlerweile verdoppelt hatten.

Schmunzelnd wandte sie sich wieder ihrer Arbeit zu. Ihre sechsjährige Tochter Gracie, die bei den Núu-ci stets Repeat Dances Grace genannt wurde, hielt sich seit gestern bei ihren indianischen Großeltern im Reservat auf. Die Kleine hatte tagelang gebettelt, sie besuchen zu dürfen. Gracie wollte mit Großmutter Nituna Heilkräuter sammeln und das neue Fohlen ihres Großvaters bestaunen. Julia war es schwergefallen, das Mädchen ziehen zu lassen, doch Chesmu hatte sie liebevoll daran erinnert, dass ihren Kindern das Recht zustand, das Leben der Núu-ci kennenzulernen. Schon bald würde auch für Gracie der Ernst des Lebens beginnen, da sie ab September die Breitenbach School in Cortez besuchen sollte. Daraufhin hatte auch Julia ihre Tochter gewähren lassen.

Die Sonne stieg höher und es wurde heißer, während Julia das in Erdtönen gehaltene Plaid fertigstellte. Zur Mittagszeit näherten sich Schritte ihrem Land. Sie streckte sich und spähte durchs Blätterdach. Barney hatte Sam als Erster entdeckt und lief ihm schwanzwedelnd entgegen.

Der Junge hatte den Blick wie so oft in die Ferne gerichtet und die Hände in den Hosentaschen vergraben. Er küsste Julia auf die Wange, stürzte ein Glas Fruchtsaft in einem Zug hinunter und kraulte den Hund ausgiebig hinter den Ohren.

Sie forschte in seiner Miene. »Du bist früh zu Hause, mein Sohn. Alles in Ordnung?«

»Ja. Ich war mit der Lektion fertig und durfte gehen. Wir sollen bis morgen einen Aufsatz über unsere Berufswünsche schreiben.«

»Das ist eine sehr interessante Aufgabe.« Julia verfolgte, wie er sich im Schutz des Ahornbaumes seiner Schuluniform entledigte und in seine Ziegenlederhose schlüpfte. Ein Hemd ersparte er sich.

»Hast du schon eine Idee, was du schreiben willst?«

Gedankenverloren flocht Sam seine schwarzen Haare, die ihm inzwischen bis auf die Schultern fielen, zu einem neuen Zopf. »Die habe ich.«

Der Ausdruck in seinen Augen glich dem seines Vaters so sehr, dass sie schlucken musste.

»Ich will Lehrer in Großmutter Rosas Schule werden.«

Erschüttert von der Entschlossenheit auf seinem jungen Gesicht, holte Julia Luft. Für einen Augenblick überlegte sie fieberhaft, wie sie ihre Bedenken in Worte kleiden konnte, ohne einen wunden Punkt in ihm zu berühren. Doch eine leise, unüberhörbare Stimme in ihrem Inneren mahnte zu einer offenen Antwort.

»Das ist ein wunderbarer Beruf, mein Sohn. Aber du weißt doch, dass auf der Highschool nur weiße Kinder angenommen werden.« Julia machte eine wegwerfende Handbewegung.

»Aber darüber brauchst du dir jetzt nicht den Kopf zu zerbrechen. Du hast noch jede Menge Zeit, zu entscheiden, wie du dein Leben gestalten willst. Vielleicht möchtest du später auch die Schafherde deines Großvaters übernehmen oder im Rat der Núu-ci für den Stamm tätig sein.«

Seine weichen Züge verhärteten sich jäh. »Nein, ganz sicher nicht!«

Sie wollte ihm eine Haarsträhne hinters Ohr schieben und besänftigend auf ihn einwirken, aber er wich ihrer Zärtlichkeit aus. In seiner Stimme schwang Zorn mit.

»Aber ich bin zur Hälfte weiß. Oder hat das damit zu tun, dass ich wie eine Rothaut aussehe?«

Jedes Wort ihres Sohnes hinterließ einen dumpfen Schmerz in ihr, doch sie zwang sich, seinem Blick ruhig zu begegnen. »Woher hast du diesen Ausdruck, Sam?«

»Ein paar Jungs in der Klasse nennen mich so. Dabei sind ihre Väter sterbenslangweilig. Sie binden ihren Schlips so eng, dass ihre Gesichter immer ganz rot sind, und hämmern im Büro auf eine Schreibmaschine ein. Mein Vater ist viel klüger und netter als sie. In Wahrheit bin ich froh, dass ich eine Rothaut bin.« Sam schob seine Unterlippe vor. »Weißt du, die meisten Leute sind gar nicht böse, sie wissen nur zu wenig von uns. Ich kann ihnen erzählen, warum die Núu-ci gute Leute sind.«

Julia schluckte ihre Rührung hinunter. »Das kannst du bestimmt. Aber überleg doch mal. Die Weißen haben die Núu-ci auf ihrem eigenen Land eingesperrt, wieso sollten sie dann einverstanden sein, dir den Besuch der Highschool zu erlauben?«

»Schließlich waren sie auch einverstanden, dass ich mit den Weißen auf eine Schule gehe, oder?«, beharrte ihr Sohn. »Ich bin ein guter Schüler, also müssen sie mich auch zur Highschool zulassen.«

Verblüfft von seinen Schlussfolgerungen, brauchte Julia ein paar Atemzüge, um sich eine Antwort zurechtzulegen. »So einfach ist das nicht, mein Sohn.« *Die Beamten werden befürchten, dass er rotes Gedankengut in die Köpfe der Siedlerkinder pflanzt,* fügte sie im Stillen hinzu, und auf einmal verlor der friedliche Frühlingstag für sie jeden Reiz.

»Aber du hast recht.« Sie betrachtete ihn mit einer Mischung aus Liebe und Sorge. »Wenn du mit dreizehn immer noch entschlossen bist, diesen Weg zu gehen, werden dein Vater und ich dir helfen, so gut es uns möglich ist.«

»Danke.« Sam trat von einem Fuß auf den anderen. »Darf ich zu Kenai? Er muss gestriegelt werden. Blackbeard wird sich auch über Gesellschaft freuen. Immer nur auf die Rinder aufzupassen, ist ziemlich langweilig.«

»Geh nur, aber bleib nicht so lang. Es gibt bald Essen.«

Sam versprach es, lief mit Barney davon und ließ sie mit ihren Gedanken allein.

Julia wollte den Webstuhl in die Hütte bringen, da verließ ihr Mann die Ställe und setzte sich zu ihr. Obwohl sie bereits die Hälfte ihres Lebens mit ihm verbracht hatte, schlug ihr Herz auch heute noch höher, wenn er sich ihr näherte. Sie liebte seine dunklen, scharf gezeichneten Züge und sein Lächeln. An seiner Schläfe hatte sie vor Kurzem die ersten grauen Härchen entdeckt, was jedoch seiner Anziehungskraft keinen Abbruch tat.

»Ich habe vorhin kurz Vater besucht«, sagte er mit seiner tiefen, immer etwas heiseren Stimme. »Er will Sam den dreijährigen Manipi schenken.«

»Aber wieso? Vater Akule ist doch ganz vernarrt in das Pony.«

»Sehr sogar, aber es muss eingeritten werden, und die Aufgabe ist Vater zu beschwerlich, meine Sonne.« Chesmu legte den Arm um ihre Schultern. »Es ist nicht leicht, zuzusehen, wie die Eltern alt werden.« Da konnte Julia ihm nur zustimmen. Anders als früher mussten auch ihre Eltern inzwischen öfter Pausen bei der Arbeit auf ihrer Obstplantage einlegen. »Kenai wird sich ebenfalls über Gesellschaft freuen«, fügte er hinzu. »Außerdem braucht Sam eine Aufgabe, die ihn herausfordert. Er ist aufmüpfig geworden, die weißen Jungen haben einen zu großen Einfluss auf ihn. Das gefällt mir nicht.«

Sie strich über seine langen, schwieligen Finger. »Er will Lehrer werden wie Mama und ich.« Julia hatte sich nach zwei Jahren des Studiums, dessen Abschluss ihr für eine Anstellung in einer Schule fehlte, endlich eine Lizenz zum Unterrichten erworben. Unzählige Stunden hatte sie abends mit ihrer Mutter gelernt, wenn die Kinder schliefen.

Chesmu versteifte sich. »Der Junge hat eine Menge Flausen im Kopf. Das ist alles.«

»Ich glaube, es ist mehr als das«, widersprach sie sanft. »Warten wir es ab. Vielleicht will er nächste Woche Sheriff oder Feuerwehrmann werden.«

Ihr Mann schwieg, und um seinen Mund grub sich ein bitterer Zug.

»Was ist denn, Chesmu?«

Er sah sie finster an. Julia fühlte sich stets unbehaglich, wenn er sich vor ihr verschloss.

»Hast du auch nur einen Augenblick darüber nachgedacht, dass Moon Eyes Sam sich für unseren Stamm und seine Traditionen entscheiden könnte?«, erwiderte er scharf.

Julia fühlte sich versucht, ihrem Mann von Sams abweisender Haltung auf ihren Vorschlag, die Schafzucht seines Großvaters Akule zu übernehmen, zu erzählen. Doch sie wollte Chesmu nicht verletzen. »Auch das ist möglich«, erklärte sie vorsichtig.

Er ließ sie nicht aus den Augen. »Die Weißen haben genügend kluge Männer in ihren Reihen, trotzdem wollen sie uns immer noch kleinmachen. Verstehst du nicht? Wir Núu-ci sind es, die kluge Köpfe benötigen, meine Sonne! Wir brauchen Männer, die mit den Weißen um unsere Rechte kämpfen. Männer mit Weitsicht und Überzeugungskraft, die sich von den Verlockungen der Weißen nicht beirren lassen und für mehr Freiheiten für die Stämme kämpfen.« Sein Blick wurde eindringlich. »Ich will, dass mein Sohn einmal einer von ihnen wird und kein dahergelaufener Feuerwehrmann oder Sheriff. Sam kann bei den Núu-ci etwas bewirken.« Chesmus Blick flog in die Ferne. »Ich weiß, was du sagen willst, aber du wirst mich nicht daran hindern, meinem Sohn deutlich zu machen, wie wichtig er für uns und unsere Zukunft ist.«

»Das würde ich nie tun.« Julia musterte sein Profil. »Bitte versprich mir, Sam nicht zu beeinflussen und ihm die Entscheidung zu überlassen, wie wir es in der Zeit vor seiner Einschulung vereinbart haben. Ja, ich weiß, was ich dir abverlange, doch vergiss nicht, für mich gilt das Gleiche.«

Julia konnte seiner Miene ablesen, dass die Vergangenheit in ihm wieder lebendig wurde. »Als ich in Sams Alter war«, setzte er nach einer längeren Pause erneut an, »hätte ich nie zu träumen gewagt, dich zu meiner Frau machen und mit unseren Kindern außerhalb des Reservats leben zu dürfen. Träume sind mächtig. Bitte nimm mir nicht meinen, Sam eines Tages auf einem bedeutenden Posten unseres Stammes zu sehen.«

Sie schmiegte sich an ihn. »Natürlich nicht. Wer weiß, vielleicht gibt es bis dahin keine Beschränkungen mehr für die Stämme, und Sam ist frei, zu wählen, was immer ihn glücklich macht.«

Chesmu küsste sie zärtlich. »Genau. Aus Hoffnung erwächst gute Medizin. Wenn sich erst alle Geister, die auf dem Land unserer Ahnen leben, mit ihr verbinden, wird unser Ruf nach Freiheit eines Tages entweder erhört oder wir gehen alle mit ihm unter.«

Julia erhob sich schaudernd und klemmte sich den Webrahmen unter den Arm. »Sag nicht so etwas, Liebling.« Sie befeuchtete ihre Lippen. »Ich kümmere mich ums Essen.« Da war sie wieder, jene Seite an Chesmu, die ihr trotz aller Vertrautheit wohl auf ewig fremd bleiben würde. Sah sie in die Tiefen seiner Seele, fand sie die grimmige Leidenschaft, bis aufs Blut für das Land seiner Väter zu kämpfen. Obwohl sich Chesmu in vielerlei Punkten an das Zusammenleben mit den weißen Siedlern gewöhnt hatte, würde er auf der Hut bleiben wie ein Krieger, bereit, die Waffe zu ziehen, um die Menschen, die er liebte, zu beschützen. In jenen Momenten hoffte sie inständig, dass seine dunkle Seite nie zum Vorschein kommen würde.

Am Nachmittag fuhren sie zu dritt nach Cortez, wo sich Chesmu mit dem Indian Agent Carrington sowie einem Fabrikanten treffen wollte, um für das Fleisch seiner Rinder zu werben. Julia machte sich keinerlei Illusionen, bislang war jeder Versuch gescheitert, mit Händlern oder Fabrikanten ins Geschäft zu kommen. Sie bewunderte Chesmus Beharrlichkeit, mit der er den Weißen ungeachtet aller Differenzen die Hand reichte. Während er verhandelte, würden sie und Sam ihre Eltern auf der Plantage aufsuchen, da der Junge ihnen bei der ersten Pfirsichernte des Jahres helfen sollte.

Einige Zeit später saßen Julia und ihre Mutter Rosa auf der Terrasse und verfolgten, wie der Junge geschickt von einem zum anderen Ast kletterte, um an die schönsten Früchte zu gelangen. Indes ermahnte Wendelin seinen Enkel, die Pfirsiche pfleglich zu behandeln.

Julia beäugte ihn aufmerksam. »Seit wann zieht Papa sein linkes Bein nach, Mama?«

Rosa stellte ihre Teetasse ab. »Seit gestern. Dein Vater konnte es nicht lassen, selbst auf die Leiter zu steigen, weil ihm der Erntehelfer nicht schnell genug arbeitete. Beim Herunterklettern hat er eine Sprosse verfehlt und ist gefallen.« Sie warf ihrer Tochter einen ernsten Blick zu. »Erwähne seinen kleinen Unfall bloß nicht, Liebes. Ähnliche Unsicherheiten geschehen ihm in der letzten Zeit öfter.« Sie seufzte leise. »Er vergisst manchmal, dass er mit seinen zweiundsiebzig Jahren zu alt für die Arbeit auf der Plantage ist und sie jetzt anderen überlassen muss.«

»Nein, Mama. Ich denke, das weiß er sehr genau. Wie ich ihn kenne, will Papa die Hände nicht in den Schoß legen.« Vor ihrem geistigen Auge sah sie ihn vor sich, wie er ausgesehen hatte, als sie noch ein halbes Kind gewesen war. Seine kräftige Statur, die breiten Schultern, auf denen er sie ebenso mühelos getragen hatte, wie er die Feldarbeit verrichtet hatte. Diese Jahre waren vergangen, inzwischen spürte er das Alter in den Gliedern, obwohl er die Tatsache gern verleugnete. Julia fiel auf, dass seine Schritte unsicher wirkten, womöglich fürchtete er, erneut zu fallen, und wenn er sich unbeobachtet fühlte, kniff er die Augen zusammen.

Rosa folgte dem Blick ihrer Tochter. »Dein Vater konsultiert am Montag Doktor Hamilton.« Der Augenarzt führte eine Praxis in einem der Häuser in der Montezuma Avenue in Cortez, die man aus Feuerschutzgründen vor knapp zehn Jahren aus Backsteinen errichtet hatte, und genoss bei den Siedlern einen ausgezeichneten Ruf. Rosa rückte ihre Brille zurecht. »Dein Vater hat sich selbst um den Termin bemüht. Uns ist bewusst, dass die Aushilfen für die Erntezeit nicht mehr genügen, und wir haben einen Gärtner eingestellt, der die Plantage in Ordnung hält.«

»Das ist ein guter Anfang.« Julia gab ihrer Stimme einen zuversichtlichen Klang. Sie musste blind gewesen sein, die kleinen Veränderungen bei ihrer Mutter nicht zu bemerken, die das Altern mit sich brachte. Ihr lebhaftes Wesen und die

Augen, die ebenso strahlten wie früher, lenkten den Blick von den Silberfäden in ihrem Blondhaar und von der hager gewordenen Gestalt ab. Sie hatte sich nie beklagt, dennoch war sich Julia sicher, dass ihr die schwere körperliche Arbeit längst nicht mehr so mühelos von der Hand ging wie noch vor ein paar Jahren. Vermutlich übernahm sie mittlerweile einige von Vaters Aufgaben, ohne ein Wort darüber zu verlieren. Julias Herz zog sich schmerzhaft zusammen.

»Chesmu kann sich um den Schnitt der Obstbäume kümmern.«

»Als ob er nicht genug Arbeit zu bewältigen hat«, erwiderte Rosa kopfschüttelnd. »Das steht nicht zur Debatte, mein Schatz.« Sie wies auf ihren Enkel, der seinem Großvater einen Korb mit gelb-roten Früchten reichte. »Sam ist flink. Wenn er sich ein wenig Taschengeld dazuverdienen möchte, ist er uns jederzeit willkommen.« Ihre Miene wurde nachdenklich. »Der Junge fühlt sich sichtlich wohl unter uns Weißen, oder? In letzter Zeit sehe ich ihn viel in Gesellschaft von Jungen aus der Siedlung.«

Julia nickte gedankenverloren. »Vielleicht haben sie ja auch meinem Sohn den Floh ins Ohr gesetzt, Lehrer werden zu wollen. Er will später den Weißen seine Kultur nahebringen. Ich liebe ihn für seine Zielstrebigkeit, Mama.«

Auf Rosas Stirn erschien eine steile Falte. »Sein Wunsch überrascht mich nicht. Er hat allerdings keine Ahnung, worauf er sich einlassen würde.«

Als ihre Mutter Tee nachschenken wollte, lehnte Julia dankend ab. »Siedler und Indianer mögen sich zwar miteinander arrangiert haben, aber ob sie ein Halbblut als Studenten zulassen?«

Rosa legte eine Hand auf die ihrer Tochter. Ein melancholisches Lächeln umspielte ihre Lippen. »Weißt du, als dein Vater und ich uns vor ungefähr fünfunddreißig Jahren in Cortez niederließen, hatte auch ich eine Menge Träume.«

»Welche denn, Mama? Einen Stall voller Kinder?«, warf Julia weich ein.

»Weit gefehlt. Meine Träume waren weitaus ehrgeiziger.« Wegen der brennenden Sonne zog Rosa ihren Strohhut tiefer in die Stirn. »Mit meinem jugendlichen Elan wollte ich die Welt verändern. Ich wünschte mir nichts sehnlicher, als in meiner Schule eines Tages Kinder jeder Herkunft unterrichten zu dürfen.« Sie hob die Schultern. »Naiv, nicht wahr?«

»Vielleicht werden deine Urenkel einmal in einer Welt leben, in der alle Hautfarben friedlich nebeneinander leben dürfen.«

Rosas Schmunzeln wirkte freudlos. »Mach dir keine großen Hoffnungen. Dein Sam ist beharrlich. Wie sein Vater will er die Weißen von seinen guten Absichten überzeugen. Andererseits brauchen wir Menschen wie euch, die noch an das Gute glauben.« Ihre Stimme klang belegt. »Heute habe ich nur noch einen einzigen Traum.«

»Sag ihn mir«, bat Julia, betroffen von dem Schmerz auf den Zügen ihrer Mutter.

»Ich wünsche mir nichts sehnlicher, als meine Brüder noch einmal wiederzusehen.« Rosas Blick schweifte in die Ferne. »Dein Vater und ich sparen seit Jahren für die Überfahrten. Doch nun hat der Krieg unsere Reisepläne vereitelt, und es vergeht kein Tag, an dem wir nicht um sie bangen.« Sie räusperte sich. »Nächstes Jahr hätten wir reisen können. Aber jetzt ist es zu spät. Ich würde deinem Vater die beschwerliche Überfahrt nicht mehr zumuten.«

Julia schloss ihre Mutter in die Arme und fühlte deren Zittern. Jäh sah sie die lieben Gesichter ihrer Familie vor sich. So dankbar sie auch für die Möglichkeit waren, über den Fernsprecher mit ihnen Kontakt halten zu können, es ersetzte nicht die Vieraugengespräche mit Caroline oder Isa, das Glücksgefühl, als Onkel Theodor sie vor vielen Jahren bei ihrer Ankunft umarmt hatte oder als sie in der guten Stube im Kreis der Familie gesessen und ihrem Onkel Georg und Tante Mathilde beim Klavierspiel gelauscht hatte. Julia atmete hörbar aus. »Ich vermisse sie so sehr.«

Rosa strich über ihre Wange. »Möge dieser unselige Krieg endlich ein Ende nehmen!«

KAPITEL 3

Felix

Nordfrankreich, in einem Vorfeld von Reims, 16. April 1917

Erst vier Uhr. Felix lauschte in die Dunkelheit hinein, in der kein Laut den nächtlichen Frieden störte. Dennoch fand er keinen Schlaf mehr. An der Feindeslinie herrschte seit nunmehr zehn Tagen absolute Stille. Wie bedrohlich Stille sein konnte, dass sie einem ebenso die Luft zum Atmen nahm wie die Furcht vor der nächsten Angriffswelle, hatte Felix erst hier erfahren.

Die kaiserliche 7. Armee hatte die Tage genutzt, zusätzliche Eingreifdivisionen bereitzustellen. »Sollten die Franzosen tatsächlich glauben, unsere Armee mit Überraschungsangriffen schwächen zu können, werden wir sie eines Besseren belehren«, hatte ihnen General Magnus von Eberhardt kämpferisch übermittelt. »Soldaten! Kein Zögern und Zaudern! Mit Gottes Hilfe werden wir sie das Fürchten lehren!«

Felix bespritzte Gesicht und Hände mit Wasser und huschte durch die Kleiderkammer ins Freie, um sich zu erleichtern.

Wenig später, er schloss eben den Gürtel seiner Uniform, vernahm er das Knattern eines sich nähernden Motorrads. Julius und er erreichten beinahe gleichzeitig die Tür.

»Angriffsbefehl!«, stieß der Kradmelder aus. »Zu den Waffen!«

Mit zusammengepressten Lippen setzte Felix seinen Helm auf und trieb Julius, der nach seinen Stiefeln nestelte, zur Eile an. Dann griffen sie nach den Gewehren und liefen mit ihren Kameraden, die sie nur schemenhaft ausmachen konnten, geduckt durch Schützengräben und auf die Angriffslinie zu.

Nur Wimpernschläge später zerriss das Zischen einer Granate direkt über ihnen die Stille. Felix presste die Arme schützend über seinen Kopf. Julius neben ihm fluchte.

Keine fünfzig Meter hinter ihnen schlug die Granate ein.

Männer brüllten. Der Boden bebte. Das Herz hämmerte Felix bis zum Hals. Er japste nach Luft und hustete. Als die Geräusche verebbten, stürmte er mit den anderen durch den sandigen Staub, den die Soldaten vor ihnen aufgewirbelt hatten, und auf die hinterste Verteidigungslinie zu. Auf Kommando warf er sich zu Boden.

»Feuer!«

Sogleich war die Luft vom Donnern der Maschinengewehre aus der ersten Reihe erfüllt.

Wie Puppen sanken Männer vor ihm zu Boden, andere rückten nach. Felix' Knie zitterten, während das Donnern der Schüsse in seinem Kopf widerhallte. Sand knirschte zwischen seinen Zähnen. Vor ihm nahmen unzählige Soldaten ihre Position ein, die in der Dunkelheit kaum voneinander zu unterscheiden waren. Wie ferngelenkte Maschinen lagen sie bäuchlings auf dem Feld und führten auf Befehl die sich stets wiederholenden Bewegungen aus, und Felix und Julius schlossen sich ihnen an. Wie ein Tropfen einer an- und abschwellenden tödlichen Welle kam er sich vor.

»Feuer!«, gellte erneut eine Stimme.

Julius sah ihn aus geweiteten Augen an. Rief er den Namen seiner Verlobten oder spielten Felix' überspannte Nerven ihm einen Streich? Er spürte kaum, wie er den Abzug drückte, und für einen winzigen Moment verlor er die Orientierung. Im nächsten Moment schien die Welt um ihn herum zu explodieren. Ein unerträglicher Druck riss ihn in die Höhe, und der Schrei, der seiner Kehle entwich, verhallte im Chaos.

Emilie, Clemens, durchzuckte es Felix. Dann fiel er in die Tiefe.

Das Erste, was er wahrzunehmen meinte, war ein unentwegtes Surren. Felix blinzelte, doch seine Augen schienen wie verklebt zu sein. Etwas berührte seine Wange. Eine Fliege? Er wollte sie verjagen, was ihm misslang, denn eine Last auf seinen Schultern machte es ihm unmöglich, die Arme zu bewegen. Der scharfe Geruch von Urin und Schweiß stach ihm in die Nase.

Schließlich gelang es ihm, die Lider zu heben. Nach Luft ringend, blickte er direkt in Julius' leere Augen, Blut tropfte aus dessen geöffnetem Mund, langsam, aber kontinuierlich, und landete direkt auf Felix' Stirn.

Er befand sich auf einem Berg von Leichen, und die seines einzigen Freundes in der ganzen verdammten Einheit lag lang gestreckt auf ihm.

Wie viel Zeit vergangen war, wusste er nicht zu sagen, als eine Stimme wie von weit her in sein Bewusstsein drang. »Schafft die Männer hier weg. Die haben's überstanden.«

Hilfe, schrie es in ihm. *Helft mir!* Doch die Worte blieben in seiner Kehle stecken. Dann verschwamm seine Sicht erneut und er sank in eine gnädige Ohnmacht zurück.

Ein Schlag gegen seine Wange weckte unsanft seine Lebensgeister.

»Aufwachen, Breitenbach!«

Ein Mann mit grau meliertem Haar und buschigen Augenbrauen leuchtete in seine Augen und versetzte ihm eine weitere Ohrfeige.

Felix befeuchtete seine Lippen. Julius' vom Todeskampf gezeichnetes Gesicht tauchte vor ihm auf und ließ sich nicht vertreiben. »Ich ... höre Sie.«

Er fand sich in einem Lazarettbett wieder. Sein rechter Arm war geschient und an einen Pfosten fixiert. Als er sich aufsetzen wollte, verzog er gequält das Gesicht und wurde entschieden ins Kissen zurückgedrückt.

»Still liegen, Mann!«

»Was ist ... passiert?« Sein Herz raste.

»Doktor Maibach mein Name. Ich bin heute Ihr behandelnder Arzt. Granatensplitter haben Ihren Arm zertrümmert. Über zwanzig von den Dingern habe ich aus Ihrem Fleisch gekratzt. Außerdem sind drei Rippen und der rechte Oberschenkel gebrochen. Es hätte also schlimmer kommen können.« Der Arzt kniff seine Augen zusammen. »Gut, dass man Sie noch in derselben Nacht zu uns gebracht hat. Und weil Sie so ein Glückspilz sind, habe ich mich dafür eingesetzt, Ihren Arm vorerst nicht zu amputieren.«

Eine Welle der Übelkeit überrollte Felix.

Die Miene des Arztes blieb unbeweglich. »Die folgenden Tage werden darüber entscheiden, ob Sie Ihren Arm behalten.«

Gedanken huschten wie Irrlichter durch seinen Kopf. Einer jedoch wiederholte sich stetig in seinem Kopf. »Nicht amputieren. Lieber sterbe ich.« *Ich werde nicht als Krüppel nach Hause zurückkehren*, führte Felix in Gedanken fort. Gleich darauf spürte er einen Einstich in seiner linken Armbeuge. Es dauerte nur wenige Wimpernschläge, und seine Lider wurden schwer wie Blei.

Wie aus weiter Ferne vernahm er Maibachs Stimme. »Ich habe Ihnen Morphium gegen die Schmerzen gegeben. Schlafen Sie jetzt.«

Watteweicher Flaum umwaberte ihn; sein gepeinigter Körper wurde auf einmal federleicht, beinahe schwerelos. Ein Summen in seinen Ohren umfing ihn sanft wie die Umarmung einer Mutter, und er überließ sich dankbar seinen Empfindungen.

Felix verlor jedes Gefühl für Zeit und Raum, und als er irgendwann wieder zu sich kam und seine Umgebung bewusst wahrnahm, stand die fahle Sonne bereits tief. Er fühlte den aufmerksamen Blick einer jungen Krankenschwester auf sich gerichtet, die seinen Oberschenkel neu verband.

»Wie geht es Ihnen?«

Die Züge der Frau verschwammen und ähnelten plötzlich auf frappierende Weise jenen von Caroline. »Meine Brust«, flüsterte er, als sich seine Sicht wieder klärte. »Das Atmen … schmerzt.«

»Kein Wunder. Wir haben Ihnen einen strammen Brustverband angelegt, der Ihnen das Atmen erleichtern soll. Halten Sie das Bein still, ich bin gleich fertig.«

Felix wandte den Kopf. Außer ihm befanden sich rund zwei Dutzend Männer im Saal. Er lag nahe dem Fenster. Durch die leicht beschlagenen Scheiben machte er eine Reihe Leiber aus, die vor dem Lazarett im Gras lagen. »Wieso liegen die … Kameraden im Freien? Sind sie tot?«

Die Schwester zögerte, bevor sie antwortete. »Nein, sind sie nicht, aber für die Sterbenden haben wir bedauerlicherweise keinen Platz.«

Ihn überlief ein Schauder. »Sie liegen auf dem kalten Boden. Wieso ist niemand bei ihnen?«

»Sooft es uns möglich ist, sprechen wir ihnen gut zu.« Sie verknotete den Verband und hob die Schultern. »Der Herrgott wird sie bald in sein himmlisches Reich holen.«

Felix spürte bittere Galle in seinem Mund. *Sie überlassen die Verwundeten ihrem Schicksal,* wollte er erwidern, doch das

Grauen und der Schmerz raubten ihm die Stimme. Wie die Männer dort draußen hätte auch er im feuchten Gras liegen und darauf warten können, dass der Tod die Hände nach ihm ausstreckte. *Jämmerlich verrecken lässt man sie*, schoss es ihm durch den Kopf.

Die Schwester hielt ihm eine Feldflasche mit Wasser an den Mund und er trank gierig.

»Haben Sie Hunger?«

»Nein.« Erstmals sah er an sich hinunter. Man hatte kurzerhand den rechten Ärmel sowie ein Hosenbein seiner blutgetränkten Uniform abgeschnitten, wobei er nicht wusste, ob es sich bei dem Blut um sein eigenes handelte. Die Vorstellung schüttelte ihn. Da fuhr ihm ein Schreck durch die Glieder. Die Bilder in seiner Brusttasche!

»Bitte. Das Zigarettenetui«, brachte er stockend hervor und wies auf seine rechte Brusttasche.

»Sicher.« Die Schwester reichte ihm das silberne Etui, das einige dunkle Flecken aufwies und sich an einer Ecke verzogen hatte. »Ich sehe später wieder nach Ihnen.«

Nach einer Reihe vergeblicher Versuche öffnete sich das Etui schließlich, andernfalls hätte Felix auch Mühe gehabt, es allein mit der linken Hand zu bedienen.

Sein Mund wurde trocken. Blut hatte seinen Weg ins Innere gefunden und Emilies und Clemens' Gesicht auf dem Porträtfoto, das sie kurz vor seiner Abreise für ihn hatten anfertigen lassen, unkenntlich gemacht. Auch die zweite Fotografie, auf der der Rest seiner Familie vor dem Tannenbaum abgelichtet war, war am Rand fleckig. Das winzige Stück Stoff, in das Emilie eine Locke ihres Sohnes gewickelt hatte, war jedoch unversehrt.

Gedankenverloren steckte Felix das Etui in die Brusttasche seines Hemdes. *Es ist nur Papier*, sprach er sich selbst gut zu, dennoch konnte er nicht verhindern, dass der Anblick der besudelten Fotografien plötzlich schwer auf seinem Gemüt lastete. Die Bilder hatten ihm an so manchen Tagen und in so manchen Nächten neue Kraft verliehen, um in der nordfranzösischen Hölle nicht den Verstand zu verlieren.

Im Saal entstand hektisches Treiben. Pfleger kamen gelaufen, riefen einander Anweisungen zu und stellten drei Feldbetten mit neuen Patienten gegenüber von Felix ab. Zwei Schwestern schoben einen Rollwagen mit Instrumenten und Verbandmaterial heran.

Wie Felix den bruchstückhaften Wortfetzen eines der Soldaten entnahm, hatte er sich einen Magen-Darm-Katarrh zugezogen und stöhnte erbärmlich. Der Nächste litt vermutlich unter einer inneren Blutung. Zwei Ärzte kämpften geraume Zeit um sein Leben, bedeckten schließlich seinen leblosen Körper mit einem Laken und ein Pfleger fuhr ihn hinaus. Unterdessen befand sich der dritte Patient noch immer in tiefer Bewusstlosigkeit. Felix gelang es nicht, etwas über dessen Zustand aufzuschnappen, da sich die Ärzte bei der Untersuchung lediglich flüsternd miteinander unterhielten. Dann hatten sie es auf einmal eilig, auch diesen Patienten aus dem Saal zu schieben.

Der Soldat zu Felix' Rechter stieß einen deftigen Fluch aus. »Ich wette, das war was Ansteckendes. Letzte Woche hatten wir mehrere Kerle mit Verdacht auf Typhus.« Er drehte sich zu ihm um. »Ich heiße Hubert, 21. Division, bin Sattler und komme aus Würzburg. Und Sie?«

»Felix – Reservekorps, Infanterie.« Das Sprechen kostete ihn zu viel Kraft. Im Übrigen stand ihm nicht der Sinn danach, über ansteckende Krankheiten zu fabulieren und gleichzeitig den Ledergurt am Handgelenk zu spüren, der ihn ans Bett fesselte. Der Geruch nach Eiter und Erbrochenem, der wie eine

Dunstglocke über dem Lazarett hing, verursachte ihm ohnehin bereits Übelkeit.

Er sollte versuchen zu schlafen. Doch sobald er die Augen schloss, sah er wieder den Ausdruck in Julius' Augen, bevor sie den Abzug gedrückt hatten, und die unerträglichen Bilder von Extremitäten, die durch die Luft flogen, begleitet von den Schreien Sterbender. Womöglich waren es aber auch seine eigenen Schreie, die unablässig in seinem Kopf widerhallten.

Ein Verletzter wimmerte, ein zweiter rief nach seiner Mutter.

Da unterbrach ein schrilles, nervtötendes Säuseln seine Beobachtungen. Nur Sekunden später schlug eine Granate unweit des Lazaretts ein. Die Fensterscheiben zerbarsten, Erdbrocken und Grassoden wurden hereingeschleudert und brachten unzählige Splitter mit, die wie Geschosse im Saal nach einem Ziel suchten. Felix zog geistesgegenwärtig die Decke über den Kopf und rettete sich im letzten Moment vor weiteren Verletzungen.

Spitze Schreie ließen darauf schließen, dass nicht jedem Patienten das gleiche Glück beschieden war.

Als auch sie verebbten, konnte er von den Dahinsiechenden im Freien nichts mehr erkennen.

»Von denen ist höchstens eine Handvoll Brei übrig«, drang es gepresst von Hubert herüber, der ihn offenbar beobachtet hatte.

Felix fröstelte im eisigen Wind, der nun ungehindert durch den Saal fegte, ein Arzt eilte herbei, um bei den Verletzten Glassplitter aus Armen und Köpfen zu entfernen. Indes kehrten Schwestern den Boden, und ein Pfleger verhängte die Fenster mit ein paar Laken.

Als Kind hatte er sich immer vorgestellt, der liebe Gott sitze auf einer Wolke und würfele, wer leben und wer sterben solle. Wie würden wohl seine Würfel fallen?

Endlich wurde es leiser im Saal. Erleichtert schloss Felix die Lider und fiel nur Augenblicke später in einen Schlaf der Erschöpfung.

Das Geräusch von klapperndem Geschirr weckte ihn. Eine Schwester stellte eine Schüssel mit undefinierbarem Inhalt auf den Tisch neben seinem Bett.

»Post für Sie.« Sie reichte ihm ein Kuvert und wandte sich dem nächsten Patienten zu.

Der Brief mit dem Stempel aus Übersee war bereits im Februar aufgegeben worden. Sein Herz machte einen freudigen Satz.

Mein lieber Felix,
die Nachricht über Deinen Einsatzbefehl hat uns alle erschüttert. Ich habe keine Ahnung, wann Dich mein Schreiben erreicht, aber Du sollst wissen, dass wir jeden Abend eine Kerze für Dich entzünden und für Deine baldige Rückkehr beten. Krieg ist nie vernünftig, und diejenigen, die ihn zu verantworten haben, werden sich hüten, selbst in die Schlacht zu ziehen. Dafür ist das Fußvolk zuständig. Dabei werden die Herrscher nicht müde, euch an die heilige Pflicht zu erinnern, das Vaterland zu verteidigen, während sie sich mit ihren Familien hinter dicken Mauern verschanzen.

Ich weiß, wir können derzeit kluge Ratschläge erteilen, denn unser Leben verläuft in friedlichen Bahnen. Die größte Macht, mit der wir tagtäglich zu kämpfen haben, ist die Natur mit all ihren Launen. Nicht einmal die einflussreichsten Politiker sind in der Lage, sie zu beherrschen. Doch gemessen an dem, was Du Tag für

Tag in den Schützengräben aushalten musst, ist unser einfaches Leben ein Segen.

Wenn Du wieder daheim im Kreise unserer Familie bist – möge dieser Tag bald anbrechen! –, bitte ich Dich inständig, in einer ruhigen Stunde abzuwägen, ob Du Dir eine Zukunft in unserem wunderschönen Colorado vorstellen kannst. Hier, das lass Dir versichert sein, kommt die Seele zur Ruhe. Ich habe mein halbes Leben unter Heimweh gelitten, allerdings galt meine Sehnsucht immer Euch, nicht dem lauten und geschäftigen Berlin. Meinem lieben Mann und mir ist längst klar geworden, dass wir dort nicht mehr sein mögen. Das urwüchsige Land hat uns für immer seinen Stempel aufgedrückt. Doch auch bei uns ist die Zeit nicht stehen geblieben. Wendelins Augenlicht hat erschreckend nachgelassen, er scheut aber zu unserem Leidwesen vor einer Operation zurück. Mittlerweile ist er nur durch seinen unbeugsamen Willen in der Lage, die Buchführung zu erledigen, und die lange Überfahrt in die alte Heimat ist uns leider nicht mehr möglich.

Weil wir wissen, wie schwer es ist, von seinen Liebsten getrennt zu sein, senden wir Dir so viele Umarmungen, wie Du brauchst, um die furchtbare Zeit zu überstehen.

In Liebe, Onkel Wendelin, Tante Rosa, Julia, Chesmu und die Kinder

KAPITEL 4

Georg

Prenzlauer Berg, nahe Berlin, 17. April 1917

Die Uhr zeigte halb sieben am Morgen. Georg, der mittlerweile sechzigjährige, jüngere Bruder von Theodor Breitenbach, lugte im Schlafzimmer durch den schmalen Spalt der zugezogenen Vorhänge hinaus in die Dämmerung, vergewisserte sich, dass seine Frau Mathilde fest schlief, und schlich auf Zehenspitzen ins Bad. Anschließend ließ er sich von Magda einen Becher Muckefuck geben, das aus Getreide und anderen Stoffen gewonnene Brühgetränk verwendete man zwar als Kaffee-Ersatz, es konnte den Rest Schlaf jedoch kaum aus seinen Gliedern vertreiben. Was sehnte er sich nach einer Tasse aromatischem Bohnenkaffee mit einem Klecks Sahne! Georg fand, ein bisschen Wehmut durfte er sich zugestehen, wenn auch nur im Stillen. Als ihm die ältere Dienstbotin ein schnelles Frühstück zubereiten wollte, lehnte er ab. »Ich habe heute früh etwas zu erledigen. Simon weiß Bescheid.«

Sie musterte ihn. »Wie Sie wünschen.«

Natürlich ahnte jeder im Haus, wohin es seinen Bruder und ihn mehrmals die Woche trieb, doch berührt hatte das sensible Thema bislang niemand. Was sie nicht wissen, muss sie nicht sorgen, war die Devise von Theodor und Georg.

Georg nahm einen letzten Schluck aus seinem Becher. »Ist Simon schon auf den Beinen?«

»Ja, er spannt die Pferde an.«

»Danke, Magda.« Georg griff nach seiner alten Aktentasche und verließ die Villa.

Seit Januar 1915 hatten die Behörden Brot rationiert, weil wegen der britischen Seeblockade kaum noch Importe möglich waren, und gaben Lebensmittelkarten aus. Inzwischen hatte man die Rationierungen sogar noch ausgeweitet und Fett-, Milch- und Zuckerkarten eingeführt, die meist für einen Monat ausgegeben wurden. Für Bedürftige gab es Sonderrationen, zum Beispiel für die begehrten Kartoffeln, die jedoch aufgrund der brachliegenden Felder zusehends seltener wurden und mittlerweile gar nicht mehr zu bekommen waren.

Die reinste Katastrophe! Georg erfasste das blanke Grauen, wenn er immer öfter morgens schon mit der bangen Frage erwachte, wie er das Notwendigste für seine Lieben auftreiben sollte. Wie hatte der Kaiser dies alles nur zulassen können? Georg erinnerte sich deutlich an sein Entsetzen, als er die bedruckten Zettel zum ersten Mal betrachtet hatte. Zwanzig Gramm Zucker, fünf Scheiben Brot, fünf Gramm Butter und etwas Fleisch waren alles, was man den Bürgern pro Kopf täglich zugestand. Von dieser Ration wurde man weder satt, noch konnte man sich auf Dauer davon ernähren, ohne Mangelerscheinungen zu bekommen. Georgs größte Sorge galt besonders dem kleinen Clemens, weshalb er stundenlang vor der Behörde ausgeharrt hatte, bis man ihm endlich Sonderrationskarten für das Kind bewilligt hatte.

Jede Woche abwechselnd reihten sich Georg und sein Bruder zudem in die lange Schlange Wartender ein, die sich mit eingefallenen Wangen vor den Lebensmittelgeschäften drängelten, um vielleicht einen zusätzlichen Kanten Brot oder etwas Butter zu ergattern, bevor alles ausverkauft war. Die Bilder von alten Weibern in fadenscheinigen Mänteln, die in der Kälte bibberten, und von rotznäsigen Kindern, die ihre Mütter umklammerten, um in der sich vorwärtsschiebenden Menge nicht verloren zu gehen, hatten sich ihm eingeprägt.

Der Mut der Verzweiflung trieb Frauen auf die Straße, und die Krawalle gegen die unhaltbaren Versorgungszustände rissen nicht ab. Georg hatte beobachtet, wie sie laut und wütend für »Frieden und Brot« demonstrierten, Rathäuser stürmten und Lebensmittelgeschäfte plünderten. Lieber würden sie sich von den Ordnungskräften totschlagen lassen, als zu verhungern, hallte es immer öfter auf den Plätzen der Stadt wider, wenn die Polizisten mit aller Härte gegen sie einschritten.

Gegen die Gewalt auf den Straßen konnte die Familie Breitenbach nichts ausrichten, wohl aber gegen die schwierigen Lebensumstände ihrer Arbeiter. Neben der warmen Mahlzeit, die sie ihnen an beiden Standorten ihres Unternehmens in Berlin-Mitte und am Prenzlauer Berg anboten, hatten Mathilde und Vanda eine Kinderbetreuung im Unternehmen eingerichtet, da die meisten Mütter wegen ihrer Sprösslinge ansonsten nicht hätten arbeiten gehen können. Georg empfand Stolz auf die beiden Frauen, die sich des Problems mit der ihnen eigenen Resolutheit angenommen hatten und das Leben ihrer Arbeiterinnen auf diese Weise erleichterten. Die zusätzlichen Kosten finanzierten sie seit Kriegsbeginn zum größten Teil aus ihrem von Monat zu Monat schrumpfenden Privatvermögen.

Abseits ihres Einflusses versank ihre Heimat im Chaos. Mühsam schüttelte Georg seine düsteren Gedanken ab.

Simon saß bereits auf dem Kutschbock. »Guten Morgen, Herr Breitenbach. Wohin soll die Fahrt denn gehen?«

»Guten Morgen. Nach Wedding bitte.« Georg nannte eine Adresse.

»Wird erledigt. Es ist kühl heute Morgen. Ich habe Ihnen eine Decke auf die Bank gelegt.«

Das Knattern eines der Motortaxis, die in ständig wachsender Zahl durch Berlin fuhren, zerrte an seinen Nerven. Er konnte die teuren Automobile nicht leiden, die das Bild der Straßen drastisch veränderten und die Luft mit ihrem Gestank verpesteten. Obwohl sie die Menschen schneller an ihr Ziel brachten, waren sich Georg und Theodor einig, so lange wie möglich an ihrer Kutsche festzuhalten.

Eine gute halbe Stunde später erreichten sie eine trist wirkende Arbeitersiedlung. Vor den Häusern kauerte eine Handvoll Männer und Frauen in abgerissenen Kleidern, die jedem Passanten ihre Mützen entgegenhielten. Georg war gerade im Begriff, die Kutsche zu verlassen, da bemerkte er, wie sich die Bettler – gleich Ratten, die das sinkende Schiff verlassen – in alle Richtungen verstreuten. Rasch schloss er die halb geöffnete Kutschentür wieder und sog heftig die Luft ein.

Simon drehte sich um. »Alles in Ordnung, Herr Breitenbach?«

Georg blieb ihm eine Antwort schuldig. Zwei Schutzpolizisten näherten sich aus einer Seitengasse und zogen für jedermann sichtbar ihre Schlagstöcke vom Gürtel. Er presste sich in die Kissen der Rückbank und wies mit dem Kopf in Richtung der beiden Uniformierten. »Wir fahren erst mal zum Wochenmarkt.«

Simon erbleichte und lenkte die Pferde vom Schauplatz fort.

Mit feuchten Händen umklammerte Georg seinen Gehstock. Nie hätte er für möglich gehalten, dass er auf seine alten Tage noch Geschäfte jener Art abzuschließen hatte.

Etwa eine Stunde später kehrten sie zur Arbeitersiedlung zurück, die wie ausgestorben vor ihnen lag, als Georg nun eins der schmucklosen Häuser betrat und in dem dunklen Gang eine der Wohnungstüren ansteuerte.

Auf sein Klopfen hin öffnete eine überraschend gut gekleidete Frau mit einer Zigarette im Mundwinkel, die so gar nicht in das ärmliche Viertel passen wollte. Hastig blickte sie sich nach allen Seiten um und zog ihn ins Innere.

»Konnten Sie auftreiben, worum ich Sie gebeten habe?«, kam Georg ohne Umschweife zur Sache. Die Jahre, in denen man dem Schwarzhandel auf öffentlichen Plätzen nachgegangen war, gehörten inzwischen der Vergangenheit an, man traf sich völlig unverfänglich im privaten Rahmen.

Die Frau um die vierzig, die ausnehmend gute Kontakte zu Händlern und Bauern pflegte, stand seit geraumer Zeit in seinen Diensten. Selbstzufrieden betrachtete sie ihre rot lackierten Fingernägel und wies auf einen Tisch in der Mitte des Wohnraumes. »Das meiste schon«, erwiderte sie mit hartem russischem Akzent. »Aber woher soll ich Ihrer Meinung nach Frischwaren bekommen? Eine Waffe ist leichter zu beschaffen als Gemüse, Zucker oder Milch, kann ich Ihnen sagen.« Sie inhalierte den Rauch ihrer Zigarette.

Georg hegte eine tiefe Abneigung gegen die Frau, die sich selbst Darja nannte und laut eigener Aussage die Witwe eines russischen Offiziers war. Er glaubte ihr kein Wort, andererseits kannte er niemanden, der sich geschickter im Dunstkreis von Schwarzmarkthändlern bewegte. Und um die Bäuche der ihm anvertrauten Menschen zu füllen, war ihm beinahe jedes Mittel recht. Auf dem Tisch entdeckte er etwas Hühnerklein,

ein großes Stück Butter, ein paar nicht mehr ganz frische Sellerieköpfe sowie ein Dutzend Eier. »Was ist mit dem Fisch?«

Darja drückte ihre Zigarette aus und reichte ihm zwei geschlossene Eimer, die sie aus einem Schrank zog. »Ein paar Barsche und sogar ein Hecht, gestern gefangen und eingesalzen.«

Georg atmete erleichtert aus, dann begegnete er ihrem Blick, in dem etwas Verschlagenes lag.

Sie kreuzte die Arme vor der Brust. »Sie können sich denken, dass sich viele Leute um die Lebensmittel schlagen würden, nicht wahr? Außerdem lungern die Behörden seit ein paar Tagen hier in der Gegend herum und kontrollieren in den kleinen Betrieben, ob die Nahrungsmittelbestände auch richtig angezeigt werden. Die Geschäfte werden immer gefährlicher, deshalb muss ich dreißig Prozent auf den Preis aufschlagen. Ach, wo sind eigentlich die Zigaretten, die Sie mir versprochen haben?«

Georgs Kiefer mahlten. Ihre Forderung war unverschämt, aber hatte er eine Wahl? Dennoch, er dachte nicht daran, es ihr allzu leicht zu machen. »Für diese Handvoll Kleinigkeiten bekommen Sie sie nicht.« Er betrachtete sie kühl. »Ich finde es beschämend, wie Sie die Not Ihrer … Geschäftspartner ausnutzen. Sie vergessen offenbar, dass ich nicht auf Sie angewiesen bin.« Durch das trübe Fenster deutete er hinaus auf die Straße. »Ich kenne eine ganze Reihe zuverlässiger Leute mit fairen Preisen.« Ihr Blick verfinsterte sich, doch davon ließ er sich nicht aus der Ruhe bringen. »Ich zahle Ihnen den Preis unter einer Bedingung.«

»Tatsächlich? Welche wäre das?«

»Für denselben Preis besorgen Sie mir zusätzlich einmal wöchentlich Eier, Mehl, Fleisch oder Fisch, so viel Sie auftreiben können.« Georg setzte eine hochmütige Miene auf. »Bin ich mit den Waren zufrieden, bekommen Sie Ihre Zigaretten.«

Er hatte in diesem Augenblick zwar nicht die leiseste Ahnung, woher er sie beziehen sollte, aber das würde ihm schon gelingen.

Sie schnappte nach Luft, wollte vermutlich zu einem scharfen Kommentar ansetzen, hielt dann aber inne. »Ich bin kein Flaschengeist, der Ihnen herbeizaubert, was Sie wünschen. Auch ich habe zu warten, welche Lebensmittel ich von meinen Kontaktleuten bekomme.«

Georg ließ sie nicht aus den Augen. »Ein Päckchen Zigaretten extra für gute und frische Ware.« Als er sah, wie sie mit sich rang, setzte er seine liebenswürdigste Miene auf, obwohl es ihm widerstrebte. »Ich glaube an Ihre Fähigkeiten, liebe Darja. Helfen Sie mir, unsere Arbeiter mit gutem Essen zu versorgen.« Er trat näher. »Zwei Päckchen die Woche, das ist mein letztes Angebot.«

Ein Hauch von Gier glomm in ihren Augen auf. »Also gut. Versuchen wir es.«

Georg erwiderte ihren Händedruck, nicht ohne sich anschließend seine Hand unauffällig an der Hose abzuwischen. Mit einer grimmigen Freude und seinen Errungenschaften verließ er Darjas Wohnung und blickte sich dabei vorsichtig nach allen Seiten um. Von der Polizei war glücklicherweise nichts zu sehen.

Wieder in der Kutsche, trug er Simon auf, ihn zunächst in die Stadtvilla zu chauffieren und danach einen Eimer Fisch zu ihrem zweiten Firmenstandort nach Berlin-Mitte zu fahren. Am Prenzlauer Berg angekommen, bat er eine Sekretärin, die Lebensmittel zu Emilie in die Suppenküche zu bringen.

Die Hände tief in seinen Kitteltaschen vergraben, schlenderte er anschließend durch die Fertigungshalle. Beim Anblick der Maschinen für die Munitionsherstellung überkam ihn stets das nackte Grauen. Eine Empfindung, die sich noch verstärkte, wenn er die verhärmten Gesichter der Frauen betrachtete, die an den Maschinen in drei Schichten für die

Wehrmacht produzierten. Etliche der Arbeiterinnen vertraten ihre in den Krieg einberufenen Ehemänner bei Schuherzeugung Breitenbach & Sohn, von denen viele inzwischen gefallen waren. Keine einzige beklagte sich jemals über die harte und teils auch gefährliche Arbeit. Im Gegenteil, die Frauen drückten ihre Dankbarkeit darüber aus, dass sie und ihre Kinder im Gegensatz zu vielen anderen Familien in der schweren Zeit keinen Hunger litten.

Die kaum dreißigjährige Auguste Schäfer, die an einer Maschine Geschosshülsen herstellte, gab hierfür ein gutes Beispiel ab. Ihr Mann, ein Matrose der Kaiserlichen Marine, war bereits kurz nach Kriegsbeginn 1914 in der Seeschlacht bei Helgoland gefallen, sodass sie seither allein für ihre drei Kinder sorgen musste.

»Wie geht's den Orgelpfeifen, Frau Schäfer?« Georg musterte die schmale junge Frau, die wie alle Arbeiterinnen zum Schutz vor dem Metallstaub einen dunklen Kittel und eine weiße Haube trug, und erntete ein dünnes Lächeln.

»Es geht schon, Herr Breitenbach, danke sehr. Es muss immer weitergehen, nicht wahr?«

»Das ist richtig.« Georg betrachtete sie nachdenklich. »Ich habe gestern Rücksprache mit meinen Nichten gehalten. Wir benötigen eine Kraft, die meiner schwangeren Nichte in der Suppenküche zur Hand geht und bei der Essensausgabe hilft. Kennen Sie eine patente und zupackende Person? Unsere letzte Küchenhilfe hat uns wegen ihrer Rückenprobleme verlassen.«

»Aber ja, meine Mutter«, kam es wie aus der Pistole geschossen von Auguste. »Mein Vater ist genauso … wie mein Egon gefallen, und Mutter lebt mehr schlecht als recht.« Sie blickte zu ihm auf. »Vater hat immer gesagt, sie kann sogar aus Essensresten noch was Gutes zaubern.«

»Genau so jemanden suchen wir. Sie soll sich morgen gegen acht Uhr am Empfang melden. Eine meiner Nichten wird alles Notwendige mit ihr besprechen.«

»Selbstverständlich, ich gebe meiner Mutter Bescheid. Sie wird sich freuen.«

Georg begrüßte einige weitere Arbeiterinnen, danach wandte er sich dem langjährigen Vorarbeiter Otto Staub zu, der zum Glück für den Kriegsdienst zu alt war. Weder Theodor oder Felix noch er selbst hatten eine Vorstellung davon, wie der Betrieb ohne ihn hätte laufen sollen, denn er sorgte nicht nur für einen reibungslosen Ablauf der Produktion, er hielt auch die Arbeiter zusammen, indem er bei Unstimmigkeiten zwischen den Kollegen vermittelte.

Nach einem kurzen Gespräch mit Otto Staub suchte Georg seine Frau auf, die Emilie in der Suppenküche vertrat.

In der feuchten Wärme wischte sich Mathilde den Schweiß von der Stirn. Auf ihren reizvollen Zügen entdeckte er Spuren der Erschöpfung. Sie lächelte ihn an. »Wenn ich es geschickt anstelle, reicht das Essen für zwei Tage. Wo treibst du die guten Sachen nur immer auf, mein Herz?«

Er wehrte ebenfalls lächelnd ab. »Darüber zerbrich dir mal nicht den Kopf.« Selbst in der locker gebundenen Kittelschürze, das mit Silberfäden durchzogene üppige Haar von einem Tuch gebändigt, fand er seine Frau wunderhübsch.

Georg sah sich um. »Wo ist Clemens?«

Mathilde verteilte eine Schüssel mit klein geschnittenem Gemüse in mehrere mit Brühe gefüllte Töpfe. »Bei Vanda in der Kinderbetreuung.«

»Der Postbote hat vorhin eine ganze Menge Briefe gebracht. War etwas von Felix darunter?«

Mathilde schüttelte den Kopf. »Leider nicht. Emilie wird von Tag zu Tag unruhiger. Die Ärmste hat es zurzeit nicht leicht. Ich kann mir ausmalen, wie schwer ihr die Arbeit in der Suppenküche fällt. Aber sie hält sich tapfer.«

»Sie muss auf sich achten. Gesundheit geht vor. Ach, bevor ich's vergesse, morgen stellt sich eine neue Küchenhilfe vor.«

Sie rang die Hände. »Dem Himmel sei Dank! Dann kann ich Vanda wenigstens zeitweilig bei der Kinderbetreuung helfen. Die Arbeit mit den Rangen ist allein kaum zu bewältigen.« Sie schmiegte ihre Wange an seine. »Ich verspreche, nie danach zu fragen, woher du die Lebensmittel hast. Ohne Theodors und deine Bemühungen müsste so manche Mahlzeit ausfallen. Das ist alles, was zählt.«

Als er sie ein Stück von sich abhielt, standen Tränen in ihren Augen.

Georgs Stimme klang plötzlich heiser. »Wir geben alle unser Bestes, mein Schatz.«

Er strich seiner Frau übers Haar. In den letzten vierzig Lebensjahren hatte er sich vom Träumer zum seriösen Geschäftsmann gemausert, hatte als junger Mann so manche Nächte im Rotlichtviertel verbracht und einen guten Tropfen zu genießen gewusst. Mit seinem Hab und Gut war er in den Wilden Westen aufgebrochen, hatte sich Herausforderungen gestellt, die seine Moral gehörig ins Wanken gebracht hatten, und war schließlich der Familie wegen nach Berlin zurückgekehrt. Was sich als großes Glück erwiesen hatte, denn wieder in der Heimat, hatte er die Liebe seines Lebens getroffen. Georg hatte viel erlebt. Aber Frauen weinen zu sehen, löste in ihm noch immer dieselbe Hilflosigkeit aus wie in jungen Jahren.

»Wir stehen das zusammen durch. Bisher haben wir noch alle Hürden gemeistert.«

Seine Frau nickte, und nach einer Umarmung ließ er sie weiter in der Küche walten.

Seine Nichten saßen am langen Tisch im Besprechungszimmer, die blonde Isa im Rollstuhl, da das Laufen an Krücken für sie noch zu beschwerlich war. Caroline, deren rotes Haar stets aussah, als hätte sie es nicht gebürstet, hob den Kopf von einem Schreiben. Georg fielen sofort ihre düsteren Mienen auf. »Welche Laus ist euch denn über die Leber gelaufen?«

»Frag Ministerialrat Winkler.« Die Art und Weise, wie Isa mit dem goldenen Armband spielte, das sie von ihrem früheren Verlobten Bernhard geschenkt bekommen hatte, verriet ihre Erregung. Sie deutete auf ein Schreiben auf dem Tisch.

Georg nahm ihnen gegenüber Platz und faltete die Hände auf dem Tisch. Die Nennung des Namens genügte, um sein Blut in Wallung zu bringen. Dem ach so korrekten Beamten hatten sie Felix' Einberufung zu verdanken. Eine Entscheidung, die Georg ihm noch immer übel nahm. »Was will der Kerl?«

»Man ist insbesondere mit der täglichen Stückzahl der Kleinmunition unzufrieden«, erwiderte Caroline, deren Wangen einen ungesunden Rotton aufwiesen, mit unüberhörbarem Zorn.

»Er fordert eine zwanzigprozentige Steigerung der Produktion«, ergänzte Isa.

»Ach ja?« Georg trommelte mit den Fingerspitzen auf den Tisch. Winkler gelang es immer aufs Neue, ihn aus der Fassung zu bringen, und auch jetzt kämpfte er um Gelassenheit. »Überlasst ihn mir, meine Lieben.«

»Nicht nötig, Onkel Georg«, presste Isa zwischen den Zähnen hervor. »Caroline wird ihn morgen aufsuchen.«

»Ich wäre aber froh, wenn du mich begleitest«, warf diese ein. »Uns Frauen nimmt er ohnehin nicht ernst genug.«

»Es wird mir ein Vergnügen sein.« Georg erhob sich. »Wir sehen uns zum Abendessen.«

Gerade als er das Firmengebäude hinter sich gelassen hatte, bog die Kutsche der Breitenbachs in die Auffahrt ein. Georg wartete, bis Theodor ausgestiegen war. Einmal mehr fiel ihm die schlanke und würdevolle Erscheinung seines älteren Bruders auf. Seinen Anzug ließ er stets sorgfältig bürsten und den ergrauten Bart stutzen. Durch sein frisches Gesicht wirkte Theodor jünger, als er tatsächlich war. In letzter Zeit hatten sich jedoch feine Linien um seinen Mund gegraben.

»Soll ich die Sachen in die Suppenküche tragen?«, fragte Simon.

Theodor wehrte ab. »Danke, das erledige ich schon selbst.«

Die beiden Männer verfolgten, wie Simon die Pferde in den Stall brachte.

Mit umwölkter Stirn wies Theodor auf den kaum halb gefüllten Korb zu seinen Füßen. »Drei Sellerieköpfe, sonst nichts.« In seinem Blick lag Verzweiflung. »Das ist alles, was ich auftreiben konnte.«

Georg nickte grimmig. »Und ein Ende der mageren Zeit ist nicht abzusehen.«

Theodor zog ihn beiseite. »Ich habe mich mit Herrn Hecht im Romanischen Café am Kurfürstendamm getroffen. Er will unser Tafelsilber kaufen.« Er nannte Georg einen Preis.

Von dem erfahrenen Antiquitätenhändler Johannes Hecht hatte die Familie in der Vergangenheit so manches Möbelstück erstanden.

»Schlag ein. Der Preis ist angemessen.« Georg teilte seine Bemühungen, alles zu veräußern, was nicht mehr vonnöten war. »Wir brauchen das Zeug nicht.«

Die Blicke der Brüder begegneten sich. »Gut, dass unsere Mutter das nicht mehr erleben muss«, raunte Theodor. »Das Tafelsilber ist ein Erbstück ihrer Eltern.«

»Ich weiß, aber von Sentimentalitäten werden unsere Arbeiter nicht satt.« Georg klopfte seinem Bruder auf die Schulter und machte sich auf den Weg zurück in die Stadtvilla.

»Ach, Herr Breitenbach«, empfing ihn Magda. »Ich habe Ihnen die Tageszeitung auf den Tisch in der guten Stube gelegt. Kann ich Ihnen sonst noch etwas bringen?«

»Danke, nein.«

Er steuerte auf das Nebengebäude der Stadtvilla zu, das er seit Langem mit seiner Frau bewohnte, und zog die Verbindungstür ins Schloss. Er wusste den Trubel in seiner Großfamilie durchaus zu genießen, schätzte aber ebenso die friedliche Stille in ihren Privaträumen. Aufatmend setzte er sich auf das gemütliche Ledersofa. Dabei fiel sein Blick auf die Messingtafel mit dem Symbol des weißen Ahorns, die auf dem Sekretär gegenüber des Sofas stand und ihn nie vergessen ließ, was es ihm und seiner Familie bedeutete. Tief in Gedanken versunken, stopfte er die Pfeife seines Vaters und griff nach der Abendausgabe des *Berliner Tageblatts und Handels-Zeitung.*

»Die Schlacht an der Aisne. Eine der größten Schlachten der Weltgeschichte. Der gestrige Durchbruchsversuch der Franzosen gescheitert. 2100 Franzosen gefangen. Der Kampf an der Champagne neu entbrannt. Amtlich. Großes Hauptquartier, Westlicher Kriegsschauplatz, 17. April. Seit dem 6. April hielt ununterbrochen die Feuervorbereitung mit Artillerie und Minenwerfern an, durch die Franzosen in noch nie erreichter Dauer, Masse und Heftigkeit unsere Stellungen sturmreif, unsere Batterien kampfunfähig, unsere Truppen mürbe zu machen suchten. Am 16. April frühmorgens setzte von Soupir an der Aisne bis Bethenn nördlich von Reims …«

Nördlich von Reims, hallte es schmerzhaft in Georg wider. *Grundgütiger, Felix!* Georgs Hand zitterte, als er sich erneut über die Zeitung beugte.

»Bei dem heutigen Feuerkampf, der die Stellungen einebnet und breite, tiefe Trichterfelder schafft, ist die starre Verteidigung nicht mehr möglich. Der Kampf geht nicht mehr um eine Linie, sondern um eine ganze tief gestaffelte Befestigungszone. So wogt das Ringen um die vordersten Stellungen hin und her mit dem Ziel, lebendige Kräfte zu sparen, den Feind durch blutige Verluste entscheidend zu schwächen. Am gestrigen Tag ist der große französische Durchbruchsversuch gescheitert …«

Die nächsten Zeilen verschwammen vor Georgs Augen.

»Die Truppe sieht den kommenden schweren Kämpfen voller Vertrauen entgegen. Der Erste Generalquartiermeister Ludendorff.«

Die Härchen an Georgs Unterarmen hatten sich aufgestellt. *Hoffentlich hat Emilie heute noch keine Zeitung gelesen*, durchfuhr es ihn. Sie durfte nichts von den bevorstehenden Kämpfen erfahren. Jede Aufregung konnte ihr und dem Ungeborenen schaden. *Herrgott, steh dem Jungen bei!*

KAPITEL 5

Caroline

18. April 1917

Caroline und Walther hatten nach ihrer Rückkehr aus Mailand
vor beinahe zwei Jahren die Räume in der Stadtvilla bezogen,
in der das Nesthäkchen der Familie seine Kindheit verbracht
hatte. Caroline erinnerte sich noch deutlich an ihre gemischten
Gefühle, als sie zum ersten Mal wieder ihr damaliges Refugium
betreten hatte. In ihre Freude, wieder mit der Familie vereint
zu sein, hatte sich Schmerz gemischt. Sie war so stolz auf die
Tochterfirma mit der angeschlossenen Werkstatt gewesen, die
sie in Mailand gegründet und zu einigem Ansehen geführt
hatte. Doch nach dem Kriegseintritt Italiens waren die Aufträge
der heimatverbundenen Italiener ausgeblieben, und trotz ihres
verbissenen Kampfes um den lieb gewonnenen Betrieb hatten
Walther und sie schließlich keine andere Möglichkeit gesehen
als aufzugeben.

Der Stachel saß tief, bis heute. Ihr Freund, der
Herrenschneider Arturo De Luca, der am Kurfürstendamm

ein luxuriöses Geschäft betrieb, hatte sie wortreich zu trösten versucht. Dabei stand auch sein Ladenlokal wie das vieler anderer vor dem Aus, denn die bessere Berliner Gesellschaft hatte alle Hände voll zu tun, sich mit klingender Münze das Notwendigste zu beschaffen. Wer benötigte in dieser Zeit schon ausgefallene Herrenmode?

Nicht einmal die Beteuerungen ihrer Familie, dass sie keine Schuld an dem Scheitern ihres großen Traumes traf, halfen Caroline über das Gefühl hinweg, versagt zu haben. Sie hatte ihren Beitrag zum Schwur auf den weißen Ahorn leisten und demonstrieren wollen, dass auch eine Frau fähig war, die Zukunft des Traditionsunternehmens in die Hand zu nehmen und für die nächste Generation zu sichern.

Aber auch bei Schuherzeugung Breitenbach & Sohn standen die Zeichen auf Sturm, seit sie für das Militär fertigen mussten. So manchen Tag sehnte Caroline die alten Tage herbei, an denen Isa fantasievolles und elegantes Schuhwerk und sie Werbung für ihre Modelle entworfen hatten.

Doch jetzt hing eine noch dunklere Wolke über allem. Die Nachricht von der Schlacht an der Aisne hatte in der Stadtvilla der Breitenbachs wie eine Bombe eingeschlagen. Die Furcht und Verzweiflung auf Emilies fein geschnittenem Gesicht, als sie die Hiobsbotschaft erfuhr, hatten sich für immer in Carolines Gedächtnis eingebrannt.

Wohl niemand aus der Familie hatte in der vergangenen Nacht ein Auge zugetan, und als Caroline gegen zwei Uhr auf leisen Sohlen in die Küche geschlichen war, hatte sie dort Emilie vorgefunden, blass und mit geschwollenem Gesicht. Weil den beiden Frauen die Worte fehlten, die auch nur annähernd ausdrückten, was sie empfanden, hatten sie einander stumm bei den Händen gehalten. Der heiße Tee rann zwar wohltuend durch ihre Kehlen, half jedoch nicht, die Enge in ihren Hälsen zu vertreiben.

Die Vorstellung, wie Felix inmitten eines Meeres von Soldaten auf dem Schlachtfeld ums Überleben kämpfte, sog Caroline jedes Quäntchen Wärme aus dem Leib. Wie musste es erst ihrer Schwägerin ergehen, die für ihren Sohn stark sein musste, um ihn nicht zu verunsichern, und zugleich ein weiteres Kind erwartete. Sie und ihre Schwägerin waren bei Weitem nicht die Einzigen, die von ihrer Furcht beherrscht wurden. Auch Carolines Mutter schlich, äußerlich gefasst, wie eine Schlafwandlerin durchs Haus. Was in Vandas Kopf vorging, konnte sie sich ausmalen. Unterdessen gaben sich Isa und ihr Vater redlich Mühe, Zuversicht zu verbreiten und den Rest von ihren Sorgen abzulenken.

Der Mittwochmorgen begann klar und sonnig. Caroline zupfte im Ankleidezimmer die knielange Jacke ihres elfenbeinfarbenen Hosenanzugs zurecht. Walther machte in seinem dunklen dreiteiligen Anzug einen ungemein seriösen Eindruck, zumindest solange man seine schief gebundene Krawatte nicht bemerkte.

Er musterte sie. »Bist du bereit?«

»Und wie!« Sie schloss die Augen vor den blendenden Sonnenstrahlen, die direkt auf ihr Gesicht fielen. »Ich kann es kaum erwarten, dem Ministerialrat gegenüberzustehen.« Sie band Walthers Krawatte neu, sog den Duft seines Rasierwassers ein, und ihr Herzschlag beschleunigte sich, als er sie an sich zog.

Insgeheim hatte Caroline immer gespürt, dass Walther mehr als Freundschaft für sie empfand. Wie naiv von ihr, zu glauben, dass sie damals nur Freunde gewesen waren, die einander geheiratet hatten, um nicht allein zu sein. Kurz vor dem Weihnachtsfest hatte er ihr an einem stürmischen Abend vor dem Kamin seine Liebe gestanden. Dieser Moment hatte alles zwischen ihnen verändert, und heute fragte sie sich, wie sie je ohne ihn hatte einschlafen und am nächsten Morgen erwachen können. Er war ihr Morgen und ihr Abend, ihr Licht und Schatten. Mit ihm fühlte sie sich ganz, und zuweilen fragte sie sich, wieso sie nicht viel früher gemerkt hatte, dass er sich sanft in ihr Herz geschlichen hatte wie niemand zuvor.

»Du siehst bezaubernd aus.« Er streichelte sie mit seinem Blick. »Ich muss gehen, die Pflicht ruft. Aber ich bin sicher, du wirst das Gespräch spielend meistern, Liebes. Viel Erfolg.«

Walther leitete inzwischen die Buchhaltung im Familienunternehmen.

Sie nahm sein Gesicht in ihre Hände und küsste ihn zärtlich. »Danke. Geh schon.«

Dann ließ sich Caroline von Magda einen schwarzen Federhut bringen, der ihre rote Haarfülle nahezu komplett verbarg.

»Wie sehe ich aus?«

Die Dienstbotin stemmte die Hände in die fülligen Hüften. »Streng, sehr hübsch und ein wenig Furcht einflößend.«

Caroline drehte sich zu ihr um. »Ach ja?«

»Du siehst aus wie ein Vulkan, der jeden Moment ausbrechen kann.« Magda kicherte hinter vorgehaltener Hand. »Ich hoffe, dein Zorn trifft den Richtigen.«

»Worauf du dich verlassen kannst.« Entschlossen griff Caroline nach ihrer Handtasche. »Wünsch mir Glück.«

»Das tue ich immer.«

Wenig später küsste Onkel Georg in der Kutsche ihre Stirn und gab Simon die Adresse des Militärkabinetts in der Behrenstraße durch.

Auf seiner Stirn hatten sich Sorgenfalten eingegraben. »Bereit, Onkel Georg?«

»Absolut.«

Sie legte ihre Hand auf seine. »Sei so lieb und lass mich zunächst sprechen. In mir ist so viel Wut, ansonsten ersticke ich daran.« Wie gut, dass niemand ihren Blutdruck maß, der bestimmt astronomische Höhen erreichte, während sich die Kutschpferde ihren Weg durch den regen Verkehr bahnten.

In Georgs Augen trat der warme Schimmer, den sie an ihm besonders mochte. Caroline gehörte weiß Gott nicht zu der rührseligen Sorte Frauen, doch in der Gegenwart ihres Onkels verspürte sie oft das Bedürfnis, sich an ihn zu schmiegen. Sie liebte seine Lässigkeit und den Schalk in seinen Mundwinkeln genauso wie den Geschäftsmann, in den er sich von einem Moment auf den nächsten verwandeln konnte – wie gerade jetzt.

Sie bogen in die Behrenstraße ein, und er zog seinen Zylinder tiefer in die Stirn. »Na schön, Kleines. Falls ich es aber für nötig erachte, melde ich mich zu Wort.«

Caroline nickte und steuerte entschlossenen Schrittes an seinem Arm auf das Büro des Ministerialrats zu.

Bei ihrem Eintreten war Winkler hinter einem Berg Akten auf dem Schreibtisch kaum auszumachen. »Herr Breitenbach, Frau …«

»Singer«, warf Caroline ein.

»Guten Morgen, die Herrschaften. Was führt Sie zu mir?« Der Ministerialrat wies auf zwei Stühle.

Caroline und Georg ignorierten seine Aufforderung und legten stattdessen das Schreiben mit seiner Unterschrift auf den Tisch.

»Ist etwas daran missverständlich?«

Der Gleichmut, mit dem er seinen Füllfederhalter in den Händen drehte, strapazierte Carolines Nerven. »Ganz und gar nicht, Herr Ministerialrat. Mein Onkel und ich sind hier, um einem Missverständnis Ihrerseits vorzubeugen.«

Jetzt genoss sie Winklers uneingeschränkte Aufmerksamkeit. »Ich verstehe nicht, Fräu… Frau Singer. Wie kann ich Ihnen helfen?«

»Indem Sie Ihre Anordnung noch einmal überdenken«, erwiderte Caroline so ruhig, wie es ihr unter den Umständen möglich war. Ein leichtes Vibrieren in ihrer Stimme konnte sie jedoch nicht verhindern. »Bitte vergessen Sie nicht, dass es Menschen sind, die diese Maschinen bedienen. Menschen, denen das Recht auf vernünftige Arbeitsbedingungen zusteht. Eine Steigerung der Produktion an Kleinmunition um zwanzig Prozent ist unzumutbar und wird es mit uns so nicht geben.«

Winklers Miene gefror. »Frau Singer, wenn Sie das bitte wiederholen würden?«

»Sie haben uns schon richtig verstanden, Herr Ministerialrat«, mischte sich Onkel Georg, auf dessen Stirn trotz der frühen Stunde Schweiß perlte, in den Wortwechsel ein. »Unsere fleißigen Arbeiter sind am Ende ihrer Kraft. Viele unserer Männer sind gefallen, die älteren oder versehrten Daheimgebliebenen sowie unsere Soldatenfrauen und ihre Kinder haben ohnehin schwer an ihrem Los zu tragen. Ein derartiges Arbeitspensum können sie auf Dauer nicht durchhalten.«

»Dann lassen Sie sich eben etwas einfallen!« Winklers Augen verengten sich zu Schlitzen.

Caroline nahm eine kerzengerade Haltung ein und wich dem scharfen Blick ihres Gegenübers keinen Millimeter aus. »Ohne Ihr Entgegenkommen wird es keine Stückzahlerhöhung geben.« Sie sah ihren Onkel an, der bei ihren Worten die Gesichtsfarbe gewechselt hatte. »Wir fühlen uns den Menschen, die für uns arbeiten, verpflichtet, und das bedeutet eben auch, für ihre Gesundheit und Sicherheit zu sorgen. Wenn wir dies nicht garantieren können, müssen wir der Anordnung zu unserem Bedauern widersprechen.«

Winkler erhob sich ruckartig. »Sie widersetzen sich also dem Befehl des Kriegsministers? Unsere Soldaten kämpfen mit ganzer Leidenschaft für Kaiser und Vaterland und brauchen unsere Unterstützung!«

Sie hielt seiner Musterung ungerührt stand. Der Kerl zeigte sich unerbittlich? Schön, sie ebenfalls. »Richtig, unsere Arbeiter benötigen Ihre Unterstützung aber genauso dringend.«

»Wir erwarten die unverzügliche Umsetzung unseres Befehls. Damit ist alles gesagt. Ich habe zu tun, wenn es Ihnen nichts ausmacht.« Winkler wies zur Tür.

»Mit Verlaub, das können wir nicht akzeptieren.« Onkel Georg trat mit undurchdringlicher Miene an Winklers Schreibtisch. »Wenn die Produktion hochgefahren werden soll, benötigen wir zusätzliche Arbeitskräfte. Davon abgesehen, dass sie nicht auf Bäumen wachsen, müssen sie auch bezahlt werden.«

»Das ist Ihr Problem, nicht unseres.«

Caroline ließ den Ministerialrat nicht aus den Augen. »Verstehe. Aber wissen Sie was? In den vergangenen Jahren musste meine Familie so einige fragwürdige Entscheidungen Ihrerseits akzeptieren, wenn ich Sie an die Einberufung meines Bruders erinnern darf.«

»An der Front wird jeder Mann gebraucht«, erklärte Winkler steif.

»Das mag sein. Dennoch haben wir etwas bei Ihnen gut. Meinen Sie nicht auch?«

Georg knuffte sie leicht in die Seite, unterdessen sprudelten die Worte, die sie bereits seit langer Zeit unterdrückt hatte, aus ihr heraus.

»Wir sind seit Jahrzehnten Geschäftspartner, und als diese hilft man einander«, fuhr Caroline ungerührt fort. »Na schön. Wir erklären uns bereit, eine Anzahl Arbeiter einzustellen. Im Gegenzug erwarten wir jedoch, dass uns die Versorgungsabteilung in angemessener Weise mit Lebensmitteln für unsere Suppenküche bestückt. Wir sind auch ohne die zusätzlichen Kräfte kaum noch in der Lage, unsere Belegschaft anständig zu versorgen.«

Caroline bemerkte die Verblüffung auf Winklers Zügen. Ihre Nerven flatterten, doch sie hatte von ihrem Vater und ihrem Onkel gelernt, falls nötig, jegliche Emotionen hinter einer freundlich-reservierten Miene zu verstecken. »Ich nehme an, wir können einen Antrag auf Bewilligung von Versorgungsgütern stellen?«

»Das steht Ihnen selbstverständlich frei.« Der Beamte zog seine Nase kraus, entnahm einem Aktenschrank einige Papiere und legte sie auf den Schreibtisch. »Mir ist allerdings kein Fall bekannt, in dem wir Fabrikanten Versorgungsgüter gewährt hätten.«

Caroline reckte das Kinn. »Nun, wir sind nicht irgendwelche Fabrikanten. Schuherzeugung Breitenbach & Sohn gehört zu den Unternehmen mit den meisten Beschäftigten der Stadt. Das bitte ich zu beachten.«

Im Büro entstand eine unangenehme Stille, die nur von dem Ticken der Wanduhr unterbrochen wurde. Nach einer schier unendlichen Pause räusperte sich Winkler.

»Bitte sehr, versuchen Sie es.« Er hatte es plötzlich eilig, sich zu setzen und sehr geschäftig zu tun. »Ich kann leider nichts versprechen. Bewilligungen dieser Art obliegen nicht allein meiner Entscheidung.«

Onkel Georg nahm die Papiere an sich. »Wir verlassen uns auf Ihre Loyalität. Einen angenehmen Tag, Herr Ministerialrat.« Ohne Winklers Antwort abzuwarten, zog Georg seine Nichte aus dem Büro.

Wieder im Freien, suchten sie ein nur wenige Häuser entferntes Café auf. Nachdem sie an einem Tisch auf der Terrasse Platz genommen hatten, bestellte Georg die Getränke. Wegen der frühen Stunde herrschte dort zum Glück kaum Betrieb.

Ihr Onkel machte ein Gesicht, als hätte er in eine Zitrone gebissen.

»Kleines, du weißt, dass ich uneingeschränkt hinter dir stehe«, eröffnete er schließlich das Gespräch. »Andererseits hast du dich ziemlich weit aus dem Fenster gelehnt. Wobei ich deine Idee, dass das Militär zum Ausgleich unsere Suppenküche mit Lebensmitteln versorgt, gewagt, aber hervorragend finde.«

»Danke, dass du das sagst«, entgegnete sie warm.

»Trotzdem bin ich mehr als besorgt. Das Militär kann uns wegen Befehlsverweigerung vor Gericht zerren. Ist dir das klar?«

»Ja, ich weiß.« Caroline lächelte mühsam. »Sieh mich nicht so streng an. Ich habe mir jedes Wort sorgsam zurechtgelegt, ihm weder gedroht, noch ihn beleidigt, sodass es seinen Zorn wecken könnte.«

Er nickte. »Das hast du geschickt angestellt. Deine Bemerkung, wir seien nicht irgendein Unternehmen, fand ich hingegen unpassend.«

»Wieso denn?«, erwiderte Caroline. »Wir haben uns in der Vergangenheit zu viel von dem arroganten Schnösel gefallen lassen.«

»Zügle deine Zunge, mein Mädchen.«

»Ist doch wahr! Es wird Zeit, Winkler die Stirn zu bieten. Wir sind weder Bittsteller noch Marionetten.«

Onkel Georg zog seine Brauen zu einer Linie zusammen. »Leider doch. Genau genommen zieht das Militär in unserem Reich die Fäden. Das weißt du genau. Gegen den Rat des Reichskanzlers beugt sich neuerdings sogar unser Kaiser dem Militär. Sieh nur, was daraus entstanden ist. Amerika hat dem Deutschen Reich den Krieg erklärt! Sollte das Kriegsministerium jetzt die Verträge mit uns kündigen, sind wir am Ende und müssen schließen. Machst du dann unseren Hunderten Arbeitern am Prenzlauer Berg und in Berlin-Mitte verständlich, dass wir sie entlassen müssen?«

»Das wird nicht geschehen«, sagte Caroline sanft. Nachdem die Kellnerin die Bestellung gebracht hatte, fuhr sie fort. »Auch wir haben einen gewissen Einfluss in der Wirtschaft, den wir für unsere Arbeiter durchaus mal ausspielen sollten.«

Georg schüttelte in gespielter Verzweiflung den Kopf. »Seit Kindertagen hast du die Neigung, dich auf hauchdünnes Eis zu begeben.«

Caroline hob die Schultern. »Das gebe ich zu, Onkel Georg. Es wäre allerdings nicht das erste Mal, dass ich mit einem gewissen Wagnis vielversprechende Geschäfte in die Wege geleitet habe.« Damit spielte sie auf die Zusammenarbeit mit den Mailändern Arturo und Enzo De Luca an, die zu ihrem Bedauern durch den Krieg ein Ende gefunden hatte.

Wobei die Brüder ebenfalls Rückschläge hatten einstecken müssen. Doch anders als Caroline hatten ihre italienischen Freunde durch jahrelanges erfolgreiches Wirken Rücklagen gebildet, die den Fortbestand ihrer Mailänder Herrenschneiderei sicherten. Ob sie und Arturo noch Gelegenheit finden würden, sich voneinander zu verabschieden? Dachte sie an seine Rückkehr nach Mailand, wurde sie jetzt schon wehmütig. Sie würde ihn schmerzlich vermissen.

»Das ist richtig«, riss Onkel Georg sie aus ihren Überlegungen. »Ich bitte dich dennoch, in Zukunft diplomatischer vorzugehen.«

Als ob sie nicht alle Diplomatie aufgewendet hatte, zu der sie imstande war! Mehr noch, zwischenzeitlich hatte ihr der Zwang zu einem höflichen Umgang den Hals abgeschnürt. Sie hätte diesem widerlichen Ministerialrat allzu gern noch viel mehr an den Kopf geworfen. Wäre sie ein Mann gewesen – ja, ihm hätte man deutliche Worte verziehen. Als Frau jedoch hatte sie sich gesittet zu benehmen.

»Lass uns hoffen, dass unser Gespräch mit Winkler Früchte trägt.« Georg legte den Kopf schief und wechselte das Thema. »Du hast uns vor einiger Zeit von der Fürsorgestelle im

Cecilienhaus berichtet, in der du dich gern engagieren würdest. Gibt es inzwischen etwas Neues zu vermelden?«

Als langjähriges Mitglied im Vaterländischen Frauenverein setzte sich Caroline für das Wahlrecht für Frauen ein. Doch seit der Krieg über das Reich hereingebrochen war, konzentrierte sich der Verein, der im Cecilienhaus in der Berliner Straße beheimatet war, auf die Kinderbetreuung in einer Krippe sowie auf eine Volks- und eine Krankenküche. Zusätzlich hatte man dort eine Frauenklinik mit einer Entbindungsstation und ein Sanatorium mit fünfzig Betten eingerichtet. Außerdem beherbergte das Gebäude eine Zentrale für zahlreiche Wohlfahrtseinrichtungen. Da für eine dieser Einrichtungen eine ehrenamtliche Kraft mit Erfahrung in der Werbung gesucht wurde, hatte sich Caroline um den Posten beworben.

»Ab nächster Woche werde ich fürs Rote Kreuz Anzeigen, Mitteilungen über Aktionen und Spendenaufrufe entwerfen. Ich kann gar nicht ausdrücken, wie sehr ich mich darauf freue, endlich wieder kreativ tätig zu sein, und sei es auch nur für ein paar Stunden die Woche.« Carolines Blick schweifte über die mit Blumenkübeln geschmückte Terrasse. »Wenn ich durch unseren Betrieb gehe, könnte ich schwermütig werden. Wer hätte gedacht, dass wir je Waffen und Munition produzieren.«

»Du sagst es.« Georg leerte sein Glas Fruchtsaft und legte ein paar Münzen auf den Tisch. Als er aufsah, lag ein müdes Lächeln um seine Lippen. »Eine kurze Nachricht von Felix würde uns allen den Tag schlagartig verschönern, habe ich nicht recht?«

Dem konnte Caroline nichts hinzufügen.

Schweigend verließen sie das Café und bestiegen die Kutsche.

Onkel Georg gab Simon Anweisung, ihn zum Unternehmen zu bringen. »Ich will mich bei der neuen Küchenhilfe erkundigen, wie sie zurechtkommt. Du gehst bestimmt gleich an die Arbeit, oder?«

»Ich komme später nach«, antwortete Caroline. »Es ist ohnehin nicht genug für Isa und mich zu tun. Doktor Schubert wollte Emilie am Vormittag noch aufsuchen, weil sie sich heute früh nicht wohl fühlte. Vielleicht konnten Papa oder Mama ihn kurz sprechen.«

»Sehr gut«, erwiderte ihr Onkel. »Emilie ist schnell verstockt, sobald man sie nach ihrem Befinden fragt. In der Beziehung kannst du dich genauso mit unseren Pferden unterhalten.«

Der Vergleich hinterließ ein Zucken in Carolines Mundwinkeln. »Kein Wunder. Klagt sie über das kleinste Wehwehchen, geratet ihr sofort in helle Aufregung.«

Ihr Onkel brummte etwas Unverständliches.

Als Caroline in Felix' und Emilies Haus eintraf, hielt sich Doktor Schubert noch bei seiner Patientin auf, und so gesellte sie sich zu ihren Eltern, die sich leise im Wohnzimmer unterhielten.

»Wie ist das Gespräch mit Winkler verlaufen?«, wollte ihre Mutter wissen.

»Ich bin nicht sicher. Wir haben getan, was wir konnten. Ob wir ihn jedoch überzeugen konnten, Zugeständnisse zu machen, wird sich zeigen.«

Caroline wollte zu einer detaillierten Schilderung der Unterredung mit Winkler ansetzen, da kam der Arzt aus Emilies Privaträumen und trat auf die Familie zu.

»Das Ungeborene kostet Frau Breitenbach viel Kraft. Ihr Allgemeinzustand gefällt mir nicht, und sie zeigt Symptome von Schwermut.« Seine Miene wurde ernst. »Das ist in ihrem Zustand als durchaus ungünstig zu betrachten.«

Vanda spielte mit einem Taschentuch auf dem Schoß und sprach aus, was auch Caroline durch den Kopf ging. »Wird sie das Kind austragen können?«

Doktor Schubert betrachtete sie mitfühlend. »Das kann ich zu diesem Zeitpunkt nicht mit Bestimmtheit sagen. Ich habe ihr ein Fläschchen mit Stärkungsmittel dagelassen. Sorgen Sie dafür, dass sie sich ausruht und genügend isst. Bringen Sie sie auf andere Gedanken. Mehr können wir derzeit nicht für sie tun.«

»Frische Luft würde ihr ebenfalls guttun«, wandte Caroline ein. »Darf sie spazieren gehen?«

Der Arzt wiegte den Kopf. »Vorerst aber bitte im Garten bleiben, und nur, wenn sie sich kräftig genug fühlt. Ich sehe morgen wieder nach ihr. Haben Sie bitte ein Auge auf Frau Breitenbach. Ich empfehle mich.«

Als sie wenig später wieder unter sich waren, schloss Theodor erst seine Frau und danach seine Tochter in die Arme. »Schaut nicht so bedrückt. Emilie ist eine starke Frau und wird es schon schaffen. Außerdem stehen wir ihr zur Seite. Felix befindet sich hoffentlich auch in Sicherheit. Also, nur Mut und Kopf hoch, meine Lieben!«

Kapitel 6

Felix

Nordfrankreich, in einem Vorfeld von Reims, 30. April 1917

An einem nebligen Sonntag eine Woche nach dem französischen Granatenfeuer war Felix aufgewacht, weil sein rechter Arm auf einmal unkontrolliert gezittert hatte. Was auch immer er seither anstellte, um ihn zur Ruhe zu bringen, scheiterte.

Während Felix darauf wartete, dass man seinen Arm endlich von dem Gurt befreite, der ihn ans Bett fesselte, flogen seine Gedanken zur Familie in die Stadtvilla, um die er sich zunehmend sorgte. Üblicherweise vermieden sie es in ihren Briefen, ihm unerfreuliche Details aus ihrem Alltag zu berichten. In ihrer letzten Nachricht jedoch hatte Caroline wie nebenbei fallen lassen, dass sie mit Ministerialrat Winkler hart um Lebensmittelrationen vom Militär verhandeln wolle, und dabei noch eingeworfen, er möge ihr Glück wünschen. Felix beschlich eine Ahnung, wie es um die Versorgung der Familie und der Arbeiter bestellt sein musste, wenn seine resolute Schwester bei Winkler vorsprach, den sie ansonsten mied wie der Teufel das Weihwasser. Ein grimmiges Schmunzeln schlich sich in seine Mundwinkel.

Die Tage reihten sich unerträglich langsam aneinander und unterschieden sich höchstens durch die Ereignisse, wenn der Feind angriff oder sich das deutsche Heer verteidigte. Einzelheiten über Kampfstrategien, Erfolge oder Niederlagen erreichten die Versehrten kaum, die ohnehin nur eins im Sinn hatten: das Lazarett lebendig zu verlassen.

Mehrmals täglich verabreichte ihm der Arzt eine Spritze, die ihn in jenen Zustand von Schwerelosigkeit versetzte, den er zu schätzen lernte, denn dann sah er Emilie lächeln, fühlte ihre weiche Umarmung und hörte das Knarzen der Dielen, wenn sein Sohn im Haus auf ihn zulief. Er sah sich mit Tante Rosa auf einer Bank sitzen, den Blick auf den geheimnisvollen Tafelberg gerichtet, und beobachtete einen Raben, der ihn neugierig zu mustern schien. Es war so still und friedlich dort. Dann spülten Erinnerungen an das letzte Christfest, als er mit seiner Familie Weihnachtslieder gesungen hatte, wieder an die Oberfläche und waren jeden Atemzug wert, mochte dieser wegen der gebrochenen Rippen noch so schmerzhaft sein. Umso qualvoller gestalteten sich hingegen jene Stunden, in denen er auf die nächste Dosis Morphium wartete. Seine Empfindungen wechselten sich in Wellen ab. Da waren Grabesstille und Chaos. Schmerz und Lethargie. Furcht und Gleichgültigkeit. Hoffen und Bangen.

Ließ die Wirkung der Spritzen nach, lauschte er auf die typischen Gefechtsgeräusche und beobachtete das Geschehen im Saal. Hatte sich ein Oberst oder Feldmarschall verletzt, brachte man ihn sofort in einen anderen Saal, und dem emsigen Kommen und Gehen der Schwestern und Pflegern nach zu urteilen, wurde er nicht nur rund um die Uhr versorgt, er erhielt zudem reichhaltige Mahlzeiten. Mit seinen Beobachtungen war Felix nicht allein, es dauerte nicht lange und bei den Versehrten im Saal machte sich Unmut breit. Felix beteiligte sich allerdings nicht an den zunehmend aufgebrachten Kommentaren seiner Mitpatienten.

Die Temperaturen stiegen allmählich. Der Ahornbaum daheim mochte bald in voller Blüte stehen. Ins Lazarett hingegen wehte der Wind lediglich den Gestank von Rauch und Tod herein, der alle anderen Gerüche verdrängte. Betreten verfolgte Felix, wie die Pfleger drei Männer hinaustrugen, die ihren Verletzungen erlegen waren, und er schloss die Augen.

Als Doktor Maibach mit einem Tablett voller Spritzen und einem Kopfnicken an ihm vorbeiging und sich seinem Bettnachbarn zur Rechten zuwandte, begann es in ihm zu brodeln.

»Sie haben mich wohl vergessen«, machte sich Felix lautstark bemerkbar, damit der Arzt ihn im allgemeinen Stimmengewirr auch hörte.

Maibach trat an sein Bett. »Nein, Breitenbach. Sie bekommen Ihre Spritze erst zur Nacht.« Er wies mit dem Kopf auf einen Soldaten auf der anderen Seite, bei dem ein zweiter Arzt gerade die Säge an dessen Unterschenkel ansetzte. »Die Schwester bringt Ihnen Tabletten, die sich in der Behandlung von Schmerzen Ihrer Art als sehr wirkungsvoll herausgestellt haben. Der arme Kerl da hinten und ein paar andere brauchen das Morphium dringender.«

Als ob der Kerl ermessen konnte, welche Höllenqualen er durchlitt! Felix umklammerte Maibachs Handgelenk. »Sehen Sie sich meinen Arm an. Der zittert unentwegt! Ich brauche das Zeug genauso, verflixt!«

Der Arzt entzog sich ihm entschieden. »Sie schaffen das. Schlafen Sie noch ein wenig.«

Damit entfernte er sich. Der Mann hatte gut reden! Wie sollte er mit seinem Arm, der seinen Befehlen nicht mehr gehorchte, und den gellenden Schreien des Soldaten schlafen?

Doch selbst als wieder Stille einkehrte, kam Felix nicht zur Ruhe. Hätte er doch wenigstens umherlaufen und seine innere Anspannung loswerden können! Stattdessen harrte er, auf dem Rücken liegend, aus wie ein Gefangener in Ketten und Fußfessel.

Davon abgesehen zeigten die Tabletten keinerlei Wirkung. Vermutlich handelte es sich um Placebos, mit denen die Ärzte Patienten wie ihn zu täuschen versuchten. Aber sein Körper ließ sich nicht überlisten, er verlangte nach dem nächsten Rausch und trieb Schweiß auf seine Stirn.

Als eine junge Schwester mit weizenblonden Haaren seine Wunden versorgte, gab er seiner Stimme einen einschmeichelnden Klang. »Sie kennen mich schon eine Weile und haben ein großes Herz. Bitte beschaffen Sie mir etwas Morphium, eine kleine Dosis genügt. Bitte, bei den Kopfschmerzen verliere ich noch den Verstand!«

Sie blätterte in der Karteikarte am Fußende seines Bettes. Als sie den Kopf hob, lag in ihrem Blick Mitgefühl. »Der Doktor hat ausdrücklich vermerkt, dass Sie es erst abends erhalten sollen. Tut mir sehr leid.« Sie setzte sich auf den Hocker neben ihm. »Ich bringe Ihnen ein anderes Schmerzmittel.«

»Das ganze Zeug hilft doch sowieso nicht«, entfuhr es Felix brüsk.

»Wie Sie wollen.«

Frustriert verfolgte er, wie sich die Schwester unbeeindruckt dem nächsten Patienten zuwandte.

So blieb ihm nur, den Abend herbeizusehnen, an dem er seinem neuen Freund namens Morphium endlich die Hand reichen konnte.

Es dauerte nicht lange und die Ärzte stellten die Morphiumgaben vollends ein. Felix flehte und bettelte; die Schmerzen, die durch seinen Körper wanderten, wurden unerträglich und begleiteten ihn sogar im Schlaf. Aber alles, was die Schwestern taten, um sein Leiden erträglicher zu machen, war, seinen Kopf zu halten, wenn er sich erbrach, oder seine Stirn zu kühlen, weil er schwitzte wie nie in seinem Leben.

Bald raste sein Herz derart, dass er meinte, es werde jeden Moment stehen bleiben. Hitze breitete sich in ihm aus. Fiel er in einen kurzen Schlaf, starrten ihn Julius' leere Augen an, Blut tropfte auf sein Gesicht und die Schreie der Sterbenden mischten sich mit jenen im Saal. Manchmal fühlte er Emilie ganz nahe bei sich. Versuchte er den Tritten ihres Ungeborenen mit den Fingern nachzuspüren, gelang es ihm nicht, weil sein Arm keine Ruhe gab. Emilie kicherte und neckte ihn. Doch dann wandelte sich ihr Kichern zu einem schrillen Lachen, das ihm durch Mark und Bein fuhr.

Felix erwachte stöhnend, hob die Lider und nahm einen tiefen Atemzug, doch es dauerte eine gefühlte Ewigkeit, bis Emilies Lachen verhallte und er seine Umgebung wieder deutlich wahrnahm. Es war mitten in der Nacht und lediglich ein paar Petroleumlampen spendeten ein wenig Licht.

Da drang der widerliche Gestank nach Exkrementen zu Felix, weshalb er sich die Decke bis über die Nase zog.

»Der Neue von gegenüber hat sich eingeschissen«, bellte der Sattler Hubert zu seiner Rechten.

Gleich darauf liefen Schwestern herbei und hatten es eilig, den Mann, der offenbar unter Koliken litt, aus dem Saal zu schieben und die Spuren seines Leidens zu beseitigen.

Hubert wies zum frisch bezogenen Lazarettbett. »Wenn das mal kein neuer Fall von Typhus war.«

»Verschone uns mit deinen düsteren Prophezeiungen«, konterte ein anderer.

Felix' Bettnachbar stieß ein heiseres Lachen aus. »Glaubt ihr etwa immer noch, dass wir hier lebend herauskommen? Auf dem Schlachtfeld ist es seit gestern still. Die nächste Angriffswelle ist mit Sicherheit nicht mehr weit.«

Die Männer schwiegen. Hubert sollte recht behalten. Noch vor dem Morgengrauen erschütterten Einschläge in rascher Folge den Boden, bei denen das Dach des Saals nebenan einstürzte. Lediglich ein Arzt, zwei Schwestern und ein halbes Dutzend Patienten überlebten. Während die Pfleger vor der Tür eine Grube für die Leichen aushoben, dachte Felix an die vielen Familien daheim im Kaiserreich, die ihre Toten betrauern würden, und lauschte. Längst wusste er nicht mehr zu sagen, ob er die Laute der Zerstörung oder die darauffolgende Stille als schlimmer empfand, und er ertappte sich dabei, wie er noch Stunden später beim kleinsten Geräusch den Kopf einzog.

Während ihn Übelkeit und Fieber gleich Wellen hin und her warfen, verlor Felix jegliches Zeitgefühl. Er bemerkte kaum, wie man ihm aufmunternd zusprach, Suppe einflößte und den Schweiß von seinem Nacken wischte.

Irgendwann fühlte er einen Blick auf sich gerichtet.

»Kämpfen Sie, Mann!«, drang eine fremde Stimme in sein Bewusstsein. »In ein paar Tagen wird es leichter.«

Felix blinzelte, konnte aber nicht viel mehr als die verschwommene Ansicht eines kräftigen Mannes ausmachen, der sich über ihn beugte. Als sich seine Sinne klärten, bemerkte er, dass dem Fremden das linke Ohr fehlte. »Woher wollen Sie das wissen?«

»Peter Horn ist mein Name. Ich bin Pfleger hier.« Er tippte gegen seine linke Kopfhälfte. »Gleich zu Kriegsanfang hat mir eine Granate das Ohr weggerissen. Ich lag selbst im Lazarett wie Sie jetzt. Morphium ist ein Teufelszeug, das können Sie mir glauben. Sie sollten dem Doktor dankbar sein, dass er es abgesetzt hat. Ich habe zwei Wochen gebraucht, bis die schlimmsten Symptome allmählich vergingen. Und sehen Sie, heute bin ich von der Sucht geheilt und wieder in der Lage zu arbeiten.«

Die tiefe Stimme des Pflegers hallte schmerzhaft in Felix' Ohren nach. »Wie?«

Peter hielt ihm einen Becher an die Lippen. »Viel trinken und nicht aufgeben wäre auf jeden Fall ein guter Anfang.«

Felix verzog das Gesicht.

»Haben Sie Frau und Kinder?«

»Ja. Wir ... erwarten im August unser zweites Kind.«

»Sie Glücklicher!« Peter zog eine Fotografie aus seiner Kitteltasche. »Das sind meine Mutter und mein jüngerer Bruder Erwin. Er ist im letzten Jahr bei der Seeschlacht im Skagerrak gefallen.«

Felix betrachtete die einfach gekleidete Frau, die stolz zu ihrem stattlichen Sohn aufsah.

Peters Blick verlor sich in der Ferne. »Der Gedanke, dass ich meine Mutter nicht allein zurücklassen darf, hat mir Kraft gegeben. Und Sie haben sogar gleich drei Gründe, um gesund zu werden.«

Felix nickte nur, da er sich zu schwach für eine Antwort fühlte. Aber im Stillen klammerte er sich an den Hoffnungsschimmer und beschloss, die Tage ab sofort rückwärts zu zählen. Wenn es Peter gelungen war, sich von der Sucht zu befreien, gab es vielleicht auch für ihn einen Ausweg aus dem Teufelskreis.

Nach einer weiteren Woche sanken die Nebenwirkungen des Entzugs auf ein erträgliches Maß, das Zittern seines Armes blieb aber unverändert.

Eines Morgens – Felix tunkte gerade eine harte Scheibe Brot in seinen Tee, um sie essbar zu machen – begannen die Ärzte ihre Visite. Als Doktor Maibach mit zwei Schwestern und Peter im Schlepptau bei ihm angelangt war, die Karteikarte begutachtet und seinen Arm untersucht hatte, nickte der Arzt ihm zu.

»Ihr Fieber ist gesunken und die Heilung Ihres Armes macht deutliche Fortschritte. Ich bin sehr zufrieden. Wie fühlen Sie sich, Breitenbach?«

»Besser, danke. Wird das Zittern irgendwann aufhören?«

Maibach betrachtete ihn ruhig. »Das lässt sich nicht vorhersagen. Bei manchen verschwindet es, bei anderen nicht.«

Felix starrte an ihm vorbei. »Verstehe.« Er befeuchtete seine aufgeplatzten Lippen. »Ich muss mich bei Ihnen allen für mein Verhalten entschuldigen.« Sein Blick wanderte zu der blonden jungen Schwester. »Besonders bei Ihnen.«

Sie und Maibach wehrten ab.

»Im Entzug tun die Männer so manches, was sie am nächsten Tag bereuen. Wie auch immer, Sie haben das Gröbste überstanden, Breitenbach.« Maibach suchte den Blick mit den Pflegekräften. »Heute habe ich eine gute Nachricht für Sie. Wegen der positiven Entwicklung darf ich Ihnen mitteilen, dass wir eine Amputation Ihres Armes endgültig ausschließen. Ich kann Ihnen zwar nicht versprechen, dass er eines Tages wieder voll bewegungsfähig sein wird, aber mit guten Therapien lässt sich einiges erreichen. Was sagen Sie dazu?«

Felix sog heftig die Luft ein. Für einen Moment nahm ihm das Glücksgefühl, das ihm durch die Adern jagte, die Sprache. Etwas, das ihm seit langer Zeit auf die Seele drückte, löste sich und ließ ihn leichter atmen. »Sie ahnen nicht, was mir Ihre Worte bedeuten.« Er versuchte ein Lächeln, doch es geriet schief. »Ich danke Ihnen, dass Sie nicht gleich die Säge angesetzt haben.«

»Keine Ursache. Ich schicke Ihnen jemand, der Sie von der Fessel befreit. Sie müssen mir aber versprechen, den Arm unbedingt zu schonen.«

»Einverstanden.«

Der Arzt verordnete ihm zudem Massagen und verschiedene Übungen, die Felix' Muskulatur stärken sollten, und wandte sich seinem nächsten Patienten zu.

Felix starrte an die Decke. Wenn das Schicksal es gut mit ihm meinte, würde er gesund werden. Doch seiner Freude folgte bald Ernüchterung. Er sah sich wieder auf dem Schlachtfeld, das Gewehr im Anschlag und auf den Feind zielend. Die Vorstellung bescherte ihm einen eisigen Schauer.

Maibach hielt Wort. Wenig später löste Peter ihn von der Fessel, massierte vorsichtig seinen Arm und legte ihn danach in eine Schlinge.

»Können Sie mir Briefpapier besorgen?«, bat Felix. »Meine Familie wartet seit Wochen auf ein Lebenszeichen von mir. Sie sind bestimmt schon in großer Sorge und ich möchte ihnen die wunderbaren Neuigkeiten gern überbringen.«

»Ich versuche, etwas aufzutreiben.« Peter deutete auf seinen Arm. »Sie können mir die Nachrichten gern diktieren.«

Felix atmete befreit aus. »Ich danke Ihnen.«

KAPITEL 7

Emilie

29. Mai 1917

Das Haus von Felix und Emilie befand sich unweit der Stadtvilla der Breitenbachs, die Diele war an diesem Morgen hell erleuchtet. Vorsichtig streckte die Hausherrin den Rücken und ging vor ihrem Sohn in die Hocke.

Der Blondschopf mit der Stupsnase trat ungeduldig von einem Fuß auf den anderen, weshalb es Emilie einige Mühe bereitete, seine Schuhe zuzubinden und ihm eine dünne Jacke gegen den kräftigen Wind anzuziehen.

»Dann los, mein Schatz. Du möchtest doch mit deiner Großmutter Vanda auf den Spielplatz zu den anderen Kindern, oder? Bekomme ich noch einen Kuss?«

Der Zweijährige tat ihr den Gefallen. Wenig später sah Emilie ihm nach, wie er mit seinen stämmigen Beinen zu seiner Großmutter lief, die vor der Haustür auf ihn wartete.

Kurz darauf klopfte es an der Tür, und Emilie versteifte sich unwillkürlich, als sie die Besucherin erkannte.

»Guten Morgen, meine Liebe. Darf ich einen Moment hereinkommen?«

Felix' Mutter Elena Steinhausen, mittlerweile hoch in den Sechzigern, sah keinen Tag jünger aus, was vermutlich an ihrem blassen Teint und den tiefen Falten um ihren Mund lag. Das elegante dunkelrote Kostüm betonte ihre hager gewordene Gestalt.

»Sicher. Bitte tritt näher.« Emilie vermied es geflissentlich, die Anrede »Mutter« zu benutzen. Seit ihrer Hochzeit mit Felix waren die beiden Frauen einander nur zu den üblichen Feierlichkeiten begegnet. In Gegenwart ihrer Schwiegermutter verspürte sie stets jene seltsame Mischung aus Sympathie und Abwehr. Sie ahnte, dass sie Elena mit ihrem Verhalten kränkte, aber Emilie konnte ihre widersprüchlichen Gefühle nicht verstecken. Bei Felix' Mutter fühlte sie das Bedürfnis, sich von ihr fernzuhalten, obgleich diese ihr immer liebenswürdig begegnete.

Wie Emilie es verstand, hatte Felix seiner Mutter nie die Gefühlskälte verziehen, mit der sie ihn als kleinen Jungen behandelt hatte. Er hatte ihr einmal gestanden, dass er sich stets wie Elenas lästiges Anhängsel vorgekommen war. Die Zeit hatte dies nicht ändern können, auch später war ihr Kontakt sporadisch und oberflächlich geblieben. Zum Glück hatte Felix in Vanda eine liebevolle Stiefmutter gefunden, die ihm die Wärme gab, die er in seinen ersten Lebensjahren vermisst hatte.

»Setz dich. Kann ich dir etwas anbieten?«, fragte Emilie.

»Danke, nein.« Elena sah sich um. »Wo ist denn Clemens?«

»Er spielt mit den Kindern unserer Betreuungsgruppe.«

»Wie schade, ich hatte gehofft, ihn kurz zu sehen.« Elena musterte sie. »Du siehst leidend aus. Du musst mehr essen.«

»Sicher.« Emilie verbiss sich einen Kommentar darüber, woher sie die reichlichen Mahlzeiten wohl nehmen sollte, und wechselte rasch das Thema. »Dein Besuch zu früher Stunde hat bestimmt einen besonderen Grund, nicht wahr?«

»Um ehrlich zu sein, ja.« Elena spielte mit dem schmalen Gürtel ihres Kostüms. »Wir haben länger nichts voneinander gehört, und ich mache mir Sorgen um euch, zumal Felix bisher keinen meiner Briefe beantwortet hat. Hast du etwas von ihm gehört?«

»Zuletzt vor einigen Wochen. Zum Schreiben wird ihm zwischen den Gefechten die Gelegenheit fehlen.«

Elena nickte und nahm einen tiefen Atemzug. »In seiner knapp bemessenen freien Zeit wäre ich wohl auch die Letzte, der er sie widmen würde.«

Über ihre Offenheit erstaunt, entschied Emilie, ihr mit der gleichen Ehrlichkeit zu antworten. »Das mag sein. Es tut mir leid, dass ihr einander so fremd geworden seid.«

»Mir auch.« Elenas Blick schweifte aus dem Fenster. »Ich wollte, ich könnte die Zeit zurückdrehen. Heute hätte ich mich vielleicht anders entschieden.«

Emilie meinte Verzweiflung im Blick der Älteren auszumachen. »Inwiefern?«

»Theodor bat mich bei unserer Trennung, Felix in seiner vertrauten Umgebung zu belassen, und ich habe schließlich zugestimmt, da mir sein Wohlergehen am Herzen lag. Töricht, wie ich war, glaubte ich fest daran, dass Felix eines Tages zu mir zurückkehren würde, weil ein Kind zu seiner Mutter gehört. Doch ich hatte mich geirrt. Er verschloss sich mir, was sich bis heute nicht geändert hat.« Elena nahm ihre Hände. »Die Zeit lässt sich nicht zurückdrehen, Liebes. Da mir Felix nicht antwortet, erlaube du mir bitte, eine bessere Großmutter als Mutter zu werden. Ich möchte die Kleinen nicht auch noch verlieren.«

Emilie presste eine Hand auf ihren Bauch. Die Tritte des Ungeborenen bereiteten ihr Unwohlsein, und außerdem fehlte ihr die Kraft für eine längere Diskussion. *Sie hat jedes Recht, ihre Enkelkinder zu sehen*, schoss es ihr durch den Kopf. »Unsere Tür steht dir offen«, sagte sie deshalb.

»Ich danke dir.« Elena erhob sich. Offenbar war ihr Emilies leichtes Schwanken nicht entgangen, denn sie hob ihr Kinn. »Du bist zu dünn und blass. Wenn euch etwas fehlen sollte, lasst es mich wissen. Ich verfüge über gute Kontakte.«

»Danke, wir brauchen nichts«, entgegnete Emilie steif.

»Wie du meinst. Umarme Clemens von mir und richte meinem Sohn Grüße aus, wenn du ihm schreibst. Bis bald.«

Mit gemischten Gefühlen brachte Emilie ihre Besucherin hinaus. Ihr Sohn war zwar ein aufgeweckter Junge, suchte sich aber die Menschen, denen er vertraute, sehr genau aus, weshalb sie sich fragte, ob es Elena gelingen würde, sich einen Platz in seinem Herzen zu erobern.

Nachdenklich geworden, nahm Emilie die gerahmte Fotografie mit dem Abbild ihres Mannes vom Dielenschrank, auf der er ihr in seiner Uniform, die Hände im Rücken verschränkt, entgegenlächelte. Das Lächeln verbarg den sorgenvollen Zug um seine Lippen jedoch kaum.

Damit Clemens seinen Vater nicht vergaß, zeigte Emilie ihm die Fotografie jeden Tag. Zwar plapperte er dann fleißig das Wort Papa nach, aber betrachtete sie dabei sein Mienenspiel, schien er mit der Gestalt auf der Fotografie nichts zu verbinden. In den ersten Tagen nach seiner Abreise hatte der Junge zuweilen noch nach ihm Ausschau gehalten, inzwischen gehörte auch das der Vergangenheit an. Eigentlich hätte sie darüber froh sein sollen, immerhin ersparte er sich dadurch eine Menge Schrecken, Angst und Trauer. Dennoch schmerzte es sie, wie schnell Kinder vergaßen. Wenn der Krieg doch nur bald zu Ende gegangen wäre und Felix seinen Erstgeborenen und das Kind, das bald zur Welt kommen würde, in die Arme hätte schließen können! Sie tat täglich ihr Bestes, Haltung zu wahren; dennoch ließen sich ihre Tränen nicht immer unterdrücken.

Emilie stellte das Porträt an seinen Platz zurück und ließ sich anschließend auf das Sofa sinken. Der Geruch der Brotsuppe, die sie morgens zu sich nahm, da sie alles andere derzeit nicht vertrug, war ihr heute unerträglich. Das Haus war so still, viel zu still ohne Felix und das Lärmen ihres Sohnes.

Sie wartete, bis die Übelkeit nachließ, ließ sich von Simon zu Schuherzeugung Breitenbach & Sohn fahren und begann ihr Tagewerk für die Suppenküche.

Gedankenversunken schälte Emilie Rüben. Von Tag zu Tag wuchs ihre Beklemmung, sobald sie die kläglichen Lebensmittelreste begutachtete. Ihr Einsatz für die Soldatenfamilien mochte gering sein, dennoch linderte die Arbeit in der Küche ihre lähmende Hilflosigkeit, mit der sie morgens bereits erwachte. Dann tauchte Felix' Gesicht vor ihr auf und die alte Wut kochte wieder in ihr hoch. Seine Einberufung entbehrte jeder Logik. Mehr noch, Emilie hielt das Argument, dass seine Schwestern ihn während seiner Abwesenheit vertreten konnten, für haarsträubend. Weder Isa noch Caroline hatten eine Ausbildung in Unternehmensführung absolviert. Was sie wussten, hatten sie von Felix, Georg und ihrem Schwiegervater gelernt – wobei sie berücksichtigte, dass Caroline durch ihre Firma in Mailand viel Erfahrung gewonnen hatte.

Der Kampf, den es hier in Berlin täglich auszufechten galt, war nichts im Vergleich zu dem Horror, dem sich ihr Mann im fernen Nordfrankreich ausgesetzt sah. Die Ungewissheit um ihn beschwor die grausamsten Bilder in ihr herauf. In ihrem Traum der letzten Nacht hatte Felix, von Schüssen niedergestreckt, in einem Meer von Blut gelegen. Auf einmal hatte er die Augen geöffnet und nach ihr gerufen, woraufhin sie wimmernd erwacht war.

Emilie fuhr zusammen. Sie hatte sich beim Gemüseschneiden geschnitten, leckte sich einen Blutstropfen vom Zeigefinger und presste die andere Hand gegen ihren Rücken. Offenbar lag das Ungeborene ungünstig und bereitete ihr deshalb Unbehagen. Mit verkniffenen Lippen betrachtete sie die restlichen Mohrrüben auf dem Tisch. Wenn sie die Brühe mit Wasser streckte, genügte sie höchstens für siebzig bis achtzig Personen. Himmel! Kurz entschlossen schlüpfte sie in ihren Mantel, der ihr allmählich zu eng wurde, und machte sich auf den Weg zur Stadtvilla.

Die Dienstbotin polierte im Wirtschaftsraum gerade die Kerzenleuchter.

Magda legte ein Tuch beiseite. »Kann ich Ihnen helfen?«

»Ja, das kannst du. Gibt es noch Mehl im Haus? Wenn wir schon kein Fleisch zum Essen anbieten können, muss ich unsere Arbeiter anderweitig satt bekommen.«

»Was wollen Sie denn heute kochen?«

»Ich dachte an eine Suppe mit Zwiebeln und Gemüse. Allerdings sind die restlichen Mohrrüben verdorben.« Emilie sah hinaus in den Garten, auf dem noch ein Hauch Raureif lag. »Mit dem Mehl würde ich einfach Brot dazu anbieten.«

Magda machte sich im Vorratsraum zu schaffen. »Das Mehl könnte knapp ausreichen. Ansonsten fallen die Brote eben etwas kleiner aus. Ums Backen kümmere ich mich schon.« Mit nachdenklich zerfurchter Stirn tippte sie auf einige kleine Kürbisse. »Das ist alles, was wir haben. Die sind noch von der letzten Ernte aus dem Garten. Soweit ich weiß, wollte Simon morgen eine Kürbissuppe als Vorspeise reichen.«

»Wir brauchen weder Vorspeise noch Dessert.« Emilie tupfte sich Schweißperlen von der Stirn. Wieso war es auf einmal derart stickig im Raum? »Wir sind dankbar, wenn er uns jeden Tag etwas zu essen zaubert. Aber unsere Arbeiter haben es nötiger.«

Die Dienstbotin nickte. »Nehmen Sie die Kürbisse. Wir kommen auch ohne zurecht.«

Emilie dankte ihr und wollte mit dem Korb in die Suppenküche zurückkehren. Auf halbem Weg durch die Diele der Stadtvilla hielt sie abrupt inne. Ein stechender Schmerz schoss jäh durch ihren Leib, und da ihr plötzlich schwinde-lig wurde, lehnte sie sich gegen die Tür. Eine Hitzewelle jagte durch ihren Körper. Ihre Wangen glühten wie unter einer hei-ßen Sommersonne.

Jemand nahm ihr den Korb vom Arm. »Geht es Ihnen nicht gut?«

Sie begegnete Simons besorgtem Blick, fühlte sich jedoch unfähig zu antworten, da die nächste Schmerzwelle durch ihren Leib schoss.

»Ruf den Herrn Doktor an. Aber schnell!«, rief er Magda zu. »Können Sie laufen, Frau Breitenbach? Ich bringe Sie nach Hause, Sie müssen sich ausruhen.«

Emilie wollte protestieren, da ihr aber der Schmerz den Atem nahm, ließ sie sich widerstandslos von Simon in ihr Haus auf der anderen Seite der Straße bringen, wo er sie kurzerhand ins Wohnzimmer führte.

»Unser Kind. Ihm ... darf nichts geschehen.« Ihr Hals wurde eng von all den unausgesprochenen Befürchtungen, die wie Insekten in ihrem Kopf schwirrten.

Simon bettete sie mit ernster Miene auf das Sofa und legte ein Kissen unter ihre Füße.

»Wird es nicht. Der Doktor kommt bestimmt jeden Moment.«

»Clemens ...«

Er legte ihr eine Decke um die Beine. »Wir kümmern uns um ihn.«

Als er Anstalten machte, sich zu entfernen, hielt Emilie ihn fest. »Bitte, ich mag jetzt nicht allein sein.«

»Natürlich. Ich schicke Ihnen Magda.«

»Danke.« Emilie horchte in sich hinein. Der Schmerz schien allmählich nachzulassen, aber die Furcht hüllte sie in einen eisigen Mantel.

Wenig später hielt ihr Magda ein Glas Limonade an die Lippen. »Ich weiß nicht, ob ich die richtige Gesellschaft für Sie bin. Schließlich habe ich selbst keine Kinder und kenne mich mit Schwangerschaften nicht aus.«

»Das spielt keine Rolle, du bist eine Frau wie ich.« Das Stechen in ihrem Leib war inzwischen verebbt, doch durfte Emilie das als gutes Zeichen werten? Es vergingen weitere zehn Minuten, bis sie die schweren Schritte ihres Hausarztes von der Diele her vernahm.

»Rufen Sie mich, wenn ich etwas für Sie tun kann.« Damit ließ Magda sie allein.

Indes eilte Doktor Schubert mit offenem Mantel und zerzausten Haaren zu ihr und stellte seinen Arztkoffer neben das Sofa. »Meine liebe Frau Breitenbach, was machen Sie denn für Sachen?« Er kramte sein Hörrohr aus der Tasche. »Wann haben die Beschwerden eingesetzt? Halten sie noch an?«

Emilie beantwortete mechanisch seine Fragen, während er ihren Puls maß und sie vorsichtig untersuchte.

Der Arzt setzte eine strenge Miene auf. »Ihr Blutdruck ist besorgniserregend hoch. Ich möchte Sie sicherheitshalber ins Krankenhaus einweisen. Ich will kein Risiko eingehen.«

Ihr Puls raste. »Wieso? Stimmt etwas nicht mit dem Kind?«

»Auf den ersten Blick scheint es wohlauf zu sein. Doch Ihr Befinden wirkt sich selbstverständlich auch auf das Ungeborene aus. Um sicherzustellen, dass wir nichts versäumen, sollte man Sie ein paar Tage in der Klinik beobachten.«

Emilie schwieg.

Doktor Schubert tätschelte ihre Schulter. »Nur Mut. Es handelt sich um eine reine Vorsichtsmaßnahme. Ich nehme an, Sie haben sich zu viel zugemutet.«

Sie schüttelte heftig den Kopf. »Wir leisten alle unseren Beitrag, um die Firma am Laufen zu halten. Wäre die Situation eine andere, würde ich Ihren Rat beherzigen. Aber außer mir ist niemand in der Lage, das Essen für die Suppenküche vorzubereiten. Bitte, Herr Doktor, ich verspreche, vernünftig zu sein. Nur weisen Sie mich nicht ins Krankenhaus ein.«

Er beugte sich näher. »Bei allem Verständnis, meine Liebe. Der Krieg ist für uns alle eine Katastrophe, und ich weiß, was Sie und die Familie täglich leisten. Dennoch haben Sie Verantwortung für das Ungeborene zu tragen.« Er musterte sie durch seine dicken Brillengläser, die sein langes Gesicht seltsam entstellten. »Eine Woche absolute Bettruhe. Sollten sich die Beschwerden wiederholen, bringe ich Sie höchstpersönlich in die Charité.«

Emily atmete hörbar aus. »Einverstanden.«

»Gut.« Doktor Schubert nahm ein Fläschchen aus seinem Arztkoffer. »Dreimal täglich fünf Tropfen. Das sollte Ihren Blutdruck stabilisieren. Ich werde morgens und abends nach Ihnen sehen. Falls Sie sich unwohl fühlen, geben Sie mir sofort Bescheid.«

»Versprochen. Danke, Herr Doktor.«

Er nickte. »Ich bin sicher, es wird sich jemand finden, der Ihre Aufgaben übernimmt. Sprechen Sie mit Ihrer Familie.«

»Das mache ich.«

Kurz darauf ließ der Arzt sie mit kreisenden Gedanken zurück. Das Kind war so still, genau genommen schon seit sie in der Suppenküche hantiert hatte. Gedankenversunken strich sie über ihren Leib, anders als sonst regte sich das Ungeborene nicht bei ihren Weckversuchen.

Magda trat ein. »Der Herr Doktor hat mich angewiesen, Sie ins Bett zu begleiten.«

Emilie fügte sich. Die Dienstbotin hatte indes das Schlafzimmer behaglich hergerichtet. Auf dem Bett lagen weiche Kissen und eine wollene Decke. Auf den Nachttisch hatte Magda eine Leselampe sowie eine Kanne mit Früchtetee gestellt, ein Stapel Magazine sollte für Zerstreuung sorgen.

Die zurückgezogenen Vorhänge ließen das Tageslicht herein, außerdem hatten die Hausangestellten das Grammofon aus der guten Stube ins Schlafzimmer gebracht.

»Wir dachten, Musik würde Ihnen gefallen. Sie hören doch den Herrn Caruso so gern. Falls etwas fehlen sollte, rufen Sie einfach an, dann komme ich schnell herüber.«

Emilie lächelte gerührt. »Habt vielen Dank. Das ist alles sehr aufmerksam von euch.«

Die Wangen der Dienstbotin bekamen einen rosigen Schimmer. »Ruhen Sie sich aus, Frau Breitenbach.«

Dann wurde es still im Schlafzimmer, und Emilie lauschte dem Wind, der sich im Garten in den Ästen der Obstbäume fing und sie zum Tanzen brachte. Das gleichmäßige Rauschen tat ihr gut, sie zog die Bettdecke höher, und bevor sie sichs versah, nickte sie ein.

Als Emilie die Lider hob, stellte sie verwundert fest, dass sie beinahe zwei Stunden geschlafen hatte.

Seit Wochen kein Lebenszeichen von Felix. In den vergangenen Tagen hatten die einschlägigen Zeitungen von einer unheimlichen Ruhe an der Westfront berichtet und Vermutungen über die Strategien der feindlichen Armeen angestellt.

Was führen die Franzosen im Schilde? Wie bereitet sich das Deutsche Reich auf die nächste Angriffswelle vor?

Emilie befeuchtete ihre trockenen Lippen. Die Schlagzeilen, von Tag zu Tag reißerischer formuliert, trugen nicht eben zu Optimismus bei.

Ein Klopfen unterbrach ihre Grübeleien.

Simon erkundigte sich nach ihrem Befinden und legte ihr die Post auf den Nachttisch. »Ich bringe Ihnen später das Mittagessen ans Bett.«

Emilie wehrte entschieden ab. »Nicht nötig. Ich komme in die Stadtvilla.«

Frustriert sah sie ihm nach, wie er den Raum verließ. Fürsorge mochte für andere wohltuend sein, er meinte es gewiss nur gut. Aber Emilie fühlte sich in derartigen Situationen rasch unwohl, was vermutlich daran lag, dass ihre Eltern sie nicht nur Selbstständigkeit gelehrt hatten, sondern auch die Fähigkeit, in schwierigen Lebenslagen klaglos, den Blick nach vorn gerichtet, die Zukunft zu beschreiten und sich nicht beirren zu lassen. Auch ihrem ersten Mann Julius war es nicht gelungen, aus ihr sein Anhängsel zu machen. Einem Mann, dessen Besessenheit nach Ruhm und Ehre ihn in eine psychiatrische Anstalt gebracht hatte, in der er aller Voraussicht nach den Rest seines Lebens verbringen würde.

Ein weiterer Grund, warum sie Felix so sehr liebte. Er hatte nie versucht, sie zu verändern, und sie als die Person akzeptiert, die sie war: eine Frau mit Ecken und Kanten, die ihren Beruf liebte und das Wohl anderer höher als ihr eigenes stellte.

Ihr Blick fiel auf den Stapel Briefe. Als sie einen Umschlag mit fremden Briefmarken in Händen hielt, riss sie ihn auf.

Liebe Emilie,
Chesmus und meine Gedanken sind jeden Tag bei
Euch. Isa hat uns vor einiger Zeit eine Fotografie
von Felix, Dir und dem kleinen Clemens ge-
schickt. Inzwischen wirst Du mit Eurem zwei-
ten Kind gewiss Zwiesprache halten, wie es alle
Mütter tun. Ist es nicht schade, dass wir lediglich
unsere Telefonstimmen kennen?

Mama und ich fragen uns oft, wieso aus-
gerechnet unsere Familie, die enger verbunden
ist als jede andere, die ich kenne, gleichzeitig
durch einen großen Ozean voneinander getrennt

ist. Ich würde Dir liebend gerne unsere Heimat zeigen. Du wärst hingerissen. Die Kinder entwickeln sich prächtig und unsere Eltern sind wohlauf. Papa macht mir Sorgen, seine Sehkraft hat immens nachgelassen. Dennoch haben wir viele Gründe, dankbar zu sein.

Aber nun zu Dir: Obgleich wir Deinen Einsatz in der Suppenküche bewundern, würden wir viel darum geben, Dich und Deine Lieben tatkräftig unterstützen zu können. Doch leider bleibt uns nur zu hoffen, dass der Krieg bald endet und sich alles zum Guten wendet. Mama sagte, ihr großer Traum sei es, Euch noch einmal wiederzusehen. Die Tage, Wochen und Monate zerrinnen uns zwischen den Fingern, und wer weiß, wie lange es noch möglich ist, einander zu besuchen.

Nun beteiligt sich seit Anfang April auch Amerika an dem großen Krieg. In diesen Tagen hat die Wehrerfassung unserer Männer begonnen. Chesmu berichtete mir von einigen Núu-ci sowie Männern der benachbarten Navajo, die für die weißen Eindringlinge – denn nichts weiter sind wir – zur Waffe greifen wollen. Kannst Du das begreifen? Sie wollen für jene Leute kämpfen, die ihresgleichen zu Hunderttausenden ermordet und in Reservate gesperrt haben. Chesmu sagte, sie beabsichtigen, damit Sympathiepunkte zu sammeln. Von den Weeminuche war mir früher niemand bekannt, der dazu bereit gewesen wäre. Eher leuchten Sonne und Mond gleichzeitig am Nachthimmel, so dachte ich. Mein Mann belehrte mich eines Besseren. Es sind die Jungen, jene, *die die lange Fehde zwischen den Weißen und den Rothäuten noch nicht miterlebt haben, meint Chesmu. Und nun ziehen bald junge Männer seines Stammes mit dem Ziel in die Schlacht, von den Weißen endlich als vollwertige Bürger anerkannt zu werden. Ich sehe es ebenso wie Chesmu. Die Älteren, die man einst wie Tiere ins Reservat sperrte, würden niemals für die Weißen kämpfen. Vielleicht können sie ihnen eines Tages verzeihen, vergessen werden sie jedoch nie, was man ihnen angetan hat.*

Gibt es Neuigkeiten von Felix? Ich habe heute Vormittag unter dem Ahornbaum gesessen, den ich nach unserem Besuch bei Euch gepflanzt habe, und Euch liebe Gedanken gesandt. Der Besuch ist inzwischen eine halbe Ewigkeit her, ich war damals kaum erwachsen. Bäume verbinden Himmel und Erde, in ihnen wohnt große Kraft, sagt mein kluger Mann. Deshalb nutze ich den Ahornbaum in der Hoffnung, dass meine Gebete erhört werden.

Alles Liebe für Dich und die Kleinen. Nicht mehr lange, und wir können ein neues Familienmitglied begrüßen.

In Liebe, Chesmu, Julia, Sam und Gracie

Kapitel 8

Julia

In der Nähe von Cortez, Colorado, Julias Farm, Grundstück des Reservats der Weeminuche, 14. Juli 1917

In der vergangenen Nacht hatte es heftig geregnet, und der Anblick der feucht schimmernden Bäume und sonstigen Pflanzen, die die Nässe gierig aufsogen, ließ Julia und ihre Mutter hoffen, dass die diesjährige Ernte nach der langen Trockenzeit möglicherweise doch noch zu retten war.

Da Sam noch bis zur Mittagszeit Unterricht hatte und Gracie mit ihrem Vater auf dem Wochenmarkt war, nutzten Rosa und Julia die Gelegenheit, die Familie in Berlin anzurufen.

Dieser Samstag gehörte zu den seltenen Tagen im Jahr, an denen über den sonst wolkenlosen Himmel lockere Wolken zogen, was den Einwohnern ihre ersehnte Abkühlung schenkte. Glücklicherweise waren Rosa und Julia die einzigen Kunden im Postamt, sodass sie ungestört mit der Familie plaudern konnten.

Julia presste den Hörer fest an ihr Ohr, damit sie Isa trotz der schlechten Verbindung verstehen konnte. »Du klingst atemlos, Liebes. Haben wir dich beim Training unterbrochen?«

Isa lachte heiser. »Genau genommen ja. Ich übe täglich, auf Krücken zu laufen. Aber es ist schön, dass ihr jetzt anruft. Dann kann ich euch gleich zwei freudige Nachrichten überbringen.«

Julia gab Isas Worte an ihre Mutter weiter, und diese ergriff den Hörer. »Spanne uns nicht auf die Folter. Was hast du uns zu erzählen?«

»Gute Nachricht Nummer eins: Ich habe gestern einen Brief von Bernhard bekommen.« Sie lachte. »Seine Nachricht war fast vier Wochen unterwegs, aber das ist gleichgültig, nicht wahr? Bernhard ist wohlauf und lässt euch alle herzlich grüßen.«

»Wie schön!«, entfuhr es Julia. Obwohl Isa die Verbindung mit Bernhard aufgelöst hatte, damit er sein Leben nicht mit einer behinderten Frau belastete, spürte wohl jeder in der Familie, dass sie einander noch immer liebten. Wie Julia von Tante Vanda wusste, legte Isa sein goldenes Armband nie ab. Sie sprach nicht oft über ihn, die Sorge um ihn schwang jedoch bei ihren Gesprächen immer wieder mit.

»Gute Nachricht Nummer zwei: Zehn Schritte!« Isa schrie begeistert ins Telefon. »Von der Haustür bis zum Telefontisch! Himmel, der Weg kam mir endlos vor. Aber ich habe ihn bewältigt. Die Gelegenheit, dass die anderen einen Spaziergang an der Spree unternahmen, musste ich nutzen. Ich habe nicht so gern Zuschauer bei meinen Übungen, weißt du? Außer mir ist nur Emilie zu Hause, weil ihr das Laufen zu beschwerlich geworden ist. Aber keine Sorge, unser Simon war so gut, mir Hilfestellung zu geben.«

Julias Mutter hielt den Hörer etwas von sich ab und sah ihre Tochter fassungslos an. »Isa, das ist großartig! Mama und ich freuen uns sehr! Wie schaffst du das nur? Ich weiß gar nicht, was ich sagen soll. Ich bin so stolz auf dich!«

»Danke«, erwiderte Isa. »Eines Tages werde ich auch die drei Stufen zu Herrn Benjamins Buchhandlung schaffen.«

»Das wirst du«, erklärte Rosa warm.

»Wenn die Stufen nicht so hoch wären und es ein Geländer zum Festhalten gäbe, hätte ich es längst geschafft.«

»Kommt Zeit, kommt Rat. Wie geht es Emilie denn?«

»Sie hält sich tapfer. Wir glauben allerdings nicht, dass sie noch bis August durchhält. Wartet bitte kurz, sie kommt gerade.«

Julia meinte, ein Schluchzen zu vernehmen. »Ist etwas nicht in Ordnung, Isa, Emilie?«

Es wurde still am anderen Ende. »So sagt doch etwas«, hakte sie bange nach, als ihr niemand antwortete.

In der Leitung knackte es bedrohlich, dann erklang Emilies zittrige Stimme. »Ihr Lieben, entschuldigt. Der Postbote hat eben einen Brief von Felix gebracht.«

Rosa und Julia fielen sich in die Arme. Es gelang ihnen kaum, die Tränen der Erleichterung zurückzudrängen.

»Dem Himmel sei Dank«, entfuhr es Rosa. »Der Junge lebt!«

»Die Handschrift ist aber nicht seine«, stieß Emilie aus. »Ich habe Angst und weiß nicht, ob ich die Kraft habe, ihn vorzulesen. Was, wenn Felix …«

Eine kurze unheilvolle Stille entstand zwischen ihnen.

»Ganz ruhig, Liebes«, wirkte Isa beruhigend auf sie ein. »Ich lese den Brief vor.«

Papier raschelte und Isa räusperte sich.

Meine Lieben,
bitte verzeiht mein langes Schweigen. Leider wurde ich am 16. April von Granatsplittern verwundet und liege seither im Lazarett. Weil es unglücklicherweise meinen rechten Arm erwischt

*hat, war ich nicht fähig zu schreiben. Heute habe
ich einen Pfleger gebeten, den Brief für mich zu
verfassen. Bitte sorgt Euch nicht zu sehr. Bis ich
wieder gesund bin und meinen Arm wie gewohnt
bewegen kann, werden Wochen, wenn nicht
Monate vergehen. Emilie, mein Herz, ich denke unentwegt an Euch und wünschte, ich könnte
jetzt bei Dir und unserem Clemens sein. Es tut
mir weh, dass ich nicht bei Dir bin, wenn unser
zweites Kind zur Welt kommt. Ich werde kämpfen, das verspreche ich. Bis dahin hält mich die
Vorstellung aufrecht, Euch eines Tages wieder in
den Armen zu halten.*

Ich umarme Euch,
Felix

Julia schauderte. »Himmel, der Ärmste! Schrecklich, was er
durchstehen muss.«

Rosa legte einen Arm um ihre Taille und griff mit der freien
Hand nach dem Hörer. »Atmet tief durch, meine Lieben. Er ist
am Leben, das ist ein Segen! Er wird wieder gesund und ihr habt
jeden Grund, zuversichtlich in die Zukunft zu blicken.«

»Das ist richtig«, presste Emilie mühsam heraus. »Die
Familie kommt gerade zurück. Möchtet ihr sie noch kurz
sprechen?«

»Beim nächsten Mal.« Rosa bedeutete ihrer Tochter mit
einer Handbewegung zu schweigen. »Grüße alle herzlich
von uns. Ihr möchtet bestimmt allen gleich die wunderbare
Nachricht überbringen. Pass auf dich auf, liebe Emilie, und bis
bald.«

Julia musterte die Züge ihrer Mutter nachdenklich, als
sie das Postamt verließen. Die Sorgen um Wendelin hatten
eine steile Falte zwischen ihre fein gezeichneten Augenbrauen

gegraben. Wieso hatte sie der Familie nichts von den neuesten Ereignissen erzählt?

Als die beiden Frauen wieder im Pferdewagen saßen, sah Rosa auf ihre Armbanduhr.

»Uns bleibt noch etwas Zeit, bis wir Chesmu und die Kleine vom Markt abholen. Ich habe frische Waffeln gebacken. Was meinst du?«

Julia hatte sich ihre Waffeln noch nie entgehen lassen, doch in diesem Moment fragte sie sich, wie ihre Mutter angesichts ihrer Sorgen derart gelassen bleiben konnte, sie schwieg aber. »Liebend gern.«

Auf der Obstplantage angekommen, versorgten sie die Pferde und hielten nach Wendelin Ausschau. Sie fanden ihn schließlich am Schreibtisch in der Kate.

Er hatte die Akte mit der Buchführung vor sich liegen und starrte durch eine Lupe auf die Ausgabenliste des letzten Monats. Über sein Gesicht huschte ein Strahlen, als Julia ihn auf die Wange küsste.

»Frischer Tee steht auf dem Stövchen«, sagte er mit seiner warmen, tiefen Stimme. »Bedient euch. Ich brauche noch eine Weile.«

Mutter und Tochter setzten sich hinaus auf die Terrasse, von wo aus sie einen zauberhaften Ausblick auf den Mesa-Verde-Nationalpark hatten, dessen sie wohl nie überdrüssig werden würden.

»Es macht mich traurig zu beobachten, wie sich Papa mit der Buchhaltung abmüht.«

Rosa seufzte. »Ja, nicht wahr? Außerdem lässt er sich ungern helfen. Er will nicht untätig sein, und das verstehe ich, zumal wir die Finanzen keinem Fremden überlassen wollen. Solange er die Arbeit noch selbst erledigen kann, lasse ich ihn gewähren.«

»Mittlerweile gibt es eine ganze Reihe Augenärzte, die den grauen Star recht erfolgreich behandeln«, griff Julia das

Thema auf, das sie beschäftigte. »Wieso sperrt sich Papa gegen eine Operation, wenn es eine Möglichkeit ist, sein Augenlicht zurückzuerhalten?«

Rosa machte eine wegwerfende Handbewegung. »Dein Vater sagte, eher vertraut er sich einem Medizinmann an als den Ärzten mit ihren neumodischen Behandlungsmethoden.« Sie pustete sich eine Haarsträhne aus der Stirn. »Wir wissen beide, dass er nur Ausflüchte sucht. In Wahrheit hat er Angst vor Komplikationen, und das kann ich ihm nicht mal verdenken. Es ist seine Entscheidung, mein Schatz.«

Schweren Herzens ließ Julia das Thema fallen und beobachtete zwei Krähen, die sich laut krächzend auf einem Pfirsichbaum zankten. Lockere Wolken über dem Tafelberg verliehen ihm ein wechselndes Farbenspiel, und Julia hatte Mühe, sich von dem vertrauten Anblick zu lösen, der sie stets ins Schwärmen brachte.

Als das Schweigen auf ihre Seele zu drücken begann, nahm sie die Hand ihrer Mutter. »Wenn du einen Wunsch frei hättest, wie ihr eure Zukunft gestalten könnt, wie würde sie aussehen?«

Rosas Blick verlor sich in der Ferne, und das Sonnenlicht warf einen hellen Schimmer auf ihr mit Silberfäden durchsetztes Haar. »Mein Wunsch? Gute Leute übernehmen die Plantage, und von dem Erlös des Hauses kaufen wir uns eines am Ortsrand, in dem auch genug Platz für Theodor, Vanda, Georg und Mathilde ist.«

Julias Sicht verschwamm. »Das klingt wunderbar. Dem Wunsch schließe ich mich an.«

Die beiden Frauen hingen ihren Gedanken nach. Nachdem sie sich mit Waffeln und Tee gestärkt hatten, sprach Julia aus, was ihr seit dem Telefongespräch auf der Seele brannte. »Mama, es tut euch nicht gut, das Gespräch mit unseren Lieben länger als nötig aufzuschieben. Eines Tages müssen sie sowieso erfahren, dass ihr die Plantage aufgeben wollt.«

»Natürlich«, Rosas Miene verschloss sich, »aber nicht heute. Heute sollen sie die Freude über Felix' Lebenszeichen unbeschwert genießen.«

Julia stimmte ihr zu. Wenn die Berliner die Neuigkeit erfuhren, würden sie erschüttert sein und sich – als hätten sie nicht genug Probleme – auch noch um die Zukunft der beiden grämen.

»Im kommenden Frühjahr wollen wir die Plantage zum Kauf anbieten.« Rosa stellte ihre Teetasse beiseite. »Ich rechne mir allerdings wenig Chancen aus.«

Julia nickte betrübt. »Hoffentlich ist der Krieg bis dahin vorüber, denn ohne die kräftigen Männer, die jetzt gegen unsere deutsche Heimat kämpfen, ist eine Plantage dieser Größe nicht zu bewirtschaften.«

Da entdeckte Julia ihren Vater in der Tür, und sie fragte sich, wie lange er ihr Gespräch bereits belauscht hatte.

»Kommt Zeit, kommt Rat«, erklärte er mit einem schmalen Lächeln. »Habt ihr für mich alten Knochen noch eine Waffel übrig gelassen?«

Als die beiden Frauen eine Weile später auf dem Wochenmarkt eintrafen, legte Gracie gerade die von Julia gewebten Plaids und Decken säuberlich zusammen. Wie groß und verständig sie schon war! Manchmal erschreckte es Julia, wie schnell die Jahre vergingen.

Wie bei Sam hatten Chesmu und Julia bei den Núu-ci darum kämpfen müssen, dass Gracie die Breitenbach School ihrer Großmutter besuchen durfte. Anders jedoch als ihr Bruder lag dem Mädchen nichts am Lernen. Sie hatte ihren Eltern mit ernsthafter Miene versichert, als Mädchen vom Volk könne sie alles, was sie für ihr Leben brauche, von den Älteren ihres Volkes erlernen. Deshalb müsse sie gar nicht in die schreckliche Schule gehen, so ihre Worte. Aber in dieser Beziehung ließen Chesmu und Julia nicht mit sich handeln. Als Halbblutkinder würden sie vermutlich immer Spott und Ablehnung ausgesetzt sein, genau deshalb sollten sie die bestmögliche Bildung erhalten. In einigen Wochen wurde Gracie eingeschult, und ihre Miene verdüsterte sich, sobald man sie nur auf das Ereignis ansprach.

Julia beobachtete ihre Tochter liebevoll. Mit ihrer hellen Haut und den dunkelbraunen Augen erregte sie allerorts Aufmerksamkeit, zumal sie spielend zwischen der deutschen und der englischen Sprache zu jonglieren verstand. Wenn man sie fragte, ob sie ein Siedler- oder ein Indianerkind war, antwortete sie stets, sie sei eine Núu-ci.

»Mama, Oma!« Mit vor Aufregung geröteten Wangen ließ sich Gracie von ihrer Mutter mit einem Kuss auf die Stirn begrüßen. »Ich habe heute drei Plaids verkauft.«

Julia strich über ihr haselnussbraunes Haar. »Wirklich? Alle Achtung, mein Schatz.«

»Deine Tochter wickelt die Leute so lange um den Finger, bis sie ihr etwas abkaufen«, erwiderte Chesmu, um Ernsthaftigkeit bemüht. In seinen Augen entdeckte sie Vaterstolz.

»Papa hat mir das Zählen beigebracht. Meinen Namen kann ich auch schreiben. Großmutter Nituna bringt mir das Weben und Kochen bei, von Papa weiß ich, wie man Tiere versorgt, und von dir lerne ich dann das Lesen. Siehst du, Mama, ich brauche nicht mehr in die Schule.«

»Schluss mit dem Unsinn«, setzte Chesmu dem Redefluss seiner Tochter ein Ende.

»Glaub mir, du lernst noch viel mehr in meiner Schule.« Rosa stupste Gracies Nase. »Der Unterricht wird dir Spaß machen.«

Die Sechsjährige zog einen Flunsch.

»Komm, Gracie, hilf mir beim Einladen.« Chesmu und Julia betrachteten Gracie sorgenvoll. Sie ahnten, dass sie mit ihrer störrischen Tochter noch einige Kämpfe auszufechten haben würden.

Rosa setzte die drei zu Hause ab. Wenig später kehrte Sam aus der Schule zurück. Seine verkniffene Miene verhieß nichts Gutes. Julia wartete, bis Gracie mit dem Hund im Garten herumtollte, und setzte sich zu ihrem Sohn, der seltsam steif und mit dünnen Lippen am Esstisch in ein Heft schrieb. »Willst du mir nicht erzählen, was los ist?«

»Gar nichts ist los«, wehrte Sam ab, ohne sie anzusehen. »Ich habe nur viele Hausaufgaben zu erledigen.«

Betroffen verfolgte sie, wie er ein Buch aufschlug und tat, als wäre sie nicht da. Er wirkte verändert, obwohl sie nicht hätte ausdrücken können, was an ihm anders war. Sie hätte ihn so gern umarmt und ermuntert, ihr seinen Kummer anzuvertrauen. Das allerdings hätte ihrem Sohn, der seinen Aussagen zufolge »längst kein Baby mehr« war, überhaupt nicht gefallen.

Julia unterdrückte ein Seufzen. »Wie du willst. Sag Bescheid, wenn ich etwas für dich tun kann.« Sie kannte ihn gut genug, um zu wissen, dass er nie Hilfe annehmen würde, es sei denn, er bat selbst darum.

Julia ließ ihn allein und machte sich daran, das Gemüse aus dem Garten einzukochen; derweil wies sie Gracie an, ihr bei der Hausarbeit zur Hand zu gehen.

»Ich bin fertig«, meinte Sam einige Zeit nach dem Essen.

»Das ist gut«, erklärte sein Vater. »Die Rinder müssen auf die Nachbarweide getrieben werden. Außerdem braucht Manipi eine Lehrstunde.« Das dreijährige Pony gehörte zwar eigentlich Sam, das Einreiten überließ er jedoch der Erfahrung seines Vaters. »Während ich mit ihm arbeite, kümmerst du dich bitte um Kenai. Er ist nicht mehr der Jüngste und wird störrisch, wenn man ihn nicht genug beachtet.«

Das ließ sich Sam nicht zweimal sagen, und ehe Julia nachhaken konnte, welche Laus ihm vorher über die Leber gelaufen war, verließ er mit seinem Vater die Hütte und ließ Julia kopfschüttelnd zurück.

Sie bekam ihn erst am Abend wieder zu Gesicht. Als sie ihm auftrug, sich zu waschen, sträubte er sich wie eine Katze.

Chesmu und Julia tauschten fragende Blicke. Sams Unwillen schien seine neue Eigenart zu sein.

»Mach schon. Du stinkst nach Pferdedung«, tönte seine Schwester.

»Sei nicht so vorlaut.« Ihre Mutter verkniff sich ein Schmunzeln.

Sam trollte sich zum Waschzuber. Da er nach einer geschlagenen halben Stunde noch nicht zurück war, gab Julia ihrem Mann ein Zeichen, dass sie nach ihm sehen wolle.

Vorsichtig zog sie den Vorhang zurück, der den Waschraum vom Abtritt trennte, und blieb wie vom Donner gerührt stehen. Sam fuhr herum und schlang sich ein Tuch um den Körper. Doch sie hatte den handtellergroßen Bluterguss an seinem unteren Rücken bereits entdeckt.

»Herrje, du bist ja verletzt. Lass mal sehen.«

Ihr Sohn wich zurück. »Geh raus, Mama. Bitte.«

Julia schenkte seinem Widerstand keine Beachtung. »Woher hast du das?«

Er wandte sich ab. »Ich bin gefallen. Passiert doch mal. Kannst du mich jetzt bitte allein lassen?«

»Nein. Nicht bevor du mir sagst, was vorgefallen ist.« Julia musterte ihn mit halb gesenkten Lidern. »Du warst schon als kleiner Junge wendig und hast dir nie ernstlich wehgetan.«

»Nun, einmal ist immer das erste Mal, nicht wahr?«

Julia kreuzte die Arme vor der Brust. »Dann kannst du es mir ja erzählen.«

Sichtlich unbehaglich versuchte Sam, sich an ihr vorbeizuschlängeln.

Sie hielt ihn fest. »Ich höre, mein Sohn.«

»Ich bin von Kenai gefallen«, presste er hervor. »Zufrieden?«

»Von Kenai?« Julia starrte ihn an. Ihr Instinkt schlug Alarm. Das konnte unmöglich stimmen. Chesmus Pony hatte Sam noch nie abgeworfen, davon abgesehen hatte sich der Junge in den letzten Jahren zu einem geschickten Reiter gemausert. Er log. Die Frage war nur, warum?

KAPITEL 9

Georg

Prenzlauer Berg, nahe Berlin, 30. Juli 1917

Magda hatte im Speiseraum der Stadtvilla die Vorhänge ein Stück zugezogen, um die blendende Abendsonne auszuschließen. Caroline, Walther und Isa debattierten angeregt über die Friedensresolution, die der Deutsche Reichstag vor knapp zwei Wochen verabschiedet hatte. Man plante, den Weg für einen Verständigungsfrieden freizumachen und dem Krieg alsbald ein Ende zu bereiten.

Georg mischte sich nicht ins Gespräch, er wollte weder die Hoffnung der Familie zerstören, noch die ohnehin angespannte Stimmung verschärfen. Die Bemühungen des neuen Reichskanzlers Michaelis hielt er für eine Farce. Wäre dessen Wunsch nach Frieden ehrlich gemeint gewesen, wieso hätte er dann in seiner Reichstagsrede die Bedeutsamkeit herausgestellt, dennoch die deutschen Grenzen für alle Zeiten sichern zu wollen? Für Georg klangen die Worte des Reichskanzlers halbherzig. Vielleicht hatte ihn aber auch das Alter misstrauisch gemacht.

Simon und Magda servierten das Abendessen, das aus gestampften Rüben und einem Salzhering bestand. Wortlos schob Georg Emilie, die neben ihm saß und den Fisch kritisch beäugte, die Hälfte seiner Portion zu und ignorierte ihren Unwillen.

»Iss, meine Liebe. Dein Kleines braucht es.«

Emilie dankte ihm leise. Wie Georg wusste, konnten weder sie noch der kleine Clemens Fisch etwas abgewinnen, weshalb dieser ebenso auf seinem Teller herumstocherte wie seine Mutter. Doch in diesen Zeiten musste jeder froh sein, sich halbwegs satt essen zu dürfen.

Clemens verzog das Gesicht, als er den Hering probierte. Auch für Georgs Geschmack war er viel zu salzig.

Theodor hatte den Jungen offenbar beobachtet, denn er lenkte ihn nun mit einem Kinderreim von der ungeliebten Mahlzeit ab, sodass ihm das Essen weniger schwerfiel.

Mathilde, die zu seiner Rechten saß, strich über seinen Arm. »Wie steht es mit einer kleinen Schachpartie heute Abend, Liebling?«

Georg tätschelte sie flüchtig. »Heute nicht. Ich habe noch geschäftlich zu tun.«

Mathilde versuchte, ihm eine Gefühlsregung von der Miene abzulesen, aber er hielt ihrer Musterung ungerührt stand.

Da ihm die windige Russin Darja von Anfang an ein Dorn im Auge gewesen war, suchte er seit geraumer Zeit nach einer besseren Quelle, die ihn mit den nötigen Lebensmitteln versorgte. Zudem erschien es ihm ratsam, seine Kontakte großflächiger zu streuen. Aus dem Grund wollte er mit einem polnischen Kohlenhändler aus dem beschaulichen Marienfelde sprechen.

Mathildes ernster Blick drang bis in sein Innerstes. »Sei bitte vorsichtig.«

»Das bin ich immer.«

Als sich die Familie nach dem Essen verstreute, griff er nach einer Tasche, in der er einige samtene Schatullen mit allerlei nutzlosem Tand verstaut hatte, und küsste seine Frau.

Dankbar, dass Mathilde keine weiteren Fragen gestellt hatte, nahm Georg wenig später in der Kutsche der Breitenbachs Platz und nannte Simon den Weg, der sie am Halleschen Tor in Kreuzberg vorbei und weiter durch den Vorort Tempelhof führte. Der durch das halb geöffnete Fenster hereinwehende Abendwind spielte mit seinem Zylinder. Unternehmungen wie diese rüttelten gehörig an seinem Rechts- und Unrechtsempfinden. Ein rechtschaffener Mann wie er hätte nicht auf derartige Mittel angewiesen sein sollen.

Seine Anspannung ließ etwas nach, als sie die geschäftigen Bezirke hinter sich ließen und schließlich Marienfelde erreichten. Das Haus von Pawel Glenski befand sich nahe einem Kloster, und Simon hatte Mühe, die Kutschpferde über den schmalen Sandweg zu lenken, der auf den Kohlenhandel zulief.

Wie es aussah, war Georg nicht der Einzige, der an diesem Abend Pawels Dienste in Anspruch zu nehmen gedachte. Schon aus der Entfernung machte er vor dem Haus eine Handvoll gut gekleidete Männer aus, deren Gesichter im schwächer werdenden Sonnenlicht verschwammen.

»Ich komme bald zurück«, gab er Simon zu verstehen, dann legte er die letzten Meter zu Fuß zurück und verharrte in sicherem Abstand vor einer Scheune, von wo aus er einen guten Überblick über die Männer hatte, von denen einer nach dem anderen im Inneren verschwand. Ihm fiel auf, dass sie offenbar durch einen weiteren Ausgang den Kohlenhandel verließen, denn keiner kehrte auf demselben Weg zurück. Erst als sich

Georg sicher fühlte, nicht beobachtet zu werden, betrat er den halbdunklen Raum.

Ein jüngerer Mann mit fettigem Haar wischte sich die Hände an einem Tuch ab und beäugte ihn gleichmütig. »Guten Abend, was führt Sie zu mir?«

Georg entnahm seiner Jackentasche einen säuberlich gefalteten Zettel. »Ich suche einen Partner für eine dauerhafte und vertrauensvolle Zusammenarbeit.«

Pawel überflog die Liste mit hochgezogenen Brauen. »Da kann ich Ihnen leider nicht weiterhelfen. Ich bin Köhler und nicht von der Heilsarmee.«

Georg stutzte, ließ sein Gegenüber jedoch nicht aus den Augen. »Die Bestellungen sind aber ungemein wichtig.« Damit griff er in die Tasche und ließ eine Schatulle aufschnappen. »Wie wäre es mit einem kleinen Tausch?«

Pawel schenkte dem Inhalt keinerlei Beachtung und trat derart nahe an ihn heran, dass Georg die Bartstoppeln auf seinen Wangen erkennen konnte. »Sie scheinen nicht zu verstehen, mein Herr.« Er kritzelte etwas auf den Zettel. »Stecken Sie das wieder ein und sagen Sie mir, wie viele Briketts Sie wollen. Oder Sie verlassen auf der Stelle mein Grundstück.«

Zwischen Georgs Schulterblättern sammelten sich Schweißperlen. »Wenn ich mich nicht irre, haben Sie den Herren vor mir auch auf andere Weise ausgeholfen.«

Pawel verschränkte die Arme vor der muskulösen Brust und senkte die Stimme zu einem Flüstern. »Ich komme in Teufels Küche, wenn ich weiterhin für Leute wie Sie tätig bin. Und wissen Sie, wieso?« Sichtlich aufgebracht wies er hinaus. »Die Mönche aus dem benachbarten Kloster haben Lunte gerochen. Man ließ mir gerade eben durch einen Boten ausrichten, was sie davon halten, dass ich den feinen Leuten gebe, was den Ärmsten zusteht.«

Georgs Puls schnellte in die Höhe. »Haben die Mönche Beweise?«

»Keine Ahnung. Jedenfalls gehe ich kein Risiko ein.« Pawels Miene verschloss sich.

So rasch gab Georg nicht auf. »Ich brauche die Sachen für ...«

Pawel unterbrach ihn energisch. »Ist mir völlig egal, für wen Sie sie benötigen.«

Georg unternahm einen weiteren Versuch und scheiterte abermals. Seine Stimmung sank auf einen neuen Tiefpunkt, als er wieder die Kutsche bestieg und in die einsetzende Dunkelheit nach Augen spähte, die ihm womöglich folgten. Doch es war niemand zu sehen.

Seine Verzweiflung wuchs. Bislang war er nie mit leeren Händen von Darja zurückgekehrt, selbst wenn er nur ein paar Eier oder Rüben ergattert hatte. Verflixt! Gedankenverloren kramte er den Zettel aus seiner Jackentasche und wollte ihn zerknüllen. Dort standen in ungelenker Handschrift ein typisch englischer Name sowie eine Adresse im Stadtteil Tiergarten notiert.

Seine Taschenuhr zeigte bereits auf halb neun. Weil die Adresse aber halbwegs auf dem Nachhauseweg lag, wies er Simon an, die Pferde Richtung Tiergarten zu lenken.

Eine Dreiviertelstunde später klopfte er an der Tür eines schmucken Backsteinhauses und ein schnauzbärtiger Mann in einem legeren Anzug öffnete ihm.

»Henry Shawn? Mein Name ist Breitenbach. Ich soll Ihnen von dem Köhler Pawel aus Marienfelde Grüße ausrichten.«

»Kommen Sie rein in die gute Stube.« Der Mann sprach mit starkem Akzent und machte einen ausgesprochen sympathischen Eindruck.

Shawn schickte seine Frau und zwei halbwüchsige Kinder hinaus und machte eine einladende Handbewegung zum Sofa.

Georg lehnte dankend ab, reichte ihm den Zettel und brachte erneut sein Anliegen vor. Unterdessen spürte er, wie der Engländer ihn von oben bis unten abschätzte, und vermeinte beinahe, seine Gedanken zu hören. *Teurer Anzug, gepflegte Hände, die keine körperliche Arbeit kennen. Der Mann hat Geld.*

»Bevor Sie antworten, hören Sie mir bitte zu«, warf er deshalb ein. »Ich bitte nicht für mich, sondern für unsere Arbeiter, denen wir in unserer Suppenküche täglich eine warme Mahlzeit anbieten. Bitte helfen Sie ihnen.«

Shawn wehrte ab. »Ich kenne Ihr Unternehmen, Sie beschäftigen Hunderte Arbeiter. So viel habe ich nicht vorrätig.«

»Das ist mir bewusst. Ich nehme, was immer Sie mir anbieten.«

Ihre Blicke trafen sich.

»Na schön. Viel ist es nicht mehr, aber ich schaue mal, was ich für Sie tun kann.«

Mit einer gesummten Melodie auf den Lippen verließ Georg bald darauf das Haus, denn in seinem Korb lag neben einigen Suppenknochen auch ein Päckchen Darjeeling – ein wahrer Schatz, dessen Genuss zelebriert werden musste. Außerdem befanden sich im Korb ein paar Tüten Mehl, einige Flaschen verdünnte Milch sowie die üblichen Steckrüben. Statt Zucker hatte Shawn ihm einen Ersatzstoff angeboten, den er jedoch schaudernd abgelehnt hatte. Der Anblick der silbernen Serviettenringe hatte den Engländer sichtlich beeindruckt, aber – was Georg höchst anständig fand – dieser fand die Bezahlung zu hoch und nahm lediglich ein silbernes Fischbesteck entgegen. Beim Abschied sagte er ihm noch zu, seine guten Kontakte spielen zu lassen, um ihn regelmäßig zu unterstützen.

Simon machte Anstalten, den Korb in der Kutsche zu verstauen, als sich Georg unvermittelt einem Mann in dunkler Uniform und Pickelhaube gegenübersah.

Schutzpolizei. Es überlief ihn kalt.

»Einen Augenblick, mein Herr!« Der hochgewachsene Polizist musterte ihn abschätzig. Seine Stimme klang eisig. »Was haben Sie dort verstaut?«

»Ich wüsste nicht, was Sie das angeht«, entwischte es Georg, nur um seine kühle Antwort im nächsten Moment zu bereuen.

»Überlassen Sie das gefälligst mir!« Der Uniformierte bedeutete Simon, ihm den Korb zu überlassen, und nickte einem Kollegen zu, der auf Shawns Haus zusteuerte.

Georg meinte, das Herz müsse ihm stehen bleiben.

»Dacht ich's mir doch!« Der Hüne baute sich vor ihm auf und wies mit dem Kopf auf den Korb. »Geben Sie ihn mir!«

Georg gehorchte und sah aus dem Augenwinkel, wie der Engländer die Haustür öffnete. *Himmel, sie haben ihn*, war alles, was er denken konnte.

Der Schutzpolizist betrachtete ihn streng. »Können Sie sich ausweisen?«

»Selbstverständlich.« Georg fühlte Hitze in sich aufwallen, als er dem Ordnungshüter seinen Personalausweis reichte.

Frau Shawn stieß einen spitzen Schrei aus, der Georg durch Mark und Bein fuhr.

Indes legte der zweite Polizist dem Engländer Handschellen an, während seine weinende Frau die beiden Halbwüchsigen fassungslos umarmte.

»Um es kurz zu machen, Herr Breitenbach«, riss der Polizist Georg aus der Betäubung, »wir haben Sie beobachtet, wie Sie eine verdächtige Person aufsuchten.«

»Verdächtig? Ich verstehe nicht.«

»Das klären wir auf der Wache. Mitkommen, aber plötzlich!« Der Polizist deutete auf vier Personen, die ungeniert aus einem Fenster des Nachbarhauses starrten. »Ihnen ist gewiss daran gelegen, kein Aufsehen zu erregen.«

Widerstrebend und mit fliegenden Gedanken folgte Georg ihm. Um Himmels willen, wie sollte er den Vorfall seiner

Familie erklären? Denn das würde er wohl oder übel tun müssen, zumindest für den Fall, dass die Polizei ihm Scherereien bereitete. Mathilde machte sich bestimmt auch schon Sorgen. Das war allerdings gerade sein geringstes Problem. Der Schwarzhandel blühte, und zweifelsohne war er nicht der einzige Geschäftsmann, der versuchte, Nahrungsmittel aufzutreiben. Nur konnte Georg das zweifelhafte Vergnügen bekommen, dass seine Machenschaften öffentlich bekannt wurden. Der Gedanke ließ ihn frösteln.

Zum Glück befand sich die Wache lediglich eine Straße weiter. Dennoch war ihm ein Weg nie derart lang erschienen.

Georg wusste nicht, wie viel Zeit vergangen war, bis er schließlich wie erschlagen zu Simon zurückkehrte, der aufgelöst und bleich auf dem Kutschbock gewartet hatte.

»Kein Grund zur Sorge. Es kommt alles wieder in Ordnung.« Wenn Georg jedoch ehrlich war, glaubte er seinen eigenen Worten kaum, und er bezweifelte, dass es Simon anders erging.

Als die Stadtvilla vor ihm auftauchte, wischte sich Georg die klammen Hände an seinem Taschentuch ab. Anders als sonst wurde er beim Eintreten weder von Magda noch von seiner Frau empfangen. Er blinzelte, Diele und Salon lagen verlassen vor ihm. Neben dem Telefon lag eine Nachricht, die Mathildes Handschrift trug.

»Wir sind bei Emilie. Komm schnell!«

Mit weit ausholenden Schritten eilte er zu Felix' und Emilies Haus. Aus dem Wohnzimmer drang ein Lichtschimmer.

Beim Eintreten erhoben sich Vanda und Theodor. Sein Bruder kam ihm mit offenem Hemd entgegen und zog ihn an sich.

Georg bemerkte die Tränenspuren auf Theodors Wangen und stieß einen überraschten Laut aus. »Was ist passiert?«

»Das Kind … ist da. Emilie hat einen gesunden Jungen zur Welt gebracht.«

Fassungslos blickte Georg von Theodor zu Vanda.

»Der Kleine hatte es eilig«, erklärte sie strahlend. »Doktor Schubert ist noch bei ihr. Er ist klein, hat aber eine kräftige Stimme und sieht aus wie unsere Emilie.«

Mit Felix an ihrer Seite wäre unser Glück perfekt, dachte Georg und wischte sich bewegt über die Augen. »Dem Himmel sei Dank! Meine Güte, kaum ist man mal aus dem Haus, verpasst man schon das Beste. Herzlichen Glückwunsch, meine Lieben. Was für ein ereignisreicher Tag!« Er blickte sich um. »Wo ist mein Weib?«

»Mit Isa und Clemens im Ankleidezimmer«, erwiderte Vanda. »Isa ist ganz vernarrt in den Kleinen. Sie kümmert sich um die beiden, damit sich Emilie ein wenig ausruhen kann.«

Theodor goss ihm ein Glas Hochprozentigen ein. »Trink, du siehst mitgenommen aus. So willst du der frischgebackenen Mutter hoffentlich nicht unter die Augen treten. Sie bekommt sonst einen Heidenschreck.«

»Natürlich nicht.« Weil Georgs Knie auf einmal butterweich wurden, setzte er sich aufs Sofa und leerte das Glas mit einem Zug. Ein Glücksgefühl jagte durch seine Adern. Er konnte es kaum erwarten, den Kleinen im Arm zu halten.

Allmählich beruhigte sich sein Herzschlag. Dennoch, der vergangene Tag gehörte bei Weitem zu den aufreibendsten und intensivsten, an die er sich erinnerte. Er blickte in die weichen Gesichter von Theodor und Vanda und überlegte einen Wimpernschlag lang, ob er ihnen erzählen sollte, was sich vor zwei Stunden auf der Polizeiwache zugetragen hatte. Doch dies erschien ihm der denkbar ungünstigste Augenblick für sein Geständnis zu sein. Morgen war früh genug, entschied er.

KAPITEL 10

Georg

6. August 1917

Die letzten Tage hatten bleischwer auf Georgs Seele gelegen und
die Szene auf der Wache hatte sich in schöner Regelmäßigkeit
vor seinem inneren Auge abgespielt. Kriminalkommissar
Schneider, den er von seiner ersten Vernehmung her kannte,
stellte sich als harter Knochen heraus. Und ja, nachdem dieser gedroht hatte, ihn vorläufig festzunehmen, wenn er nicht
redete, hatte er gestanden, Lebensmittel von Shawn gegen ein
silbernes Fischbesteck eingetauscht zu haben.

Schneiders Miene blieb frostig.

»Es wird von Tag zu Tag schwerer, genügend Lebensmittel
aufzutreiben.« Georg sah dem Kriminalkommissar offen ins
Gesicht. »Mir ist bewusst, dass ich mich nicht gerade mit
Ruhm bekleckert habe, aber ich wusste mir nicht anders zu
helfen. Kommen Sie, es ist doch niemandem ein Schaden
entstanden.«

»Das sehe ich anders. Sie haben eine Straftat begangen, Herr Breitenbach. Glauben Sie etwa, wir machen Unterschiede zwischen Arm oder Reich? Das Gesetz gilt für jedermann!«

Georg beugte sich tiefer über den Tisch. »Ich verstehe, Sie sind Recht und Ordnung verpflichtet. Ich hingegen fühle mich unseren hungernden Arbeitern verpflichtet. Was würden Sie an meiner Stelle tun? Bitte lassen Sie es mit einer Verwarnung bewenden.«

Doch Schneider schickte ihn unbeeindruckt mit den Worten hinaus, er werde von ihm hören.

Weil Georg ein Mann der Tat war, hatte er gleich am nächsten Tag einen ruhigen Moment abgewartet, an dem er mit Mathilde unter vier Augen sprechen konnte. Schließlich wollte er die leidigen Vorkommnisse nicht vor allen Familienmitgliedern hinausposaunen, die sich durch die Geburt des kleinen Jakob ohnehin in einem Freudentaumel befanden. Doch ausgerechnet an jenem Tag sah er Mathilde nur kurz beim Essen und bat sie um ein Gespräch am Abend. Leider kam es anders als erwartet, denn sein Weib lag bereits in tiefem Schlaf, als er ihre Privaträume betrat.

Die folgenden Tage gestalteten sich ähnlich. Einmal fragte Mathilde ihn in der guten Stube, was er ihr denn erzählen wollte. Georg hatte gerade angesetzt, da gesellten sich Caroline und Walther zu ihnen und verwickelten sie in eine Unterhaltung.

Inzwischen lag die Vernehmung eine Woche zurück. Georg stand vor dem Spiegel, schnitt eine Grimasse und gestand sich zähneknirschend ein, dass auch ein wenig Feigheit im Spiel gewesen war.

Just als er seine Taschenuhr in die Westentasche steckte, betrat Mathilde den Ankleideraum und wedelte mit einem Stapel Briefe, den sie auf den Schrank neben dem Spiegel legte.

Sie hauchte ihm einen Kuss auf den Mund. »Simon hat gerade die Post sortiert. Ich dachte, ich bringe sie dir noch rasch vorbei, bevor du die Kolonialwarenhändler abfährst.«

»Lieb von dir.« Er begutachtete die Umschläge – und erstarrte, denn zwischen Rechnungen und einer Einladung zur Geburtstagsfeier eines langjährigen Kunden entdeckte er auch ein Schreiben mit dem Absender der Polizeiwache.

Georg riss das Kuvert auf.

Sie werden hiermit aufgefordert, am Freitag, den
10. August um 10.30 Uhr im Fall Henry Shawn
auf unserer Polizeiwache zu erscheinen.

Mit zusammengezogenen Brauen beäugte Mathilde den Umschlag, den er achtlos auf den Schrank geworfen hatte. »Polizei?«, fragte sie gedehnt.

»Nichts, was dich kümmern muss«, warf er beiläufig ein.

Doch im nächsten Moment hatte ihm Mathilde das Schreiben bereits entrissen. Ihre Hand zitterte, als sie es wieder beiseitelegte.

»Was hat das zu bedeuten, mein lieber Mann?«

Georg holte tief Luft. *Ich habe den Bogen überspannt und erhalte jetzt die Quittung für mein Zögern.* Entschlossen drückte er sie auf einen Hocker.

»Du hast versprochen, nie zu fragen, woher ich die Lebensmittel für unsere Arbeiter auftreibe, erinnerst du dich?«

»Natürlich.« Mathilde sprang erregt auf. »Aber dies hier geht eindeutig zu weit! Was ist geschehen?«

»Letzte Woche wurde ich bei einem Tauschgeschäft beobachtet. Offenbar steht der Mann schon länger wegen Schwarzhandels in Verdacht.« Georg schlang die Arme um ihre Taille. »Ich bringe das wieder in Ordnung, Liebes. Vertrau mir.«

»Das habe ich immer.« Resolut machte sie sich von ihm frei. In ihren schönen Augen stand blanke Furcht geschrieben. »Spiele die Angelegenheit nicht herunter!« Sie umfasste seine Handgelenke. »Du hast uns alle in eine prekäre Situation gebracht, wenngleich aus guten Absichten. Nur zählt das weder vor der Polizei noch vor Gericht.«

Georg raufte sich das lichter werdende Haar. »Das tut mir von Herzen leid.«

Sie nickte. »Ich verspreche, keine weiteren Fragen zu stellen. Bitte sag mir aber zu, dass du dich nie wieder auf solche Geschäfte einlässt.«

Er umfasste zärtlich ihr Gesicht. »Das kann ich nicht, solange der unselige Krieg anhält und wir uns nicht eigenständig versorgen können.«

Seufzend lehnte sie ihre Wange gegen seine breite Brust. »Nenne mir irgendjemanden in unserem näheren Umfeld, der nicht versucht, anderweitig Lebensmittel aufzutreiben. Wieso müssen sie ausgerechnet dich dabei erwischen?«

Georgs Brust wurde eng. »Zermartere dir nicht das Hirn über Dinge, die wir nicht ändern können, mein Herz.«

Sie stimmten überein, dass sie den Termin auf der Wache abwarten wollten, bevor sie die Familie über die Angelegenheit in Kenntnis setzten.

Zum Glück blieb dem Paar in den folgenden Tagen kaum Zeit zum Grübeln, denn beinahe ein Dutzend Arbeiter und Arbeiterinnen meldete sich krank, und sie hatten ihre liebe Not, auf die Schnelle Ersatz zu finden. Schweiften Georgs Gedanken dennoch zu dem anstehenden Termin, wurde seine Brust eng.

Als der Freitagmorgen anbrach, vibrierten Georgs Nerven, und beim gemeinsamen Frühstück hatte er Mühe, sich seine Hochspannung nicht anmerken zu lassen. Da er den kleinen Jakob auf dem Arm wiegte, der ihn unablässig und hellwach beäugte, hatte er die schönste Ausrede, sich nicht an der Unterhaltung der Familie beteiligen zu müssen.

Nachdem sich Isa, Felix und Caroline auf den Weg zum Unternehmen gemacht hatten, zog Mathilde ihren Mann in der Diele beiseite. »Ich habe Vanda gefragt. Wegen des hohen

Krankheitsstands haben wir derzeit nur eine Handvoll Kinder in der Betreuung, mit denen sie eine Weile allein zurechtkommt.« Ihr Blick ruhte bittend auf ihm. »Kurzum, ich möchte dich begleiten.«

Georg hatte ihr noch nie eine Bitte abschlagen können und lächelte dünn; zu mehr Freude fühlte er sich an diesem Morgen nicht imstande.

Sie legten den kurzen Weg zur Polizeiwache zu Fuß zurück. Vor dem Portal drückte Mathilde seine Hand und wies hinter sich. »Ich statte derweil Lina einen Besuch ab.« Sie verzog das Gesicht. »Mit etwas Glück hat sie ein Tässchen Muckefuck für mich übrig.«

Lina Peeters führte nur einen Steinwurf von der Polizeiwache entfernt ein Geschäft, in dem es neben ausgefallenen Präsenten auch feines Porzellan zu kaufen gab. Mathilde und sie hatten sich vor ein paar Jahren durch die Klavierstunden von Linas Sohn Konrad kennengelernt.

Georg gefiel die lebenslustige Witwe mit der Berliner Schnauze. »Richte ihr Grüße aus.«

Mathilde küsste seinen Handrücken. »Viel Glück, Liebling.«

Dann sah Georg zu, wie seine Frau leichtfüßig die Straße überquerte, strich seine Anzugjacke glatt und betrat die Wache. Ein Beamter bedeutete ihm, auf einer hölzernen Bank zu warten. Eine Alte mit lückenhaftem Gebiss und ein Mann mit einem zugeschwollenen blauen Auge machten ihm Platz. Georg fühlte sich unbehaglich zwischen den beiden Gestalten, die ihn ungeniert musterten, und beäugte die schmucklose Uhr an der gegenüberliegenden Wand, bis er bemerkte, dass sie offenbar stehen geblieben war. Die Frau neben ihm knabberte geräuschvoll an ihren Fingernägeln, und Georg wünschte sich weit fort von der unsäglichen Lage, in die er sich selbst manövriert hatte.

Eine Tür öffnete sich.

»Herr Breitenbach.« Ein junger Beamter mit Geheimratsecken bat ihn in einen Raum, in dem ihn Kriminalkommissar Schneider sowie ein Sekretär mit Schreibblock und Stift in der Hand erwarteten.

»So schnell sieht man sich wieder, nicht wahr?« Schneider hielt nichts von Förmlichkeiten. »Seit wann machen Sie mit Herrn Shawn Geschäfte?«

»Ich muss Sie korrigieren.« Georg streckte den Rücken. »Es war mein erster und einziger Besuch bei Shawn.«

Sein Gegenüber ließ ihn nicht aus den Augen, unterdessen schrieb der Sekretär eifrig. »Woher hatten Sie seine Adresse?«

Georg wandte sich an den jungen Beamten, offenbar ein Kriminalassistent. Da er erst am Anfang seiner Laufbahn stand, erhoffte sich Georg von ihm etwas mehr Unvoreingenommenheit. »Muss ich das beantworten?«

»Es steht Ihnen selbstverständlich frei, die Aussage zu verweigern«, antwortete der Jüngere förmlich, »was sich vor Gericht aber womöglich als ungünstig erweisen könnte.«

»Ich kann mir Namen schlecht einprägen«, wich Georg aus.

Schneider kreuzte die Arme vor der Brust. »Dann will ich Ihrem Gedächtnis mal auf die Sprünge helfen.« Er gab seinem Kollegen einen Wink, woraufhin dieser eine Zwischentür öffnete.

Der Anblick des jungen Mannes, der nun hereingebeten wurde, traf ihn mit der Wucht eines Keulenschlags. Die muskulöse Gestalt, das ungepflegte Haar. Unverkennbar Pawel Glenski.

»Meinen Sie möglicherweise diesen Herrn?«

Pawel erwiderte seinen Blick ruhig.

Himmel, wie sollte er bloß reagieren? Georg lag es fern, den Köhler, der vermutlich mit dem Schwarzhandel sein Überleben sicherte, in die unsägliche Angelegenheit zu verwickeln. So in die Enge getrieben, rang Georg um Haltung. »Ja, ich glaube, das ist er.« Er sah von einem zum anderen. »Was hat das alles zu bedeuten?«

Pawel setzte sich, schlug die Beine übereinander, als könnte er kein Wässerchen trüben.

Der Kriminalkommissar stützte sich mit verengten Augen am Tisch ab. »Was das bedeuten soll, verehrter Herr Breitenbach? Vermutlich waren Sie der irrigen Annahme, dieser Herr würde neben seiner Tätigkeit auch Artikel vom Schwarzmarkt vertreiben.« Ein süffisantes Lächeln lag plötzlich auf seinen Lippen. »Lassen Sie mich korrigieren: Herr Glenski arbeitet seit Jahren für uns. Auf diese Weise kommen wir an Herren wie Sie heran, die sich ungeniert über die Gesetze hinwegsetzen.«

Die möglichen Folgen seiner Fehleinschätzung raubten Georg für einen Moment die Stimme. Was in ihm die Frage aufwarf: Hatte Shawn ihn absichtlich in die Falle gelockt oder war er ebenso Pawels Opfer? Es kostete Georg eine Menge Energie, den lauernden Blicken der Männer im Raum ruhig zu begegnen. »Dann wird Ihnen Herr Glenski bestätigen, dass wir uns lediglich einmal in seiner Werkstatt getroffen haben.«

Schneider ließ seine Bemerkung unkommentiert. »Geben Sie zu, ihn um Schwarzmarktwaren gebeten zu haben?«

»Herrje, ja! Das habe ich getan.« Er spürte das wilde Pochen seiner Halsschlagader. »Aber ich tat es nicht, um Abwechslung in meinen Speiseplan zu bringen, meine Herren. Ich tat es für die armen Frauen und deren Kinder, die für uns arbeiten und deren Männer an der Front kämpfen, und für die für den Kriegsdienst Untauglichen, die bis zur Erschöpfung an unseren Maschinen stehen.«

Schneider maß ihn abschätzig. »Aha, verstehe. Sie sind also der große Wohltäter.«

Georg hielt Schneiders Blick fest. Gleichzeitig tauchte das Bild der Russin Darja vor ihm auf. Er meinte, seinen eigenen Schweiß zu riechen. Ob die Polizei inzwischen auf ihre Machenschaften aufmerksam geworden war? Und weitaus wichtiger: Wusste die Polizei von ihren Geschäften mit ihm? Er setzte die lang einstudierte Miene des selbstbewussten Geschäftsmannes auf und lehnte sich in seinem Stuhl zurück. »Seien wir doch ehrlich. Was habe ich davon, mich wegen ein paar Lebensmitteln in Gefahr zu bringen, wenn nicht aus Verzweiflung?«

»Genau das werden wir herausfinden«, erklärte der Assistent eisig.

Georg hatte sich offenbar auch in ihm getäuscht. Statt der von ihm erhofften Unvoreingenommenheit schien sich der junge Mann bei seinem Vorgesetzten beweisen zu wollen.

Derweil hatte der Sekretär sichtlich Mühe, das rasant geführte Verhör schriftlich festzuhalten.

Schneider schob Georg ein Blatt Papier, einen Füllfederhalter sowie ein Fässchen Tinte zu. »Sie wollen Ehrlichkeit. Dann ist es Ihnen bestimmt ein Leichtes, die Namen aller niederzuschreiben, die sich ebenfalls auf dem Schwarzmarkt herumtreiben. Alle, ob Geschäftspartner, Arbeiter, Freunde oder Bekannte!«

»Na, hören Sie mal!«, entrüstete sich Georg. »Ich bin ein Ehrenmann und kein Spion.«

»Denken Sie besser gründlich darüber nach, bevor Sie mir eine abschlägige Antwort erteilen«, gab der Kriminalkommissar ernst zu verstehen. »Falls Sie sich bereit erklären, uns bei der Ergreifung anderer Schwarzhändler behilflich zu sein, würden wir dies hier zerreißen und Ihr Vergehen nicht weiter verfolgen.« Aus einer Mappe zog er ein Schreiben und legte es vor ihm auf den Tisch.

Es handelte sich um einen an das Sozialgericht adressierten Klageantrag. Georg sog heftig die Luft ein.

»Ich erwarte Ihre Entscheidung bis morgen Abend. Das war es für heute, Herr Breitenbach.«

Georg deutete eine Verbeugung an und verließ den Raum. Draußen trat ihm Mathilde entgegen. »Wie ist es gelaufen?«

Er bot ihr seinen Arm und erzählte kurz, was im Verhörraum besprochen worden war.

Sie schnaubte. »Das Angebot ist eine Unverschämtheit! Dürfen sie das?«

»Zweifelsohne. Ist vielleicht nicht die feine englische Art, aber auf diese Weise kommen sie an wertvolle Informationen.«

»Vergiss nicht, deine Weste würde weiß bleiben«, gab sie mit säuerlicher Miene zu bedenken.

Georg hatte eine deftige Bemerkung auf den Lippen, dazu, was er von der Situation hielt, doch sie blieb besser unausgesprochen. »Ich schalte einen Advokaten ein. Doktor Stein mit dem Fall zu beauftragen, kommt jedenfalls nicht infrage.«

Doktor Leopold Stein war seit Jahren als Jurist für das Unternehmen tätig.

Mathilde warf ihm einen nachdenklichen Blick zu. »Doktor Adalbert Moll. Seine Kanzlei befindet sich in der Fröbelstraße, ganz in der Nähe der Gasanstalt. Soweit ich weiß, hat er sich auf Strafrecht spezialisiert.«

»Für den Weg brauchen wir höchstens zehn Minuten.« Er legte den Kopf schief. »Woher kennst du den Mann?«

Sie zwinkerte. »Ich lese die Tageszeitungen aufmerksam, Liebling. Er inseriert jede Woche und gilt als unbeugsamer Strafverteidiger.«

»Das klingt vielversprechend.« Georg strich über ihren Handrücken. »Wenn ich dich nicht hätte, wäre ich so manches Mal verloren.«

Mathilde lächelte weich. »Bringen wir es hinter uns.«

Arm in Arm legten sie den kurzen Weg zu dem mit Erkern und Türmchen ausgestatteten Backsteingebäude zurück, in dem sich die Kanzlei von Doktor Moll befand.

Eine Sekretärin in den besten Jahren bat sie, im Besucherraum zu warten, dessen Wände mit gerahmten Auszeichnungen verziert waren. Während Mathilde in Zeitschriften blätterte, schielte Georg wieder und wieder auf seine Taschenuhr, deren Zeiger sich kaum zu bewegen schienen.

Eine Weile später begrüßte sie Moll, den Georg auf höchstens vierzig schätzte, mit festem Händedruck und bat sie in sein Heiligstes. Der unauffällige und schlaksige Mann trug sein grau meliertes Haar für Georgs Geschmack eine Spur zu lang und wollte dem typischen Bild eines Advokaten so gar nicht entsprechen.

Moll lächelte gewinnend. »Was führt Sie zu mir?«

Während Georg berichtete, machte sich der Advokat Notizen. »Das ist in der Tat eine äußerst brisante Situation, verehrte Familie Breitenbach. Die Polizei arbeitet gern mit solchen Übereinkommen. Ziehen Sie denn in Erwägung, auf den Vorschlag des Herrn Kriminalkommissars einzugehen?«

»Selbstverständlich nicht«, erklärte Georg entschieden. »Ich habe mich noch nie um die Privatangelegenheiten anderer geschert und denke gar nicht daran, sie in irgendeiner Weise zu diskreditieren. Jeder kehre bitte vor seiner eigenen Haustür.«

»Das ist löblich, andererseits spielt uns die Polizei ein simples Mittel in die Hand, um einer Anklage zu entgehen.« Moll sah von einem zum anderen. »Gehe ich recht in der Annahme, dass Sie nicht das erste Mal auf dem Schwarzmarkt aktiv waren, verehrter Herr Breitenbach?«

Georg zögerte.

Der Advokat hielt ihm ein hölzernes Zigarrenkästchen entgegen. »Wenn wir erfolgreich zusammenarbeiten wollen, brauche ich Ihr offenes Wort.«

Während Georg die Zigarre entzündete und den Rauch inhalierte, fragte er sich unwillkürlich, wer dem Advokaten die Kostbarkeiten wohl verkauft hatte. »Ganz recht, es war nicht mein erstes Geschäft auf dem Schwarzmarkt. Von der Suppenküche habe ich Ihnen berichtet, und das Einzige, was ich für unsere Arbeiterfamilien tun kann, ist, ihre Mäuler mithilfe unseres Privatvermögens zu stopfen. Nennen Sie mir einen Mann in meiner Lage, der derzeit ohne die Hilfe dubioser Händler auskommt.«

Moll faltete die Hände auf dem Tisch. »Gut, dann werde ich den Kriminalkommissar morgen darüber in Kenntnis setzen, dass wir sein Angebot dankend ablehnen und um eine gütliche Einigung bitten, von Mann zu Mann sozusagen.« Er musterte seine Klienten ernst. »Wenn ich ihm ein anderes Angebot unterbreiten darf, kann ich ihn vielleicht milde stimmen.«

Georg wechselte einen Blick mit seiner Frau. »Was schwebt Ihnen vor?«

»Eine großzügige Spende für einen karitativen Zweck beispielsweise.«

Georg fuhr hoch, doch Mathilde drückte ihn in den Sessel zurück und warf ihm einen warnenden Blick zu. »Ich bin Ehrenmann und kein Schwerverbrecher, der seinen Kumpanen Schmiergeld zahlt. Es tut mir leid, Ihren Vorschlag muss ich leider ablehnen. Gibt es eine andere Möglichkeit?«

»Ich fürchte, nein«, erwiderte Moll. »Sie haben eine Straftat begangen, und die Polizei hat jedes Recht, Sie dafür anklagen zu lassen. Entweder wir einigen uns mit ihr oder es wird zum Prozess kommen, der Ihnen eine Menge unangenehme Aufmerksamkeit beschert und für dessen positiven Ausgang ich nicht garantieren kann. Die Entscheidung liegt bei Ihnen.«

Georg knirschte mit den Zähnen und verfluchte die Lage, in die er seine Familie gebracht hatte. »Ich stehe für meine Tat ein, weil ich es jederzeit wieder tun würde. Sollte man mich schuldig sprechen, nehme ich die Strafe an.«

Mathilde sah liebevoll zu ihm auf, und er fragte sich einmal mehr, womit er diese wundervolle Frau verdiente. Er nahm ihre Hand in seine. »Verzeih mir, Liebling.«

Sie lächelte weich. »Du musst dich nicht entschuldigen. Ich habe nichts anderes von dir erwartet.«

Moll stand auf und reichte ihm die Hand. »Gut, ich werde sehen, was ich für Sie tun kann, Herr Breitenbach.«

KAPITEL 11

Felix

Heimwärts, 24. September 1917

Seit den frühen Morgenstunden goss es in Strömen. Nur das unermüdliche Prasseln der Regentropfen gegen die Fensterscheibe zerriss die beklemmende Stille im Eisenbahnwaggon. Man hatte die transportfähigen Verwundeten mit Pferd und Wagen zum Hauptverbandsplatz gebracht und von dort aus in eine Eisenbahn verlegt, die sie in ihr Heimatlazarett bringen sollte.

Felix und ungefähr ein Dutzend Kameraden, von denen er nur wenige flüchtig kannte, starrten ins Nichts. Ein Großteil der Männer kauerte auf ihren Pritschen, einige andere, zumeist mit amputierten Gliedern, rührten sich kaum in ihren Betten.

Nachdem sie Luxemburg hinter sich gelassen hatten, rollten sie nun nach einer gut zehnstündigen Fahrt der Heimat entgegen.

So paradox der Gedanke auch klang, Felix wünschte sich, die Fahrt würde nicht so bald enden. Dabei hatte er täglich hart trainiert. Dennoch war es ihm nicht möglich gewesen, seinen Arm so weit zu kräftigen, dass er ihn wie gewohnt belasten konnte. Nachdem sämtliche Therapieversuche ausgeschöpft waren, steckte nun ein Entlassungsschreiben in seiner Jackentasche. Aller Vernunft zum Trotz schwankte seine Stimmung seit ihrem Aufbruch zwischen Scham und einer fast unerträglichen Vorfreude auf Emilie, Clemens und den Säugling, der seinen Vater noch nicht kannte. Als Felix von der Geburt seines zweiten Sohnes erfahren hatte, den Emilie Jakob genannt hatte, hatte er geweint wie ein Kind und dem Himmel für den Segen gedankt, dass Mutter und Kind wohlauf waren.

Nun würde er bald bei seiner kleinen Familie sein. Er fragte sich nur eins: Wie sollte er den Schmerz auf Emilies schönem Gesicht ertragen, wenn sie erkannte, dass er zwar einer Amputation entgangen war, aber dennoch als Krüppel heimkehrte?

Vorsichtig bettete er seinen rechten Arm auf eine Decke. Das stetige Zittern machte ihn schier verrückt, sogar nachts wurde er davon wach. Manchmal, wenn er es nicht mehr ertrug, wurde der Wunsch in ihm übermächtig, sie hätten den Arm amputiert. Dann hätte die Qual endlich ein Ende gehabt.

Schon nach zehn Uhr. Felix wischte über das schmuddelige und beschlagene Fenster. Sein Gefühl hatte ihn nicht getrogen.

Er drehte sich zu seinen Kameraden um. »Der Anhalter Bahnhof ist in Sicht. Nicht mehr lange und wir sind zu Hause.«

Zu Hause, wie das klingt. Felix hatte der Familie in einem Telegramm seine Rückkehr angekündigt, und seine Erregung wuchs mit jedem Kilometer, den die Eisenbahn ihrem Ziel entgegenrollte.

In die reglos verharrenden Männer kam Leben. Einer kämmte sich das Haar, ein Einarmiger versuchte, in seine Jacke zu schlüpfen, wollte sich jedoch nicht von Felix helfen lassen. Diejenigen, deren Konstitution es zuließ, drängten ebenfalls ans Fenster, um einen ersten Blick auf die Heimat zu erhaschen.

Einige Minuten später hielt die Eisenbahn schnaubend an. Mit zwei Wagen vom Roten Kreuz wurden sie in das größte Lazarett der Stadt in der Hasenheide gebracht. Felix hielt bereits von Weitem in der Menschentraube, die sich vor dem Eingang gebildet hatte, nach einem vertrauten Gesicht Ausschau.

Die Verwundeten stiegen aus. Da machte Felix in der Ferne Simon auf dem Kutschbock aus, der aufgeregt mit seinem Hut winkte.

Bewegt wich er Pfützen aus und bahnte sich einen Weg durch die Menschenansammlung.

Aus der Kutsche löste sich eine schlanke Gestalt in einem himmelblauen Kleid und mit einem Hut, der die Fülle ihres kastanienbraunen Haares kaum zu bändigen vermochte. Felix blieb wie angewurzelt stehen. Als hätte jemand die Zeit angehalten, sah er zu, wie Emilie, ungeachtet des heftigen Regens, mit einem Bündel in den Armen auf ihn zulief.

Sein Herz wurde beim Anblick ihrer strahlenden Augen weit.

Nur ein paar Herzschläge später hielt er sie mit seinem unversehrten Arm umfangen und wollte sie nicht mehr loslassen. Ihr Kuss schmeckte nach Tränen.

»Endlich habe ich dich wieder«, brachte Felix stockend hervor.

Emilie schmiegte sich mit dem Kind in den Armen an ihn. »Ich habe dich so sehr vermisst, Liebling.«

»Ich dich auch.« Hätte er doch diesen Moment, in dem seine Sorgen und Ängste wie von Zauberhand ihre Bedeutung verloren, nur für immer festhalten können! »Wo ist Clemens?«, raunte er an ihrem Ohr.

»Er wartet bei seinem Großvater auf dich.«

»Komm schnell, ihr zwei werdet ganz nass«, sagte Felix heiser. »Außerdem will ich den Großen endlich in die Arme schließen. Wenn er mich überhaupt erkennt.«

»Das wird er schon«, erwiderte sie sanft.

Mit einem breiten Lächeln deutete Simon eine Verbeugung an. »Wie gut, Sie … dich zu sehen! Herzlich willkommen.«

Felix erwiderte seine herzliche Begrüßung. Er kannte den Hausangestellten von Kindesbeinen an, und dennoch fiel Simon, seit Felix das Unternehmen übernommen hatte, immer wieder in die formelle Anrede, weil er meinte, es schicke sich nicht, seinen Brötchengeber zu duzen.

Felix klopfte ihm auf die Schulter. »Ich freue mich auch, dich zu sehen.«

Simon wirkte verlegen. »Du wirst zu Hause schon sehnlichst erwartet. Macht es euch auf der Bank bequem.«

Gleich darauf setzte sich die Kutsche in Bewegung, und Felix beobachtete amüsiert, wie sein winziger Sohn den feuchten Mund verzog und die Stirn runzelte.

Emilie half ihm, den Kleinen in seine linke Armbeuge zu betten. Hatte sie das Zittern seines rechten Armes bemerkt? Wenn ja, ließ sie es mit keiner Geste erkennen.

Sanft strich sie dem Kleinen über die Wange. »Es wird Zeit, dass ihr zwei euch kennenlernt.«

Felix konnte den Blick nicht von seinem Sohn wenden. Er wollte so vieles sagen, doch all die unausgesprochenen Worte blieben wie ein Geschwür in seinem Hals stecken. Also begnügte er sich damit, das zarte Gewicht seines Jüngsten zu spüren, seinen dunklen Haarflaum unter den Fingern zu fühlen und seinen Schlaf zu bewachen.

»Ist er schon getauft?«, fragte er leise.

»Natürlich nicht«, erwiderte sie in gespielter Entrüstung. »Ich wollte auf dich warten, damit wir die Taufe mit der ganzen Familie feiern können.«

Er küsste sie wortlos.

Auf einmal wirkte Emilie zerknirscht. »Bitte schimpfe nicht mit mir, dass ich so sehr auf deine Entlassung gehofft habe.

Die Vorstellung, wie sie dich erneut in die Schlacht schicken, konnte ich nicht ertragen. Zum Glück wurde mein selbstsüchtiger Wunsch erfüllt.«

Ein Sonnenstrahl erhellte ihre Züge. Mit Puder hatte sie versucht, die Spuren von Kummer und Erschöpfung auf ihrem Gesicht zu kaschieren, doch das Licht brachte sie deutlich zum Vorschein. Ob sie sich darüber im Klaren war, was ein Leben an seiner Seite für sie und die Kinder bedeutete? Vermutlich gab sie sich dem Traum hin, er werde eines Tages wieder vollständig genesen. Woher sollte sie auch von den unsichtbaren Wunden wissen, die der Krieg ihm zugefügt hatte und die er bis zu seinem Lebensende tragen würde?

»Hier wirst du die besten Therapien bekommen. Mikail wird dir beim Heilungsprozess helfen.«

Doktor Mikail Ascher war Orthopäde und Heilgymnast. Isas guter Freund hatte bereits ihr nach ihrem schweren Unfall zu mehr Mobilität verholfen.

Felix strich über Emilies Wange. Die Hoffnung in ihren Augen hinterließ einen dumpfen Schmerz in seinem Inneren, aber er hatte nicht die Kraft, ihr zu widersprechen.

Gemischte Gefühle begleiteten die Kutschfahrt zum Prenzlauer Berg. Felix traute seinen Augen kaum, als er seine Familie vor dem Portal der Stadtvilla vollständig versammelt vorfand. Als Emilie ihm den Kleinen abnehmen wollte, wehrte er ab.

Dann entdeckte er Clemens, der sich mit fragender Miene an die Hand seines Großvaters klammerte. Er reichte seiner Frau den Säugling und ging vor seinem Sohn in die Hocke.

»Guten Tag, mein Junge. Ich bin es, dein Papa. Ich weiß, ich war lange fort. Aber jetzt bin ich wieder zu Hause. Kommst du zu mir?«

Clemens lauschte mit großen Augen und steckte den Daumen in den Mund. Eine Eigenart, die er schon vor der

Abreise seines Vaters entwickelt hatte, sobald er sich unsicher oder ängstlich gefühlt hatte. Erst als sein Großvater ihm einen liebevollen Schubs gab, trat der Junge näher und ließ es zu, dass Felix ihn auf den Arm nahm.

Weil er spürte, dass der Junge von der Situation überfordert war, zerzauste er nur sein Haar und ließ ihn gehen. Gleich darauf fand er sich in der weichen Umarmung seiner Stiefmutter wieder.

In Vandas Augen schimmerten Tränen. »Willkommen zu Hause. Ich bin so froh, dich zu sehen.« Sie musterte ihn. »Du bist sicher erschöpft. Ich gebe Magda Bescheid, dass sie dir ein Bad vorbereitet.«

Er dankte ihr leise. Danach begrüßte er einen nach dem anderen, sah in ihre geliebten und vertrauten Gesichter und empfand zum ersten Mal seit langer Zeit wieder so etwas wie Freude. Tief in ihm jedoch existierte auch jene dumpfe Schwärze, die ein Teil von ihm geworden war und ihn wohl nie völlig verlassen würde.

Etwas abseits entdeckte er eine hagere Person in einem schwarzen Regenmantel, die sich ihm rasch und mit ausgestreckten Armen näherte. In ihren Augen schimmerten Tränen.

»Du hier, Mutter?« Felix betrachtete sie kühl. »Ich habe heute nicht mit dir gerechnet.«

Sie nahm seine Hände. »Du bist zurück, mein Junge. Bitte verzeih mein unangemeldetes Erscheinen. Ich wollte mich nur kurz davon überzeugen, dass es dir gut geht.« Als er nichts erwiderte, sah sie sich um und lächelte scheu. »Deine Familie wird dich gebührend begrüßen wollen, deshalb will ich dich nicht länger aufhalten. Wir sehen uns bei einer anderen Gelegenheit.«

»Natürlich.«

Seine Mutter nickte der Familie zu und eilte davon, ohne sich noch einmal umzudrehen.

Ihre Stimme wiederholte in seinem Kopf einen Satz: *Deine Familie wird dich gebührend begrüßen wollen.* Hatte sie tatsächlich vergessen, dass sie Teil seiner Familie war?

Emilie legte den Arm um seine Taille. »Wolltest du deine Mutter nicht hereinbitten?«

Felix küsste sie flüchtig und strich über Jakobs Köpfchen. »Nicht heute.«

Als Simon ihm bedeutete, dass sein Bad hergerichtet war, ließ er sich entschuldigen.

Felix schrubbte seine Haut, bis sie sich rot färbte, und meinte dennoch, den Gestank von Rauch, Tod und Urin immer noch wahrzunehmen. Vielleicht würde er ihn ebenso wie seine inneren Wunden nie verlassen.

Obwohl er keinerlei Hunger verspürte, aß er Emilie zuliebe, was sie auf seinen Teller füllte. Was sich allerdings als Desaster herausstellte, denn sein rechter Arm zitterte derart heftig, dass es ihm kaum möglich war, die Bewegungen seines linken Armes zu kontrollieren. So landete ein Teil seiner Mahlzeit auf der Damastdecke. Ohne aufzusehen, fühlte er die betroffenen Blicke seiner Familie auf sich ruhen.

Taktvoll, wie er sie kannte, unterhielten sie ihn alle mit Neuigkeiten rund um das Unternehmen. Onkel Georg berichtete von neuen Arbeitern und Arbeiterinnen, die sie eingestellt hatten, damit sie – wie mit dem Ministerialrat vereinbart – die Produktion der Kleinmunition um zwanzig Prozent steigern konnten. Als Caroline anschließend einwarf, dass sie vor einigen Tagen die Bewilligung von Hilfsgütern des Militärs erhalten hatten, lachte er bitter auf.

»Moment mal, Wildfang. Du willst mir wohl einen Bären aufbinden, oder? Winkler würde uns niemals Lebensmittelrationen bewilligen!«

»Offensichtlich doch. Ob sich Winkler für uns eingesetzt hat oder er von den zuständigen Beamten überstimmt wurde, weiß ich natürlich nicht.« Um Carolines Mundwinkel zuckte ein siegessicheres Lächeln. »Aber wir haben es schwarz auf weiß, Bruderherz.«

»Ich konnte es anfangs auch nicht fassen«, räumte Isa ein. »Wie auch immer, wir sind dankbar um jeden Tag, an dem sich unsere Arbeiter satt essen können.« Sie legte den Kopf schief und wartete, bis sie sich seiner ungeteilten Aufmerksamkeit gewiss sein konnte. »Die Versorgungslage in Nordfrankreich soll miserabel sein, habe ich mir sagen lassen.«

Felix verstand ihr Interesse für die Umstände, mit denen die Männer an der Front zu kämpfen hatten, trotzdem löste ihre indirekte Frage Unbehagen in ihm aus. »Die Rangoberen werden bestens versorgt«, erwiderte er deshalb kurz. »Die armen Schweine an den vorderen Linien bekommen den jämmerlichen Rest.« Er erhob sich ruckartig, schwankte, und Emilie stützte ihn.

»Bitte entschuldigt mich, ihr Lieben.«

Clemens beobachtete ihn aus ängstlich geweiteten Augen. Felix wollte ihm aufmunternd zulächeln, doch sein Versuch misslang.

Was war nur in ihn gefahren? Monatelang hatte er diesem Augenblick entgegengefiebert, in dem er wieder mit den Menschen vereint sein würde, die er am meisten liebte. Und nun, da sich sein Wunsch erfüllt hatte, sehnte er sich nach Einsamkeit und Stille.

»Du solltest dich ein wenig ausruhen, Liebling«, kam ihm Emilie zur Hilfe.

»Erhol dich«, ergriff sein Vater mit besorgter Miene das Wort. »Soll ich Doktor Schubert rufen, damit er sich deinen Arm mal ansieht?«

»Danke, nicht nötig. Die Schmerzen sind erträglich. Ich bin nur müde.«

Emilie wies Magda an, den Stubenwagen mit dem jüngsten Breitenbach in die Privaträume ihres Hauses zu bringen.

»Kommst du mit uns, Clemens?«, fragte sein Vater.

Der Kleine schüttelte den Kopf.

Mathilde legte den Arm um Clemens. »Hast du vielleicht Lust, wieder mit den anderen Kindern aus der Betreuungsgruppe zu spielen? Weißt du, dein Papa braucht ein wenig Schlaf. Er hat eine sehr weite Reise hinter sich.«

Der Zweijährige strahlte. Daraufhin verließen Felix und Emilie Arm in Arm den Speiseraum, und er atmete auf, als sich die Flügeltür zu ihrer Stube hinter ihnen schloss.

Sie half ihm, seinen Arm auf das Sofa zu betten, küsste ihn zärtlich und setzte sich auf die Sofakante. »Ist das Zittern eine Folge der Verletzung?«

»Nein. Ach, ich weiß nicht.« Felix rang nach einer Erklärung, gerade ausführlich genug, um Emilie befriedigend zu antworten, ohne weitere Fragen auszulösen, mit denen er sich jetzt nicht beschäftigen wollte. »Es fing ein paar Tage nach der Operation an. Der Stabsarzt wollte keine Prognose abgeben, ob das Zittern eines Tages wieder aufhört.«

Emilie schmiegte ihre Wange in seine Hand und lachte hell auf. »Aber natürlich ist das möglich, Liebling! Sieh dir Isa an, was sie durch eisernes Training erreicht hat! Hättest du noch vor einem Jahr geglaubt, dass sie imstande sein würde, zehn Schritte mit Krücken zu laufen, obwohl sie kaum Gefühl in ihren Beinen verspürt?«

Ihr Lachen schickte Wärme durch seine Adern. »Du hast recht. Damit konnte wohl niemand rechnen.«

»Ich kann nicht mal erahnen, was du in Frankreich erlebt hast, und verspreche, nicht in dich zu dringen«, sagte sie leise. »Du musst mir aber auch etwas versprechen.«

Felix sah sie abwartend an.

»Ich kenne dich. Du willst so schnell wie möglich ins Unternehmen zurück, und sei es nur, um auf andere Gedanken zu kommen.«

Wie hätte er ihr widersprechen sollen, ohne sich selbst zu belügen? Er hielt seinen rechten Arm fest, der das Kissen, auf dem er ruhte, zum Vibrieren brachte.

»Versprich mir, dir Zeit zu lassen, deine Erlebnisse zu verarbeiten«, fuhr Emilie fort. »Wir haben ohnehin nur einen einzigen Auftraggeber und deine Schwestern machen ihre Sache hervorragend. Es besteht also kein Grund zur Eile.«

Beinahe hätte er sich an einem zynischen Kommentar verschluckt, der ihm auf der Zunge lag. Aber Emilie verdiente seine schlechte Laune nicht, sie trug keine Schuld an seinen Unzulänglichkeiten. Unweigerlich wurde sein Blick von dem Klavier in der Mitte der Stube angezogen. Wie leuchtende Blitze zogen Erinnerungen an längst vergangene Tage vor seinem geistigen Auge vorüber, als er, ein Steppke von höchstens acht, mit Onkel Georg seine ersten Klavierlektionen geübt oder später mit Tante Mathilde im Duett gespielt hatte.

Emilie legte eine dünne Decke über seine Beine. »Schlaf jetzt ein wenig.«

Felix zog sie zu sich herunter und sah ihr tief in die Augen. »Was wäre ich ohne dich, mein Herz? Ich bin ein Glückspilz.«

»Das bist du wohl.« Emilie küsste seine Nasenspitze und ging hinaus.

Sosehr er sie auch liebte, sie schien seine körperliche Lage nicht vollends zu ermessen. Oder sie wollte den Gedanken nicht zulassen, welche Einschränkungen ihn erwarteten. Emilie verkannte die Lage. Er wollte gar nicht schnell an die Arbeit zurück, nicht bevor sein Arm den Dienst wieder aufnahm. Finster beäugte er seinen Siegelring. Ihm drängte sich die bohrende Frage auf, wie er seinen Schwur erfüllen sollte, wenn er sich nicht mal imstande fühlte, eine saubere Unterschrift unter ein Dokument zu setzen.

Da entsann er sich der Worte seines Vaters, mit denen er Isa nach ihrer Querschnittslähmung ermuntert hatte, an ihren Schreibtisch im Unternehmen zurückzukehren. *Auch wenn deine Beine dir nicht mehr gehorchen sollten*, hatte er eindringlich gesagt, *dein Verstand arbeitet genauso ausgezeichnet wie zuvor.*

Natürlich hatte sein Vater recht gehabt. Heute allerdings, da er sich mit seinen körperlichen Einschränkungen arrangieren musste, fühlte er sich seiner Schwester näher denn je. Nur wer am eigenen Leibe erfahren hatte, was eine Versehrtheit bedeutete, kannte die Ängste vor dem nächsten Morgen und die Abscheu vor dem eigenen Körper, der einem nicht mehr gehorchte. Vor ihm lag eine Menge Arbeit, aber er würde sich der Herausforderung stellen. Für Emilie, seine Söhne und den Rest der Familie, der auf ihn zählte.

KAPITEL 12

Julia

In der Nähe von Cortez, Colorado, Julias Farm, Grundstück des Reservats der Weeminuche, 27. Oktober 1917

Der Sommer hatte sich mit viel Sonnenschein und angenehmen Temperaturen verabschiedet und war in einen milden Herbst übergegangen. Zur Freude aller Einwohner des Montezuma County fiel die Ernte besser aus als erwartet. Als man die letzten Felder abgeerntet hatte, begann der Herbst, die wilde Landschaft wie von unsichtbarer Hand in ein bezauberndes Farbenmeer zu verwandeln. Ende Oktober jedoch schlug das Wetter förmlich über Nacht um, und Chesmu und Sam trieben an jenem Montagmorgen die Rinder kurz vor Sonnenaufgang eilig in ihre Ställe.

Da der eisige Wind in die Lunge stach und sich Sturmwolken am Himmel zusammenbrauten, spannte Julia Kenai an und fuhr die Kinder zur Breitenbach School. Die Äste der Bäume bogen sich ächzend im Wind und es roch nach dem ersten Schnee.

Julia band das Pony an eine der Kiefern, die das Gebäude der Breitenbach School säumten.

»Bis später.« Sam sprang vom Pferdewagen und mischte sich unter die Schüler, die dem Eingang zustrebten.

»Viel Erfolg!«, rief sie ihm noch hinterher, doch er hörte sie offenbar nicht mehr. Für seine knapp elf Jahre war er bereits ungewöhnlich groß und schlaksig, und Julia wurde auf einmal schmerzlich bewusst, dass die Zeit der Kindheit für ihn bald vorbei sein würde.

Sie stupste Gracies Nase. »Bekomme ich noch einen Kuss?«

Das Entsetzen stand der Sechsjährigen ins Gesicht geschrieben. »Nicht vor den anderen. Die gucken doch sowieso schon alle.« Sie wies hinter sich zu zwei Jungen aus ihrer Klasse, die miteinander flüsterten.

»Na schön. Viel Spaß.«

Gracie zog eine Grimasse und lief mit wippenden Zöpfen ins Innere, ohne den Jungen, die sich ihr anschlossen, nähere Beachtung zu schenken.

Julia wollte gerade den Rückweg antreten, da näherte sich ihr Mary Lopez. Die füllige Mathematiklehrerin war mit einem Mexikaner verheiratet und wurde wegen ihrer mütterlichen Art im Kollegium sowie bei den Eltern sehr geschätzt.

»Guten Morgen. Haben Sie einen Moment Zeit?«

»Ja, natürlich.« Mit wachsendem Unbehagen folgte Julia der Lehrerin zur Rückseite des Gebäudes, wo sie sich auf eine Bank niederließen.

»Ich möchte mich erkundigen, ob Ihnen bei Sam irgendetwas aufgefallen ist«, kam Frau Lopez sofort zur Sache.

»Gibt es Grund zur Klage?«, fragte Julia unverblümt.

»Zu meinem Bedauern ja.« Frau Lopez zog ihren Wollumhang enger um sich. »Sie wissen sicher, dass ich in Sams Klasse dreimal wöchentlich den Unterricht mit Mathematik beginne. Leider hat sich Sam in den letzten Wochen mehrfach deutlich verspätet. Außerdem hatte er letzte Woche seine Schulmaterialien nicht vollständig bei sich.« Der Blick der Lehrerin wurde eindringlich. »Können Sie sich das erklären?«

Julia hob die Schultern. »Nein, das sieht Sam gar nicht ähnlich. Er ist immer sehr gewissenhaft.« Sie verstummte, da ihr die Begebenheit mit Sams angeblichem Sturz wieder in den Sinn kam, und schüttelte rasch ihre verwirrenden Gedanken ab. »Aber ich kann Ihnen versichern, dass wir dafür sorgen, dass er rechtzeitig aufbricht und alles bei sich hat.«

»Das weiß ich«, erwiderte die Lehrerin warm.

Julia nahm einen tiefen Atemzug, um ihre vibrierenden Nerven zu beruhigen. »Ist meine Mutter über Sams Verhalten informiert?«

»Nein, ich will das erst bei unserer Konferenz nächste Woche ansprechen. Mich interessiert, ob die Kollegen ähnliche Beobachtungen bezüglich Ihres Sohnes gemacht haben.« Frau Lopez erhob sich. »Verzeihung, dass wir nicht länger plaudern können. Ich muss zum Unterricht.«

»Natürlich.« Julia tat es ihr gleich und strich ihren Rock glatt. »Ich werde mit Sam reden. Danke für Ihre offenen Worte.«

»Keine Ursache, ich hoffe, es klärt sich alles auf.«

Kenai schnaubte leise, als Julia sich ihm näherte. Sie küsste seine Nüstern, strich ihm über den langen Hals und lenkte ihn zum Stadtkern, wo sie ihn samt dem Wagen in einen Unterstand stellte und mit einem Apfel belohnte.

Gedankenversunken erledigte sie einige Besorgungen. Ihre Gedanken wanderten von Sam zu ihrer Familie in Berlin, mit der sie seit zwei Wochen nicht telefoniert hatte. Spontan betrat sie das Postamt und ließ sich kurz darauf mit ihr verbinden.

Ein Lächeln schlich sich in ihre Mundwinkel, als sie die sonore Stimme am anderen Ende vernahm. »Onkel Theodor! Chesmu und ich haben in den letzten Tagen viel an euch und unseren lieben Heimkehrer Felix gedacht. Alles in Ordnung in der kaiserlichen Hauptstadt?«

»Julia, mein Schatz. Wir haben uns länger nicht gehört«, erwiderte ihr Onkel erfreut. »Danke, wir sind wohlauf. Letzten Sonntag haben wir die Taufe unseres kleinen Jakob gefeiert.« Er lachte. »Der Kleine hat eine kräftige Stimme, wenn ihm etwas nicht passt. Er hält Emilie und Felix ganz schön auf Trab.«

»So muss es sein. Ich wäre so gern bei der Taufe dabei gewesen.« Einen Wimpernschlag lang war sie versucht, sich ihrem Onkel wegen Sam anzuvertrauen, entschied sich jedoch dagegen. Im Vergleich mit den Sorgen der Berliner erschienen ihr ihre auf einmal lächerlich banal. »Wie steht es um Felix?«

»Er beginnt demnächst eine Therapie bei Mikail Ascher.« Theodor hielt kurz inne. »Felix ist ein anderer geworden, Liebes. Der Krieg hat aus ihm einen in sich gekehrten Mann gemacht, der sich weigert, über seine Erlebnisse in Frankreich zu sprechen.«

»Er hat Angst, dass ihn die Geister der Vergangenheit wieder einholen.« Julias Hals wurde eng. »Ich verstehe das.«

»Sicher, wer nicht? Aber der Krieg wird ihn zerstören, wenn er keinen Weg findet, seine Seele zu erleichtern.«

Julia seufzte. »Ich weiß. Unter den Núu-ci gibt es leider auch ein paar junge Männer, die als Krüppel heimgekommen sind und sich aus Scham nicht aus dem Tipi trauen.«

Theodor stieß heftig die Luft aus. »Schrecklich. Felix hat letzte Woche zumindest seinen Sitz in der Geschäftsleitung wieder eingenommen, aber er vergräbt sich gern in seiner Schreibstube.«

Julia schauderte es. »Wie ich Felix kenne, macht ihm seine Verletzung schwer zu schaffen. Aber die Zeit heilt viele Wunden, Onkel Theodor, und er wird lernen, mit seiner Behinderung zurechtzukommen. Wir sind jedenfalls heilfroh, dass er wieder zu Hause ist. Bei all dem Leid, das er erfahren hat, gehört er zu den wenigen seiner Einheit, die alle Gefechte überlebt haben. Ich hoffe, er vergisst nie, wie viel Glück er hatte.«

Ein Mann hinter ihr wurde allmählich ungeduldig, und sie sah auf ihre Uhr.

»Herrje, Gracie hat in ein paar Minuten Schulschluss. Ich melde mich nächste Woche wieder. Bitte richte allen herzliche Grüße aus.«

»Du auch. Gib meiner Schwester einen Kuss.«

Nachdenklich machte sich Julia mit Kenai auf den Weg zur Schule.

Nach ihrer Ankunft auf der Farm hatte es Gracie eilig, mit Barney zu spielen. Da heute Schlachttag war, würde Chesmu bis zum Abend beschäftigt sein. Worüber sie alles andere als unglücklich war, so blieb ihr genügend Muße, zu überlegen, wie sie ihm das Gespräch mit Frau Lopez schonend beibringen sollte.

Während sie Maisfladen mit Gemüse füllte und anschließend über dem offenen Feuer briet, wie ihre Schwiegermutter Nituna es sie gelehrt hatte, behielt sie den Sandweg hinter dem Zaun im Auge.

Was war nur in Sam gefahren? Vor nicht allzu langer Zeit hatte er ihr unmissverständlich zu verstehen gegeben, welchen beruflichen Weg er einschlagen wollte – allen Widrigkeiten zum Trotz. Wieso ließ er es denn neuerdings in der Schule an Disziplin mangeln? Zu Hause wirkte er oft fahrig, schickte seine Schwester fort, wenn sie mit ihm spielen wollte, und wich ihnen aus, als hätte er etwas zu verbergen. Vielleicht machte sie sich aber auch zu viele Gedanken und dies waren lediglich die Launen eines Heranwachsenden. Doch sosehr sie nach Gründen für seine Veränderung suchte, das Verhalten passte nicht zu ihm. Angefangen hatte alles mit dem Bluterguss, den sie auf seinem Rücken entdeckt hatte. Wie erschrocken und peinlich berührt er gewesen war. Sam wusste, dass sie keine Lügen tolerierte.

Und dass er sie damit kränkte und verletzte. Sie wollte ihn nicht in die Enge treiben, dennoch hatte sie mehrfach versucht, mit dem Jungen ins Gespräch zu kommen, aber er hatte sich nur noch mehr verschlossen.

Es dauerte eine weitere Viertelstunde, bis sie ihren Sohn auf dem Sandweg ausmachte.

Einsilbig warf er ihr einen Gruß zu, schlüpfte aus seiner Jacke und steuerte auf die Hütte zu. Diesmal aber stellte sich Julia ihm in den Weg.

»Warte, mein Sohn.«

Sam hielt seine Jacke auf dem Rücken umklammert. »Ich muss auf morgen eine Erörterung schreiben und eine Lektion in Geografie erledigen. Danach will ich noch zu Johannes.« Der Klassenkamerad und er hatten sich gleich an ihrem ersten Schultag angefreundet und die beiden verbrachten seither viel Zeit miteinander.

»Das muss warten.« Julia kniff die Augen zusammen. »Was ist mit deiner Jacke?«

»Gar nichts, Mama.«

Er wollte sich an ihr vorbeischlängeln, aber da hatte sie ihm die Jacke bereits entwendet und stutzte, als sie den Riss bemerkte, der sich von der Schulterpartie ungefähr zwanzig Zentimeter abwärts zog.

»Himmel, wie ist denn das passiert?«

Sams Ohren nahmen eine verräterische Röte an. »Es tut mir leid. Ich weiß auch nicht …«

Unsanft umfasste Julia seine Schultern. »Oh doch, das weißt du sehr wohl!« Sie hörte selbst den schneidenden Ton in ihrer Stimme. »Erzähle mir bloß nicht, die Jacke wäre dir gerissen. Das ist sie nämlich nicht!«

»Doch, so war es!«, sagte der Junge hastig. »Lass mich los!«

»Erst wenn du mir die Wahrheit sagst.« Seinen Widerwillen ignorierend, bedeutete sie ihm, sich zu ihr zu setzen, und er gehorchte. »Die Jacke wurde zerschnitten. Wer hat das getan?«

Sam biss sich auf die Unterlippe.

»Ganz wie du willst«, erklärte Julia ruhig, nachdem er minutenlang geschwiegen hatte. »Dann frage ich deine Klassenkameraden. Die können bestimmt etwas dazu sagen.«

»Bitte nicht!« Sams Wangen verloren jede Farbe. »Sie haben nichts damit zu tun.«

»Wer denn?« Sie hob sein Kinn und zwang ihn, ihrem Blick zu begegnen.

In seinem Gesicht zuckte ein Schmerz. »Es tut mir schrecklich leid, dass die Jacke kaputt ist. Das musst du mir glauben, Mama.«

Sie zog ihn an sich und dieses Mal wehrte er sich nicht gegen ihre Zärtlichkeiten. »Das weiß ich, mein Sohn. Sieh mich an! Wer hat das getan?«

»Wenn ich das verrate, verprügeln sie mich wieder«, kam es kaum hörbar von Sam.

Der Bluterguss an seinem Rücken, durchfuhr es Julia. *Daher weht der Wind.* »Das werden sie nicht, vertraue mir. Wer war das?«

»Dyami und Gaagii.«

Julia starrte ihn fassungslos an. »Die Brüder?«

Sam senkte den Kopf. »Ja.«

Julia kannte die jüngsten Söhne von Akules Freund, die etwa vier oder fünf Jahre älter als Sam waren. Ihr Vater Ashok, ein strenger und kampferprobter Mann, gehörte zu jenen Núu-ci, die lange Widerstand gegen die Auflagen der Weißen geleistet hatten, weil sie Ackerbau und Viehzucht betreiben sollten, statt Raubzüge bei den Navajos anzuführen. Der Verlust seines alten, freien Lebens hatte deutliche Alterungsspuren auf seinen Zügen hinterlassen.

Zu der Zeit, als man auch seine jüngsten Söhne in die Indian Boarding School brachte, hatte er sich, wie im Stamm üblich, eine zweite, jüngere Frau genommen. Seitdem bewegte sich seine erste Frau wie ein Geist im Reservat. Im vergangenen Jahr waren Dyami und Gaagii mit geschorenen Haaren und leerem Blick zurückgekehrt. Seither benahmen sich die Jungs wie Fremde und verweigerten ihrer Mutter den Gehorsam. Die beiden galten als Kraftpakete, die es im Nahkampf mit den Stärksten aufnahmen. *Gegen sie hat Sam keine Chance.* Julia schloss gequält die Augen. Alles in ihr sträubte sich, zu glauben, dass es unter den Stammesmitgliedern welche gab, die zu solchen Untaten fähig waren.

Julia spürte, wie schwer ihrem Sohn das Sprechen fiel, der gedankenversunken einen Stein von sich schleuderte.

»Im Sommer auf dem Weg zur Schule fing alles an.« Ein Zittern überlief ihn. »Sie haben mir aufgelauert, meine Schulsachen in der Gegend verteilt, mich einen … eingebildeten Hurensohn genannt und gesagt, sie würden es mir schon zeigen. Dann sind sie lachend weggeritten.«

Deshalb hat er sich öfter verspätet. Auf einmal ergab alles einen Sinn. *Gracie. Um Himmels willen!* »Was ist mit deiner Schwester? Haben die Kerle sie auch angefasst?«

»Nein, Gracie hat die beiden nie gesehen. Denen würde es auch keinen Spaß machen, ein kleines Mädchen zu verhauen.«

Das bezweifelte Julia, behielt ihren Gedanken jedoch für sich.

Bittend sah Sam zu ihr auf. »Bitte sage Gracie nichts, sonst hat sie Angst, mit mir zusammen zur Schule zu gehen.«

Bestürzt und gleichzeitig gerührt von seiner Besorgnis strich sie über sein Haar und ließ ihm Zeit, seine Gedanken zu ordnen.

»Eins der Hefte, die sie umhergeworfen haben, landete im Creek«, setzte Sam zähneknirschend an. »Ich musste es wegschmeißen und konnte deshalb meine Mathematikaufgaben nicht vorzeigen.«

Julia rang um Fassung. »Wieso hast du uns das nicht gleich erzählt?«

»Weil sie gedroht haben, meine Arme zu brechen, wenn ich euch was sage.«

Sie hielt seinen Blick fest. »Wieso tun sie das? Du hast ihnen nie etwas getan.«

»Das wusste ich anfangs auch nicht.« Sam hob die Schultern. »Wir kannten uns kaum. Ich glaube aber, sie sind neidisch auf mich.«

»Wie kommst du darauf?«, fragte Julia behutsam.

»Als sie mich zum ersten Mal getreten und verprügelt haben, meinten sie, ich sei ein Verräter, der sich immer nur das Beste von den Weißen und von den Núu-ci herauspickt. So drückten sie sich aus.«

Getreten und verprügelt, hallte es in ihr wider. In ihrem Mund sammelte sich bittere Galle. Neid brachte offenbar das Schlechteste im Menschen zum Vorschein. Julia und Chesmu hatten stets mit Anfeindungen gegen ihre Kinder gerechnet. Dass es aber derart eskalieren könnte, entzog sich ihrer Vorstellungskraft.

»Den Bluterguss haben sie dir ebenfalls beigebracht, oder?«, hakte sie vorsichtig nach.

»Ja, ich verstehe sie sogar ein bisschen. Ich darf viele Dinge, die ihnen verboten sind.«

»Das gibt ihnen aber noch längst nicht das Recht, dich zu verletzen. Weder du noch die Núu-ci tragen Schuld an den Gesetzen zwischen den Weißen und den Stämmen. Wir haben die Ausnahme, dass du und deine Schwester zur Schule gehen dürft, auch nur einigen Stammesmitgliedern und Carrington zu verdanken, die damals mit dem Bureau of Indian Affairs verhandelt haben.«

Sam hielt den Kopf gesenkt. »Ich weiß.«

Julia zwang sich zur Ruhe. »Dyami und Gaagii werden dich nie wieder anrühren, so wahr ich deine Mutter bin, hörst du? Aber wir müssen mit deinem Vater sprechen.«

Sams Stimme nahm einen flehenden Ton an. »Mama, bitte nicht.«

»Tut mir leid. Das können wir nicht auf sich beruhen lassen. Verstehst du das?«

Der Junge nickte zögernd.

Sie küsste seine Stirn. »Geh hinein und mache deine Hausaufgaben. Ich rede mit ihm.«

Bis Julia ihren Mann zu Gesicht bekam, waren die Vögel verstummt und Dunkelheit hatte sich übers Land gesenkt. Gracie saß im Nachthemd vor dem Feuer und verspeiste genüsslich einen Maisfladen. Sam hingegen hatte den Kopf über seine Schullektüre gebeugt und tat, als würde er lesen.

Als sich Chesmu zu Julia an den Esstisch gesellte, glänzten seine Haare noch feucht vom Waschen, und der harte Arbeitstag hatte die Linien seines Gesichts schärfer gezeichnet.

Seine Kieferknochen mahlten, während sie berichtete. »Ich spreche morgen früh mit Ashok. Die Halunken sollen bereuen, was sie unserem Sohn angetan haben.«

Julia kannte ihn. In Chesmu schlummerte noch immer der furchtlose Krieger. Wäre es nach ihm gegangen, hätte er die Kerle eigenhändig zur Rechenschaft gezogen. Sie liebte ihn umso mehr dafür, dass er versuchte, sein hitziges Gemüt im Zaum zu halten.

In dieser Nacht fand das Paar keinen Schlaf und lauschte dem Wind, der über die weite Ebene heulte.

Schweigend machten sich die vier am nächsten Morgen auf den Weg zur Breitenbach School und waren froh über Gracies munteres Geplapper. Nachdem sie sich von den Kindern verabschiedet hatten, lenkte Chesmu sein Pony zum Reservat.

Ashok und Chesmu sprachen unter vier Augen. Indes stattete Julia ihrer Schwiegermutter Nituna einen Besuch ab. Onawa, Akules erste Frau, webte mit einer Freundin an warmen Decken für den Winter.

Nituna reichte ihr einen Becher heißen Tee, den sie wie stets aus wild wachsenden Kräutern zubereitet hatte.

»Dyami und Gaagii?« Die Heiterkeit war aus den Zügen der Núu-ci gewichen. »Unsere eigenen Leute.« Sie wies auf ihre Herzgegend. »Die beiden haben Schuld auf sich geladen, und wenn ich etwas zu sagen hätte, würde ich sie hart bestrafen.«

Einige Zeit später setzten sich Ashok und Chesmu ins Tipi und wechselten Blicke.

Ashok, durch eine lange Narbe von der rechten Wange bis zum Kinn entstellt, nahm mit seiner massigen Gestalt das halbe Tipi ein. Seine schwarzen Augen ruhten ohne sichtliche Regung auf Julia. »Ich entschuldige mich im Namen der Familie für das schändliche Verhalten meiner Söhne.« Er sah in die Runde. »Sie waren gute Kerle, bis die Weißen sie mit ihrem Christengott in die Finger bekommen haben. Sie hatten sogar unsere Sprache fast vergessen. Vielleicht habe ich zu lange Rücksicht auf sie genommen. Aber hiermit sind sie zu weit gegangen.« Er nickte Julias Mann zu. »Jedenfalls haben wir uns auf eine Strafe geeinigt.«

Chesmu fuhr fort. »Die beiden haben Sam unter unserer Aufsicht im Nahkampf zu unterrichten, und zwar so lange, bis er ihnen in Ausdauer und Kraft ebenbürtig ist. Sollten sie sich weigern oder ihn respektlos behandeln, werden wir den Ältestenrat über die Vorkommnisse informieren.«

»Das dürfte ihnen missfallen«, warf Julia ein.

»Und wie!« Ashoks Züge verhärteten sich. »Das soll ihnen eine Lehre sein, die sie nie vergessen.«

KAPITEL 13

Felix

7. November 1917

Der November begann mit heftigen Niederschlägen und einem Wind, der nach dem ersten Frost roch. Gleich nach Feierabend hatte sich Felix von Simon in die Praxis von Doktor Mikail Ascher bringen lassen. Ihm war jedes Detail im Behandlungsraum vertraut. Die Kletterstange an der gegenüberliegenden Wand, die Haltevorrichtungen für Gehübungen, an denen schon Isa trainiert hatte. Kästen voller Kissen und bunter Bälle neben dem Sofa, ein ausladender Lüster an der Decke, der dem sonst etwas nüchternen Raum etwas Behaglichkeit verlieh, sowie ein hübscher Ausblick auf einen Garten mit altem Baumbestand. Felix hatte Isa nicht nur öfter zu dem Orthopäden und Heilgymnasten begleitet, der Doktor war zudem ein gern gesehener Gast in der Stadtvilla. Doch nun, bei seiner ersten Konsultation als Patient, sah Felix die Räumlichkeiten in einem anderen Licht.

Mikail hatte sich in den fünf Jahren, die sie einander kannten, kaum verändert. Er musste mindestens Mitte dreißig sein, doch durch sein schwarzes Haar, die sportliche Figur und die vielen Lachfältchen um seine Augen wirkte er um Jahre jünger.

Er setzte sich ihm gegenüber auf einen Sessel. »Wie kann ich dir helfen?«

»Mein zitternder Arm ist mir ständig im Weg«, gestand Felix. »Was ich in die Hand nehme, fällt hinunter, ganz zu schweigen von den Schwierigkeiten, meinen Jüngsten auf dem Arm zu halten. Ich brauche sogar Hilfe beim Ankleiden. Das ist erniedrigend.«

Mikail rückte seine Kippa zurecht. »Ja, bestimmt.« Er sah Felix offen ins Gesicht. »Ich habe in meiner Praxis eine ganze Reihe von Patienten mit dem gleichen Problem und kann dir Möglichkeiten eröffnen, wie du deinen Alltag trotz Zittern selbstständig bewältigst.«

Felix nahm einen tiefen Atemzug. »Ich bin bereit. Was soll ich tun?«

Mikail reichte ihm einen metallenen Gegenstand. »Lass uns zunächst herausfinden, wozu dein Arm noch imstande ist. Versuche mal, die Kugel auf deiner Handinnenfläche hoch- und wieder runterzurollen.«

Felix probierte es einige Male und hob dann verblüfft den Kopf. »Sie ist schwerer, als ich gedacht hätte. Inwiefern soll mir die Übung helfen?«

Der Orthopäde lächelte leicht. »Die Methode habe ich von einem chinesischen Meister gelernt, der Medizinern auf der ganzen Welt die Heilkunst mit den Qigongkugeln lehrt. Stell dir vor, die Lehre geht bis zur Ming-Dynastie zurück. Es heißt, man bringt den Körper mit den Kugeln wieder ins Gleichgewicht. Obendrein werden durch die Übungen deine koordinativen Fähigkeiten gestärkt.«

Voller Elan machte sich Felix an die Aufgabe. Es dauerte jedoch nicht lange, da zitterte der Arm derart stark, dass ihm die Kugel entglitt und mit einem dumpfen Ton zu Boden fiel.

Mikail legte sie in seine Hand zurück. »Kein Problem. Man stellt sich das Rollen viel leichter vor, als es tatsächlich ist, nicht wahr?« Er lockerte Felix' Handmuskeln. »So, und gleich noch einmal.«

Nach ein paar weiteren Versuchen rannen Felix Schweißperlen über den Rücken. Nie hätte er gedacht, dass diese Übung derart anstrengend sein könnte. Danach sollte er die Qigongkugel von der einen zur anderen Hand wechseln lassen, was ihm überraschend schnell gelang. Darauf folgten ein paar gymnastische Übungen, um seine Armmuskulatur zu stärken.

»Hast du noch ein wenig Zeit? Ich glaube, ich habe ein paar Kekse und Muckefuck im Schrank«, sagte Mikail, als die Behandlungsstunde vorüber war. »Wir können meine Pause zusammen verbringen. Oder holt Isa dich ab?«

»Nächstes Mal vielleicht, ich treffe mich nachher mit einem Freund.«

»Schade.« Mikail seufzte in gespielter Verzweiflung. »Seit deine Schwester neben ihrem Engagement für den Lyceum-Club nun auch noch fürs Rote Kreuz tätig ist, bekomme ich sie kaum noch zu Gesicht.«

Felix machte eine wegwerfende Handbewegung. »Du kennst sie ja. Wenn sie sich für etwas begeistert, stürzt sie sich mit Feuereifer in die Arbeit. Caroline hat ihr diese Aufgabe vermittelt. Seither arbeitet sie auch an der künstlerischen Gestaltung der Vereinszeitung des Roten Kreuzes mit. Nicht zu vergessen mein Clemens. Seit er entdeckt hat, wie lustig es ist, auf ihrem Schoß mit dem Rollstuhl gefahren zu werden, hängt er wie eine Klette an ihr.« *Nur seinem Vater gegenüber ist er schüchtern*, fügte er in Gedanken bitter hinzu.

Ein nachdenklicher Zug grub sich um Mikails Mund. »Isa wäre eine wunderbare Mutter geworden. Ist es nicht tragisch, dass ausgerechnet sie keine Kinder bekommen kann?«

»Das ist es.« Felix musterte ihn. »Du magst Isa sehr, oder?«

»Sie bedeutet mir viel«, erwiderte der Orthopäde unverblümt.

»Ich habe immer gehofft, dass aus euch eines Tages noch ein Paar wird«, kleidete Felix seine Gedanken in Worte.

Über Mikails fein geschnittenes Gesicht huschte ein Schatten. »Isa ist ein ganz besonderer Mensch. Ich habe ihr einmal gesagt, dass ich stolz und glücklich wäre, wenn sie mich heiraten würde, und dass uns weder ihre Behinderung noch mein Glaube im Weg stehen müssten.«

Felix beugte sich vor. »Wie hat sie deinen Antrag aufgenommen?«

»Isa hat mich auf die Wange geküsst und gelacht. Du hast täglich genug Patienten in der Praxis, zu Hause brauchst du nicht noch einen, war ihre Antwort.« Mikail leerte seine Tasse. »Sie will allein bleiben, weil sie für jeden Mann auf Dauer zur Belastung werden würde.«

Felix schwieg. Wer hätte Isa besser verstehen können als er? Selbst wenn sein Arm wieder vollständig genesen würde, er war nicht mehr derselbe wie vor der Versehrung und zudem der Grund für die Sorgenfalte, die sich zwischen Emilies Augenbrauen gegraben hatte. Betrachtete er ihr geliebtes Gesicht, zog sich sein Innerstes zusammen. Er erhob sich. »Es wird Zeit für mich. Ich möchte meinen Freund Levy nicht warten lassen. Danke für den Tee.«

Simon wartete schon auf dem Kutschbock und wenige Minuten später bahnten sich die Pferde der Breitenbachs ihren Weg über die belebte Kurfürstenstraße mit ihren vornehmen Sandsteinhäusern weiter Richtung Schöneberg.

Ein wohltuendes Halbdunkel und leises Stimmengewirr empfingen ihn, als er die Weinprobierstube in der Mansteinstraße betrat. Felix schätzte die Wirtschaft, in der einfache wie gutbürgerliche Leute gleichermaßen Entspannung bei einem guten Tropfen suchten.

Er entdeckte seinen Freund auf einem Sofa im hinteren Teil der Probierstube.

Felix klopfte ihm auf die Schulter. »Ist schon eine Weile her, seit wir zuletzt hier waren. Danke, dass du dir die Zeit genommen hast. Ich weiß ja, dass dir der Feierabend heilig ist.«

»Für dich immer.« Levy winkte dem Kellner und bestellte Bouletten und einen kräftigen Rotwein, wie sie es seit Jahren hielten.

»Was ist eigentlich aus deinen Plänen geworden, eine eigene Schuhmacherei zu eröffnen? Du hast nie wieder darüber gesprochen«, eröffnete Felix das Gespräch.

Der Ältere schwieg eine Weile, bevor er antwortete. »Das waren die Fantasien eines Träumers. Mittlerweile habe ich meine Meinung geändert. Mit bald fünfzig ist mir das finanzielle Risiko zu hoch. Ich habe schließlich eine große Familie zu versorgen.«

Felix verstand, denn die Zeit hatte auch vor Levy nicht Halt gemacht. Sein Bart wie auch die Schläfen schimmerten im Schein der Lampe weiß. »Aber sei ehrlich, dies ist nur die halbe Wahrheit.« Als sein Freund etwas einwerfen wollte, unterbrach er ihn mit einer resoluten Handbewegung. »Ich weiß, dass du dich dem Unternehmen verbunden fühlst, und jetzt, da ich kriegsversehrt bin, willst du mich nicht im Stich lassen.« Es kam selten vor, Levy sprachlos zu erleben, doch diesmal starrte er ihn nur wie vom Donner gerührt an. »Gib's zu«, sagte Felix sanft.

»Na schön, da ist etwas Wahres dran.« Levy strich gedankenverloren über seinen Kinnbart.

»Das ist noch nicht alles, nicht wahr?«, hakte Felix nach. »Ich lasse nicht locker, bis du mir die ganze Wahrheit erzählt hast, mein Freund.«

»Ich mache mir Sorgen«, räumte Levy nach kurzem Schweigen ein. »Ich habe dir erzählt, dass Erez einige Scherereien bekommen hat, weil er vom Heeresdienst befreit wurde.« Sein zweiter Sohn war für eine Privatbank in Spandau tätig. »Jedenfalls hat ihm der Bankier gekündigt. Er dulde keine Drückeberger im Betrieb.«

»Das verstehe ich nicht. Man hat Erez doch aus gesundheitlichen Gründen vom Kriegsdienst befreit«, warf Felix betroffen ein.

»Das gilt offenbar nicht.« Levys Lippen wurden schmal. »Seit der Judenzählung werden unsere Söhne wüst beschimpft. Ich sag dir, es wird bewusst Stimmung gegen unser Volk gemacht.«

Felix schüttelte den Kopf. »Du machst dir zu viele Gedanken. Inzwischen wurden die Vorwürfe gegen die jüdischen Soldaten sogar widerrufen und die Judenzählung eingestellt.«

»An der wachsenden Feindseligkeit gegen uns hat sich aber leider nichts geändert«, erwiderte sein Freund nachdenklich.

»Ich wusste nicht, dass du ebenfalls ...«

Levy winkte ab. »Mir ist bisher nichts dergleichen passiert.« Die Getränke wurden gebracht.

»Das hätte mich auch entsetzt. Im Unternehmen wirst du von allen sehr geschätzt.« Felix nahm einen kleinen Schluck vom Rotwein und lehnte sich im Sessel zurück. »Im Lazarettbett hatte ich jede Menge Zeit zum Grübeln, und dort ist mir schließlich eine Idee gekommen.« Er freute sich insgeheim über die verständnislose Miene seines Freundes. »Ich wünsche mir, dass du der stellvertretende Geschäftsführer und Prokurist von Schuherzeugung Breitenbach & Sohn wirst.«

Levy wäre das Weinglas beinahe entglitten. »Ich? Ob ein jüdischer Geschäftsführer dich wohl angemessen vertreten kann?«

»Papperlapapp. Niemand ist besser geeignet als du«, entgegnete Felix ruhig. »Du kennst jeden Arbeiter und jede Arbeiterin und könntest die vermaledeiten Maschinen für die Munitionsfertigung sogar im Schlaf noch bedienen. Der Rest ist erlernbar. Was hältst du von meinem Vorschlag?«

»Deine Schwestern haben dich stets vertreten«, gab Levy zu bedenken. »Weshalb willst du daran etwas ändern?«

»Ich brauche jemanden, der den Beruf des Schuhmachers von der Pike auf gelernt hat.« Felix deutete auf seinen Arm, der, auf den Tisch gebettet, ein Eigenleben zu führen schien. »In meinem Zustand ist es unabdingbar, eine gut ausgebildete Vertretung im Haus zu haben, auch für den Fall, dass mein Arm nie mehr vollständig heilen sollte.«

Der Freund verengte die Augen. »Deine Behinderung ist dir hoffentlich nicht unangenehm.«

Felix wich seinem Blick aus. »Wenn du es genau wissen willst – ja, der zitternde Arm ist genauso unangenehm wie lästig, von den mitleidigen Blicken unserer Arbeiter ganz zu schweigen. Ich kann gut nachempfinden, wie sich Isa damals im Rollstuhl gefühlt haben muss.«

»Junge, Junge.« Levy schlug die Hände über dem Kopf zusammen. »Mach die Augen auf! Beinahe jeder Arbeiter hat in der Familie jemanden, der gefallen oder kriegsversehrt ist. Sieh dich mal unauffällig um. Der Mann an dem runden Tisch hat eine Beinprothese. Seinem Gesprächspartner fehlt ein Auge. Dir ist eine Amputation erspart geblieben. Sei dankbar!«

»Das bin ich.« Felix sog tief die Gerüche von Wein und deftigem Essen in sich ein. »Willst du nun den Posten oder nicht?«

»Ich fühle mich geehrt. Was sagt denn deine Familie dazu?«

Felix spielte mit seiner Serviette. »Emilie hat die Idee gefallen.«

Levy verdrehte die Augen. »Du hättest zunächst mit der ganzen Familie sprechen sollen. Soweit ich weiß, habt ihr auf den weißen Ahorn geschworen, das Unternehmen nicht in fremde Hände zu geben.«

»Exakt, mein Freund. Wenn Du mein Stellvertreter würdest, dann würden wir den Schwur auch nicht antasten. Denk in Ruhe über mein Angebot nach und besprich dich mit deiner Familie.«

»Einverstanden. Darauf trinken wir.«

Die erste Flasche Wein hatten sie geleert, da verkündete Levy, dass sein Erstgeborener Tomas in einigen Wochen seine Freundin Selma, die als Lehrerin der jüdischen Schule in der Rykestraße unterrichtete, heiraten wolle.

»Wir werden alt«, stellte Felix nachdenklich fest.

Wie gut es tat, mit dem alten Freund über vergangene Zeiten zu reden und in lieb gewonnenen Erinnerungen zu schwelgen. So vergingen die Stunden, und es wurde nach Mitternacht, als sie weintrunken die Probierstube verließen.

In jener Nacht schlief Felix tief und traumlos, was er dem übermäßigen Genuss von Wein zuschrieb. Als er mit seiner kleinen Familie am nächsten Morgen zum Frühstück im Speiseraum der Stadtvilla erschien, hatte Isa wegen eines Termins bei Mikail bereits das Haus verlassen. Da sich Doktor Schubert seinen Arm ohnehin ansehen wollte, verabschiedete Felix seine Schwestern und Walther und verbrachte eine gemütliche Teestunde mit seinen Eltern.

»Ich gehe schon. Das wird der Doktor sein!«, rief Felix Simon zu, als gegen neun Uhr die Türglocke schellte.

Unvermittelt sah er sich einem älteren Herrn mit Zwicker und Wohlstandsbauch gegenüber. Seine zusammengewachsenen Brauen verliehen ihm etwas Grimmiges.

Wilhelm Wedekind, Oberster Richter am Kammergericht Berlin.

Felix kannte Bernhards Vater durch eine Reihe offizieller Anlässe; abgesehen von den üblichen Höflichkeitsfloskeln hatten sie jedoch nie miteinander gesprochen. Gleich bei ihrer ersten Begegnung hatte er eine ausgeprägte Abneigung gegen den als unerbittlich berühmt-berüchtigten Juristen entwickelt.

Er musterte den Besucher kühl. »Guten Morgen, Herr Wedekind. Was führt Sie zu der frühen Stunde hierher?«

Der Jurist wischte Nässe von seinem Zylinder. »Ich wünsche Fräulein Isa zu sprechen. Ist sie im Hause?«

Nur mühsam verbarg Felix seine Verblüffung. Wenn sich Wedekind herabließ, bei ihnen vorzusprechen, musste es dafür einen triftigen Grund geben. »Leider nicht. Vor heute Nachmittag ist sie nicht anzutreffen.«

Wedekinds Miene zeigte keinerlei Regung. »Da bin ich bedauerlicherweise verhindert. Wenn es Ihnen nichts ausmacht, würde ich gern einen Moment hereinkommen. Der Regen ist scheußlich heute.«

»Bitte entschuldigen Sie. Treten Sie näher.« Felix bat ihn in den Salon.

Der Richter nahm Platz und lockerte seine Fliege. »Verzeihen Sie, dass ich unangemeldet bei Ihnen hereinplatze.«

»Kein Problem. Was kann ich für Sie tun?« Wedekinds sonst so frisches Gesicht wirkte im Schein der fahlen Sonne gräulich. Ein ungutes Gefühl ergriff von Felix Besitz.

Sein Gegenüber rang sichtlich um Worte. »Ich hätte Fräulein Breitenbach die Nachricht gern selbst überbracht, aber das lässt sich nun leider nicht einrichten.« Er hielt einen Moment inne. »Man hat uns gestern darüber in Kenntnis gesetzt, dass unser Sohn bei einem Bombenangriff an der Ostfront gefallen ist.«

»Grundgütiger!« Vor Felix' geistigem Auge formte sich Bernhards Bild. Sein warmes Lächeln, mit dem er die Menschen stets für sich eingenommen hatte, und Isas Lieblingsblumen in der Hand, als er sie nach ihrem Unfall besucht hatte. »Mein aufrichtiges Beileid. Der Krieg nimmt uns die besten Männer.«

»Das ist wahr.« Wedekind betrachtete ihn lange. »Wir brauchen nicht um den heißen Brei herumzureden. Ich gebe zu, wir waren damals entsetzt über Bernhards und Fräulein Isas Heiratspläne. Was aber weniger mit mangelnder Sympathie als mit Vernunft und Sorge zu tun hatte, dass sie ihrer Rolle als Bernhards Ehefrau nicht gerecht werden würde.« Die Trauer malte tiefe Runzeln um seinen Mund. »Aber Ihre Schwester soll die Hiobsbotschaft nicht am Sonntag aus der Todesannonce erfahren. Das hat sie nicht verdient, schließlich kann sie nichts für ihre Behinderung.«

Felix lag eine spitze Bemerkung auf der Zunge, doch der Anstand gebot es zu schweigen.

»Der Soldat, der uns über Bernhards Heimgang informiert hat, war so freundlich, uns seinen Tornister mit einigen persönlichen Stücken zu überlassen. Unter anderem enthielt er auch einen an Fräulein Isa adressierten Brief, den mein Sohn vermutlich noch zur Feldpost bringen wollte. Dazu kam es leider nicht mehr.« Wedekind wischte sich über die Augen. »Bernhard war Ihrer Schwester bis zum Schluss sehr zugetan. Wir haben versucht, ihn mit anderen jungen Damen bekannt zu machen, aber er gab uns deutlich zu verstehen, dass er entweder Fräulein Isa oder niemanden heiraten würde.«

Einige Atemzüge lang wurde es still zwischen ihnen.

Der Richter legte ein Kuvert auf den Tisch. »Händigen Sie Ihrer Schwester den Brief bitte aus, Herr Breitenbach?«

»Aber natürlich. Danke, dass Sie ihn weiterleiten. Das wird Isa viel bedeuten.«

Wedekind nickte und erhob sich. »Tut mir leid, dass ich Ihnen die Last jetzt aufbürde.«

»Das lässt sich nicht ändern«, gelang es Felix zu erwidern.

Wedekind knöpfte seine Jacke zu. »Richten Sie Ihrer Familie bitte Grüße aus.«

»Das mache ich. Vielen Dank für Ihre Mühen. Magda begleitet Sie hinaus. Alles Gute.«

Der Richter verließ mit hängenden Schultern die Stadtvilla. Verflixt, wie sollte Felix Isa die traurige Wahrheit bloß beibringen?

Zum Glück riss ihn Doktor Schubert wenig später aus seiner Grübelei. Doch seine Hoffnung, dem Arzt eine Prognose wegen seines zitternden Armes zu entlocken, erfüllte sich nicht.

»Wir wissen noch zu wenig über das Phänomen. Geben Sie die Hoffnung nicht auf, Herr Breitenbach. Die Forschung schreitet voran, vielleicht lassen sich die Symptome schon bald behandeln.«

Felix schwieg. Was hätte er auf Schuberts vage Antwort auch entgegnen sollen?

Kaum hatte er den Arzt verabschiedet, bog die Kutsche der Familie in die Einfahrt und Simon reichte seiner Schwester die Krücken.

Felix' Mund wurde schlagartig trocken, als Isa ihm fröhlich winkte und gleich darauf, zwar noch etwas unsicher auf den Beinen, aber mit einem strahlenden Lächeln, auf ihn zuging und ihn zart küsste.

»Ich habe die drei Stufen zu Herrn Benjamins Buchhandlung geschafft! Ohne Hilfe der Krücken! Und die Strecke von der Kutsche bis hier ebenfalls. Was sagst du nun, Brüderchen?«

Ihre Wangen glühten vor Anstrengung. Felix schloss sie in die Arme. Er hätte gern zum Ausdruck gebracht, wie sehr er ihren Ehrgeiz und ihren Elan bewunderte, mit denen sie stets ihr Ziel verfolgte, und ihr überschwänglich gratuliert. Wie lange hatte sie für die drei Stufen trainiert! Und nun, da ihre Hartnäckigkeit Früchte getragen hatte, blieben die Glückwünsche, die sich in seiner Kehle geformt hatten, wie Klebstoff in seinem Hals stecken.

Isa blickte erwartungsvoll zu ihm auf. »Freust du dich denn nicht?« Ihre Miene wechselte, als sie seinem Blick begegnete. »Stimmt was nicht? Du siehst aus, als hätte dich der Schlag getroffen.« Sie kicherte. »Oder habe ich dich etwa aus der Fassung gebracht?«

»Auf jeden Fall, Liebes.« Felix zog sie zu den Sesseln im Salon und drückte sie auf einen nieder. Unwillkürlich schweifte sein Blick zu dem verwaisten Kuvert auf dem Tisch. »Aber das ist noch nicht alles. Richter Wedekind war vorhin hier. Es … geht um Bernhard.« Wo waren nur die sorgsam formulierten Worte geblieben, an denen er stundenlang gefeilt hatte, um sie nicht sofort zu erschrecken? Sosehr er auch in seinem Gedächtnis forschte, sie wollten ihm nicht mehr einfallen.

Isa umklammerte seine Hände. »Wie geht es Bernhard?« Ihre Stimme überschlug sich. »Felix, rede!«

In ihren Augen stand blanke Furcht geschrieben. Jedes seiner Worte, die wie von selbst aus ihm heraussprudelten, hinterließ einen Schmerz in seinem Inneren. Wie hohl seine Stimme klang. Als er geendet hatte, wünschte er inständig, er hätte ihr dieses Leid ersparen können.

Das Grauen spiegelte sich auf Isas Zügen wider. »Nein!«

»Es tut mir so leid, Liebes.«

»Nein«, wiederholte sie tonlos.

»Es ging sehr schnell, Bernhard hat nichts gespürt.« Ob dies der Wahrheit oder nur seinem Drängen entsprach, Isa einen Funken Trost zu schenken, wusste Felix nicht zu sagen.

Wie eine Statue saß sie da und starrte ihn mit einem Ausdruck an, der ihm durch Mark und Bein fuhr. Er umschloss ihr Gesicht in der Hoffnung, ihm ein wenig Leben einzuhauchen. Doch es blieb reglos, selbst als er ihr den Umschlag in den Schoß legte. »Diesen Brief hat er kurz vor seinem Tod noch geschrieben. Er ist für dich.«

Der Hausangestellte hatte unterdessen in diskretem Abstand mit dem Rollstuhl gewartet.

Isa starrte ins Nichts. »Simon, hilf mir bitte in meinen Rollstuhl. Ich … will allein sein.«

Ohne Felix eines weiteren Blickes zu würdigen, verließ Isa mit gerecktem Kinn den Salon. Doch er spürte, dass ihre Fassung wie ein Kartenhaus zusammenfallen würde, sobald sich die Tür zu ihren Privaträumen schloss.

Felix fühlte sich jämmerlich. Er wusste nicht, wie lange er still dagesessen hatte, bis ihn das Klappern von Vandas Stiefeln auf dem Dielenboden und die muntere Stimme seines Vaters aus der Betäubung rissen. Er holte tief Luft. An diesem Tag hatte er offenbar die unangenehme Rolle des Unheilverkünders.

KAPITEL 14

Caroline

8. November 1917

Während des Mittagessens herrschte betretenes Schweigen,
und Carolines Blick schweifte zu dem verwaisten Stuhl ihrer
Schwester und danach zu Clemens, der sich inmitten der von
der Hiobsbotschaft schockierten Familie unwohl zu fühlen
schien und finster mit seinem Zinnsoldaten spielte, den er
neuerdings immer bei sich trug. Als sein Vater ihn ermahnte zu
essen, tunkte Clemens sichtlich angewidert ein Stück Brot in
die Rübensuppe. Ihm war der Appetit offenbar genauso vergangen wie Caroline. Nachdenklich beobachtete sie, wie er widerwillig kaute, legte entschlossen die Serviette auf den Tisch und
zwinkerte ihm zu.

»Bitte entschuldigt mich«, wandte sie sich dann an ihre
Familie. »Ich gehe zu Isa. Hast du Lust mitzukommen,
Clemens?«

Der Junge sprang strahlend auf. »Isa spielen.« Er hatte gerade mit seinen Sprechversuchen begonnen, und der Name seiner Tante gehörte zu seinen ersten verständlichen Worten.

Emilie lächelte weich. »Geht nur.«

Caroline küsste ihren Mann und nahm den Kleinen an die Hand. Mehrfach klopfte sie an Isas Tür, und als sich im Inneren des Zimmers nichts rührte, traten die beiden ein.

Caroline fand ihre Schwester gedankenversunken an einem Tisch vorm Fenster. Clemens stürmte auf sie zu und streckte ihr seinen Zinnsoldaten entgegen.

Isa wischte sich übers Gesicht und setzte den Jungen auf ihren Schoß. »Das ist aber eine schöne Überraschung, dass du mich besuchst, kleiner Mann.«

Caroline wies auf Clemens. »Hast du Lust, dich eine Stunde mit ihm zu beschäftigen?«

Isas vom Weinen gerötete Augen ruhten erstaunt auf ihr. »Das geht nicht. Ich muss in die Firma …, wir bekommen nachher Materiallieferungen vom Militär.«

Caroline betrachtete sie besorgt. »Das übernehme ich. Bleib zu Hause und erhol dich. Der Kleine braucht dich heute nötiger, er hat es derzeit nicht leicht und muss seine Eltern mit Jakob teilen. Ich glaube, er ist ein bisschen eifersüchtig und würde sich freuen, wenn du mit ihm spielst. Du hättest sehen sollen, wie schnell er aufgestanden ist, als er hörte, dass ich dich besuchen will.«

Caroline spürte ihr Zögern.

Doch als sich Clemens an Isa schmiegte, versuchte diese zu lächeln. »Na schön.« Zärtlich strich sie ihm übers Haar. »Wir werden eine Menge Spaß haben, nicht wahr, mein Schatz?«

»Danke.« Caroline hauchte einen Kuss auf ihre Stirn und ließ die beiden allein. Bereits kurz vor dem Salon hörte sie den Kleinen jauchzen.

Ihre Mutter kam ihr entgegen und lauschte. »Der Junge ist bei ihr?«

»Ich hoffe, er verpasst nichts bei eurer Kinderbetreuung.«

»Ach was.« Vanda zog sie an sich. »Das war ein kluger Schachzug. Sag, wie ist dir das geglückt?«

Caroline hob die Schultern. »Bedanke dich bei Clemens. Ich dachte, Isa braucht ein wenig Ablenkung, und ich wusste, dass sie dem kleinen Charmeur nicht widerstehen kann.« Die Standuhr im Salon schlug. »Himmel, schon halb zwei! An die Arbeit.«

»Ich sehe nachher nach den beiden«, meinte ihre Mutter. »Walther wartet draußen auf dich. Bis später, Liebling. Gut gemacht.«

»War mir ein Vergnügen, Mama.«

Walther musterte sie aufmerksam, als sie sich zu ihm in die Kutsche setzte. »Du siehst mitgenommen aus.«

»Es ist schwer, Isa so zu erleben«, gestand sie und berichtete in knappen Worten von den Vorkommnissen. »Ich bin heilfroh, dass Clemens sie eine Weile von ihrem Kummer ablenken kann.«

Er küsste ihre Nasenspitze. »Und ich bin froh, dass sie eine Schwester wie dich hat, Liebling.«

Den Rest der Fahrt zum Unternehmen legten sie schweigend zurück.

Kurz nach ihrer Ankunft trafen die Materiallieferungen ein. Da üblicherweise Isa diese Aufgabe übernahm und Caroline mit dem Prozedere wenig vertraut war, blieb ihr kaum Zeit zum Luftholen. Als sie irgendwann die Lieferpapiere unterzeichnete, bemerkte sie einen Mann mit schmalem Haarkranz und Zwicker, der sich dem Teil des Gebäudes näherte, in dem sich auch ihre Schreibstube befand. Sie erkannte in ihm ihren ehemaligen Schuhmacher Theo Schmitt, der erst vor einigen

Jahren in den Ruhestand gegangen war und den jedermann im Betrieb nur liebevoll Schmittchen genannt hatte.

»Wir wären dann hier fertig«, wandte sie sich wieder an Otto Staub, ohne den Besucher aus den Augen zu lassen. »Lassen Sie sich bitte von den jüngeren Kollegen helfen.«

»Worauf Sie sich verlassen können. Danke, Frau Singer. Sehen Sie, Schmittchen stattet uns einen Besuch ab. Wir haben schon gemeinsam gelernt. Darf ich ihn kurz begrüßen?«

»Natürlich.« Caroline lächelte, als sich die beiden älteren Männer erfreut auf die Schulter klopften.

Als sich Staub entfernte, trat Caroline näher. »Wie schön, Sie zu sehen! Erkennen Sie mich noch?«

Er kniff die Augen zusammen. »Dit Frollein Breitenbach, nicht wahr?«

»So ist es. Inzwischen heiße ich Singer. Wie gefällt Ihnen der wohlverdiente Ruhestand?«

Er wischte sich den Schweiß von der gefurchten hohen Stirn. »Janz jut, aber ...«

Sie musterte ihn besorgt. »Stimmt etwas nicht, Schmittchen?«

Er sah sich nach allen Seiten um. »Ist der Herr Georg Breitenbach im Haus?«

»Mein Onkel hat sich vor einiger Zeit zur Ruhe gesetzt und ist nicht mehr täglich im Unternehmen. Morgen findet aber unsere Betriebsversammlung statt, und er lässt es sich nicht nehmen, ihr weiter beizuwohnen. Sie dürften ihn also ab acht Uhr hier antreffen.«

Beharrlich blickte er auf seine Stiefelspitzen. »Morgen ... ist es zu spät. Kann ich Sie bitte kurz sprechen? Verzeihung, aber es ist wichtig.«

Caroline strich über seinen Arm. »Warten Sie, ich gebe der Sekretärin rasch Bescheid, dass ich in der nächsten halben Stunde nicht gestört werden möchte.«

Schmittchen stieß heftig die Luft aus. »Ich danke von Herzen.«

Ihre Verwirrung wuchs. Was hatte den sonst in sich ruhenden Mann derart aus der Fassung gebracht? Sie lugte durchs Fenster der Suppenküche. »Die Köchin ist bereits gegangen. Kommen Sie, hier können wir ungestört reden.«

Sie setzten sich.

»Was ist geschehen, Schmittchen?«

»Frollein ... ähm, Frau Singer.« Er räusperte sich. »Ich war fast vierzig Jahre für Ihre Familie tätig und fühle mich verpflichtet, Sie wissen zu lassen, was ich heute erfahren habe. Das wird Ihnen eine Menge Ärger einbringen, fürchte ich.«

Er wich ihrem Blick aus, und Caroline spürte plötzlich ein nervöses Flattern in ihrer Magengegend.

»Mein Enkel Michael«, fuhr er mit umwölkter Stirn fort, »arbeitet bei der *Berliner Illustrirten Zeitung*. Dort korrigiert er Artikel.«

Caroline tat ihr Bestes, ihre wachsende Ungeduld im Zaum zu halten. »Ich gratuliere Ihrem Enkel zu dem interessanten Beruf.«

»Danke sehr.« Schmittchen kratzte sich am frisch rasierten Kinn. »Heute Morgen bekam Michael den Entwurf der Sonntagszeitung auf den Schreibtisch. *Die kriminellen Machenschaften des Georg Breitenbach. Ein Zeuge berichtet,* steht dort auf der zweiten Seite in dicken Lettern geschrieben. Daneben ist eine Fotografie von Herrn Breitenbach mit zwei Schutzpolizisten abgebildet.«

Carolines Puls schoss in die Höhe. »Kriminelle Machenschaften? Polizei? Ich verstehe nicht.«

»Ick och nicht, dit könnse mir glooben«, stieß er kopfschüttelnd aus. »Michael war jedenfalls sehr erschrocken. Er weiß, wie jern ich für Ihr Unternehmen jearbeitet habe, und war so nett, den Artikel heimlich für mich abzuschreiben.«

Herr Breitenbach mit zwei Schutzpolizisten. Seine Worte schienen förmlich das Blut aus Carolines Kopf zu saugen. »Darf ich einen Blick auf die Abschrift werfen?«

Schmittchen legte mit zitternder Hand einen Zettel auf den Tisch. »Behalten Sie ihn.«

Caroline überflog den Artikel und erstarrte. Schwarzmarkt? Das durfte nicht wahr sein! Die Familie hatte immer geahnt, wohin es Onkel Georg und ihren Vater in ihrer Verzweiflung regelmäßig trieb. Dass die Polizei ihn erwischt und man ihn obendrein noch dabei abgelichtet hatte, würde unangenehme Konsequenzen nach sich ziehen.

»Nichts als üble Nachrede«, nahm sie wie aus weiter Ferne die Stimme des Rentners wahr. »Herr Breitenbach würde nie etwas Unrechtes tun, nicht wahr, Frau Singer?«

»Natürlich nicht«, murmelte sie. *Jedenfalls nichts, was nicht auch jeder andere Mensch in Not zu tun bereit wäre,* setzte sie in Gedanken hinzu.

Schmittchen beugte sich tiefer über den Tisch. »Vielleicht können Sie mit der Hilfe eines Advokaten erreichen, dass der Artikel gar nicht erst erscheint. Bis Freitag um fünf Uhr am Nachmittag sind Änderungen möglich, sagte Michael. Danach geht die Zeitung in Druck.«

Himmel, das ist schon morgen, dachte sie. »Vielen Dank, dass Sie sich an mich gewandt haben. Ich weiß Ihre Mühe und Loyalität zu schätzen und werde mich mit der Familie beraten.« Carolines Knie waren butterweich, als sie ihm die Hand reichte. »Es wird sich alles aufklären.«

»Das hoffe ich, Frau Singer.« Dann ließ er sie mit den unzähligen Fragen allein, die durch ihren Kopf schwirrten. Einen schwachen Moment lang schloss sie die Augen und kämpfte gegen das lähmende Entsetzen an, das sie auf den Stuhl fesselte.

Der nächste Gedanke weckte ihre Lebensgeister. Das Klackern ihrer Absätze hallte auf dem langen Flur nach. In ihrer Schreibstube griff sie nach dem Telefonhörer.

»Magda, ich bin es. Ist Onkel Georg inzwischen zu Hause?«

»Nein, er wollte gegen drei zurück sein. Kann ich ihm etwas ausrichten?«

Die Uhr zeigte auf halb drei. »Ja, ich muss dringend mit ihm sprechen und warte in meiner Schreibstube auf ihn.«

Caroline warf den Hörer auf die Gabel. Als sie an der Buchhaltung vorbeiging, drängte es sie, sich Walther anzuvertrauen. Aber das erschien ihr nicht recht. Onkel Georg sollte der Erste sein, der von dem Artikel erfuhr. Um sich bis zu seinem Eintreffen abzulenken, sah sie in den Fertigungshallen nach dem Rechten. Die Akte mit den unerledigten Arbeiten auf ihrem Schreibtisch musste warten.

Als Onkel Georg ihre Schreibstube betrat, die sie sich seit vielen Jahren mit der Vermarktungskauffrau Henny Schwarz teilte, bat sie ihre Kollegin, sie kurz allein zu lassen.

Henny sah zwischen den beiden hin und her. »Aber sicher.«

Als sie unter sich waren, warf Onkel Georg seinen Zylinder mit einem grimmigen Lächeln schwungvoll auf einen Stuhl. »Unser Klavier muss gestimmt werden. Unverschämt, was man dafür neuerdings verlangt! Erst der dritte Händler war bereit, mir einen fairen Preis zu machen.« Da sie nicht antwortete, betrachtete er sie aufmerksam. »Ist dir nicht gut, Kleines?«

Seine Ahnungslosigkeit löste Betroffenheit in ihr aus. »Keine Sorge.« Sie schob ihm die Abschrift zu. »Sieh dir lieber dies hier an. Es soll in der nächsten Ausgabe der *Berliner Illustrirten Zeitung* abgedruckt werden.«

Ihr Onkel las und warf den Zettel fluchend auf den Tisch. »Auch das noch.« Er hielt inne, seine Kieferknochen mahlten. Dann begann er ihr von seinen geheimen Besorgungen und dem Treffen mit dem Engländer zu erzählen, das in der unangenehmen Begegnung mit der Schutzpolizei geendet hatte. Kopfschüttelnd suchte er ihren Blick. »Tut mir leid, dass du auf diese Weise von dem Vorfall erfährst.«

Caroline wehrte mit einer energischen Handbewegung ab. »Entschuldigung angenommen. Du wolltest uns die Sache hoffentlich nicht verheimlichen?«

»Ich hätte euch längst eingeweiht«, wandte er zerknirscht ein. »Doch dann kam der Kleine auf die Welt, und ich habe es nicht übers Herz gebracht, euch die Freude mit meiner Geschichte zu vermasseln. Daraufhin hatte ich beschlossen, euch erst davon zu berichten, wenn die Sache aus der Welt geschafft ist.«

»Ich verstehe dich durchaus«, räumte Caroline ein. »Trotzdem kränkt es mich, dass du uns nicht ins Vertrauen gezogen hast. Gemeinsam hätten wir eine Lösung gefunden.«

»Ich weiß, Kleines. Sei mir bitte nicht böse. Ich habe bereits einen Advokaten beauftragt, der sich um eine gütliche Einigung mit der Polizei bemüht.«

»Das ist gut.« Caroline atmete auf. »Schmittchen meinte, wir könnten mit juristischer Hilfe die Veröffentlichung des Artikels womöglich verhindern. Das muss aber schnell passieren.«

Onkel Georg sprang auf. »Oh, wirklich? Ich rufe Doktor Moll sofort an. Halt mir die Daumen.« Er küsste ihre Wange. »Danke für dein Verständnis.«

Sie sah zu ihm auf. »Bitte lass dich bei den Schwarzmarkthändlern nicht mehr blicken.«

»Wo denkst du hin?« Ihr Onkel fuhr sich übers Gesicht. »Aber wie sollen wir dann die Suppenküche am Leben erhalten? Die Lebensmittelrationen vom Militär, die gestern eingetroffen sind, reichen höchstens für ein paar läppische Mahlzeiten.«

»Es muss eben gehen«, sagte sie mehr zu sich selbst.

Er brummte etwas Unverständliches und wandte sich zum Gehen.

»Viel Glück!«, rief sie ihm noch nach, aber da war er bereits zur Tür hinaus. Caroline hingegen brauchte eine Weile, um sich zu sammeln. Ob es ihnen gelingen würde, den Sturm zu verhindern, den die Veröffentlichung des Artikels auszulösen drohte?

Ihre Gedanken überschlugen sich. Die Geschäftsbeziehung zum Militär stand ohnehin seit geraumer Zeit auf unsicherem Boden. Es brauchte keine Fantasie, um sich die Konsequenzen negativer Presse auszumalen.

Dieser Tag hat schon unschön begonnen, dachte Caroline, *und die schlechten Nachrichten wollen nicht abreißen.* Leider würde Walther heute erst zum Abendessen heimkommen. Sich an seine Brust zu lehnen und von seinen starken Armen gehalten zu werden, wäre jetzt die beste Medizin gewesen.

Mit einem Seufzen zwang Caroline ihre Aufmerksamkeit auf die Akte mit den endlos langen Auftragslisten und fragte sich frustriert, wann die Munitionsfertigung wohl enden und sie die Listen wieder mit den eigenen Modellnummern von Schuherzeugung Breitenbach & Sohn versehen würden.

Punkt vier Uhr klappte sie die Akte zu und eilte hinaus, wo Felix bereits am Eingangsportal auf sie wartete. Zu ihrer Erleichterung schien er nichts von ihrer inneren Unruhe zu bemerken, sondern gab mit weicher Stimme zum Besten, wie sich Clemens am Morgen mit einer schüchternen Umarmung von ihm verabschiedet hatte.

Caroline lächelte. »Wie schön! Der Kleine wird sich mit der Zeit wieder an dich gewöhnen. Nun wird alles gut, Bruderherz.«

Die Freude auf seinem Gesicht war eine Wohltat für ihre angespannten Nerven. Dennoch zog sie sich in der Stadtvilla sogleich in ihre Privaträume zurück, bevor sie dem Rest der Familie begegnete, der ihr womöglich unliebsame Fragen gestellt hätte.

Als sie sich später im Speiseraum einfand, deckte Magda gerade den Tisch und folgte Carolines Blick zu dem freien Platz.

»Isa hat mich gebeten, ihr das Essen nachher aufs Zimmer zu bringen.«

»Danke, Magda.«

Diesmal trat Caroline nach dem ersten Klopfen ein.

Isa saß noch immer vor dem Fenster, ihre Hände spielten mit einem geöffneten Kuvert. Caroline zog sich einen Hocker heran und gesellte sich zu ihr. Doch ihre Schwester schwieg.

Minuten um Minuten verstrichen und wurden zur Ewigkeit. Das dumpfe Ticken der Standuhr zerrte an Carolines Gemüt, aber wenn sie ihre Schwester zum Sprechen bringen wollte, durfte sie sie jetzt nicht drängen.

Dann – Caroline hatte die Hoffnung beinahe aufgegeben – schob Isa ihr den eng beschriebenen Brief zu.

»Bernhard hat ihn kurz vor seinem Tod geschrieben. Er befand sich noch in seinem Gepäck. Ich möchte, dass du ihn liest.«

Caroline starrte das Blatt Papier mit einem unbehaglichen Gefühl an, doch dann tat sie ihr den Gefallen.

Liebste Isa,
der Morgen dämmert. Ich dachte, die Nacht würde niemals enden, aber nun ist ein rosiger Streif am Horizont zu erkennen. Licht am Ende eines schier unendlichen Tunnels. Gelbes und rotes Licht färbt den Himmel über unserem Schützengraben und lässt mich hoffen, dass die Hölle hier bald ein Ende nimmt und ich die Heimat wiedersehe. Du bist mein einziger Lichtblick, mein Herz, weißt Du das? Die Vorstellung, Dir gegenüberzustehen, treibt mich voran. Ich möchte in Deine Augen sehen, wenn wir einander begrüßen, und Dir gestehen, was Du längst weißt. Ich liebe Dich von ganzem

Herzen, Isa. Wenn ich damals gegangen bin,
dann nur, weil ich davon überzeugt war, dass
der Tag kommen würde, an dem Du Dir selbst
eingestehst, dass auch Du mich noch immer
liebst. Streite es nicht ab, ich habe es bei unse-
rem Abschied deutlich gefühlt. Deshalb bitte ich
Dich, denke noch einmal über alles nach. Denn
wenn ich zu Hause bin, werde ich Dich erneut
bitten, meine Frau zu werden. Wir gehören zu-
sammen, mein Liebling.
   Bis bald. Warte auf mich,
   Dein Bernhard

Isas Augen füllten sich mit Tränen. »Er hatte recht. Ich habe ihn geliebt.«

»Das wusste jeder, der euch gemeinsam gesehen hat«, erwiderte Caroline sanft. »Vielleicht hättet ihr doch noch zusammengefunden.«

Isa schüttelte energisch den Kopf. »Bernhard ist ... war ein wunderbarer Mann und der Einzige, der bedingungslos hinter mir gestanden hat. Aber meine Meinung hat sich nicht geändert, ich habe mich damit arrangiert, dass ich niemals heiraten und Kinder haben kann, und bin mit meinem Leben zufrieden, wie es ist.« Sie schnäuzte sich. »Hätte sich Bernhard mit offenen Augen umgesehen, hätte er eine Frau gefunden, die ihn glücklich gemacht hätte. Aber er war ja so dickköpfig und wollte nur mich. Jetzt ist es zu spät.«

Isa weinte um Bernhards verpasste Chance, glücklich zu werden? Erschüttert schloss Caroline sie in die Arme und fand keine Worte, die sie hätten trösten können. »Kann ich etwas für dich tun, Liebes?«

»Das hast du bereits. Die Stunde mit Clemens hat mir gutgetan.« Gedankenversunken drehte Isa das Armband an ihrem

Handgelenk, das Bernhard ihr geschenkt hatte. »Lasst mich allein trauern. Ich muss mit dem Kapitel abschließen, das ist ohnehin schwer genug. Bitte.«

Caroline strich über ihre Wange. »Einverstanden.«

Heilfroh, dass sich Isa nicht nach Neuigkeiten erkundigt hatte, kehrte sie in den Speiseraum zurück. Nach dem Essen richtete sie es so ein, dass sie mit Onkel Georg allein war.

»Möchtest du auch eine Tasse Muckefuck?«, fragte er sie, aber sie lehnte dankend ab und wartete, bis Magda und Simon den Raum verließen.

»Du warst schweigsam beim Essen.« Caroline legte den Kopf schief. »Emilie hat sich gewundert, wieso du das Hühnerbein abgelehnt hast, obwohl wir so selten etwas Fleisch bekommen.«

Er hob die Schultern. »Clemens isst es doch so gern.«

Wärme durchflutete Caroline. »Hast du beim Anwalt etwas erreichen können?«

Ihr Onkel ließ die Tasse sinken. »Doktor Moll will noch heute bei dem Redaktionsleiter der Zeitung vorsprechen.«

»Ich wünsche dir Glück.« Sie horchte und erhob sich. »Ich glaube, Walther ist gekommen. Wir haben noch eine Verabredung mit Arturo.«

»Er reist demnächst ab, nicht wahr?«

»Ja, übermorgen. Arturo sagte, er möchte unseren Abschied mit einem guten Tropfen gebührend feiern.«

»Nach einem Tag wie diesem klingt das wunderbar.« Onkel Georg küsste ihre Stirn. »Einen schönen Abend, und richte Arturo meine besten Wünsche aus.«

»Das mach ich. Bitte lass es mich wissen, sobald sich etwas Neues ergibt.«

KAPITEL 15

Julia

In der Nähe von Cortez, Colorado, unweit des Reservats der Weeminuche, 12. November 1917

Der sonnige Himmel täuschte, die Temperaturen waren förmlich über Nacht auf wenige Grad über Null gefallen. Nur das heisere Krächzen eines Raben zerriss hin und wieder die Stille auf der sandigen Ebene. Gut zwei Dutzend Núu-ci hatten sich in lockeren Gruppen um die beiden Jungen versammelt und verfolgten aufmerksam, was sich vor ihren Augen abspielte.

Chesmu, Julia und Sam fanden sich hinter Akule und seinen beiden Frauen ein.

Gaagii, der ältere der beiden Brüder, hielt den Kopf stolz erhoben. Aus der Nähe betrachtet hätte der Halbwüchsige mit den muskulösen Armen und Beinen trotz seiner Jugend bereits wie ein echter Krieger gewirkt, wären da nicht die weichen Gesichtszüge und der zarte Flaum an seinem Kinn gewesen. Dyami war einen halben Kopf kleiner und sein Körper drahtig wie der eines Läufers. Beide Jungen strahlten Wildheit und eine trotzige Entschlossenheit aus.

Ashok baute sich vor ihnen auf.

Der etwa sechzehnjährige Gaagii zog seinen Kopf ein und starrte zu Boden.

Erwartete er Schläge oder schüchterte ihn die hünenhafte Gestalt seines Vaters ein?

Ashok nahm Dyami am Kragen und stellte ihn seinem Bruder gegenüber.

Der Kreis der Schaulustigen zog sich enger um die beiden Jungen.

Ein hochgewachsener Núu-ci, in dessen langes schwarzes Haar Bänder geflochten waren, näherte sich, und die Leute bildeten respektvoll eine Gasse. Nicaagat, der Medizinmann des Stammes, beobachtete das Geschehen mit vor der Brust verschränkten Armen. Er war nicht nur ein hoch angesehener Mann, er gehörte auch zu jenen Stammesmitgliedern, die wegen der vielen Verhandlungen mit den Weißen ein gutes Englisch sprachen.

Sein Erscheinen blieb auch den beiden jungen Hauptakteuren nicht verborgen, die entsetzt nach Luft schnappten und den Kopf senkten, als wünschten sie sich, unsichtbar zu sein.

Sam wollte zurückweichen, doch Julia bedeutete ihm, stehen zu bleiben.

Ashoks tiefe Stimme erfüllte die Luft. »Dyami und Gaagii haben Chesmus Sohn Moon Eyes Sam sinnlos verprügelt und mit ihrem Verhalten Schande über unseren Stamm gebracht.«

Die Zuschauer stießen missbilligende Laute aus.

»Um ihre Schuld zu sühnen, werden sie Chesmus Sohn trainieren, bis er ihnen in Kraft und Ausdauer ebenbürtig ist.« Ashok zog am Ohr seines älteren Sohnes, dessen Wangen sich vor Scham röteten. »Worauf kommt es im Kampf an?«

Gaagiis Gesicht verzog sich schmerzhaft. »Geschick und …
Schnelligkeit.«

Ashok wiederholte die Prozedur bei Dyami, und dieser
stöhnte auf. »Und weiter?«

»Körperbeherrschung … und die Wahl … der Waffen,
Vater.«

Ashok nickte grimmig. »Eure heutige Waffe ist die Faust. Ich
will, dass ihr Sam demonstriert, wozu er nach der Ausbildung
fähig sein wird.«

Die Brüder sahen einander fragend an. Gaagii ergriff
schließlich das Wort. »Wie meinst du das, Vater?«

»Ihr werdet wie Männer gegeneinander kämpfen.«

Die Jungen erbleichten.

Ein Raunen erfüllte den Platz.

»Aber Vater!«, entschlüpfte es Gaagii. »Wir sind Brüder und
keine Feinde.«

Ashoks Züge wirkten wie in Stein gemeißelt. »Keine
Widerrede! Kämpft!«

Mit geweiteten Augen blickte Sam zu Chesmu auf. »Das
kann er doch nicht machen!«

»Und ob er kann, mein Sohn.«

Ashok winkte den Jungen näher. »Du wirst sie beobachten
und daraus lernen.«

Sam nickte ernsthaft.

Julias Herz krampfte sich bei seinem Anblick zusammen.
Gewalt war ihrem Sohn seit jeher zuwider.

Die Brüder standen sich nun verkniffen gegenüber.

Gaagii und Dyami umkreisten einander abwechselnd wie
Tänzer und beobachteten dabei jede Regung des Gegners.
Minuten verstrichen, in denen offenbar keiner der beiden den
ersten Schlag ausführen wollte. Die Schaulustigen tuschelten
und wurden allmählich unruhig.

»Wir warten!« Ashoks Stimme klang in der erwartungsvollen Stille wie klirrendes Eis.

Gaagii biss sich auf die Unterlippe, ohne innezuhalten.

Spielte Julias Fantasie ihr einen Streich oder nickte Dyami seinem Bruder unmerklich zu?

Nur einen Wimpernschlag später stürzte sich Gaagii auf seinen Gegner und hieb ihm die Faust in die Brust. Dyami schüttelte sich, nahm Maß und versetzte seinem Bruder einen Tritt gegen das Kinn.

Sam rührte sich nicht vom Fleck und hielt den Blick starr auf die Szene vor ihm gerichtet. Was mochte hinter seiner Stirn vor sich gehen, fragte sich Julia unwillkürlich.

Benommen wischte sich Dyami mit dem Handrücken über seine blutende Lippe. Nachdem sich sein Blick wieder geklärt hatte, begannen sie erneut ihren Tanz, der den Gegner offenbar mit raschen und geschmeidigen Bewegungen verwirren sollte.

Julia bewunderte, wie mühelos die Brüder hochsprangen, um einander geschickt auszuweichen oder in einem Moment blitzschnell herumzufahren. Durch die Geschwindigkeit, in der die Brüder kämpften, fiel es ihr allerdings schwer, dem Geschehen zu folgen.

Wieder griff Gaagii plötzlich an, doch diesmal gelang es seinem Bruder, sich zu ducken und ihn dann mit einem Kampfschrei zu Boden zu werfen.

Dyami wollte erneut ausholen, da zog Ashok die beiden auf die Füße und zwang sie mit einer herrischen Kopfbewegung, strammzustehen.

Julia sah von einem zum anderen, die Härchen an ihren Unterarmen stellten sich auf. Die beiden schienen noch im Rausch des Kampfes gefangen zu sein.

Ashok verengte die Augen zu Schlitzen. »Auf dem Kriegspfad braucht ein guter Kämpfer mehr, damit er siegreich heimkehrt.« Er legte eine kurze Pause ein. »Seine stärkste Waffe ist die Selbstkontrolle. Lernt aus eurem Scheitern.« Er gab die beiden ruckartig frei, sodass sie Mühe hatten, das Gleichgewicht zu halten. »Dyami, du wirst Sam morgen zu dieser Stunde unterrichten, wie er seine Ausdauer verbessern kann. Mehr habe ich nicht zu sagen.«

Die Schaulustigen schwiegen betreten und verstreuten sich gleich darauf. Nicaagat nickte Julia zu, die den Arm um ihren Sohn gelegt hatte, dann machte sie sich mit ihm und Chesmu auf den Weg zu Gracie, die bei ihrer Großmutter auf sie wartete. Wendelins Nachbar, der Farmer Robert, hatte ihn in der Mittagszeit nach Cortez gefahren, wo er heute seinen Augenarzt Doktor Hamilton konsultierte.

Als die drei die Farm erreichten, waren Gracie und Rosa gerade dabei, den Boden der Gemüsebeete zu lockern, damit diese die winterlichen Niederschläge besser aufnehmen konnten.

»Ihr kommt genau zur rechten Zeit.« Rosa zwinkerte ihrer Enkelin zu. »Wir zwei sind fertig mit der Gartenarbeit.« Sie wischte sich die Hände an ihrer Schürze ab. »Möchtet ihr ein Glas Limonade?«

»Ich bin nicht durstig«, erklärte Sam hastig.

»Ich auch nicht«, warf Gracie schnell ein. »Dürfen wir zu Ben und Katie?«

Die Walker-Kinder waren im letzten Sommer von Dolores nach Cortez gezogen, weil ihr Vater dort den Posten des Sheriffs übernehmen sollte, und hatten sich mit Gracie und Sam angefreundet.

Chesmu hob den Zeigefinger. »In einer Stunde seid ihr zurück. Sam, dein Pony muss bewegt werden. Gracie, du sollst nachher deiner Mutter beim Melken helfen.«

»Danke.« Sam zog seine Schwester mit sich.

Julia sah ihnen kopfschüttelnd nach.

»Lass ihn, Liebes«, meinte Rosa. »Wie ist es denn mit Ashoks Söhnen gelaufen?«

Julia fasste die Ereignisse zusammen.

Rosa schnalzte mit der Zunge. »Der Mann geht nicht gerade zimperlich mit seinen Söhnen um. Geschieht ihnen recht. Wie hat Sam den Kampf aufgenommen?«

»Er hat tapfer, aber bestürzt zugesehen.« Julia verscheuchte ein Insekt, das sich auf ihren Unterarm gesetzt hatte.

»Wir haben oft darüber gesprochen, dass unsere Söhne ohne Ausnahme zu Kriegern ausgebildet werden sollen, damit sie in der Lage sind, ihre Familien vor Übergriffen zu schützen.« Chesmu legte den Arm um seine Frau. »Du wolltest all die Jahre nichts davon hören.«

»Ja«, räumte Julia widerwillig ein. »Für mich als Weiße klang das falsch.« Sie sah zu ihm auf. »Du hattest recht. Wäre ich nicht so starrsinnig gewesen, hätte er sich gegen Ashoks Söhne besser zur Wehr setzen können.«

Chesmu küsste ihren Scheitel. »Wir haben beide den rechten Zeitpunkt versäumt.«

»Macht euch keine Vorwürfe, sie führen zu nichts«, entgegnete Rosa.

Mit raufenden Heranwachsenden hätte ich rechnen müssen, widersprach Julia ihr insgeheim. Da lenkte sie das Klappern von Hufen von ihrer Grübelei ab und sie reckte den Hals. Ein Pferdewagen bog in die Auffahrt ein. »Schaut mal, Papa kommt.«

Wenig später saßen sie zu viert nahe dem Kamin in der Kate und tranken Früchtetee.

»Was hat die Untersuchung bei Doktor Hamilton ergeben?«, fragte Rosa ihren Mann.

Seine Miene verriet nichts über seine Gedanken, doch das Blitzen in seinen Augen ließ erahnen, dass er etwas verbarg.

Drei Augenpaare ruhten erwartungsvoll auf ihm.

Wendelin lehnte sich zurück. »Der Befund ist unverändert. Aber Doktor Hamilton hat heute einen zweiten Augenarzt zurate gezogen. Doktor Silversmith ist eigens aus Mancos angereist. Er ist Fachmann in der Behandlung von grauem Star.« Er hielt einen Moment inne. »Ich lasse mich noch diesen Monat operieren.«

Julia verschluckte sich fast an der Limonade. »Papa! O mein Gott, das ist wundervoll!«

Rosa küsste ihren Mann. »Liebling, ich bin so froh, das zu hören!«

Mit einem feinen Schmunzeln tastete Wendelin nach ihrer Hand. »Doktor Silversmith hat mich überzeugt. Er hat schon Hunderte Patienten vorm Erblinden bewahrt. Zunächst wird das rechte Auge operiert, das linke folgt nach der Schneeschmelze. Zwar kann er mir nicht versprechen, dass ich meine Sehkraft vollständig zurückerlange, aber er wird tun, was in seiner Macht steht. Doktor Hamilton war erfreut über meine Entscheidung und gestand mir, dass es ihm am Herzen lag, nichts unversucht zu lassen, mich umzustimmen.« Er lächelte. »Es ist ihm gelungen.« Wendelin runzelte die Stirn. »Stimmt etwas nicht, Chesmu?«

»Nicaagat hat schon vielen Núu-ci das Augenlicht wiedergegeben«, erwiderte dieser ruhig. »Er ist ein berühmter Medizinmann und würde dich bestimmt behandeln, wenn du ihn darum bittest.«

Wendelin klopfte seinem Schwiegersohn auf die Schulter. »Sei mir nicht böse, ich verlasse mich lieber auf unsere Ärzte. Nicaagats Heilmethoden sind mir etwas unheimlich.«

Chesmu ließ ein tiefes Lachen hören. »Für einen Mann, der nicht vom Volk ist, sind sie bestimmt einschüchternd. Wie auch immer, gute Medizin bleibt gute Medizin, solange sie wirksam ist.«

»Das ist wahr«, sagte Rosa warm. »Wo wirst du operiert, Liebling?«

»In Mancos. Doktor Silversmith meinte, ich kann die Praxis eine Stunde später verlassen.«

»Nichts da, mein Lieber. Wir suchen uns dort eine Pension«, entschied Rosa resolut, »und ich fahre uns am nächsten Tag heim.«

»Das wird das Beste sein.« Wendelin betrachtete sie liebevoll. »Übrigens hatte ich heute Morgen das Glück, mit Felix sprechen zu können. Ist eine Weile her, seit ich ihn zuletzt am Hörer hatte. Abgesehen von der schwierigen Versorgungslage ist die Familie wohlauf. Isa geht es wohl etwas besser, sie betäubt sich mit Entwürfen für eine neue Schuhkollektion.«

Julia schüttelte den Kopf. »Neue Kollektion? Soweit ich weiß, fertigen sie nur fürs Militär.«

»Korrekt.« Wendelins Züge wurden weich. »Doch unsere Isa hat die wahnwitzige Idee entwickelt, nach Kriegsende eine Kollektion solider Damenschuhe mit dem gewissen Etwas herauszubringen. Die Masse der Kunden hätte ohnehin kein Geld für teure Modelle, würde aber dringend gutes Schuhwerk benötigen. Isa sagte, die Gewinnspanne wäre zwar weitaus geringer, auf diese Weise könnte das Unternehmen jedoch überleben und sich mit der Zeit einen neuen Kundenkreis aufbauen. Ähnlich wie Caroline, die in Mailand Arbeitsschuhe anfertigte und verkaufte. Isa sitzt unermüdlich an ihren alten Zeichenblöcken. Wenn sie so weitermacht, sagte Felix, wird es schwer für unsere Lieben, neue Blöcke aufzutreiben.«

»Isa ist eine erstaunliche Frau«, sagte Rosa. »Ich bezweifle nicht, dass sie ihre Pläne in die Tat umsetzt, und die Arbeit wird ihr außerdem helfen, die Trauer zu überwinden.«

»Das wird sie.« Julia hatte das Bild ihrer Cousine plötzlich so klar vor Augen, als bräuchte sie bloß die Hand nach ihr auszustrecken. »Sie verdient es, glücklich zu sein.«

»Wohl wahr«, warf Julias Vater nachdenklich ein. »Georg hat offenbar vor ein paar Tagen für einen anständigen Wirbel gesorgt. Ich hätte allzu gern Mäuschen gespielt.« Als seine Lieben ihn verständnislos ansahen, erzählte er ihnen von Georgs Schwarzmarktkontakten, dem anstehenden Prozess und dem Angebot der Polizei, das Georg ausgeschlagen hatte.

Rosa schlug die Hände über dem Kopf zusammen. »Grundgütiger! Georg hat immer mit vollen Händen gegeben, derlei Machenschaften waren ihm stets zuwider. Wie hat es die Familie aufgenommen?«

»Theodor hat ihm die Leviten gelesen, weil er ihn nicht ins Vertrauen gezogen hat.« Wendelin schmunzelte. »Seine Stimme soll noch im Salon zu hören gewesen sein. So habe er seinen Vater lange nicht erlebt, meinte Felix.«

Rosas Blick schweifte in die Ferne. »Theodor ist gradlinig, in solchen Situationen kann er durchaus aufbrausend sein.«

Sie schwiegen, jeder in eigene Gedanken versunken.

Julia wechselte Blicke mit Chesmu, der das Gespräch still, aber aufmerksam verfolgt hatte. »Ist es zwischen Onkel Georg, der Polizei und der Zeitung wenigstens zu einer gütlichen Einigung gekommen?«

Wendelin wiegte den Kopf. »Mehr oder weniger. Georgs Anwalt konnte die Veröffentlichung zwar verhindern, aber die Polizei ist wild entschlossen, den Fall vor Gericht zu bringen. Außerdem verhandelt Georgs Anwalt gerade mit dem Zeugen, damit er ihm die Fotografie zum Artikel aushändigt.«

»Ach herrje. Der arme Georg«, stieß Rosa betrübt aus. »Bleibt uns nur zu hoffen, dass wenigstens der Zeuge sein Interesse an der Veröffentlichung verliert.«

»Wenn die Münzen im Geldbeutel klingeln, vergessen Menschen ihren Anstand«, gab Chesmu zu bedenken. »Besonders in Zeiten der Not.« Er hob eine Hand. »Das gilt auch für die Stämme. Sie haben sich von den Versprechen der Weißen blenden lassen und müssen noch heute dafür büßen.«

Rosa legte eine Hand auf die ihres Schwiegersohnes. »Ich hoffe sehr, du täuschst dich mit deiner Prognose.«

»O ja, bitte. Unsere Lieben haben wahrlich genug Probleme«, sagte Julia nachdenklich. »Hat Felix eigentlich etwas von seiner Therapie bei Mikail fallen lassen?«

Wendelin schüttelte den Kopf. »Kein Wort. Wenn er Fortschritte gemacht hätte, dann hätte er mir sicher davon berichtet.«

TEIL 2

KAPITEL 1

Felix

Prenzlauer Berg, nahe Berlin, 9. November 1918

In den vergangenen Wochen hatte sich ein Sturm über der kaiserlichen Hauptstadt zusammengebraut. In den Stadtbezirken hatten sich Arbeiter- und Soldatenräte gebildet, die bereit waren, für Freiheit und Frieden zu kämpfen. Schluss mit dem Krieg, forderten sie lautstark. Schluss mit der Monarchie und der Militärdiktatur, die nur Leid über sie gebracht hatten. Die Breitenbachs sahen der Entwicklung mit großer Sorge entgegen, zumal der Sturz des Zaren die Hoffnung der Deutschen nährte, es der russischen Bevölkerung gleichzutun.

An diesem Samstag hatte Ministerialrat Winkler Felix mittags gegen ein Uhr um eine Unterredung im Restaurant Zum Prälaten am Alexanderplatz gebeten.

»Wieso das?«, fragte Caroline ihren Bruder beim gemeinsamen Frühstück. »Wieso trefft ihr euch nicht im Militärkabinett?«

»Hat mich auch gewundert, aber das werde ich herausfinden.«

»*Wir* finden es heraus«, protestierte sie. »Ich komme selbstverständlich mit!«

Missmutig beäugte Felix seinen Arm in der Schlinge und bemühte sich nach Kräften, einen Schluck Tee zu trinken, ohne etwas zu verschütten. »Auf den Straßen treiben sich derzeit eine Menge Revolutionäre herum, Wildfang.«

Caroline lachte seine Bedenken fort. »Na und? Um diese Zeit arbeiten sie. Davon abgesehen richtet sich die Wut der Leute nicht gegen uns.« Sie blickte von Felix zu ihrem Vater, der ihrem Wortwechsel mit gerunzelter Stirn folgte. »Seht mich nicht so an. Ich finde, ich sollte bei dem Treffen dabei sein; es ist immer von Vorteil, wenn ein Zeuge zugegen ist.« Sie setzte ihr charmantestes Lächeln auf. »Außerdem weiß ich genau, wie ich den Kerl zu nehmen habe, oder etwa nicht?«

»Absolut«, pflichtete Walther ihr schmunzelnd bei und suchte Felix' Aufmerksamkeit. »Ich an deiner Stelle würde Carolines Angebot annehmen.«

»Ein Zeuge kann tatsächlich nicht schaden«, lenkte Felix nach kurzer Denkpause ein. »Also schön. Wir fahren um halb eins.«

Der Himmel war trüb und es begann zu nieseln, als sich die Kutsche der Breitenbachs Richtung Alexanderplatz in Bewegung setzte. Caroline sollte recht behalten, auf den Straßen bot sich der gewohnt geschäftige Anblick, sah man von der ständig steigenden Zahl der Hungernden und Obdachlosen ab, die in Ecken kauerten und jeden Passanten um eine milde Gabe anflehten. Felix' Bild von seiner Heimatstadt war immer ein anderes gewesen, und es schien, als würde es täglich mehr Risse bekommen.

Die Gerüche von Zigarrenrauch, Bier und der aromatische Duft von echtem Bohnenkaffee hingen in der Luft des stilvoll eingerichteten und voll besetzten Restaurants. Männer in feinen Anzügen oder Pelzmänteln lasen die Tageszeitung, und ein Kellner huschte beinahe lautlos durch den Raum, um ihre Wünsche zu erfüllen.

Sie entdeckten den Ministerialrat an einem Fensterplatz, und er erhob sich rasch.

»Guten Tag. Vielen Dank, dass Sie meiner Einladung gefolgt sind, Herr Breitenbach. Nett, dass Sie es ebenfalls einrichten konnten, verehrte Frau Singer.«

Caroline rang sich ein Lächeln ab.

»Darf ich Ihnen etwas zu trinken bringen lassen?«

Sie bestellten Fruchtsaftgetränke. Nachdem sie ein paar Höflichkeitsfloskeln getauscht hatten, kam Winkler geradewegs zur Sache.

»Es tut mir leid«, säuselte der Beamte, »zu meinem Bedauern müssen wir die Lebensmittelrationen für Schuherzeugung Breitenbach & Sohn mit dem heutigen Datum einstellen. Die politische und wirtschaftliche Situation lässt dies nicht mehr zu.«

Felix beugte sich vor und senkte die Stimme, damit die Herren am Nebentisch sie nicht belauschen konnten. »Verstehe ich Sie richtig? Der Krieg ist längst verloren und die Soldaten werden alsbald die Heimreise antreten. Aus welchem Grund halten Sie die Lebensmittel dennoch zurück?«

»Ich wüsste nicht, dass die Befehlshaber die Niederlage bisher öffentlich eingestanden hätten, Herr Breitenbach«, erwiderte der Ministerialrat spitz.

»Was nicht mehr lange dauern wird«, meldete sich Caroline zu Wort, wobei sie jede Silbe betonte. *Sie kämpft gegen ihren Zorn*, dachte Felix besorgt. »Lenin hat schon im März den Friedensvertrag zu deutschen Bedingungen ausfertigen lassen«, fuhr sie fort. »Das Ende des Krieges steht unmittelbar bevor, man verhandelt inzwischen über einen Waffenstillstand. Das dürfte auch Ihnen bekannt sein, Herr Ministerialrat.«

»Solange kein Vertrag für einen Waffenstillstand unterzeichnet wurde, befinden wir uns offiziell im Kriegszustand. Überdies verweise ich auf die Klausel unserer Vereinbarung«, erwiderte Winkler ungerührt, »in der eine Beendigung der Rationen sofort wirksam wird, sofern die genannten Umstände eintreten.«

Unangenehme Kommentare handelt der Kerl rasch ab, schoss es Felix durch den Kopf.

»In all den Jahren wurde ein Großteil der Nahrungsmittel für die Soldaten eingezogen.« Carolines Stimme bebte. »Achthunderttausend Menschen sind im Kaiserreich an Unterernährung verstorben. Achthunderttausend, Herr Ministerialrat!«

»Das ist mehr als bedauerlich, Frau Singer.« Winkler verzog keine Miene. »Sollte man den Krieg tatsächlich für beendet erklären, werden sicher Wochen, vielleicht sogar Monate bis zur Heimkehr unserer tapferen Soldaten vergehen, in denen wir bestmöglich für sie zu sorgen haben.«

»Ach ja«, entwischte es Caroline, deren Wangen sich ungesund gerötet hatten. »Wie die einfachen Arbeiter und die Soldatenfrauen ihre Familien sattbekommen, bleibt also deren Angelegenheit?«

Felix bedeutete ihr mit einem warnenden Blick zu schweigen.

»Bitte beruhigen Sie sich, Frau Singer«, bat Winkler eine Spur freundlicher. »Die Sorge um die Ihnen anvertrauten Menschen ehrt Sie, aber das Hauptaugenmerk des kaiserlichen Militärs liegt nun mal bei unseren Männern an der Front.« Er rückte seine Brille zurecht. »Hören Sie, mir ist bewusst, dass unser Verhältnis nicht immer ungetrübt war. Darum habe ich Sie heute ins Café gebeten, statt Ihnen die Nachricht auf dem

Postwege zukommen zu lassen. Mir ist auch in Zukunft an einer guten Zusammenarbeit gelegen.«

»Sicher. Schade, Herr Ministerialrat.« Felix gab seiner Schwester ein Zeichen aufzustehen. »Wir empfehlen uns. Einen angenehmen Tag noch.«

Er bot Caroline seinen Arm und führte sie ins Freie. Draußen zog er seinen Mantelkragen hoch, glücklicherweise hatte der Nieselregen nachgelassen. Keinen Augenblick länger hätte er Winklers Gegenwart ertragen, ohne seiner Entrüstung lautstark Luft zu machen.

»Ausgerechnet jetzt?«, empörte sich Caroline, ohne auf die neugierigen Blicke der vier älteren Männer zu achten, die dem Restaurant zustrebten. »Die Menschen werden diesen Winter zum dritten Mal hungern, ob mit oder ohne unsere Heimkehrer.« Der Zorn trieb Nässe in ihre Augen. »Ich weiß nicht, wie wir die Suppenküche ohne die Hilfe des Militärs aufrecht erhalten sollen.«

Felix zog sie enger an sich. »Wir geben unser Bestes. Das haben wir immer getan.«

Ihre Blicke fanden sich, und er spürte, dass ihre Gedanken ebenso bei Onkel Georg verweilten. Die Polizei würde ihn weiter im Auge behalten, daran bestand kein Zweifel und ihr Onkel war weise genug, sich keiner weiteren Gefahr auszusetzen. Ob sich ihr Vater allerdings davon abschrecken lassen würde, wusste Felix nicht einzuschätzen.

Marschierende Schritte und anschwellender Lärm holten Felix in die Gegenwart zurück.

Caroline weitete die Augen. »Himmel, was geht hier vor?«

Der Alexanderplatz, auf dem noch Minuten zuvor höchstens einige Handvoll Passanten an den Geschäften entlanggeschlendert waren, füllte sich. Leute blieben stehen und sahen fassungslos zu, wie sich eine unüberschaubare Zahl von Männern in

Marschkolonnen formierte, unter ihnen Fahnen schwenkende Matrosen und bewaffnete Soldaten in ihren Uniformen.

Ehe Caroline und Felix sichs versahen, fanden sie sich inmitten des Getümmels wieder.

»Was haben Sie vor?«, sprach Felix einen Mann an, dessen Arbeitsanzug den Schriftzug der Firma Schwarzkopf an der Brust trug.

»Wir demonstrieren für eine soziale Republik! In der Frühstückspause haben wir uns getroffen, die Betriebe stehen still, und wir versammeln uns jetzt im Stadtzentrum. Unsere sozialdemokratischen Parteien haben die Bewegung ins Leben gerufen!«, schrie dieser, damit Felix ihn im allgemeinen Stimmengewirr verstehen konnte. »Schon gehört? Der Kaiser hat gedroht, uns Demonstranten zusammenschießen zu lassen, sollte es zum Aufstand kommen.«

»Wir lassen uns nicht mehr einschüchtern!«, mischte sich ein anderer ins Gespräch. »Er hat uns lange genug gegängelt!«

Eine Gruppe Arbeiter formierte sich und hielt eine Ansprache, begleitet von lautstarken Hochrufen auf eine Republik.

Die Leidenschaft, mit der die Masse die Parolen wiederholte, versetzte Felix in Alarmbereitschaft.

»Schluss mit dem Krieg! Der Kaiser soll abdanken!«, gellte die Stimme eines Arbeiters über den Platz. »Freunde und Genossen, folgt uns zum Reichstag, damit unsere Stimmen endlich gehört werden!«

Felix und Caroline tauschten erschütterte Blicke. Er wies auf eine Reihe Soldaten, die mit ihren demonstrierenden Kameraden sprachen. »Ich glaube, sie werden aufgefordert, ihre Waffen abzulegen.«

Caroline stimmte zu.

Entschlossen zog Felix sie mit sich, doch jeder Versuch, sich an den Männern vorbeizuschlängeln, scheiterte, denn diese drängten unbeirrt vorwärts. So eingekesselt, blieb ihnen nichts anderes übrig, als dem Strom Richtung Reichstag zu folgen. Felix zog seine Schwester enger an sich.

Sie passierten den gewaltigen Bau mit seinen Ecktürmen, der wegen seiner Ziegelfarbe »Rote Burg« genannt wurde und in dem das Polizeipräsidium untergebracht war. Ein Chor aus Hunderten, wenn nicht Tausenden, setzte ein und forderte jetzt durchdringend die Absetzung des Kaisers.

Die hitzige Atmosphäre bescherte Felix eine Gänsehaut.

Auf einmal verstummten die gellenden Parolen, und ein Raunen ging durch die Menge.

Felix nahm eine Gruppe Infanterie wahr, vermutlich eine Eliteeinheit, die ihre Maschinengewehre direkt auf die vorwärtsmarschierenden Demonstranten richtete. Gewehrläufe wurden aus den Fenstern des Polizeipräsidiums geschoben.

Felix durchfuhr es eiskalt.

Caroline presste eine Hand vor den Mund.

»Wir müssen hier weg!«, zischte er ihr ins Ohr, um nicht die Aufmerksamkeit der Infanterie heraufzubeschwören. Es gelang ihm, sie ein paar Meter in die entgegengesetzte Richtung zu ziehen, dann geriet die Menge plötzlich erneut in Bewegung. Ein Befehl wurde gebrüllt, daraufhin stürmten die Demonstranten gleich einer wütenden Meute voran und brachten Felix ins Strauchen. Er wollte Carolines Hand ergreifen, aber auch sie verlor für einen winzigen Moment das Gleichgewicht. Bevor er noch ausweichen konnte, bohrte sich der Stiefelabsatz eines Mannes über ihm in seinen rechten Arm, und er stöhnte auf.

»Macht Platz, aber schnell!«, schrie seine Schwester.

Felix blinzelte. Die Art und Weise, wie Caroline die rasenden Männer mit ihrem Regenschirm auf Abstand hielt, hätte unter anderen Umständen seine Lachmuskeln gereizt; der Schmerz in seinem Arm ließ jedoch derartige Gefühlsäußerungen nicht zu.

Bleich geworden, half sie ihm auf. »Bist du verletzt?«

»Geht schon.« Er wartete, bis sich der Schmerz auf ein erträgliches Maß reduziert hatte. Ein zorniger Ausruf neben ihm weckte seine Aufmerksamkeit. Entsetzt bemerkte er einen älteren Mann in Arbeitskleidung, der ein Gewehr auf die Elitesoldaten richtete.

Felix machte einen Satz auf ihn zu, wollte ihm das Gewehr entreißen, aber es war bereits zu spät. Als würde die Welt für einen Augenblick innehalten, sah er, wie der Mann den Abzug drückte und sich ein Schuss aus dessen Waffe löste.

Einer der Soldaten vor dem Gebäude griff sich ans Knie und sackte zusammen.

»Feuer!«, brüllte ein Mann der Infanterie.

Die Demonstranten schrien, und die Menge stob weit genug auseinander, dass Felix und Caroline die Gelegenheit beim Schopf ergriffen und sich an den Männern vorbeidrängelten. Dann hasteten sie im Laufschritt vorwärts, bis sie in einer Seitenstraße stehen blieben.

Schwer atmend und erleichtert hielten sie sich umfangen und schwiegen, da ihnen die Worte für das Erlebte fehlten.

Als sich Felix' Herzschlag beruhigt hatte, strich er über ihr Haar. »Nicht weinen, Wildfang.«

»So etwas darf nicht geschehen.« Sie wischte sich bebend über die Augen. »Ob der Schütze ebenfalls getroffen wurde?«

»Keine Ahnung. Die rasenden Demonstranten werden in ihrem Kampf für Demokratie jedenfalls nicht nachlassen.« Er schüttelte den Kopf. »Ich hätte dich nicht mitnehmen dürfen.«

»Notfalls wäre ich ohne dein Einverständnis im Restaurant erschienen.«

Felix schnaubte. »Genau deshalb habe ich zugestimmt.« *Die Welt, die wir kennen, versinkt im Chaos*, dachte er schaudernd.

Caroline blickte zu ihm auf. »Hast du noch Schmerzen?«

»Nicht der Rede wert.« Sie brauchte nicht zu wissen, dass der Demonstrant ausgerechnet seine Narbe am Oberarm getroffen hatte. »Lass uns verschwinden, die Sache ist mir nicht geheuer.«

Caroline hakte sich bei ihm ein. »Mir auch nicht.«

Als Simon sie vom Kutschbock aus entdeckte, rang er die Hände. »Grundgütiger, da seid ihr ja! Geht es euch gut?«

Caroline tätschelte seinen Arm. »Uns ist nichts passiert. Bitte fahr uns nach Hause.«

»Nichts lieber als das.«

Wenig später – sie entstiegen gerade der Kutsche vor der Stadtvilla – eilte ihre Mutter mit ausgestreckten Armen auf sie zu.

»Dem Himmel sei Dank! Wir haben gehört, dass der Arbeiter- und Soldatenrat den Generalstreik beschlossen hat. Ich hatte schreckliche Angst um euch.«

Caroline küsste ihre Wange. »Alles in Ordnung, Mama. Sei so lieb und bitte Doktor Schubert, dass er sich Felix' Arm heute noch ansieht. Nur zur Sicherheit.« Sie erzählte kurz, was geschehen war.

Felix hielt Vandas Musterung ungerührt stand.

»Natürlich, ich rufe den Doktor gleich an.« Vanda legte den Arm um ihre Jüngste. »Kommt erst mal herein. Der Wind ist heute eisig. Euer Vater und Emilie warten schon auf euch. Georg sieht gerade im Betrieb nach dem Rechten.«

Simon wandte sich an Felix. »Wenn ihr meine Dienste momentan nicht benötigt, würde ich mir das Geschehen beim Reichstag gern näher ansehen, damit ich später berichten kann. Auf die Abendzeitungen ist kein Verlass, sie biegen sich die politische Lage hin, wie es ihnen gefällt.«

Dieser nickte. »Damit hast du recht. Die Demonstranten wurden bestimmt mittlerweile entwaffnet. Geh, aber bleib auf dem Kutschbock und kehr um, falls sich die Situation zuspitzen sollte.«

»Natürlich, danke. Ich bin bald zurück.« Simon eilte zu den Pferden, die er inzwischen getränkt hatte.

Emilie lief ihrem Mann in der guten Stube aufgelöst entgegen, den Kleinen auf dem Arm, und er küsste sie zart.

»Ich weiß, wir kommen spät. Auf dem Rückweg von unserem Treffen mit Winkler hat uns die Menschenmenge eingekesselt, und wir hatten Schwierigkeiten, den Alexanderplatz zu verlassen.« Sein Arm zitterte wie Espenlaub.

»Ist schon gut.« Ihr Blick drang sanft in seinen. »Jetzt bist du ja hier.«

Felix' Vater betrachtete seine Kinder besorgt. »Ist es wahr, dass Schüsse gefallen sind?«

Caroline eilte Felix zu Hilfe und berichtete ohne sichtliche Erregung. Er bewunderte einmal mehr, wie sachlich und ruhig sie blieb, obwohl er wusste, welche Ängste sie ausgestanden hatte.

Ihr Vater fuhr hoch und wanderte im Raum umher. »Ich hoffe, der Demonstrant, der das Feuer eröffnet hat, wird schwer bestraft. Nicht auszudenken, wenn euch eine Kugel getroffen hätte!«

»Die Männer auf den Straßen sind zu allem bereit.« Vor Felix' Augen spielte sich die Szene erneut ab. Was war nur aus der strahlenden Hauptstadt geworden?

Sie nahmen vor dem großen Kamin Platz, der allmählich die Kälte aus seinen Händen vertrieb. Wie trieb die Familie eigentlich immer das Holz auf? Trotz der harten Winter hatten sie nie gefroren.

»Wie wird eurer Meinung nach der Kaiser auf die Vorkommnisse reagieren?«, durchbrach Emilie die Stille. Auf ihrer Stirn hatte sich eine steile Denkerfalte gebildet.

Caroline hob die Schultern. »Da er seine Drohung wahr gemacht hat, den Aufstand mit Waffengewalt niederzuschlagen, rechne ich mit weiterer Härte. Vermutlich ringt er jetzt mit seinen Ministern und Beratern um eine friedliche Lösung.«

Theodor pflichtete ihr bei. »Aber wie soll die aussehen? Ich sag euch, meine Lieben, die nächsten Tage werden über unsere Zukunft entscheiden. Sollte der Kaiser an seinem Thron festhalten, muss er das verlorene Vertrauen der Bevölkerung zurückgewinnen. Angesichts der Schwäche, mit der er das Reich durch den sinnlosen Krieg geführt hat, frage ich mich jedoch, wie er das bewerkstelligen will. Sollte man ihn stürzen, ist es unabdingbar, dass eine Übergangsregierung für Sicherheit und Ordnung sorgt. Für uns Unternehmer kann eine derartige Situation rasch den Ruin bedeuten.«

»Der alte Zopf der Monarchie gehört endlich abgeschnitten!« Felix umklammerte seinen rechten Arm, damit er endlich zu zittern aufhörte. »Seht nur, was der Kaiser und sein Militär aus dem Deutschen Reich gemacht haben! Nichts als ein Scherbenhaufen ist übrig!« Es hielt ihn nichts mehr an seinem Platz. »Die Felder liegen seit Jahren brach, die Menschen nagen am Hungertuch – und als wäre das alles nicht schlimm genug, wird ihnen obendrein der Mund verboten. Wehe, sie äußern Kritik oder fordern ihre Rechte ein!«, sprudelte es aus ihm heraus. »Caroline und ich haben es heute Mittag erlebt. Der feine Herr Ministerialrat stellt ab sofort die Lebensmittelrationen für unsere Suppenküche ein, obwohl der Krieg so gut wie beendet ist.« Er schlug mit der flachen Hand auf den Tisch, woraufhin sein Jüngster aus dem Schlaf schreckte und zu greinen anfing. »Alles, was für den Kaiser zählt, sind seine Soldaten!«

Die Miene seines Vaters versteinerte. »Ich schließe mich deiner Meinung an. Lange Zeit habe ich dem Kaiser trotz aller Kritik viel Respekt gezollt. Doch den hat er inzwischen eingebüßt, und Winkler schon lange! Schade, dass ich euch heute nicht zu dem Treffen begleiten konnte. Dem hätte ich ein paar sehr deutliche Worte an den Kopf geschleudert.«

Caroline lächelte grimmig. »Keine Sorge, Papa, das haben wir für dich erledigt.«

Vanda betrat die gute Stube, nahm Emilie den weinenden Jakob ab und suchte den Blick ihres Sohnes. »Doktor Schubert sieht sich deine Verletzung nach Praxisschluss an.«

»Danke.« Felix befeuchtete seinen Mund. »Es wird Zeit, Onkel Georg im Betrieb abzulösen. Begleitest du mich, Wildfang?«

Caroline erhob sich rasch. »Aber ja.«

Er hielt in der Bewegung inne und lauschte. »Bekommen wir Besuch?«

Da stürmte Simon in die gute Stube. »Der Sozialdemokrat Scheidemann hat vom Balkon des Reichstages die Republik ausgerufen! Er sagte: Das Alte, Morsche ist zusammengebrochen. Es lebe die deutsche Republik!«

Kapitel 2

Georg

2. Dezember 1918

Der arbeitende Teil der Familie hatte schon vor einer Stunde die Stadtvilla verlassen, Clemens spielte mit den Kindern der Betreuungsgruppe, und Emilie fuhr den kleinen Jakob spazieren.

Über den Räumlichkeiten lag himmlische Ruhe.

Die beiden hatten sich in Georgs Stube eingefunden und genehmigten sich den selten gewordenen Genuss einer Tasse englischen Darjeelings, den Georg bei Darja erstanden und nur äußerst sparsam verbraucht hatte.

Gedankenverloren starrten die Brüder ins knisternde Kaminfeuer. Wegen des stark bewölkten Himmels lag die Stube in ein Halbdunkel getaucht. Nur der Schein der Stehlampe neben dem Sofa verbreitete gemütliches Licht.

»Bald sind vier Wochen seit der Abdankung des Kaisers vergangen, und uns fehlt noch immer ein Staatsoberhaupt«, eröffnete Theodor.

»Eine Verfassung ebenfalls«, ergänzte Georg. »Jeder Tag, an dem die Politiker nichts Neues auf den Weg bringen, kommt mir endlos und vergeudet vor. Die Zeit drängt. Die Mark hat mittlerweile die Hälfte ihres Wertes verloren, und unsere Wirtschaft liegt am Boden. Wo soll das noch hinführen?« Er suchte Theodors Aufmerksamkeit. »Ich werde unseren Jubel nie vergessen, als Simon uns die Nachricht überbrachte, dass die Republik ausgerufen wurde.«

»Ein unvergesslicher Moment.« Auf Theodors Miene zeichnete sich Wehmut ab. »Isas und Felix' Freude war so ansteckend.«

»Ja, es tat gut, sie glücklich zu sehen.« Dies war einer jener Augenblicke, in denen sich Georg allzu gern die Pfeife seines Vaters gestopft hätte, wenn sie noch Tabak im Haus gehabt hätten. »An dem Abend haben wir voller Hoffnung Pläne geschmiedet.«

Theodor lachte heiser. »Wie konnten wir nur so naiv sein zu glauben, dass wir schon bald wieder mit der Produktion unserer eigenen Schuhkreationen anfangen können?«

»Isa sprudelte vor Ideen, ihre Entwürfe sind ausgezeichnet«, sagte sein Bruder. »Uns nicht mit ihrem Enthusiasmus anzustecken, war schier unmöglich.«

Theodors Stimme wurde weich. »So ist sie.« Er legte ein neues Scheit ins Feuer. »Ich habe heute mit unserem Lederfabrikanten gesprochen. Er rechnet mit Wochen, vielleicht sogar Monaten, bis sie in der Lage sind, den Betrieb wie gewohnt fortzusetzen. Er sagte, beim Transport sehe es ähnlich düster aus. Niemand weiß etwas Genaues.«

»Wir legen also die Hände in den Schoß.« Georg schnitt eine Grimasse. »Immerhin einen kleinen Lichtblick gibt es zu vermelden. Enzo hat vorhin erst mit Isa und dann mit mir gesprochen.«

Theodor hob eine Braue. »Etwas Geschäftliches?«

»O ja.« Georg streckte die langen Beine von sich. »Enzo bat um Erlaubnis, Isas Entwürfe für die Arbeitsschuhe aus Carolines Produktion nutzen zu dürfen. Auch ihnen ist bewusst, dass sie mit ihren ausgefallenen Modellen in absehbarer Zeit keinen Pfifferling verdienen. Arturo und er bieten uns für die Nutzung der Entwürfe eine saftige prozentuale Beteiligung an ihren Einnahmen.« Er zwinkerte vergnügt. »Enzo lässt uns einen Vertragsentwurf zukommen.«

Theodors Gesicht hellte sich auf. »Den sehen wir uns gern an, nicht wahr? Derzeit ist jeder Lichtblick mehr als willkommen.« Er rückte näher. »Wir müssen uns etwas einfallen lassen, damit wir die Zeit bis zur Wiedereröffnung von Schuherzeugung Breitenbach & Sohn ohne Schaden überstehen.«

Die strenge Miene seines Bruders, der eindringliche Blick, als wollte er seine Gedanken ergründen, erinnerte Georg an ihren Vater. Mit zunehmendem Alter wurde Theodor ihm immer ähnlicher. »Ich nehme an, du hast einen Plan.«

»Dazu komme ich gleich«, fuhr Theodor fort. »Zunächst gebe ich zu bedenken, dass wir bislang keine Kenntnis haben, wie es für uns Geschäftsleute nach dem verlorenen Krieg weitergehen wird. Zu allem Unglück entfallen auch noch Winklers Lebensmittelrationen.« Gedankenversunken drehte er das leere Teeglas in der Hand. »Auf uns kommen schwere Zeiten zu, Georg. So leid es mir tut, wir können es uns nicht länger erlauben, unsere Reserven zu verbrauchen.« Sein Gesicht verdüsterte sich. »Wie erklären wir es unseren Lieben, dass wir die Suppenküche schließen müssen?«

Georg riss die Augen auf. »Das können wir nicht tun! Ohne die tägliche Mahlzeit werden unsere Arbeiter und deren Familien hungern!«

»Hast du einen besseren Vorschlag? Immer her damit.« Theodor starrte ins Nichts. Als er sich ihm wieder zuwandte, lag ein bitterer Zug um seine Mundwinkel. »Ich habe lange darüber nachgedacht. Es gibt keine andere Möglichkeit, Georg. Es sei denn, wir bemühen wieder Schwarzmarkthändler. Dann ist es nur eine Frage der Zeit, bis wir hinter schwedischen Gardinen sitzen.«

Georg schwieg, fieberhaft nach einer Lösung ringend, wie sie das Ende der Suppenküche noch irgendwie abwenden konnten. Aber sosehr er auch grübelte, es fiel ihm nichts ein. Obwohl sich alles in ihm sträubte, die bittere Wahrheit einzugestehen, so wusste er doch, dass sein Bruder recht hatte. Der Gedanke, die ihnen anvertrauten Menschen ihrem Schicksal zu überlassen, tat weh. In all den Kriegsjahren war es ihnen gelungen – wenngleich mehr schlecht als recht –, die Versorgung der Arbeiter aufrechtzuerhalten. Und nun, das Ende des Schreckens bereits vor Augen, blieb ihnen nichts übrig, als aufzugeben.

Lange Zeit nahm Georg lediglich das Knistern des Feuers wahr, dennoch empfand er ihr Schweigen als tröstlich.

Kleine, emsige Schritte waren zu vernehmen. Das musste Magda beim Reinemachen sein. Der Geruch von schmorenden Rüben aus der Küche drang durch jede Ritze, und Georg schwor sich, wenn erst alles vorüber war, würde er nie wieder diese grässlichen Dinger essen, die ihm schon beim Gedanken daran Übelkeit verursachten.

Er begegnete Theodors Blick.

»Kopf hoch, Georg! Die letzten Wochen bis zur Heimkehr unserer Soldaten werden die Familien auch noch überstehen.«

»Sag das mal unseren Frauen«, brummte Georg.

Die beiden Männer beschlossen, bis nach dem Mittagessen mit dem Überbringen der Hiobsbotschaft zu warten; sie würden die Familie bitten, ein wenig länger zu bleiben. Caroline und Walther aßen zwar heute auswärts, doch länger wollten sie mit der Ankündigung nicht warten. Magda sollte sich derweil um die Kleinsten kümmern.

Als Magda und Simon nach dem Essen das Geschirr abgeräumt hatten und die Familie noch beisammen saß, begann Theodor wie geplant zu berichten.

Entsetzte Mienen folgten seinen Ausführungen.

Isa fand als Erste ihre Sprache wieder und sah von ihrem Vater zu Onkel Georg. »Bitte habt kein schlechtes Gewissen. Ihr habt für unsere Suppenküche viel riskiert. Danke für alles, was ihr für die Arbeiter und ihre Familien getan habt.«

»Die Nachricht dürfte niemanden überraschen.« Sichtlich betroffen wandte sich Mathilde an Vanda. »Aber unsere Betreuungsgruppe werden wir fortführen, nicht wahr?«

»Auf jeden Fall«, antwortete diese. »Unsere Arbeiterinnen verlassen sich doch auf uns. Außerdem macht uns die Beschäftigung Spaß.«

»Ich werde für morgen eine Betriebsversammlung ankündigen.« Felix wandte sich an seine Frau. »Wie lange reichen die Lebensmittel für die Suppenküche noch?«

Emilie hob die Schultern. »Was glaubst du wohl, Liebling? Der Vorratsschrank ist wie leer gefegt. Bis übermorgen kann ich mich vielleicht noch behelfen.« Die Betroffenheit auf ihrem Gesicht tat ihm weh. »Bitte erlaube mir, dich morgen auf die Betriebsversammlung zu begleiten. Ich möchte es unseren Arbeitern selbst mitteilen. Das bin ich ihnen schuldig.«

Felix nickte. »Natürlich. Du hast die Suppenküche ins Leben gerufen und somit jedes Recht, sie für aufgelöst zu erklären.«

»Die Nachricht wird unsere Arbeiter schockieren, aber wir haben keine andere Wahl.« Vanda wirkte auf einmal erschöpft. »Mathilde, wir müssen zurück zu den Kindern.«

Als die beiden Frauen mit Felix den Speiseraum verließen, gesellte sich Isa zu ihrem Onkel. »Das Ende der Suppenküche trifft sie hart.«

»Das ist mir bewusst. Ich wünschte, es gäbe eine bessere Lösung.«

»Ja.« Isa legte eine Hand auf seine. »Hast du noch einen Moment? Ich muss etwas mit dir besprechen.«

»Für dich immer. Wo drückt dein Schuh?« Der Vergleich ließ Georg schmunzeln.

»In den letzten zwei Wochen hat es fast drei Dutzend Krankmeldungen gegeben.«

»Völlig normal für die Winterzeit, bedenkt man ihre wirtschaftliche Lage.«

Isa strich über den Ledergriff ihrer Krücke. »So ist es. Aus dem Grund ist bisher auch niemand darauf aufmerksam geworden.«

Georg kniff die Augen zusammen. »Worauf willst du hinaus, Mädchen?«

»Seit ein paar Monaten häufen sich die Grippefälle in schöner Regelmäßigkeit und sie betreffen jüngere ebenso wie ältere Arbeiter.« Isas blaue Augen ruhten ernst auf ihm. »In den letzten Tagen habe ich die Familien unserer Erkrankten aufgesucht. Sie haben sich ausnahmslos bei Soldaten angesteckt, die vor Kurzem heimgekehrt sind. Die Symptome sind immer die gleichen.«

Georg runzelte die Stirn. »Du vermutest, es handelt sich um die Seuche, die die Soldaten mitgebracht haben?«

»Um die Spanische Grippe, ja. Wir sollten Vorsichtsmaßnahmen ergreifen.«

Er liebte ihren messerscharfen Verstand, doch sie neigte in letzter Zeit dazu, sich in düsteren Grübeleien zu verlieren. »Mal langsam, Kleines. Es handelt sich bei der Erkrankung um eine gewöhnliche Grippe.«

»So dachte ich anfangs auch, Onkel Georg. Als ich gestern aber beim Jüdischen Krankenhaus an der Exerzierstraße vorbeigefahren bin, bemerkte ich eine Schlange Wartender, die sich zum Teil kaum noch auf den Beinen halten konnten. Das hektische Treiben hättest du sehen sollen! Das gleiche Bild bot sich mir auch vor der Charité. Zudem rief mich Mikail heute früh an, dass seine Praxis vorsichtshalber ein paar Tage geschlossen bleibt, da ein Patient bei ihm zusammengebrochen ist. Er hat gehört, dass die Seuche höchst ansteckend sein soll und manche Krankenhäuser wegen Überfüllung schon keine Patienten mehr aufnehmen.«

Georg sog heftig die Luft ein. »Das klingt besorgniserregend. Ich hoffe, Mikail ist wohlauf?«

»Ihm geht es bestens«, wehrte Isa ab. »Was sollen wir tun, Onkel Georg?«

Geistesabwesend zwirbelte er seinen Bart.

»Wir brauchen gesunde Arbeiter«, fuhr sie eindringlicher fort. »Immerhin wollen wir bald wieder unsere eigenen Schuhkreationen produzieren.«

»Na schön. Bei den ersten Anzeichen einer Krankheit werden die Arbeiter heimgeschickt«, meinte Georg schließlich. »Mehr können wir derzeit nicht tun, außer genügend Aushilfskräfte einzustellen, die einspringen können. Kümmerst du dich darum, Kleines?«

»Mit Vergnügen. Danke.« Isa griff nach ihren Krücken und hievte sich unter den aufmerksamen Augen ihres Onkels aus dem Rollstuhl.

Er gab Magda, die an der Flügeltür gewartet hatte, ein Zeichen, Isa behilflich zu sein.

»Es wird alles gut, Kleines.«

Sie lächelte müde. »Das hoffe ich.«

Georg besprach noch einige Details mit Felix, danach hatte er es eilig, die Tür zu seinen Privaträumen hinter sich zu schließen und alle Geräusche auszublenden. Der Tag war erst zur Hälfte vorüber und hatte ihn bereits erschöpft.

Sein Blick fiel auf das Klavier, auf dem noch immer die gerahmte Fotografie seiner Tante Funny aus Colorado stand. Seit es gestimmt worden war, klang es wieder genauso reich und voll wie früher.

Als führten seine Hände ein Eigenleben, schlug er die ersten Akkorde von Brahms' »Herzlich tut mich verlangen« an. Dabei fühlten sich seine Finger fast ebenso steif und ungelenk an wie damals bei seinen ersten Klavierstunden. Kein Wunder, er hatte sich lange nicht mehr dem Musizieren hingegeben. Wieso hatte er sich dieses Vergnügen eigentlich nicht gegönnt? Solange er sich zurückerinnern konnte, war Musik stets seine beste Medizin gewesen und hatte ihm Ruhe und Gelassenheit geschenkt. Als Felix noch ein Steppke gewesen war, hatte er oft Klavierlektionen mit ihm geübt, und auch später fanden sie immer wieder Gelegenheiten, gemeinsam zu musizieren.

Noch vor einem Jahr hatte er abends regelmäßig mit Mathilde im Duett gespielt. Doch die letzten Kriegsmonate und die damit verbundenen Sorgen hatten keine Gedanken an Vergnügen zugelassen. Er schlug die ersten Akkorde von Chopins »Walzer a-Moll« an. Leise Freude ergriff ihn, als er spürte, wie sich seine Finger allmählich entspannten und wie von selbst ihren Weg über die Tasten fanden.

Lieb gewordene Erinnerungen an Feierlichkeiten mit der Familie spulten sich in seinem Geist ab – danach die Klavierabende im Female Boarding House in Rico, das er wider Willen einige Jahre geführt hatte. Er sah Mathilde vor sich, wie sie ihm bei ihrer ersten Begegnung auf den Kopf zugesagt hatte, sein Spiel sei zwar präzise, jedoch ohne Herz. Ihr hatte er es zu verdanken, dass er gelernt hatte, seine Gefühle mit Musik auszudrücken.

Diese Erinnerungen lagen zwar Jahrzehnte zurück, zum alten Eisen zählte er sich jedoch noch lange nicht. In ihm steckte Kraft, und solange er sich dazu in der Lage fühlte, wollte er sein Wissen und die Erfahrung an die jüngere Generation weitergeben. Seit einiger Zeit jedoch ermüdeten ihn der tägliche Kampf um den Fortbestand des Unternehmens und die Restriktionen, denen sie durch den Krieg ausgesetzt waren. In solchen Momenten sehnte er sich nach dem farbenfrohen Colorado und vor allem nach seiner Schwester. Die letzten Jahre mussten durch Wendelins schwindende Sehkraft hart für sie gewesen sein. Die Operationen am grauen Star hatten sich als wahrer Segen herausgestellt, wenngleich er nur einen Teil seiner Sehschärfe zurückerhalten hatte. Für eine Atlantiküberquerung war Wendelin dennoch nicht mehr kräftig genug.

Wir werden alt, und die Zeit zerrinnt wie Sand zwischen unseren Fingern.

Zuweilen überfiel ihn eine unbändige Lust, zwei Schiffspassagen zu buchen und den Lebensabend mit Mathilde in Cortez zu verbringen. Felix, Caroline und Isa brauchten seinen Rat kaum noch. Wenn Mathilde wollte, konnte sie bei den Siedlern Klavierstunden geben. Und er hätte endlich Zeit und Muße, sein Haus in Rico zu besichtigen, in dem statt des anrüchigen Etablissements seiner Tante Funny nun seit Jahren ein Erholungsheim für junge Waisen untergebracht war. Vielleicht bestand sogar die Möglichkeit, einen Posten in Tante Funnys Stiftung zu übernehmen und persönlich fortzuführen, was ihr so sehr am Herzen gelegen hatte. Ein weiterer Grund, weshalb es ihn auf die andere Seite der Erde zog, war Chesmu. Er brannte darauf, den Ute-Mann kennenzulernen, von dem er schon so viel gehört hatte. Seine Sichtweise auf die Welt faszinierte Georg, und er wollte herausfinden, wie es Chesmu und Julia gelang, eine glückliche Ehe zu führen, obwohl sie wie Feuer und Wasser waren.

»So versunken, Liebster?« Mathilde küsste ihn und warf ihre Handtasche achtlos auf einen Sessel.

»Wie war der Nachmittag in der Betreuungsgruppe?«

»Aufreibend.« Sie spielte mit seinem Haar, das sich an den Ohren wellte. »Jakob hat viel geschlafen, aber Clemens ist trotzig derzeit. Zu allem sagt er Nein und versteckt sich in einer Ecke. Darf ich?«

Georg rückte weiter, damit sie sich zu ihm auf die Klavierbank setzen konnte, und griff wieder in die Tasten.

Als er zu Schuberts »Fantasie f-Moll« wechselte, fiel Mathilde ein, und er spürte jenes Glücksgefühl in sich aufsteigen, das ihn stets beim gemeinsamen Musizieren befiel.

KAPITEL 3

Julia

***In der Nähe von Cortez, Colorado, Julias Farm, Grundstück
des Reservats der Weeminuche, zur selben Zeit***

Die Nachricht vom besiegelten Waffenstillstand und der einge-
standenen Niederlage des Deutschen Kaiserreichs hatte einen
Freudentaumel auf den Plantagen und in der weiten Ebene
ausgelöst. Jubelrufe hallten im Reservat ebenso laut wider wie
unter den Siedlern. Julia hatte den Farmer Robert, der ihr die
wundervolle Nachricht überbracht hatte, fassungslos angestarrt,
ihr fehlten die Worte, um ihre Erleichterung auszudrücken. So
dankte sie ihm nur leise, setzte sich auf die Terrassenbank und
wartete, bis das aufgeregte Zittern ihrer Hände nachließ.

> *Kein sinnloses Blutvergießen mehr, keine weite-
> ren Toten, die es zu betrauern gilt.*

Süß wie Glockengeläut klangen die Worte in ihr nach.

Die Familie ist in Sicherheit, und eines Tages
werde ich wieder ruhig einschlafen können, ohne
ein Stoßgebet zum Himmel schicken zu müssen,
dass unseren Lieben nur nichts geschieht.

Julias Blick verlor sich in der Landschaft, die sich wie auf einem Gemälde vor ihr ausbreitete. Das Bild der kahlen Bäume und Büsche, die sich scharf gegen das Morgenlicht abzeichneten, und die Mesa Verde mit ihrem wechselnden Lichtspiel im Hintergrund erschienen ihr auf einmal schöner, friedlicher und unwirklicher denn je.

Als sie drei sich rasch nähernde Gestalten ausmachte, legte sie ihre Webarbeit beiseite, um nachzusehen, wer zu Besuch kam. Sie staunte nicht schlecht, denn es handelte sich bei ihnen um ihren Schwiegervater Akule und seine beiden Ehefrauen. Wenig später schloss er sie mit strahlendem Gesicht in die Arme.

»Dank dem Schöpfer! Es ist vorbei!«, raunte er an ihrem Ohr. Dabei kitzelte sein Schaffellkragen ihre Wange.

Julia hielt still, derlei Gefühlsäußerungen war sie von ihm nicht gewohnt. Dann machte sie sich von ihm frei und begrüßte Nituna und Onawa. Ihre Verwirrung wuchs. »Wie kommt ihr hierher, hat man euch nicht aufgehalten?«

»Nein«, erwiderte Akule. »Keine Indianerpolizei, keine Patrouille weit und breit.«

Onawa hob die Schultern. »Die weißen Männer schweigen. Gestern Ashok hat Hirsch auf euer Land gejagt. Indianerpolizist hat gesehen, aber nichts gesagt.«

Die Hoffnung auf den dunklen Gesichtern der drei Núu-ci tat Julias Seele gut. Im letzten Jahr hatte sie wiederholt bemerkt, dass man den Stamm zunehmend gewähren ließ, solange seine Angehörigen sich friedlich und unauffällig verhielten. Klug, wie sie waren, hielten sich alle zumeist an die Regeln.

Julia spürte die unbändige Sehnsucht der alten Núu-ci, die die kriegerischen Auseinandersetzungen zwischen Weiß und Rot noch am eigenen Leib erfahren hatten, zu ihrem alten Leben in Freiheit zurückzukehren. Doch die Kluft, die die weißen Eindringlinge mit ihren Gesetzen zwischen Jung und Alt im Reservat geschlagen hatten, schien schier unüberwindlich.

Vielen aus der jüngeren Generation war das Stammesleben nach ihrem Aufenthalt in der Indian Boarding School fremd geworden. Sie wollten einen Beruf wie die Weißen ergreifen und in die Stadt umsiedeln, weshalb sie sich zunehmend von den alten Traditionen abwandten. Mit großer Sorge betrachteten die Älteren das langsame Zersplittern ihres Stammes und verstanden nicht, was an der Lebensweise der Weißen so erstrebenswert sein sollte, dass die Jungen ihnen den Rücken zukehrten.

Eins jedoch hatten sie alle gemein: Sie registrierten die allmählichen Lockerungen mit stiller Freude.

Wenig später kehrte Chesmu auf Kenai aus der Stadt zurück, wo er ein paar Einkäufe erledigt hatte. Er saß mit geweiteten Augen ab und freute sich mit seiner Familie über die neu erhaltene Freiheit. Als sich die Wolken plötzlich verdichteten, beäugte er kritisch den sich verdunkelnden Himmel und hielt die Nase in den Wind. »Es riecht nach Schnee.«

Julia legte den Arm um Nitunas Taille. »Kommt rasch herein. Es ist kalt heute.«

Wie selbstverständlich und dennoch neu und aufregend es sich anfühlte, mit Akule, Onawa und Nituna am Esstisch zu sitzen. Die Blicke der Frauen, die jedes fremde Detail staunend in sich aufsogen, entlockten ihr ein Lächeln.

Fast wie verabredet gesellten sich auch Julias Eltern hinzu, und die Überraschung war groß, als sie die drei Núu-ci begrüßten. Während Akule die Geschichte zum Besten gab, welchem glücklichen Umstand sie ihren Besuch zu verdanken hatten, brühte Julia den Früchtetee auf, den Onawa ihr vor einiger Zeit geschenkt und den sie sorgsam für einen feierlichen Anlass verwahrt hatte. Wenn dies nicht der richtige Moment war, welcher dann?

Julia nahm das fröhliche Bild ihrer Familie, die zum ersten Mal gemeinsam um ihren Tisch saß, tief in sich auf und lauschte, wie die drei Frauen lebhaft gestikulierend von den Vorbereitungen für den nahenden Winter erzählten und die Männer Pläne schmiedeten. Sie wollten die Zäune und Ställe auf Herz und Nieren prüfen, damit die Raubtiere, die es im Winter von den Bergen ins Tal trieb, weder der Obstplantage noch Julias Farm etwas anhaben konnten.

Als die Männer begannen, über den Puma zu sprechen, der in den vergangenen Wochen von Siedlern und von Onawa gesichtet worden war, zog sich Julia aus der Unterhaltung zurück und wandte sich an ihre Mutter. »Wollten sich nicht heute Morgen Kaufinteressenten die Plantage ansehen?«

Rosas Züge verloren jäh ihre Heiterkeit. »Richtig, mein Schatz. Sie haben die Besichtigung aber schon nach wenigen Minuten abgebrochen. Sie hatten sich eine größere Kate erhofft und wollen nicht mehr selbst anbauen.«

Julia drückte ihre Hand. »Das tut mir leid, Mama.«

»Glaub mir, spätestens nach dem zehnten Bewerber nimmst du dir die Absage weniger zu Herzen.« Rosa blinzelte durch ihre Brille. »Wir haben kaum mehr Hoffnung, die Plantage noch in diesem Jahr zu verkaufen. Wenn sich die Bewerber unser Land ansehen, wird ihnen bewusst, wie schwer sie arbeiten müssen, um es anständig zu bewirtschaften. Davor schrecken sie zurück.«

Julia schielte zu ihrem Vater, doch er war in eine angeregte Unterhaltung über den Disput einer ganzen Reihe Siedler vertieft, die leidenschaftlich darüber stritten, ob man jedes Raubtier erschießen sollte, sobald es sich dem eigenen Grundstück näherte, statt es mit herkömmlichen Methoden zu verjagen. Für

Chesmu und Julia wäre ein Abschuss höchstens infrage gekommen, wenn das Raubtier sie bedroht hätte. Chesmu hatte seine Meinung klar zum Ausdruck gebracht und damit für sich die Diskussion beendet. Die Geister der Tiere gehörten ebenso auf dieses Land wie die der Menschen, darin waren sich beide einig.

»Wir wollten uns zwar bereits in diesem Frühjahr zur Ruhe setzen«, griff Rosa nach der nachdenklichen Pause den Gesprächsfaden wieder auf, »aber wir haben eine Menge Herzblut in die Plantage gesteckt und werden sie nicht für einen Schleuderpreis hergeben.«

»Natürlich nicht.« Die Worte ihrer Mutter legten sich schwer auf sie. In den letzten Monaten hatte Julia bei jeder Gelegenheit selbst nach möglichen Käufern Ausschau gehalten, war aber stets auf ähnliche Reaktionen gestoßen. »Dies hat leider mit dem Umstand zu tun, dass sich die Leute, wenn sie eine andere Möglichkeit zum Geldverdienen sehen, von der Landwirtschaft abwenden. Denk nur an unseren Adam Haupt.«

Der Zuckerrohrplantagenbesitzer, den Julia von Kindesbeinen an kannte, hatte vor Kurzem seinen achtzigsten Geburtstag gefeiert und bis vor einem Jahr gearbeitet, weil sich keins seiner Kinder willens gezeigt hatte, die Plantage fortzuführen. Wegen seiner schwachen Lunge hatte Adam schließlich alles weit unter Wert verkaufen müssen und war zu seinem Sohn ans Meer gezogen.

»Adam hat bei der Abreise furchtbar geweint«, sagte Rosa leise. »Sein Fall soll uns eine Lehre sein. Wir wollen nicht warten, bis wir zur Aufgabe gezwungen sind. Nach jahrzehntelanger Schinderei wünschen wir uns nun ein paar schöne Jahre, in denen wir unseren Enkeln beim Wachsen zuschauen können.«

»Das habt ihr euch auch verdient.«

Rosa lächelte, als Julia ihr einen Kuss auf die Wange hauchte. »Wenn das Schicksal es so will, finden wir die richtigen Käufer.«

Julia nickte. »Davon bin ich überzeugt.«

Die beiden Frauen wandten sich Chesmus Mutter zu, die die guten Nachrichten von der Ankunft dreier Neugeborener und einer Hochzeit zum Besten gab, die der Stamm im Frühjahr feierlich begehen würde. Da Kinder und Eheschließungen für die Núu-ci Hoffnung auf eine bessere Zukunft bedeuteten, freute sich die Familie mit ihnen.

»Wie schlägt sich mein Sohn beim Kampftraining mit Ashoks Söhnen?«, wollte Chesmu schließlich von seinem Vater wissen. »Moon Eyes Sam ist kräftiger geworden, aber zu Hause ist kein Wort aus ihm herauszubekommen.«

»Ashok und ich geben uns nie zu erkennen, aber wir haben sie immer im Auge.« Die Art, wie Akule etwas ungelenk die dünne Teetasse abstellte, hinterließ ein Zucken in Julias Mundwinkeln. »Sam macht die beiden wütend. Sie wollen nicht, dass er stark wird. Aber ihr Vater kennt keine Gnade. Neulich hat Sam sogar zuerst angegriffen.«

»Sam hat Kämpferherz«, bestätigte Nituna mit unüberhörbarem Stolz in der Stimme.

Von draußen waren Stimmen vernehmbar. »Mama, Papa, seid ihr hier?«

Rosa lächelte ihren Mann an. »Als hätten sie gehört, dass wir über sie sprechen, nicht wahr?«

Kurz darauf blieben Sam und Gracie im Türstock wie angewurzelt stehen, als sie Großvater Akule und die beiden Frauen erkannten. Ihre Freude legte sich wie Balsam um Julias Seele.

Gracie setzte sich auf Rosas Schoß, weil kein Stuhl mehr frei war. Eine Weile später – die Erwachsenen unterhielten sich über Wendelins Sehkraft und darüber, dass er die Buchhaltung wieder mühelos erledigen konnte – stieß das Mädchen einen begeisterten Schrei aus.

»Großvater Akule, sieh nur, es schneit!« Sie hüpfte durch die Hütte und stimmte ein Lied in der Sprache der Núu-ci an.

Die fremde Melodie und die Sprache, die Julias Tochter wie eine zweite Muttersprache beherrschte, versetzten Julia einen Stich.

»Ist Dankeslied an Schöpfer«, flüsterte Nituna ihr zu. »Onawa hat Gracie beigebracht.«

»Jetzt darfst du wieder die alten Geschichten vom Schöpfer und Mutter Erde erzählen«, unterbrach das Mädchen die Grübelei ihrer Mutter. »Großvater Akule, Großmutter Nituna, ihr nehmt heute Sam über den Winter mit ins Tipi, wie jedes Jahr, wenn der erste Schnee fällt, nicht wahr?«

»Ja, Repeat Dances Grace«, erwiderte Akule ruhig. »Wieso fragst du?«

Das Mädchen sah von ihm zu Sam, der bisher auffallend schweigsam geblieben war. »Ich möchte mitkommen.«

Julia hatte gespürt, dass der Tag, an dem Gracie ihrem Bruder folgen würde, nicht mehr fern sein würde. Dass er jedoch so plötzlich anbrach, krampfte ihr Herz zusammen.

Gracies Augen ruhten flehend auf ihrem Vater. »Darf ich? Papa, Großvater Akule, bitte sagt Ja.«

Nituna bat das Mädchen zu sich und sprach leise in der alten Sprache der Núu-ci mit ihr.

Chesmu beugte sich zu Julia. »Mutter sagt, sie können nur ein Kind in den Traditionen und Mysterien des Stammes unterrichten. Übernächstes Jahr ist Sam ein Mann, dann kommt sie an die Reihe. Mutter bittet Gracie um ein wenig Geduld.«

Das Mädchen kämpfte tapfer gegen seine Tränen. Die Hände im Rücken verschränkt, den Kopf erhoben, nickte es. »Darf ich ... bitte hinausgehen?«

»Geh nur.« Julia hätte sie am liebsten fest in die Arme genommen.

Mit eingefrorener Miene verließ Gracie kurz darauf die Hütte. Wie sie ihre Tochter kannte, würde sie sich irgendwo verbergen, wo sie ihren Tränen freien Lauf lassen konnte.

Schließlich stand Sam auf. »Ich packe schnell meine Sachen.«

Julia unterdrückte ein Seufzen. Wie gelassen ihr Sohn seine Habseligkeiten zu einem Bündel schnürte, als wäre es das Selbstverständlichste der Welt, seine Eltern für mehrere Monate zu verlassen. Vergeblich suchte sie auf seinen Zügen nach einem Hauch Abschiedsschmerz oder wenigstens ein wenig Bedauern, dass sein Platz auch dieses Weihnachtsfest leer bleiben würde. Im Stillen hatte Julia gehofft, dass ihr die Trennung mit der Zeit leichter fallen würde, doch der dumpfe Schmerz wollte nicht nachlassen.

Sie begegnete Rosas forschendem Blick und gab ihr ein Zeichen, dass alles in Ordnung sei.

»Freu dich für Sam«, sagte Akule sanft. »Er wird Teil unserer Zukunft und kann vielleicht eines Tages einen bedeutenden Beitrag zu einem friedlichen Zusammenleben mit den Weißen leisten.« Er tippte gegen seine Stirn. »Wissen ist bedeutsamer als alles Geld der Welt. Mit Wissen und Weisheit können wir die Welt zu einem besseren Platz machen.«

»Du hast ja recht.« *Aber was ist mit den Gefühlen einer Mutter*, fügte sie in Gedanken hinzu.

Der Abschied fiel kurz aus, was Julia ganz gelegen kam. Sie wollte nicht riskieren, vor ihrem Sohn zu weinen.

Dann standen Chesmu und Julia eng umschlungen in der Tür ihrer Hütte und sahen zu, wie Sam hinter Akule aufsaß, Onawa und Nituna es ihnen leichtfüßig gleichtaten und sie gemeinsam davonritten. Rosa hingegen saß neben ihrem Mann auf dem Pferdewagen und winkte mit ihrem Hut.

Als die Familie aus ihrem Blickwinkel geriet, hob Chesmu Julias Kinn und blickte ihr tief in die Augen. »Du bist traurig, meine Sonne, obwohl es ein glücklicher Tag ist. Wieso?«

Wann hatte sich diese harte Linie um seinen Mund gegraben? Sie wusste es nicht. Doch wenn sie ihn küsste wie jetzt, wurden seine Lippen weich und zart.

»Es ist wegen der Kinder.« Julia suchte die Umgebung nach ihrer Tochter ab. »Ich habe den Eindruck, Gracie ist von der Lebensweise der Núu-ci weit mehr fasziniert als Sam, und ihm schien der Abschied leichtzufallen. Das hat mir wehgetan.«

Gedankenverloren kraulte Chesmu Barney, der ihn schwanzwedelnd umkreiste. »Das verstehe ich. Gracie ist von allem begeistert, das mit unserem Stamm zu tun hat, während Sam unsere Lebensweisen eher miteinander vergleicht. Als Halbblüter werden sie ihr Leben lang zwischen beiden Welten pendeln. Es ist ein gutes Zeichen, wenn ihnen das mühelos gelingt.«

Julia pustete sich eine Strähne ihres Blondhaares aus der Stirn und lehnte sich gegen ihn. »Das stimmt. Dennoch habe ich das Gefühl, dass mir Gracie entgleitet.«

»Die Kinder lieben dich.« Chesmu schickte Barney mit einem Pfiff zu seinem Platz vor der Hütte zurück. Sein Blick drang warm in ihren. »Sie werden immer wieder zu dir zurückkehren. Du machst dir zu viele Sorgen.«

Julia presste eine Hand auf die Brust. »Tue ich nicht. Ich kann es deutlich fühlen. Wenn Gracie erst die Winter beim Stamm verbringt, wird sie endgültig in einen Konflikt geraten, aus dem ich sie nicht befreien kann.« Sie verjagte eine Mücke, die ihr unablässig um den Kopf schwirrte. »Sie wird wie ihr Bruder werden.«

Chesmu schüttelte den Kopf. »Ich kann dir nicht folgen.«

Julia nahm einen tiefen Atemzug. »Die beiden sind viel zu respektvoll, um etwas zu sagen, was uns verletzen oder beunruhigen könnte. Gracie wird ihre Offenheit verlieren und wie Sam zu ihrer Einstellung über unser Leben und das der Núu-ci schweigen.« Sie sah sich um. »Wo steckt sie bloß?«

»Sie ist bei den Ponys.«

Sie blinzelte. »Woher willst du das wissen?«

»Kenai hat zur Begrüßung geschnaubt.«

Einmal mehr fragte sie sich, wie er das Schnauben seines Ponys aus der Entfernung wahrnehmen konnte. Sein Gehör war viel feiner ausgeprägt als das bei jedem anderen, den sie kannte. »Gibst du Gracie noch eine Reitstunde?«

Chesmu wies zum Himmel. »Heute nicht mehr. Sieh nur, es ziehen Sturmwolken auf.« Er legte den Arm um ihre Taille. »Unser Mädchen braucht etwas Zeit, sich von ihren schlechten Gedanken zu befreien. Lassen wir sie noch ein wenig allein. Ich bin bei den Ställen und behalte sie im Auge.«

»Danke, Liebling.« Julia legte den Kopf schief. »Wie geht es Kenai? Ich hatte gestern den Eindruck, er fühlte sich nicht wohl.«

»Er ist alt und friert. Ich werde ihm eine Decke gegen die nächtliche Kälte überwerfen.«

In seiner Stimme schwang Besorgnis mit. Julia strich zärtlich über seine Wange, dann steuerte er im schwächer werdenden Licht auf die Ställe zu, und sie kehrte zu ihrer Webarbeit zurück. Es dauerte jedoch nicht lange, und der Wind nahm spürbar an Stärke zu, weshalb sie sich einen Umhang um die Schultern warf und die Hütte verließ.

Als Julia ihre Tochter vor Kenais Unterstand entdeckte, blieb sie ruckartig stehen. Gracie bürstete ausgiebig seine schwarze Mähne und sprach leise auf ihn ein. Chesmus Pony lehnte seinen Kopf gegen ihre Schulter und hielt ganz still. Das Bild, das sich vor Julia auftat, wirkte zärtlich und traurig zugleich, denn die beiden sahen aus, als würden sie einander trösten wollen.

Sie trat näher und streichelte Kenais Nüstern. Gracie blickte nicht auf, die Tränenspuren auf ihren Wangen hatte ihre Mutter jedoch längst bemerkt.

»Er mag mich, Mama. Sams Pony ist ihm zu wild. Er wird immer böse, wenn es näher kommt.«

»Deshalb freut er sich sicher besonders, wenn du dich um ihn kümmerst.« Julia strich über Gracies Haar. »Verabschiede dich von Kenai und komm ins Haus. Ein Unwetter zieht auf.«

Das Mädchen legte die Fellbürste auf ein Holzregal im Unterstand und folgte ihrer Mutter. Gerade rechtzeitig, denn eine Sturmböe zerrte an der Tür, weshalb sie mit aller Kraft ziehen mussten, um sie zu öffnen.

Der Wind heulte ums Dach; da Julia aber frische Scheite ins Feuer gelegt hatte, war es im Inneren behaglich warm.

»Hilfst du mir, Schatz? Wir brauchen Kerzen zum Weihnachtsfest.«

Für einen Moment hellte sich Gracies Gesicht auf. »Darf ich es allein versuchen?«

»Natürlich.«

Schweigend machten sich Mutter und Tochter ans Werk.

Julia widerstand dem Bedürfnis, ihre Tochter in die Arme zu nehmen. Sie spürte, dass sie sonst Gracies mühsam aufrechterhaltene Fassung ins Wanken gebracht hätte. »Sei nicht traurig, Kleines. Die Jahre vergehen schneller, als du es dir jetzt vorstellst.«

»Nein, das werden sie nicht.« Gracie schnippte sich etwas Wachs vom Finger. »Ich verstehe Großvater Akule und Großmutter Nituna. Sie können nur einen von uns unterrichten. Aber Sam hat wenig Lust, das hat er mir mal gesagt. Ich würde aber so gern bei ihnen bleiben und darf nicht. Das ist ungerecht.«

»Solche Worte will ich von dir nicht hören«, rügte Julia sie sanft. »Deine Zeit kommt früh genug. Wir brauchen noch kleine Kerzen für den Weihnachtsbaum. Holst du bitte Wachs aus dem Vorratsraum?«

Wortlos ging Gracie hinaus und Julia blickte ihr kopfschüttelnd nach. Womöglich kündigte der Sturm nicht nur einen Wetterwechsel, sondern auch Veränderungen im Leben ihrer Familie an. *Mögen sie sanft sein*, dachte sie sich und schickte ein Stoßgebet zum Himmel.

KAPITEL 4

Emilie

11. Dezember 1918

Emilie korrigierte den Sitz von Felix' Krawatte. Ihr Mann hatte sich in der vergangenen Woche darauf konzentriert, alte Geschäftskontakte wieder aufleben zu lassen, denn wenn das Unternehmen erst seine Produktion wiederaufnahm, brauchten sie nichts nötiger als ein prall gefülltes Auftragsbuch. Um die Exklusivität von Schuherzeugung Breitenbach & Sohn zu unterstreichen, lud Felix die ehemaligen Kunden ins Hotel Adlon ein. Heute traf er sich mit dem Inhaber einer Tabakfabrik und dessen Familie, die vor dem Krieg zu seinen ältesten und besten Kunden gezählt hatten.

»Wann bist du mit Herrn Willmann verabredet?«

»Um neun.« Flüchtig strich er über ihre Wange. »Dir macht die Schließung unserer Suppenküche zu schaffen, oder?«

Emilie senkte den Kopf. »Ich kann den Ausdruck in den Gesichtern unserer Arbeiter nicht vergessen, als ich es ihnen verkünden musste.«

»Sei nicht traurig. Du hast getan, was du konntest.«

Erschöpft lehnte sie sich gegen Felix' Brust und spürte das Zittern seines Armes. »Ich habe jeden, den wir kennen, gefragt, ob sie etwas für unsere Überraschungsfeier beisteuern können. Das Ergebnis ist bisher eher kläglich.«

Emilie plante eine kleine Weihnachtsfeier für die Belegschaft.

Felix machte sich von ihr frei. »Frag doch mal Mathilde. Durch ihre Musikschule kennt sie einen Haufen Leute. Himmel, so spät! Es wird Zeit für mich.«

»Viel Erfolg, Liebling!« Aus dem Nebenzimmer drangen jämmerliches Weinen und eine Jungenstimme. »Ich muss zu den Kindern.«

Gleich nachdem Emilie Jakob versorgt und ihren Dreijährigen in die Betreuungsgruppe gebracht hatte, suchte sie mit dem Kleinen auf dem Arm Magda auf, die im Wäschezimmer Laken faltete.

»Danke, dass du dich um ihn kümmerst.«

»Mach ich doch gerne.« Magda nahm ihr Jakob ab.

Emilie versicherte, so schnell wie möglich nach Hause zu kommen, nahm ein Motortaxi Richtung Kreuzberg und staunte, wie schnell das Gefährt vorankam. Zu Hause hatte sie vorgegeben, einige Besorgungen machen zu wollen. Den wahren Grund ihres Aufbruchs kannte jedoch niemand.

Vor einer dreigeschossigen Villa bei der Wilhelmshöhe hielt der Taxifahrer.

Am Gittertor der Privatstraße wurde sie von einem Wachmann empfangen und wenig später öffnete er das breite Portal.

Dann stand sie Elena Steinhausen gegenüber, die den ersten Stock der Villa bewohnte, das Haar akkurat frisiert, die Nägel lackiert und in ein locker fallendes Kleid gehüllt.

Ein Strahlen huschte über ihr Gesicht, als sie ihre Besucherin erkannte. »Emilie, meine Liebe! Was für eine schöne Überraschung. Wo sind denn die Kinder?«

Emilie antwortete und folgte ihr in ein behaglich eingerichtetes Wohnzimmer. Ein dicker Teppich verschluckte ihre Schritte, ein Hauch von Elenas Parfum hing in der Luft. Als sie Platz genommen hatten und eine junge Bedienstete ihnen Getränke serviert hatte, nahm Emilie all ihren Mut zusammen.

»Du hast mir Hilfe angeboten. Um ehrlich zu sein, könnte ich sie jetzt gebrauchen.«

Elena machte eine auffordernde Handbewegung.

Emilie erzählte ihr von der Schließung der Suppenküche und von ihrem Plan. »Auf diesem Wege möchte ich mich bei der Belegschaft für ihre Treue bedanken und ihr ein wenig Freude schenken.« Sie sah ihre Schwiegermutter an. »Allein kann ich das nicht bewerkstelligen. Kannst du mir helfen, ein paar Lebensmittel zu organisieren?«

Felix' Mutter lehnte sich in ihrem Sessel zurück. »Hast du an etwas Spezielles gedacht?«

»Nein, nichts Aufwendiges. Ein Körbchen mit selbst gebackenen Keksen für die Kinder, einen Becher Punsch und, wenn möglich, eine Kleinigkeit für die Erwachsenen.«

»Verstehe.« Elenas Lächeln zauberte einen weichen Zug um ihre Lippen. »Zunächst freue ich mich, dass du den Weg zu mir gefunden hast, meine Liebe. Was für eine fabelhafte Idee!« Sie schlug die Beine übereinander. »Meine Köchin backt himmlische Plätzchen, doch für mehrere Hundert Arbeiter werden unsere Vorräte natürlich nicht ausreichen. Aber ich setze gern alles in Bewegung, um dir zu helfen.« Sie schnalzte mit der Zunge. »Was sicherlich eine Herausforderung wird.«

»Ich weiß. Die meisten haben leider selbst nichts«, wandte Emilie ein.

»Das ist es nicht«, widersprach Felix' Mutter. »Doch wer zu diesen Zeiten genügend Vorräte besitzt, denkt gar nicht daran, etwas davon herzugeben.«

Emilie blickte auf ihre Schuhspitzen. »Das kann ich sogar verstehen.«

»Ich nicht«, erklärte Elena unverblümt. »Ich finde, wer mehr besitzt, als er benötigt, sollte mit anderen teilen. Die Arbeiter brauchen unsere Unterstützung jetzt am meisten. Wieso siehst du mich so verwundert an, meine Liebe?«

»Verzeih. Ich habe solche Worte aus deinem Mund nicht erwartet.«

Elena füllte erneut ihre Gläser. »Wie solltest du auch? Ich habe zu meinem Bedauern erst spät erkannt, dass mein privilegiertes Leben keine Selbstverständlichkeit ist. Ich war von Kindesbeinen an stets von Wohlstand umgeben und hatte von dem Elend außerhalb meiner heilen Welt keine Ahnung.«

Emilie tat ihr Bestes, sie ihre Irritation nicht spüren zu lassen. Zu allen Zeiten hatte es neben dem Anblick der prächtigen Hauptstadt mit ihren exklusiven Geschäften auch jenen von Armut und Elend gegeben. War ihre Schwiegermutter bisher mit Scheuklappen durchs Leben gelaufen? Doch sie schwieg.

Elenas Blick schweifte in die Ferne. »Als Kind hat man mich von allem Leid ferngehalten und als erwachsene Frau wollte ich nichts davon wissen. Mein Leben sollte perfekt sein. Aber ich will dich nicht mit meinen Geschichten langweilen. Erzähl mir lieber von meinem Sohn und den Kindern. Wie geht es Felix?«

»Das kann ich dir auch nicht genau beantworten«, gab Emilie leise zu. »Äußerlich betrachtet geht es ihm gut. Das Zittern seines Armes will nicht nachlassen. In seiner Frustration merkt er nicht, wie sehr ihn die Belegschaft für die Entschlossenheit bewundert, mit der er sich im Unternehmen einbringt. So manche Nacht finde ich ihn abwesend und grübelnd am Schreibtisch vor. Meinen Fragen weicht er aus.« Sie erschrak selbst, wie ungefiltert die Worte aus ihr heraussprudelten, und fühlte jäh das Bedürfnis, ihnen etwas von der Dramatik zu nehmen. »Vermutlich ergeht es jedem Mann ähnlich, der aus dem Kriegsdienst heimgekommen ist.«

»Ja, das will ich glauben.« Elena schien zu spüren, dass sie sich bei dem Thema unbehaglich fühlte. »Was macht Clemens?«

»Er hat gefragt, ob er wieder mit dir Dreirad fahren darf.«

Felix' Mutter besaß seit einigen Jahren ein motorisiertes Dreirad, das »Phänomobil« genannt wurde und von Clemens bei seiner kurzen Fahrt mit ausgelassenem Juchzen kommentiert worden war.

Elena lächelte leicht. »Wenn du nichts dagegen hast, besuche ich euch nächste Woche.«

»Gern.«

»Was sagt mein Sohn eigentlich zu deinem Besuch bei mir?«

»Er weiß nichts davon.« Emilie starrte auf ein ausladendes Gemälde an der gegenüberliegenden Wand.

Ihre Schwiegermutter musterte sie aufmerksam. »Wenn du möchtest, bleibt der Plan mit dem Weihnachtsfest unter uns.«

»Danke«, sagte Emilie steif, »aber wir hatten nie Geheimnisse voreinander und das soll auch so bleiben.« Sie erhob sich und griff nach ihrem hellen Hut.

Elenas Miene wurde ernst. »Falls ich dich damit gekränkt habe, tut es mir leid, meine Liebe.«

»Schon gut. Ich möchte den Kleinen nicht so lange bei Magda lassen. Vielen Dank für deine Hilfe.«

Wenig später saß Emilie wieder in einem Motortaxi. Elenas Angebot hatte ihrer aufkeimenden Sympathie für ihre Schwiegermutter einen kleinen Dämpfer versetzt. Emilie biss sich auf die Unterlippe. Wie hatte sie ausgerechnet mit ihr derart offenherzig über Felix sprechen können? Einer Frau, die kaum etwas von ihm wusste. Sie kannte weder seine lauten noch seine leisen Töne und schon gar nicht sein feinsinniges Wesen, das er nur jenen offenbarte, denen er zutiefst vertraute.

In Emilies Magengegend begann es zu flattern, während einige der neuartigen Automobile an ihr vorbeifuhren. Sie stellte es sich himmlisch vor, das Umland von Berlin in einem dieser Fahrzeuge zu erkunden.

Ihre Gedanken flogen erneut zu dem Gespräch mit Elena. Sie brauchte keine Fantasie, sich Felix' Reaktion vorzustellen, wenn sie ihm von dem Besuch bei seiner Mutter berichten würde.

Mit widerstreitenden Gefühlen fuhr sie nach Hause und wappnete sich. Mit seiner Gewittermiene, als er gegen elf heimkam, hatte sie hingegen nicht gerechnet. Da er die Tür zur guten Stube hinter ihr geräuschvoll ins Schloss zog, setzte sie sich mit Jakob aufs Sofa und verfolgte zunehmend unbehaglich, wie er wieder und wieder den Raum durchmaß.

»So habe ich mir das Treffen mit Willmann nicht vorgestellt«, beendete Felix endlich das Schweigen. »Ich dachte, er wäre erfreut, dass die Produktion unserer Kreationen bald wieder startet. Stattdessen ist der gute Mann zur Konkurrenz übergegangen. Was sagst du nun?«

Emilie gab Jakob den kleinen Finger zum Saugen, weil er unruhig wurde. »Aber wieso?«

»Es sei schwer genug gewesen, sein Unternehmen durch den Krieg zu retten. Für ausgefallenes Schuhwerk habe er in absehbarer Zeit keinen Bedarf. Davon abgesehen werde er die Schuhe bei der Konkurrenz zukünftig günstiger bekommen. Die beiden seien neuerdings per Du. Das waren seine Worte.«

»Wie ärgerlich«, warf Emilie ein. »Isa hatte mit ihren Entwürfen von soliden und preiswerteren Modellen einen guten Riecher. Offenbar ist sie damit aber nicht die Einzige. Mit einem Freundschaftsrabatt können wir ihn nicht halten, oder?«

»Das habe ich versucht. Zwecklos.«

Sie klopfte neben sich aufs Polster. »Komm zu uns und beruhige dich.«

»Wenn das so einfach wäre!« Mit verkniffener Miene setzte er sich zu ihr und bettete seinen schlafenden Sohn in seine linke Armbeuge. »Ein Großteil der anderen Geschäftspartner hat auf meine Anfrage verhalten reagiert. Man will erst abwarten, wie sich die Wirtschaft entwickelt. Konkrete Zusagen habe ich bislang nur wenige erhalten.«

»Ihr werdet die Leute mit der Qualität und Funktionalität eurer Schuhe überzeugen, und Caroline hat auch bereits kluge Vorschläge für Werbemaßnahmen vorgebracht«, wirkte Emilie besänftigend auf ihn ein.

Felix schien von ihren Argumenten wenig überzeugt zu sein. »Wenn du es sagst. Du wolltest heute Morgen ein paar Besorgungen machen. Warst du erfolgreich?«

»Das wird sich noch herausstellen.« Ob Felix zornig werden würde, wenn sie ihm die Wahrheit sagte? Emilie suchte seinen Blick. »Ich war bei deiner Mutter. Sie will mir bei der Beschaffung der Lebensmittel für die Weihnachtsfeier helfen. Sie hat sich ehrlich darüber gefreut, dass ich sie gefragt habe.«

Emilie forschte in seinen Zügen, doch dort regte sich nichts.

»Ach ja? Solange du nur für die Arbeiter bittest, soll mir das recht sein«, sagte er nach einer kleinen Ewigkeit, ohne die Aufmerksamkeit von seinem Sohn zu wenden, der sich in seinem Arm rekelte und leise schmatzte. Für Elena hätte sie sich eine weniger gleichgültige Reaktion von ihm gewünscht, doch andererseits war sie heilfroh, nicht seine Wut zu spüren zu bekommen.

Liebevoll beobachtete sie ihren versunken wirkenden Mann. Was ihr nicht gelungen war, erreichte Jakob mit Leichtigkeit. Als er die Augen öffnete und seinen Vater anlächelte, verloren Felix' Züge ihre Schärfe und wurden weich.

Der Anblick trieb Nässe in ihre Augen, und sie wünschte, sie könnte die Innigkeit zwischen Vater und Sohn für immer einfangen.

Da unterbrach Magda ihre Gedanken und bat um Verzeihung. »Ein Telefongespräch für Sie, Frau Breitenbach.«

Emilie folgte ihr in den Salon. »Wer will mich denn sprechen?«

»Eine Dame von den Beelitz-Heilstätten.«

»Danke.« In Emilies Kopf schwirrte es. Sie wartete, bis sich Magda entfernt hatte, und nahm das Gespräch entgegen.

»Guten Tag, meine Liebe. Ich bin es, Brunhilde.«

Die alleinstehende Oberschwester der Station, in der Emilie bis zu ihrer Schwangerschaft mit Clemens als Krankenschwester gearbeitet hatte, war dort nicht nur jahrelang eine gute Kollegin gewesen, sie hatten sich auch hin und wieder nach Dienstschluss getroffen. Brunhilde, die sich liebevoll um ihre alten Eltern kümmerte, ging ganz in ihrem Beruf auf, weshalb sie eine Heirat nie ernsthaft in Erwägung gezogen hatte. Sie sagte immer, Männer seien höchstens für ein kurzes Vergnügen gut. Emilie gefiel ihre herzerfrischende Offenheit. Zu ihrem Leidwesen war es jedoch bald mit den Treffen vorbeigewesen, da Emilies erster Mann Wind von ihrer Freundschaft bekommen und dafür gesorgt hatte, dass sie stets gleich nach Dienstschluss abgeholt wurde. Seit einiger Zeit standen die beiden Frauen wieder in Kontakt.

»Wie schön, von dir zu hören«, sagte Emilie erfreut. »Wie geht es deinen Eltern?«

»Sie beklagen sich nie«, erwiderte Brunhilde hastig. »Höre zu, ich rufe aus der Pause an und habe wenig Zeit. Tut mir leid, wenn ich gleich mit der Tür ins Haus falle. Die umliegenden Krankenhäuser haben uns gebeten, ebenfalls Patienten mit der Spanischen Grippe aufzunehmen.«

Emilie stutzte. »Ist es denn so schlimm?«

»Du machst dir keine Vorstellung! Allein in der letzten Woche sind uns mehr Patienten unter den Fingern verstorben, als ich zählen kann. Zu allem Unglück haben wir viel zu wenig Personal.« Brunhilde atmete so tief aus, dass es beinahe wie ein Seufzer klang. »Wann kannst du deinen Dienst wiederaufnehmen? Liebes, wir brauchen dich dringend!«

Die Haare an Emilies Unterarmen stellten sich auf. »Ich verstehe das nicht. Man hört kaum etwas von der Seuche, auch in den Zeitungen wird sie höchstens am Rande erwähnt.«

»Richtig«, erwiderte Brunhilde, »den Eindruck habe ich auch. Wenn du mich fragst, versucht man die Katastrophe zu vertuschen, um eine Panik unter der Bevölkerung zu verhindern.«

Theodor kehrte von seiner täglichen Fahrt zu den Kolonialwarenhändlern der Umgebung zurück, entledigte sich seines Mantels und zwinkerte ihr zu. »Ich kann noch nicht fort«, setzte Emilie erneut an, als er außer Hörweite war. »Unser Jakob ist erst ein paar Monate alt und noch nicht entwöhnt.«

»Ich hätte dich nicht gefragt, wenn ich eine andere Möglichkeit sehen würde. Gerade werden neue Patienten auf die Station gebracht. Himmel, wo sollen wir sie nur unterbringen? Die Station platzt aus allen Nähten. Bitte komm so schnell wie möglich zurück.«

»Natürlich. Ich spreche mit meinem Mann.«

»Danke, bis bald.«

Fassungslos starrte Emilie auf den Hörer und versuchte, ihre Gedanken zu ordnen.

Felix, der mit seinem Jüngsten am Fenster stand und ihm einen Singvogel zeigte, fuhr herum, als sie die gute Stube betrat. »Was gab es denn Wichtiges?«

Jakob streckte die Ärmchen nach ihr aus und sie zog ihn an sich. »Brunhilde braucht meine Hilfe.«

Felix' Miene wurde ernst, als sie berichtete. »Soweit ich weiß, verlief die Krankheit bei unseren Arbeitern milde. Ich bin entsetzt, dass die Seuche so viele Todesopfer gefordert hat.«

»Mir geht es ebenso.« Die Vorstellung, welche Bilder sie in den Beelitz-Heilstätten erwarteten, beschleunigte jäh ihren Puls.

Zwischen Felix' Augenbrauen entstand eine steile Falte. »Bei allem Verständnis, ich will nicht, dass du so rasch wieder arbeiten gehst. Die Seuche scheint hochansteckend zu sein!«

»Dieser Gefahr war ich in der Tuberkuloseklinik täglich ausgesetzt«, setzte Emilie dagegen. »Als Krankenschwester bin ich zum Dienst verpflichtet, besonders in Zeiten von Seuchen und Katastrophen.«

»Das ist mir durchaus bewusst«, erklärte Felix eine Spur sanfter. »Dennoch hast du wenige Monate nach der Geburt jedes Recht der Welt, Brunhildes Bitte abzuschlagen.«

Emilies Stimme wurde eindringlich. »Das kann ich nicht, Liebling. Verlange nicht von mir, dass ich zulasse, dass Menschen sterben, nur weil ich noch nicht bereit bin, meine Pflicht zu erfüllen. Anfang des Jahres werde ich meinen Dienst antreten.« Entschlossen erwiderte sie seinen Blick. »Erinnere dich, als sich die Versorgungslage für unsere Arbeiter dramatisch verschlechterte, habe ich die Suppenküche ins Leben gerufen. Meinen Wunsch, wieder zu arbeiten, stellte ich zurück, damit unsere Arbeiter nicht hungern mussten.« Sie nahm seine Hand. »Jetzt brauchen mich die armen Schlucker, die sich die Spanische Grippe zugezogen haben.«

Seine Kieferknochen mahlten, und sie fühlte, wie die Furcht ihn hin und her warf. Doch diesmal konnte und wollte Emilie nicht nachgeben.

»Du hast recht. Ich bin ein selbstsüchtiger Ehemann«, sagte er nach einer langen Pause. »Wir stellen ein Kindermädchen ein. Mathilde und Vanda haben mit den Betreuungskindern genug zu tun.«

Emilie umarmte ihn so stürmisch, wie es ihr mit Jakob im Arm möglich war, und sah zärtlich zu ihm auf. »Bis Februar könnte ich den Kleinen bestimmt entwöhnen.«

Felix küsste ihren Scheitel. »Gut, bis dahin sollte es möglich sein, eine gute Kraft zu finden.« Er verzog das Gesicht. »Manchmal weiß ich nicht, ob es Segen oder Fluch ist, dass du mein Weib geworden bist.«

Sie lachte leise und küsste ihn. »Zu spät für Reue, Liebling. Ich lass dich nicht mehr gehen.«

Kapitel 5

Felix

10. Juni 1919

Sonnenschein wärmte sein Gesicht, als Felix denselben Weg wie jeden Morgen zum Unternehmen einschlug. Hin und wieder lüftete er seinen Zylinder und grüßte Nachbarn und Kunden, die wie er ihr Tagewerk begannen. Auf halber Strecke entledigte er sich seiner leichten Jacke, und ihm wurde bewusst, dass dies der erste Tag des neuen Jahres war, an dem es ihn nicht fror. Felix war nie ein Freund der kalten Jahreszeit gewesen, aber der vergangene Winter würde für ihn der längste und kälteste bleiben, an den er sich entsann. Dunkel und eisig hatten sich die Tage aneinandergereiht, und im Frühling hatte es heftig gestürmt. Selbst die Mienen der Bürger schienen das unfreundliche Wetter widerzuspiegeln.

Heute jedoch lag der Duft von Jasmin in der Luft, und mit dem wolkenlosen Himmel hellte sich auch sein Gemüt auf. Ließ er die vergangenen Monate an sich vorüberziehen, kam ihm die Weihnachtsfeier für die Belegschaft in den Sinn. Trotz aller Bemühungen hatten Emilie und seine Mutter nur wenige Spenden auftreiben können. Was die beiden Frauen aber nicht von ihrem Plan abgehalten hatte. Mithilfe eines Tauschgeschäftes und mit dem Einsatz von Elenas Dienerin war es ihnen zumindest gelungen, die Belegschaft mit ein paar Kleinigkeiten für die Erwachsenen und die Kinder mit selbst gebackenen Keksen zu überraschen. Felix lächelte, dachte er an die verblüfften und gerührten Mienen ihrer Arbeiter zurück.

Der Januar hatte mit einer sehr erfreulichen Entwicklung begonnen, denn der Achtstundentag wurde eingeführt, weshalb Felix und seine Familie alle Hände voll zu tun hatten, die Schichten für die baldige Wiedereröffnung von Schuherzeugung Breitenbach & Sohn neu zu ordnen. Zur selben Zeit erfuhren sie von Abertausenden Berlinern, die mit Vertretern der neu gegründeten KPD gegen die Entlassung des Polizeipräsidenten demonstrierten. Felix' Befürchtung, die Ereignisse am Alexanderplatz könnten sich wiederholen, sollte sich durch einen Aufstand bewahrheiten, der schließlich mit der Ermordung einiger Anhänger der KPD endete.

»Unsere Stadt ist ein Tollhaus geworden«, ergriff Theodor bestürzt das Wort, als sie abends alle beisammensaßen. »Ich möchte euch bitten, die betreffenden Gebiete zu meiden, meine Lieben.« Sein eindringlicher Blick flog zu Felix und Caroline. »Wir werden jetzt keine brisante Situation riskieren.«

Der Rest stimmte zu, wobei sich bald herausstellte, dass die Umsetzung leichter gesagt als getan war, da einige der Kolonialwarenhändler ihre Ladengeschäfte in Berlin-Mitte führten. Doch sein Vater und Onkel Georg ließen nicht mit sich reden.

Knapp zwei Wochen später rief man die Wahl zur Nationalversammlung aus. Die Nachricht schlug ein wie eine Bombe, Jubel wurde laut, denn erstmals erhielten nun auch

Frauen das Recht, ihre Stimme abzugeben. Felix dachte gern an jenen Abend zurück, an dem Mathilde, Vanda, Emilie, Caroline und Isa den Salon zur Tanzfläche erklärt und bis in den frühen Morgen getanzt und gesungen hatten, um jenen historischen Moment zu feiern, in dem die jahrzehntelangen Kämpfe der Frauen endlich Früchte trugen. Felix liebte es, die Begeisterung seiner Frau zu beobachten, die schon immer ihren eigenen Weg gegangen war und sich durch das Wahlrecht bestärkt fühlte.

Anfang Februar nahm Emilie ihren Posten in den Beelitz-Heilstätten wieder ein. Mathilde und Vanda hatten wortreich protestiert, als sie von Felix' Plan hörten, ein Kindermädchen einzustellen. Seither betreuten die beiden Frauen Jakob, bis Emilie wieder daheim war. Glücklicherweise hatte sich vor Emilies Dienstantritt die Zahl der Neuinfizierten stark verringert, was Felix nachts ruhiger schlafen ließ. Im Krankenhaus munkelte man von bislang 50 000 Todesopfern in Berlin seit vergangenem Herbst. Felix versuchte, seine Bedenken beiseitezuschieben, denn Emilie liebte ihre Arbeit; sie ausgefüllt und glücklich zu erleben, tat auch ihm gut.

Am letzten Samstag des Monats feierten die Breitenbachs und ihre Kunden die lang ersehnte Wiedereröffnung von Schuherzeugung Breitenbach & Sohn mit zahlreichen Rabattaktionen. Felix würde nie die Geschäftspartner samt deren Familien vergessen, die ihnen mit festem Händedruck die besten Wünsche für den Neustart gewünscht hatten. Die Wärme, die man ihnen an jenem Abend entgegenbrachte, machte die schlaflosen Nächte, in denen er mit Planungen für ihren großen Tag beschäftigt gewesen war, wieder wett. Auch die Bestellungen der ersten Tage konnten sich sehen lassen.

Von neuer Hoffnung erfüllt, hielten Caroline, Isa, Felix, ihr Vater und Onkel Georg eines Morgens Rat, um nach Wegen zu suchen, dem Unternehmen zu neuem Glanz zu verhelfen.

Theodor lauschte den Vorschlägen seiner Kinder nachdenklich. »Eure Überlegung, wie wir in Zukunft mit kleinen Mitteln gute Schuhe herstellen und verkaufen können, sind sicher gut gemeint. Dennoch halte ich sie für falsch.« Sein Blick schweifte zu den Schwestern. »Es ist nicht lange her, dass ihr auf das neue Zeitalter des Frauenwahlrechts angestoßen habt, nicht wahr?«

»Oh, das war himmlisch«, warf Isa ein. »Wir haben lange für dieses Recht gekämpft und schließlich gesiegt.«

»Richtig. An diesem Abend habt ihr mich auf die Lösung unserer Probleme gebracht.« Theodor lächelte in die Runde. »Enzo und Arturo teilen meine Einschätzung.«

»Du hast mit den De-Luca-Brüdern in Mailand gesprochen?«, warf Caroline verblüfft ein.

»Ganz recht«, erwiderte ihr Vater. »Hört zu, meine Lieben. In den vergangenen Kriegsjahren haben die Menschen Furcht und Hunger erfahren. Wenn die Wunden an Leib und Seele allmählich heilen, werden sich die Leute nach Vergnügungen jeglicher Art sehnen. Sie wollen tanzen, feiern, sich schmücken und vergessen.« Sein Blick glitt über die Gesichter seiner Familie. »Ich gehe jede Wette ein, dass – wenn sich die Wirtschaft erst erholt hat – eine Zeit anbricht, in der die Menschen Luxus wollen. Genau an diesem Punkt müssen wir ansetzen.«

Felix starrte seinen Vater an. »Du meinst, wir sollten an eine Exklusivkollektion denken?« Er schüttelte den Kopf. »Verzeih, aber das klingt alles andere als vernünftig.«

»Wir müssen jetzt bereits die Kosten im Auge behalten, damit wir aus den Arbeitsschuhen noch etwas Profit herausschlagen«, gab Caroline zu bedenken. »Nur wenn wir dementsprechende Stückzahlen verkaufen, wäre es am Ende ein gutes Geschäft. Eine Kollektion, wie du sie vorschlägst, können wir uns zu diesem Zeitpunkt gar nicht leisten.«

Felix konnte aus den Mienen seiner Familie lesen, wie es in jedem Einzelnen arbeitete.

»Das ist richtig«, stimmte Theodor seiner Tochter zu. »Mein Plan bezieht sich auch auf die Zukunft, genauer gesagt aufs übernächste Jahr. Vorher ist mit einer sich erholenden Wirtschaft nicht zu rechnen. Die De-Luca-Brüder haben übrigens einen ähnlichen Plan entwickelt. Sie wollen die bessere Gesellschaft und jene mit einem extravaganten Geschmack als Kunden zurückgewinnen. Mit kleinem Risiko lässt sich auch nur ein kleiner Profit machen, sagte Enzo wörtlich. Ich schließe mich seiner Meinung an.« Als die Familie nicht antwortete, fügte er hinzu: »Bis dahin bleibt uns Zeit genug, das Geld für eine exklusive Kollektion aufzutreiben.«

Onkel Georg betrachtete ihn verblüfft. »Seit wann spielst du russisches Roulette? Du bist doch sonst immer auf sparsames Wirtschaften bedacht.«

»Die Situation erfordert eben weitsichtiges Handeln«, sagte Theodor gelassen.

Caroline klatschte in die Hände. »Ich vertraue Enzo und Arturo. Sie sind Experten, die ihren Markt kennen. Wir werden Modelle herstellen, die es nur bei Schuherzeugung Breitenbach & Sohn zu kaufen gibt!«

Isa meldete sich zu Wort. »Genau das ist es!« Sie schlug mit der flachen Hand auf den Tisch. Ihre Wangen verfärbten sich vor Begeisterung. »Die Konkurrenz wird sich auf günstiges, maschinenproduziertes Schuhwerk konzentrieren. Wir jedoch drehen den Spieß um und warten auf den geeigneten Moment, ausgefallene und qualitativ hochwertige Ware herzustellen, die dem Bürgertum genauso viel Freude bereitet wie der besseren Gesellschaft. Ich denke da an schicke Modelle für die Oper ebenso wie an solche, in denen man ohne Reue eine Nacht durchtanzen kann. Für die Männer gilt das selbstverständlich ebenso, wobei ich für sie auch einen größeren Bedarf an Sportschuhen sehe.«

In Onkel Georgs Augen blitzte es vergnügt. »Das sind die Töne, die ich hören will! Wenn wir schon daran denken, ein wenig russisches Roulette zu spielen, dann mit Stil und hohem Einsatz.« Er schmunzelte, als er die entsetzten Mienen seiner Familie bemerkte. »Versteht ihr denn nicht? Die letzten Jahre haben uns viel Kraft gekostet, und ich finde, es wird Zeit, in die Zukunft zu investieren. Wir sollten unsere Chance nutzen.«

Die aufkeimende Begeisterung für den Vorschlag seines Vaters überraschte Felix, kannte er seine Familie doch eher als vorsichtig, wenn es um Ausgaben ging. Ihre Argumente waren aber zugegebenermaßen schlagkräftig genug, sich eingehender mit dem Vorschlag auseinanderzusetzen.

»Unser Plan ist gewagt«, sagte er schließlich. »Ich schlage vor, wir warten den Umsatz der nächsten sechs Monate ab. Falls wir uns dann für eine Luxuskollektion im übernächsten Jahr entscheiden sollten, brauche ich eure Hilfe. Isa, du fertigst inzwischen Entwürfe samt Kostenberechnung an. Für den Anfang sollte ein Dutzend reichen.«

Isa strahlte. »Ich kann es kaum erwarten.«

»Caroline«, fuhr Felix fort, »von dir brauche ich zündende Werbemaßnahmen. Etwas Sensationelles, nie Dagewesenes.«

»Ich mache mich an die Arbeit«, erwiderte sie aufgeregt. »Das wird ein Spaß!«

Felix sah in die Runde. »Gut. Danach bist du gefragt, Walther. Du errechnest mit Isas Kostenberechnungen eine Prognose des zu erwartenden Gewinns.«

»Kein Problem«, antwortete dieser.

»Danke. Dann werden wir sehen, ob sich der hohe Einsatz lohnt.«

Der Rest der Familie erklärte sich mit Felix' Vorschlag einverstanden, und obwohl sie noch keine konkrete Entscheidung gefällt hatten, gab ihm das Gespräch neue Zuversicht.

Seither waren drei sehr geschäftige Monate ins Land gezogen. Die Auftragslage von Schuherzeugung Breitenbach stellte Felix zwar zufrieden, mit den Einnahmen ließ es sich aber höchstens kostendeckend wirtschaften, was ihm zunehmend Sorge bereitete. Mittlerweile hatte auch Isa einen Großteil der neuen Kollektion entworfen und die Familie würde bald darüber beraten.

Wie jeden Morgen kurz vor Dienstbeginn fand er sich mit Levy in seiner Schreibkammer ein, um ihn in die Materie einzuarbeiten. Heute gingen sie die Liste der Händler und Lieferanten durch, von denen sie ihre Materialien bezogen.

»Die Geschäftsverbindungen hat zum Teil noch mein Vater hergestellt.« Felix legte seinen Arm auf den Tisch, da ihm wie so oft die Finger taub wurden. »Giuseppe Ricci beispielsweise. Der Inhaber einer traditionsreichen Gerberei in der Toskana ist ein wahrer Gemütsmensch. Gut Ding will Weile haben, lautet sein Motto. Seine Lieferungen treffen fast immer verspätet ein. Da er aber der beste Gerber weit und breit ist, wollen wir es uns nicht mit ihm verscherzen.«

Levy machte sich unterdessen Notizen. »Also bestellen wir bei ihm rechtzeitig, damit es nicht zu Engpässen kommt.«

»Du hast es erfasst.« Felix klopfte seinem Freund auf die Schulter. »Kommen wir zu Strathmann & Sohn. Sie sind für die Wartung unserer Maschinen zuständig und äußerst geschickt, wenn es um Reparaturen geht. Man stellt sich besser gut mit ihnen.«

»Und wie macht ihr das?«

»Für ein Fässchen gutes Bier kommen sie notfalls auch nachts in den Betrieb.«

Levy schmunzelte. »Habe ich notiert.« Er wies auf den nächsten Punkt in der Liste. »Was hat es mit Ludwig Vogl auf sich?«

»Er ist Franke und nicht Bayer, darauf besteht er. Vogl ist einer unserer Spediteure, selbst bei Unwetter ist er auf die Minute pünktlich. Wie ihm das gelingt, weiß niemand. Er ist Vater von sieben Kindern, sein Ältester soll in ein paar Jahren den Betrieb übernehmen. Vor ein paar Jahren hat er privat Carolines Umzug von Mailand hierher übernommen.« Felix sah seinen Freund nachdenklich an. »Das sind eine Menge Informationen, aber du lernst besser schnell.«

»Wieso, ist etwas nicht in Ordnung?«

»Mit der Heilung geht es kaum voran«, presste Felix zwischen den Zähnen hervor. »Mein Arm baut kaum Muskeln auf und zittert unverändert. Ich glaube nicht mehr daran, dass sich etwas daran ändert. Frag mich nicht, woher ich die Weisheit habe. Ich spüre es einfach.«

»Selbst wenn, mein Freund«, Levy machte eine wegwerfende Handbewegung, »mit der Verwundung wirst du leben lernen.«

»Ich habe wohl keine andere Wahl. Aber wie es aussieht, werde ich deine Hilfe aller Voraussicht nach früher brauchen.«

Levys Miene wurde ernst. »Wieso?«

Felix' Blick fiel auf seinen Siegelring, der auf einmal schwer wie Blei um seinen Ringfinger lag, und er nahm einen tiefen Atemzug. »Die Geschäfte laufen schlechter als erwartet.«

Levy schwieg und ließ ihm Zeit, seine Gedanken in Worte zu kleiden.

»Natürlich war uns bewusst, dass der Kauf von neuem Schuhwerk bei unseren Kunden nicht an erster Stelle auf ihrer Prioritätenliste stehen würde. In den letzten vier Monaten haben wir jedoch einen Auftragsrückgang von über dreißig Prozent zu verzeichnen.« Felix starrte an Levy vorbei auf die gegenüberliegende Wand, die von dem Markenzeichen des Unternehmens beherrscht wurde. Das Symbol des weißen

Ahorns hatte ein Künstler aus schwarzem Ebenholz angefertigt. »Geduld allein genügt nicht, um diese Zeit unbeschadet zu überstehen. Vermutlich ist unseren Kunden ein niedriger Preis derzeit wichtiger als Qualität.«

»Verständlich.« Hinter Levys Stirn arbeitete es. »Ich erinnere mich gut an die Zeit, als ich, ein bettelndes Straßenkind in Rico, hinter Georgs Haus meinen Schlafplatz aufschlagen wollte. Ich besaß nur ein paar verschlissene Stiefel.« Sein Blick schweifte in die Ferne. »Damals waren ein gut gefüllter Bauch und eine Decke bei Nacht alles, was zählte.«

Felix rang die Hände. »Ich weiß. Wenn wir plötzlich Billigwaren herstellen würden, um den Käuferwunsch zu befriedigen, verrate ich alles, wofür Schuherzeugung Breitenbach & Sohn je gestanden hat.« Ein grimmiges Lächeln zuckte um seine Mundwinkel. »Isa und ich haben einen Plan entwickelt, und während ich mich um lukrative Auftraggeber bemühe, wirst du mich als mein Prokurist im Unternehmen vertreten.«

»Selbstverständlich. Magst du mehr von eurem Plan verraten, mein Freund?«

Felix wehrte ab. »Verzeih, wenn ich ein wenig abergläubisch bin. Sobald es konkreter wird, werde ich dir alles erzählen.«

»Na schön. Wann brauchst du mich?«

»Voraussichtlich nächste Woche.«

Levy fächelte sich mit der Hand Luft zu. »Holla, du legst ja ein Tempo vor. Ich werde mein Bestes geben, dich würdig zu vertreten. Was wird nun aus meinem Arbeitsplatz als Schuhmachermeister?«

»Die Details besprechen wir noch. Fürs Erste reicht mir deine Zusage.«

Dann beugten die Freunde wieder ihre Köpfe über die Liste.

Eine Weile später fand sich Felix in der Kreativabteilung ein.

»Du kommst genau zur rechten Zeit«, begrüßte Isa ihren Bruder und legte einige Blatt Papier vor ihn auf den Tisch. »Wir sollten die Nähte verstärken, das macht das Modell widerstandsfähiger. Außerdem habe ich noch ein zweites entworfen. Was hältst du davon?«

»Gefällt mir. Lege den Entwurf bitte in die betreffende Mappe.« Felix strich sich einen Fussel vom Anzug.

Amüsiert betrachtete Isa ihn durch halb geschlossene Lider. »Bruderherz, du bist ja nervös!«

»Dazu besteht kein Anlass. Die Entwürfe sind erstklassig. Mir widerstrebt es«, räumte Felix ein, »dem Kerl im Militärkabinett mehr als ein Wimpernzucken meiner Zeit zu opfern. Ich kann ihn nicht ausstehen.«

Sie richtete sich mithilfe der Krücken auf, damit sie ihn umarmen konnte. Wie mühelos ihr das inzwischen gelang! »Ich auch nicht. Lass dich von ihm bloß nicht aus der Ruhe bringen.«

»Ich doch nicht, das hätte er wohl gern.« Felix schnitt eine Grimasse. »Du hast hoffentlich niemandem etwas von meinen Terminen verraten, oder?«

Isa tat entrüstet. »Meine Lippen sind versiegelt. Aber spanne mich nicht auf die Folter und erstatte Bericht, sobald du wieder zurück bist.«

»Versprochen, Kleines.« Er schmunzelte. »In Wahrheit bist du nervöser als ich. Bis später.«

Felix' Anspannung wuchs, während die Kutsche der Breitenbachs allmählich seinem Ziel in der Behrenstraße entgegenrollte. Mit gestrecktem Rücken klopfte er schließlich im Militärkabinett an Winklers Tür.

»Herr Breitenbach, treten Sie bitte näher.« Der Ministerialrat wies auf einen Stuhl. »Was führt Sie heute zu mir?«

Felix legte ihm eine geöffnete Mappe vor. »Mit der Gründung der neuen Reichswehr hat die alte Uniform ausgedient. Wir

haben uns Gedanken gemacht, wie wir unsere jahrzehnte-
lange Erfahrung in der Schuhherstellung zur Verfügung stellen können, um die Soldaten übergangsweise auszurüsten, bis
die Uniformierung des Reichsheeres festgelegt wird. Meine
Schwester Isa hat ein neuartiges Modell entwickelt, das Sie sonst
nirgends finden und zudem Ihren Geldbeutel schont. Wenn Sie
einen Blick auf unsere Vorschläge werfen möchten?«

Winkler begutachtete den Entwurf mit gerümpfter Nase.
»Was soll ich mir unter der Zeichnung vorstellen?«

»Unser praktisches Modell hat den Vorteil«, fuhr Felix
fort, »dass der Schnürschuh bei Bedarf mit Wickelgamaschen
zu ergänzen ist. Obendrein kann beides mithilfe unserer
Maschinenfertigung rasch und in großer Zahl produziert werden. Dabei sparen wir keineswegs an Qualität und
Strapazierfähigkeit.«

»Verstehe.« Winklers gleichmütige Miene ließ keinen
Rückschluss auf seine Gedanken zu. »Darf ich die Mappe
behalten?«

»Sie gehört Ihnen.«

»Danke, Herr Breitenbach. Ich füge den Entwurf gern den
zahlreichen Ihrer Konkurrenten aus der Umgebung hinzu«,
erklärte der Beamte. »Sie hören von uns.«

Winkler trug seine Nase an diesem Tag entschieden zu
hoch, fand Felix und zwang sich zu Gelassenheit. »Wenn ich
Ihnen einen Rat geben darf, entscheiden Sie sich möglichst
innerhalb der nächsten vier Wochen. Es wäre doch schade,
wenn das Modell ausverkauft ist und Sie mit einer längeren
Lieferzeit rechnen müssten.«

Winkler stieß ein heiseres Lachen aus. »Guter Versuch.
Aber wer außer unserem Militär sollte etwas mit Ihren Modellen
anfangen können?«

Felix betrachtete ihn kühl. »Bitte haben Sie Verständnis, dass ich Ihnen dies heute nicht verraten darf. Ich empfehle mich. Einen guten Tag.«

Damit ließ er Winkler allein, eilte mit weit ausholenden Schritten aus dem Gebäude und ließ sich von den geschäftigen Lauten der Straße einhüllen. Dass er sich ausgerechnet an Winkler hatte wenden müssen, hinterließ einen faden Geschmack in seinem Mund. Doch um Schuherzeugung Breitenbach & Sohn aus der Krise zu führen, war ihm beinahe jedes Mittel recht.

In der Kutsche rückte Felix seinen Zylinder zurecht. »Zum Alexanderplatz, Simon.«

»Wird erledigt.«

Die Pferde bahnten sich gemächlich ihren Weg durch die Prachtstraße Unter den Linden, die in Felix unangenehme Erinnerungen an den Aufstand der Arbeiter weckte. Als er von Weitem die Rote Burg ausmachte, drehte er erregt den Gehstock in seinen Händen. Offenbar war dieser Tag dazu auserkoren, gleich mehrfach seinen Stolz zu begraben, um das Unternehmen in sicheres Fahrwasser zu lenken. Was, wenn ihn der zuständige Polizeibeamte auf Onkel Georgs Fall ansprach?

Die Kutsche hielt vor dem schmiedeeisernen Portal. Ein Angestellter führte Felix über einen nicht enden wollenden Flur, in dem die Geräusche seiner Stiefeltritte überdeutlich widerhallten.

Es dauerte nicht lange und Felix trat auf die Straße. Man habe derzeit noch keine konkreten Pläne bezüglich der Uniformierung, hatte der Beamte gesagt und ihn aufgefordert, die Mappe einfach auf seinen Schreibtisch zu legen. Er bat Simon, ihn ins Unternehmen zu bringen.

Isa erwartete ihn bereits in seiner Schreibkammer. »Deiner Miene nach zu urteilen, ist dein Vormittag ungut verlaufen.«

»Wie recht du hast.« Felix fasste die Ereignisse kurz zusammen.

Isa hob eine Braue. »Meinst du, der Beamte vom Polizeipräsidium weiß über Onkel Georgs Schwarzmarktgeschäfte Bescheid?«

»Das würde zumindest sein Verhalten erklären.«

Seine Schwester winkte lässig ab. »Falls die Behörden ablehnen ...«

»... finden wir eben andere Großkunden«, vervollständigte Felix ihren Satz und zog sie in die Arme. »Wir werden kämpfen.«

KAPITEL 6

Caroline

7. Juli 1919

Vor dem Eingangsportal der Stadtvilla schwankte Caroline leicht. Kein Lüftchen bewegte die Äste der alten Bäume, die ihr Zuhause säumten. Sie hatte noch nie jene schwüle Hitze vertragen, die gleich einer Dunstglocke über Berlin hing und ihr bereits am frühen Morgen den Schweiß auf die Haut trieb.

Die Danziger Straße, wo der Hausarzt der Familie praktizierte, erreichte sie zum Glück nach wenigen Gehminuten. In dem stattlichen Gebäude, das neben der Praxis des Hausarztes außerdem die Niederlassungen verschiedener Fachärzte beherbergte, wischte sie sich mit einem Tuch über den Nacken. Walther wusste nichts von dem leisen Schmerz in ihrem Bauch, der seit geraumer Zeit regelmäßig auftauchte, und erst recht nicht von dem sicheren Gefühl, dass etwas in ihrem Körper nicht in Ordnung war.

Die Ehefrau des Hausarztes bat Caroline sogleich in sein Heiligstes. Warum mussten diese Behandlungsräume nur immer derart Furcht einflößend aussehen? Die weiß getünchten Wände, die medizinischen Geräte und Spritzen auf dem Tablett sowie das lebensgroße Skelett vor dem Schreibtisch taten ihr Übriges, ihren Puls in die Höhe schnellen zu lassen.

Als Doktor Schubert sie herzlich begrüßte, fühlten sich ihre Finger eiskalt an.

»Was führt Sie am frühen Morgen zu mir, verehrte Frau Singer?«

Der durchdringende Geruch von Karbol, der über dem Raum schwebte, weckte in ihr den dringenden Wunsch, auf der Stelle den Raum zu verlassen. »Bitte erzählen Sie meiner Familie nichts von meinem Besuch. Ich will ihr nicht unnötig Sorgen machen.«

Er lächelte verbindlich. »Ich unterliege ohnehin der Schweigepflicht, verehrte Frau Singer. Und ob Ihre Sorgen tatsächlich unnötig sind, werden wir herausfinden. Schildern Sie mir, was Sie beunruhigt.«

»Ich habe fast täglich Kopfschmerzen. Zudem fühle ich einen feinen, stechenden Schmerz im unteren Bauchraum. Mal schwächer, mal stärker, aber er ist immer da.«

Der Doktor kniff die Augen zusammen. »Gut. Sehen wir uns das mal genauer an.«

Auf seine Aufforderung hin entkleidete sie sich hinter einem Paravent, bis sie lediglich im Unterkleid auf der Behandlungsliege Platz nahm.

»Wie lange haben Sie die Beschwerden schon?«

Caroline beantwortete seine Fragen, während er ihren Bauchraum behutsam untersuchte.

Als er einen besonders empfindlichen Bereich mit beiden Händen abtastete, zuckte sie zusammen und verfolgte mit zunehmender Unruhe, wie er ein Hörrohr ansetzte und angestrengt lauschte.

Dann wies er zum Paravent. »Sie können sich wieder ankleiden.«

Carolines zitternde Hände machten es ihr schwer, die Knöpfe ihres Kleides zu schließen. Irgendwann gelang es ihr und sie nahm dem Arzt gegenüber Platz.

»Ist es der Wurmfortsatz?«, fragte sie schließlich bange.

»Keineswegs.« Er musterte sie durch seine Brille, die seine Augen so stark verkleinerten, dass sie nicht mehr mit den Proportionen seines Gesichts harmonierten.

Nervös spielte sie mit der kleinen Kordel am Verschluss ihrer Handtasche.

Schubert beugte sich über den Tisch. »Ich habe gute Neuigkeiten, verehrte Frau Singer. Sie sind in froher Erwartung, und soweit ich das nach erster Inaugenscheinnahme beurteilen kann, ist alles in bester Ordnung. Herzlichen Glückwunsch!«

Caroline starrte ihn an, die Konturen ihrer Umgebung verschwammen zu einem wabernden Grau. *Frohe Erwartung*, dröhnte Schuberts Stimme in ihren Ohren. Sie massierte ihre Schläfen. »Das muss ein Irrtum sein. Es gab in den letzten Wochen keinerlei Anzeichen für eine Schwangerschaft, Herr Doktor.«

»Das ist ganz und gar nicht ungewöhnlich, liebe Frau Singer. Viele Patientinnen bemerken ihren Zustand erst, wenn sich ihr Leib unübersehbar wölbt.« In seiner Stimme schwang Wärme mit. »Sie sehen also, es gibt Grund zur Freude.«

Verzweifelt versuchte sie, das Ausmaß dessen zu begreifen, was Doktor Schubert ihr so nüchtern und unverblümt mitgeteilt hatte. Sie liebte ihre Neffen sehr, hatte jedoch nie zu jener Sorte Frauen gehört, deren einziges Lebensziel es war, Nachkommen auf die Welt zu bringen. Zum Glück hatte Felix mit seinen beiden Rackern für Erben des Unternehmens gesorgt und ihr somit eine Last von den Schultern genommen, zumal Walther ihr versichert hatte, dass ihre Liebe alles sei, was er zum Glücklichsein brauche. Und nach nunmehr vier Ehejahren hatte sie sich dem Glauben hingegeben, dass das Schicksal für sie keine Kinder vorgesehen hatte. Ein Irrglaube offenbar.

Ausgerechnet jetzt. Caroline hatte ihren Gedanken eigentlich für sich behalten wollen, doch ehe sie sichs versah, sprudelte er auch schon aus ihr heraus.

»Aber, aber, liebe Frau Singer.« Schuberts Mund verzog sich gutmütig. »Kinder kommen zu allen Zeiten auf die Welt. Sie sind unsere Hoffnung auf eine bessere Zukunft. Wenn ich mir die Bemerkung erlauben darf, Ihr Nachwuchs bekommt ein liebevolles Zuhause. Auch sonst wird es ihm an nichts fehlen, das ist mehr, als viele Kinder je zu erträumen wagen.«

Caroline zog es vor, seine Bemerkung unkommentiert zu lassen. Der Optimismus, mit dem der Doktor die wirtschaftliche Lage des Unternehmens einschätzte, erschien ihr etwas weltfremd, weshalb sie das Ausgangsthema wieder aufgriff.

»Wann kommt unser Kind zur Welt?«

Schubert faltete die Hände auf dem Tisch. »Das kann ich nicht mit Gewissheit sagen, weshalb ich Sie bitten möchte, einen Gynäkologen aufzusuchen. Er wird Ihre Fragen beantworten und alles Weitere mit Ihnen besprechen. Ich rate Ihnen, gleich bei ihm vorzusprechen, er praktiziert auch in diesem Haus.«

Sie hörte sich mechanisch antworten.

Vor dem Eingang der Facharztpraxis holte sie tief Luft.

»Sie haben Glück, es ist heute Vormittag noch ein Termin frei. Wenn Sie ein paar Minuten Zeit haben, nehmen Sie bitte im Warteraum Platz«, erwiderte eine freundliche ältere Frau, als sie ihr Anliegen vortrug.

Eine Weile später fand sie sich im hektischen Betrieb der Großstadt wieder und verharrte auf dem Fußweg wie betäubt. Da waren die Motorentaxis, Kutschen und Fuhrwerke, die Pferdeäpfeln oder streunenden Hunden auswichen. Droschkenfahrer, die Verwünschungen ausstießen, weil sich Kollegen im dichten Verkehr vordrängelten. Kinder liefen voraus, und deren Eltern mahnten zur Vorsicht.

Für andere mochte es ein gewöhnlicher Werktag sein.

Direkt vor Caroline kamen zwei unwillig schnaubende Kutschpferde zum Stehen, und sie blickte in Simons freundliches Gesicht.

»Hoppla, Mädchen. Steig ein, ich bin sowieso auf dem Heimweg.«

Mit ihrer Hand schirmte sie das grelle Sonnenlicht ab. »Lieb von dir, aber ich möchte lieber laufen.« Ihre Stimme klang fremd in ihren Ohren.

»Wie du willst.« Simon schnalzte, und die Pferde setzten sich wieder in Bewegung.

Als sich Carolines Herzschlag allmählich beruhigte und sie sich der Realität wieder gewappnet fühlte, schlug sie den Rückweg ein. Bei der Vorstellung, wie Walther wohl auf die Neuigkeit reagieren würde, klopfte ihr Herz schneller. Aufregend und gleichzeitig beängstigend erschien ihr die Aussicht, die Walthers und ihr Leben für immer verändern würde.

Fast neun Uhr. Sie eilte durch das Portal von Schuherzeugung Breitenbach & Sohn, erwiderte flüchtig die Grüße einiger Arbeiter aus der Fertigungsabteilung und lehnte sich gegen eine Mauer, weil ihr plötzlich schwindelig wurde.

»Die Hitze ist unerträglich, nicht wahr?« Vor ihr stand die Empfangsdame des Unternehmens und betrachtete sie mitfühlend. »Kann ich Ihnen ein Glas Wasser bringen?«

»Machen Sie sich keine Mühe, Frau Reichel. Es geht schon wieder. Haben Sie meinen Mann gesehen?«

»Er ist mit Herrn Weißmann in seiner Schreibkammer.«

Caroline dankte ihr. Vermutlich hatte Felix ihren Mann gebeten, Levy in die Buchhaltung einzuweisen.

Auf Walthers Schreibtisch stapelten sich Akten. Versunken hoben die beiden Männer ihre Köpfe und verstummten bei ihrem Eintritt.

»Verzeiht, ich wollte nicht stören.« Caroline verbarg ihre Hände auf dem Rücken, damit Walther ihr Zittern nicht bemerkte. »Wir sehen uns später.«

Sein Blick ruhte fragend auf ihr. »Ist alles in Ordnung, mein Herz?«

Caroline stammelte eine Antwort, die die beiden Männer vermutlich nicht einmal verstanden, und eilte in die Kreativabteilung. Ihre Kollegin Henny lächelte abwesend bei ihrem Eintreten und beugte den Kopf wieder über ihre Arbeit. Was Caroline mehr als begrüßte, nichts lag ihr in diesem Moment ferner, als mit Henny zu plaudern.

Auf ihrem Tisch lag die Mappe mit Vorschlägen für die Werbemaßnahmen der Exklusivkollektion, darunter die Pläne für eine aufsehenerregende Modenschau mit Verlosung.

Jetzt, da sie endlich wieder für die eigenen Produkte werben durfte, stapelten sich auch auf ihrem Schreibtisch Ideen und Entwürfe für Annoncen und Plakate, die sie rechtzeitig vor dem Start der Herbst-Winter-Kollektion von Arbeits- und Sportschuhen fertigstellen musste. Die letzten Ideen erschienen ihr jedoch zu altbacken oder abgedroschen. Doch sosehr sie auch grübelte und um Einfälle rang, ihre Gedanken schweiften wieder und wieder ab.

Die Stunden vergingen schleppend. Henny hatte am späten Vormittag eine Verabredung mit einem Redakteur der *Berliner Illustrirten*, und Caroline war heilfroh, mit ihren Gedanken allein zu sein. Leider half dies ihrer Kreativität nicht auf die Sprünge, weshalb sie einen Entwurf nach dem anderen in den Mülleimer warf und ans Fenster trat.

So fand Walther sie vor, als er hereinkam und zwei mit Saft gefüllte Gläser auf den Schreibtisch stellte. »Puh, der gute

Levy lernt schnell und stellt eine Menge kluger Fragen. Ich wundere mich, wieso er kein eigenes Unternehmen führt. Die Kompetenz und das nötige Auftreten dazu hat er jedenfalls.«

Als sie nicht reagierte, drückte er sie auf einen Stuhl. »Was hat dir die Sprache verschlagen, Liebling? Du bist blass, fühlst du dich nicht wohl?«

Die Intensität, mit der er sie betrachtete, beschleunigte ihren Puls. Würde Walther erschrecken, wenn sie ihm die Wahrheit gestand, und würde er sogar versuchen, sich sein Entsetzen nicht anmerken zu lassen? Ihre Augen wurden feucht. Himmel!

»Ich bin schwanger, Walther. Wir bekommen Zwillinge.«

Er hielt einen Moment inne, als würden ihre Worte in ihm nachhallen. Dann schüttelte er den Kopf. »Wir bekommen … was?«

»Zwillinge«, wiederholte Caroline so geduldig, wie es ihr in ihrem Zustand möglich war. »Ich dachte, ich wäre krank. Darum habe ich heute Morgen Doktor Schubert aufgesucht.« Aufgewühlt bis ins Innerste umschloss sie sein Gesicht. »Du wirst Vater.«

Stürmisch zog er sie in die Arme und vergrub seine Hände in ihrem Haar. »Wie ist das nach all den Jahren möglich? Nie im Leben hätte ich das erwartet!«

Wärme durchflutete sie. »Ich verstehe es selbst kaum.«

»Das ist die schönste Nachricht seit langer Zeit.« Walther küsste sie zärtlich. »Weißt du, dass damit mein größter Wunsch in Erfüllung geht?« Er blinzelte eine Träne fort. »Wir werden die beiden von ganzem Herzen lieben.«

»Das werden wir«, erwiderte Caroline kaum hörbar.

Sie hielten einander umschlungen, und alle Sorgen, die ihr seit Tagen zentnerschwer auf der Brust gelegen hatten, wurden auf einmal federleicht. Mit Walther an ihrer Seite erschien ihr alles möglich.

Sie löste sich von ihm, sah zu dem Ahornbaum, der unweit ihres Fensters seine rotbraunen Äste wie bei einer Umarmung fächerartig ausbreitete, und ließ ihre Gedanken fliegen.

Zwar hatte sie ihren *Salone di Scarpe Breitenbach* in Mailand aufgeben müssen, aber womöglich war die Geburt ihrer beiden Kinder bedeutsamer für den Schwur auf den Ahorn, als ihre Firma es je hatte sein können. Jäh kamen ihr Doktor Schuberts Worte erneut in den Sinn: *Kinder sind unsere Hoffnung auf eine bessere Zukunft.* Wenn sie ehrlich zu sich war, hatte sie in den vergangenen Jahren angenommen, sich mit einem zweiten Unternehmen beweisen zu müssen, um ihren Anteil des Schwurs einzulösen. Vielleicht hatte sie sich ja getäuscht, und ihre eigentliche Aufgabe bestand darin, Kinder auf die Welt zu bringen, die eines Tages die Geschicke ihrer Familie in die Hand nehmen würden. Die Vorstellung tat ihr gut. Doch gleich darauf meldeten sich ihre Bedenken leise, aber unüberhörbar zurück.

»Ich frage mich, wie es weitergehen soll«, sprach sie aus, was ihr durch den Kopf ging. »Felix verlässt sich auf Isa und mich. Wer soll die Werbeabteilung leiten, wenn ich mich gleich um zwei Racker zu kümmern habe?«

»Na hör mal«, entfuhr es Walther in gespielter Entrüstung. »Darüber denken wir an einem anderen Tag nach, mein Herz. Heute zählt nur das wunderbare Geschenk, das uns der Himmel macht. Außerdem hast du in Henny Schwarz eine kompetente und erfahrene Werbefachfrau. Davon abgesehen bleibt dir Zeit genug, sie auf ihre Vertretung vorzubereiten. Wann sollen unsere Kinder zur Welt kommen?«

»Voraussichtlich im Januar.«

Walther strich über ihre Stirn. »Ich möchte diese Sorgenfalten heute nicht mehr sehen. Es wird sich alles finden.«

Carolines linke Hand wanderte unwillkürlich zu ihrem flachen Bauch. »Ganz bestimmt.«

Er lachte. »Deine Familie wird aus allen Wolken fallen.«

Wie glücklich Walther aussah! Wenn sie ihn so betrachtete, konnte sie es kaum erwarten, allen die Neuigkeit zu überbringen.

Die nächste Gelegenheit bot sich erst gegen Abend, da sie zur Mittagszeit nicht vollzählig waren. Die Sonne stand bereits tief, da entdeckte Caroline ihren Bruder und Emilie mit beiden Kindern im Garten, und kurze Zeit darauf fand sich auch der Rest dort ein, denn der Abend war viel zu schön, um ihn im Haus zu verbringen. Magda reichte gekühlte Getränke und Simon las Clemens eine Geschichte vor. Ihre Eltern saßen auf einer Bank und erwiderten ihren Blick. Tante Mathilde nahm Onkel Georg den kleinen Jakob ab, der den ganzen Tag unleidlich gewesen war, und summte für ihn ein Schlaflied.

Caroline genoss die Sonnenstrahlen im Gesicht und verfolgte lächelnd, wie sich zwei Eichhörnchen um eine Nuss stritten. Einmal mehr wurde ihr bewusst, wie glücklich sie sich schätzen konnte, dass sie mit der Familie auch nach dem Krieg noch vollzählig beisammensaß.

Walther legte den Arm um ihre Taille. »Meine Frau hat euch etwas mitzuteilen.«

Während die Augenpaare der Familie erwartungsvoll auf ihr ruhten, kribbelte es erregt in ihrem Inneren.

Mit einem Lächeln verkündete Caroline die Neuigkeit. Sie hätte mit allem gerechnet, jedoch nicht mit Tränen ihres Vaters, der sich wie ein Kind auf seine nächsten Enkel freute. Und erst recht nicht, dass Felix sie wie früher herumwirbelte, auf beide Wangen küsste und danach mit Walther zur Feier des Tages die letzte Flasche Wein leerte.

KAPITEL 7

Georg

31. Juli 1919

Dieser Tag würde ihm in unangenehmer Erinnerung bleiben, denn vor einer guten Woche war jene Post eingetroffen, der er mit einem flauen Gefühl in der Magengegend entgegengesehen hatte:

> *Im Fall Breitenbach / Land Berlin werden Sie aufgefordert, sich am 31. Juli 1919 um 9 Uhr im Landgericht, Berlin, Neue Friedrichstraße, einzufinden.*

Würde das Gericht milde urteilen, weil er sich nie zuvor etwas hatte zuschulden kommen lassen, oder sollte er die ganze Härte des Gesetzes zu spüren bekommen? Zu allem Unglück war die Öffentlichkeit beim Prozess zugelassen. Immerhin hatte sich Doktor Moll bei Richter Stobbe für ihn eingesetzt, damit dieser wenigstens auf die Bekanntmachung des Termins mit einem Aushang vor dem Gebäude verzichtete. Es hatte Moll eine Menge Überzeugungsarbeit gekostet; Stobbe kam mit ihm aber überein, den Ruf von Schuherzeugung Breitenbach & Sohn nicht nachhaltig schädigen zu wollen. Georg konnte nur hoffen, dass nichts von dem Prozess an die Öffentlichkeit durchgesickert war, ansonsten würde der Saal bis auf den letzten Platz mit Reportern und vielleicht sogar mit Geschäftspartnern besetzt sein.

Dann wurde es Zeit aufzubrechen. Theodor und Mathilde würden ihn begleiten.

Die Eingangshalle des Landgerichts mit ihren Säulen aus rotem und grünem Sandstein wirkte beinahe einschüchternd. An einigen Türen waren Schilder mit den Namen der streitenden Parteien angebracht. Augenscheinlich fanden heute eine ganze Reihe Verhandlungen statt.

Während die Zuschauer und Angehörigen in den Gerichtssaal eingelassen wurden, bedeutete man Georg, sich im Wartesaal noch etwas zu gedulden. Mathilde und Theodor drückten stumm seine Hand, dann schloss sich die Tür hinter den beiden. Die Luft im Wartesaal war von leisem Stimmengewirr erfüllt und Georgs Blick flog unwillkürlich zu den zahlreichen Männern und Frauen, die sich hier ebenfalls eingefunden hatten. Georg atmete auf, niemand der Anwesenden war ihm bekannt.

Da kam Doktor Moll mit wehender Robe und einem schmalen Lächeln auf ihn zu. »Sind Sie bereit?«

»Sicher, sofern man das sein kann.« In seinem Nacken sammelten sich Schweißperlen.

Moll nickte aufmunternd. »Wir haben alles besprochen und sind gut vorbereitet. Lassen Sie mich einfach machen und reden Sie nur, wenn man Sie dazu auffordert.«

Hätte Georg in der stickigen Luft nur den obersten Knopf seines Hemdes öffnen können, dann hätte er sich vielleicht weniger unbehaglich gefühlt.

In diesem Moment wurden sie in den Gerichtssaal gebeten.

Georgs Halsschlagader pulsierte hart, als sie den ehrwürdigen Gerichtssaal betraten, der zu seiner großen Erleichterung nicht einmal zu einem Drittel gefüllt war. Er nahm einen tiefen Atemzug. Mathilde und Theodor hatten in der letzten Reihe Platz genommen. Auf ihren Mienen zeichnete sich die gleiche Anspannung ab, die ihn ergriffen hatte. Außer einem Dutzend Zuschauer – unter ihnen auch zwei Männer mit Schreibsachen auf dem Schoß – befanden sich noch der Richter, seine beiden Schöffen, ein Stenograf, der alles festhielt, der Staatsanwalt, die Polizisten, die ihn zur Wache gebracht hatten, der Pole Glenski und Henry Shawn im Saal. Georg und der Engländer wurden in die erste Reihe gebeten. Shawn war bleich wie eine Wand. Ihre Blicke trafen sich.

»Tut mir sehr leid«, raunte er Georg zu.

»Mir ebenso.«

Stille lag über dem Gerichtssaal. Dann wurde Georg auf die Anklagebank zitiert. An dieser Stelle hatten Diebe, Betrüger und gewiss auch Mörder gesessen. Georg befeuchtete seine trocken gewordenen Lippen und sah sich kurz um. In der ersten Reihe der Zuschauerbänke zückten die beiden Männer ihre Notizbücher.

Zunächst wurden zwei Polizeibeamte, die an dem Tatabend Dienst gehabt hatten, zu seinem Fall befragt.

Der eine von ihnen wies ungeniert mit dem Finger auf ihn. »Der Angeklagte hielt sich ungefähr zwanzig Minuten bei dem Herrn Shawn auf und verließ das Haus mit gefülltem Korb.« Er schilderte die Ereignisse detailliert. »Auf der Polizeistation gab Herr Breitenbach zu, mit dem zweiten Angeklagten ein

Tauschgeschäft gemacht zu haben, und beteuerte, ihn nie zuvor gesehen zu haben.«

Der Staatsanwalt, der die Interessen des Landes Berlin vertrat, stellte Pawel Glenski vor und bat ihn in den Zeugenstand, wo er dem Gericht seine Zusammenarbeit mit der Polizei und die Begegnung mit Georg darlegte, ohne ihn eines Blickes zu würdigen. »Der Angeklagte ist mir völlig unbedarft in die Falle gegangen. Er hat mich fast schon bedrängt, mit ihm Schwarzmarktgeschäfte zu betreiben, und mir eine Liste mit Lebensmitteln vorgelegt, die er von mir kaufen wollte. Ich lehnte ab. Mein Einwand, dass die Mönche des benachbarten Klosters wütend auf die bessere Gesellschaft seien, weil sie den armen Menschen wegnehme, was diese dringend benötigten, ließ ihn kalt. Ihm ging es nur um seine eigenen Bedürfnisse.«

Glenskis Worte brachten Georgs Blut zur Raserei. Es hielt ihn kaum an seinem Platz.

Alle Augenpaare richteten sich auf ihn.

Moll erhob sich. »Einspruch. Offenbar soll der Eindruck erweckt werden, Herr Breitenbach sei ein skrupelloser Mann, der seine gesellschaftliche Stellung und sein Vermögen ausnutzt.«

»Einspruch stattgegeben.« Richter Stobbe nickte Georg zu. »Was haben Sie zu den Vorwürfen zu sagen?«

Georg stand auf und zwang sich zu einem sachlichen Tonfall. »Das ist nicht wahr. Was ich getan habe, tat ich nur für die hungernden Männer und Frauen unserer Belegschaft. Im Übrigen hätte ich auch ohne Vermögen versucht, ihnen zu helfen.«

Stobbe wandte sich Glenski zu. »Danke. Sie dürfen den Zeugenstand jetzt verlassen.«

Während der Pole zurück an seinen Platz ging, wandte sich Georg zu den eifrig in ihre Notizbücher schreibenden Männern um, denn ihre lauernden Blicke spürte er unentwegt im Rücken.

Im Anschluss erteilte der Richter Georgs Anwalt das Wort. Moll beschrieb seinen Klienten als seriösen Geschäftsmann und besorgten Familienmenschen, für den das Wohlergehen der ihm anvertrauten Menschen an erster Stelle stand. Er schilderte, dass die Breitenbachs seit Kriegsbeginn die Versorgung ihrer Arbeiter von ihrem Privatvermögen bezahlt hatten. Er erzählte von Georgs täglicher verzweifelter Suche nach dem Notwendigsten für die firmeneigene Suppenküche, die ihn schließlich zu Glenski und Shawn getrieben hatte.

»Mein Mandant erkennt seine Schuld an. Angesichts der allgemeinen wirtschaftlichen Not bitten wir jedoch um ein mildes Urteil, das dem sozialen Engagement des Angeklagten Anerkennung zollt«, endete Moll.

Im Saal entstand Unruhe. Ihren Gesten nach zu urteilen, pflichteten einige Zuschauer Moll bei. Andere wiederum waren erbost über Georgs Machenschaften. Die abschätzigen Blicke brannten wie Feuer auf seiner Haut, mochte er sich noch so sehr wünschen, sie würden wie Wassertropfen an ihm abperlen. Obwohl das Leben ihn viel gelehrt hatte, war er noch nie mit einer derart offen zur Schau getragenen Verachtung konfrontiert gewesen.

Stobbe schlug mit dem Hammer auf den Tisch, forderte Ruhe und sah Moll an. »Dennoch hat Ihr Mandant bei seinem Engagement unser Strafgesetzbuch außer Acht gelassen«, kam es trocken von ihm. Seine Schöffen verzogen keine Miene. »Wer sich am Schwarzmarkthandel beteiligt, hat ein hohes Strafmaß zu erwarten. Das gilt für jedermann, auch für Sie, Herr Breitenbach! Haben Sie den Anwesenden noch etwas mitzuteilen?«

Georgs Hände wurden feucht. »Danke, aber es ist alles gesagt.«

Wäre im Saal eine Stecknadel zu Boden gefallen, hätte man es hören können. Georg sah sich verstohlen nach seiner Frau um, die reglos, den Blick in die Ferne gerichtet, dem Geschehen folgte.

Moll meldete sich zu Wort. »Ich bitte, einen neuen Zeugen aufrufen zu dürfen.«

»Wen?«, raunte Georg ihm zu.

Doch Moll blieb ihm eine Antwort schuldig.

Der Richter machte eine auffordernde Geste. »Bitten Sie ihn herein.«

Hinter ihm hörte er ein Räuspern. Nur Momente später schritt Theodor an ihm vorüber. Wie vom Donner gerührt nahm Georg die wie gefroren wirkenden Züge seines Bruders wahr. Ein Hauch des vertrauten Rasierwassers stieg ihm in die Nase. Entsetzen schlich sich durch seine Adern. *Grundgütiger, tu das nicht!* Die Worte klebten wie Schleim in Georgs Hals und wollten nicht über seine Lippen geraten.

Moll grüßte seinen Zeugen unterdessen mit Handschlag, dann setzte sich Theodor.

»Schwören Sie, die Wahrheit zu sagen und nichts als die Wahrheit, so wahr Ihnen Gott helfe?«, fragte einer der Schöffen.

»Ich schwöre.« Theodors tiefe Stimme hallte durch den Raum.

Georg schloss gequält die Lider. *Ist er denn verrückt geworden? Er redet sich um Kopf und Kragen, wenn er nicht aufpasst!* »Wussten Sie etwa davon, Herr Moll?«

»Ja, ich musste versprechen, nichts zu verraten. Keine Sorge, Ihr Bruder weiß, was er tut«, flüsterte der Anwalt.

»Das wage ich zu bezweifeln«, stieß Georg gepresst hervor. Ein falsches Wort, und der Hammer des Gesetzes, vor dem Theodor ihn zu bewahren versuchte, würde auf sie beide niedersausen und alles zerstören, wofür sie in all den Jahrzehnten gekämpft hatten.

Der Richter wies zum Zeugentisch. »Wenn Sie sich bitte vorstellen.«

»Theodor Breitenbach mein Name, geboren 1851 in Berlin.« Er streckte den Rücken. »Ehemaliger Firmenleiter von Schuherzeugung Breitenbach & Sohn, älterer Bruder des Angeklagten, wohnhaft in der Rykestraße, Prenzlauer Berg.« Sein Blick schweifte über die Anwesenden. »Ich möchte eine Aussage machen.«

»Sie haben das Wort«, sagte der Richter.

Georg wischte sich zitternd übers Gesicht.

»Mein Bruder hat sein Leben dem Familienunternehmen gewidmet«, spann Theodor den Faden weiter. »Er hat bereits eine Lehre bei uns absolviert. Jahre später baute er mit eigenen Händen im fernen Colorado eine äußerst erfolgreiche Tochterfabrik auf, die unserem Unternehmen alle Ehre bereitete. Als unser Vater Hermann Breitenbach nach kurzer Krankheit verstarb, kehrte Georg ohne Zögern nach Berlin zurück, um an meiner Seite den Betrieb fortzuführen. Selbst nach seiner Pensionierung steht er meinem Sohn Felix, der seit seiner Rückkehr von der Front wieder unser Unternehmen leitet, weiterhin mit Rat und Tat zur Seite. Mein Bruder ist ein ehrenhafter Mann mit einem großen Herzen. Wenn er sich etwas zuschulden kommen ließ, dann, weil er nicht zusehen konnte, wie die Menschen in seinem Umfeld jämmerlich an Hunger einzugehen drohten.«

Georg stockte der Atem angesichts der Ruhe, die sein Bruder ausstrahlte.

»Ich gestehe, in der Not zur selben Methode gegriffen zu haben. Wenn Sie meinen Bruder also für sein Vergehen zur Verantwortung ziehen wollen, dann verurteilen Sie bitte mich gleich mit. Auch ich habe auf dem Schwarzmarkt eingekauft, doch wir taten das nie für uns.«

Georg unterdrückte ein Stöhnen und meinte, der Laut würde bis in den letzten Winkel des Saales widerhallen.

»Gut, ich danke für Ihre Aussage. Sie dürfen den Zeugenstand jetzt verlassen.« Stobbe blickte in die Runde. »Hiermit erkläre ich die Verhandlung für unterbrochen. Herr Moll, Herr Staatsanwalt Imgarten, ich erwarte Sie in meinem Schreibzimmer. Das Gericht zieht sich nun zur Beratung zurück.«

Die Tür schloss sich hinter den fünf Männern, und zwei Polizisten führten Georg in einen kahlen Raum, deren einziger Wandschmuck ein Kalender des vergangenen Jahres war. Die einsetzende Stille dröhnte in seinen Ohren. Würden die drei Männer ihn jetzt für seine Taten streng nach Gesetzbuch verurteilen oder auch der Menschlichkeit Gewicht geben und abwägen, ob Gut oder Schlecht überwog?

Mit Tugendhaftigkeit konnte er sich weiß Gott nicht rühmen. Als junger Mann hatte er in seinem Privatleben so einiges getan, was Moralapostel erbleichen lassen hätte. Aber dem Unternehmen und seinen Mitmenschen hatte er nie geschadet, im Gegenteil. Sollte er nun wegen ein paar Körben Lebensmittel ins Gefängnis gehen?

Die Zeit schien stillzustehen, während sich diese und ähnliche Fragen gleich einem Mantra in seinem Kopf wiederholten.

Mehr als eine Stunde hatte er grübelnd auf einem harten Stuhl ausgeharrt, dann endlich wurde er zurück in den Gerichtssaal geführt. Auf dem Weg zur Anklagebank sah er die Mienen von Theodor und Mathilde. Theodor wippte mit den Füßen, das tat er immer, wenn er nervös oder aufgewühlt war. Mathilde lächelte tapfer, doch hinter ihrer optimistisch wirkenden Maske spürte er ihre Furcht beinahe mit Händen greifbar.

Shawns Gesicht war eingefallen. Er zitterte. Stundenlang auf seine Verhandlung zu warten, musste schier unerträglich sein. Bei seinem Anblick empfand Georg Dankbarkeit, dass man seinen Fall zuerst behandelt hatte. Der Richter hatte von einem harten Strafmaß gesprochen. Was hatte dann erst der

Engländer zu erwarten? Georg wünschte, sie hätten sich unter anderen Umständen kennengelernt.

Sein Puls erreichte neue Höhen, als Stobbe und die Schöffen erschienen und Platz nahmen. Mechanisch erhob er sich mit den anderen Anwesenden, rief sich zur Ordnung und streckte den Rücken.

»Setzen Sie sich.« Der Richter faltete die Hände auf dem Tisch. »Bevor wir zur Urteilsverkündung kommen, möchte ich erwähnen, dass wir es uns nicht leicht gemacht haben, Herr Breitenbach. Der Staatsanwalt, Ihr Anwalt und ich haben lange diskutiert. Wir konnten eine ganze Reihe Zeugen gewinnen, die uns Rede und Antwort gestanden haben, unter ihnen Geschäftspartner, Arbeiter und Bedienstete.«

Georg schnappte bestürzt nach Luft. *Geschäftspartner*, echote es in seinem Kopf. *Um Himmels willen!*

»Sie wurden uns ausnahmslos als verlässlich und korrekt geschildert«, sagte der Richter. »Das mag für Sie sprechen, Herr Breitenbach, dennoch haben Sie sich hier und jetzt für Ihr Vergehen zu verantworten.« Er hielt kurz inne, dann bat er die Anwesenden, sich zu erheben.

»Im Namen des Volkes ergeht folgendes Urteil: Das Unternehmen Schuherzeugung Breitenbach & Sohn wird – zum Begleichen der Schuld des Angeklagten – der Polizei des Landes Berlin eine kostenlose Ausrüstung mit Schuhwerk zur Verfügung stellen. Dies gilt für einen Zeitraum von sechs Monaten, gerechnet vom heutigen Tag an. Nach Ablauf der Frist hat das Unternehmen das Schuhwerk für die Polizei zum Selbstkostenpreis zu veräußern, und zwar für weitere sechs Monate, also bis 31. Januar 1920, ebenfalls vom heutigen Tag an gerechnet. Sollten Sie, Herr Breitenbach, sich weigern, das Urteil anzuerkennen oder ein weiteres Geschäft auf dem Schwarzmarkt tätigen, werden Sie auf der Stelle festgenommen und ins Zuchthaus überführt, wo Sie eine Haftstrafe in Höhe von einem Jahr abzuleisten haben.« Der Richter klopfte mit dem Hammer auf den Tisch. »Ich frage Sie, Herr Breitenbach, erkennen Sie Ihre Strafe an?«

Georg stimmte zu.

Der Richter ließ den Hammer abermals niedersausen. »Kommen wir zum Fall Shawn gegen das Land Berlin.«

Wie betäubt starrte Georg ihn an. *Ich darf nach Hause und bringe dennoch die Familie in Schwierigkeiten,* durchfuhr es ihn.

»Ich gratuliere Ihnen«, flüsterte Shawn. »Da ich Ihre Aussage bestätigen werde, sollte sich der Schaden für Ihre Familie in Grenzen halten.«

Ihre Blicke begegneten sich.

»Danke und alles Gute«, erwiderte Georg heiser. »Ich wünschte, ich könnte auch etwas für Sie tun.«

Shawn hob nur die Schultern.

Vor der Tür fiel Mathilde Georg weinend in die Arme.

»Ich bin so froh, Liebling.«

Georg hielt sie mit aufeinandergepressten Lippen fest. Theodor lächelte erlöst.

»Danke.«

Aus den Augenwinkeln machte Georg die beiden Männer aus, die ihn unentwegt beobachtet hatten. »Entschuldigt mich bitte. Ich bin gleich zurück.«

Entschlossen stellte er sich den Männern, die im Begriff waren, das Gerichtsgebäude zu verlassen, in den Weg. »Nicht so schnell, meine Herren.«

»Wir haben es eilig«, stieß der Größere mit der Glatze hastig aus.

»Das kümmert mich nicht.« Georg verschränkte die Arme vor der Brust. »Für welche Zeitung arbeiten Sie?«

Der zweite Reporter hob eine Braue. »Das kann Ihnen gleichgültig sein, Herr Breitenbach.«

»Ihnen scheint nicht bekannt zu sein, dass die Presse bei diesem Prozess ausgeschlossen wurde.« Natürlich war das gelogen, aber es schien Georg das einzige zündende Argument zu sein, die sensationshungrigen Kerle endlich loszuwerden.

Der Glatzköpfige grinste. »*Sie* täuschen sich.«

»Ach, tatsächlich? Wie erklären Sie sich dann, dass die Gerichtsverhandlung nirgends angekündigt wurde?« Georg setzte die arroganteste Miene auf, zu der er sich imstande fühlte, und winkte Moll heran, der bereits zu ihnen herübersah. »Setzen Sie sich gern mit meinem Anwalt auseinander.«

Auf den Zügen der Reporter machte sich Unsicherheit breit.

Moll trat näher. »Kann ich helfen, meine Herren?«

Der Glatzköpfige schielte zum Ausgang.

»Diese beiden Reporter haben sich trotz Verbotes Zutritt zum Gerichtssaal verschafft.« Georg zwang den Männern seinen Blick auf. »Sie zeigen uns augenblicklich Ihre Presseausweise, händigen mir in Gegenwart meines Anwalts die Notizbücher aus und schweigen über den Prozess.«

Georg konnte sehen, wie es hinter ihren Stirnen arbeitete.

Moll betrachtete die Männer ungerührt. »Sie sind gar keine Reporter, nicht wahr? Sie haben eine Sensation gewittert und wollen Ihren Bericht an eine Zeitung verkaufen.« Er zückte einen Stift und gab ihn dem Kleineren. »Ihre Namen und Adressen, oder ich gebe dem Polizisten am Portal ein Zeichen!«

»Tun Sie, was Sie nicht lassen können«, meinte der Glatzköpfige. »Uns drohen Sie damit nicht.«

Ungerührt packte Georg ihn am Schlafittchen. In seiner Stimme schwang Kälte mit. »Wird's bald?!«

»Hör schon auf, hat doch keinen Sinn.« Der Kleinere schrieb etwas auf einen Zettel und händigte Georg das Gewünschte aus.

Der Glatzköpfige grinste anzüglich. »Lassen Sie mich los, verehrter Herr Breitenbach.«

Wie der Kerl seinen Namen betonte! Nur seine gute Erziehung verbot Georg, dem Kerl das Grinsen aus dem Gesicht zu schlagen.

»Es sei denn, Sie wollen noch mehr Aufmerksamkeit auf sich ziehen«, fuhr der Barhäuptige mit einem Wink auf eine fünfköpfige Gruppe fort, die ihren Disput seit geraumer Zeit verfolgte.

Angewidert stieß Georg ihn von sich. »Sollten Sie Informationen von dem Prozess weitergeben, werden mein Anwalt und ich rechtliche Schritte gegen Sie einleiten, von denen gewiss auch Ihr Arbeitgeber erfahren könnte. Und jetzt verschwinden Sie.«

Das ließen sich die beiden Männer nicht zweimal sagen und eilten hinaus.

Georg sah ihnen nachdenklich hinterher.

»Den beiden haben Sie eine gehörige Abfuhr erteilt«, sagte der Anwalt. »Von denen werden wir keinen Mucks mehr hören. Sie haben viel zu viel Angst, ihre Arbeit zu verlieren. Gut gemacht, Herr Breitenbach.«

»Danke, und verzeihen Sie meine kleine Notlüge.«

»Schon geschehen.«

Sie traten zu Mathilde und Theodor.

»Es besteht kein Anlass zur Sorge, meine Lieben«, warf Georg ein, als er ihren fragenden Blicken begegnete. »Ich erkläre euch alles zu Hause.« Ohne ihre Antwort abzuwarten, wandte er sich an Moll. »Darf ich fragen, wie es Ihnen gelungen ist, dem Richter eine Haftstrafe auszureden?«

Der Anwalt hob eine Hand. »Das ist nicht mein Verdienst, Herr Breitenbach. Die Aussagen der Zeugen haben ihn schließlich überzeugt, dass Ihr Vergehen als geringer einzustufen war, weil es aus menschlicher Not entstanden ist. Eine Haftstrafe wäre unverhältnismäßig, da das Gericht so die Existenz vieler Hundert Menschen gefährdet hätte.«

»Woher wusste der Richter eigentlich von der Bewerbung um eine Schuhkollektion für die Polizei?«

Moll sah ihn an wie einen Vater, der sich über die Unwissenheit seines Sohnes wunderte. »Richter und Staatsanwalt haben Ihr Leben bis ins Kleinste durchleuchtet, die Geschäfte inbegriffen. Dabei haben Sie auch von der Bewerbung bei Polizei und Militär erfahren. Was für mich die Gelegenheit darstellte, an einem Vorschlag für ein Urteil zu arbeiten, das Ihnen ebenso wie der Rechtsprechung entgegenkommt. Denn sollte die Polizei mit Ihrem Schuhwerk zufrieden sein, könnte daraus nach Ablauf der Frist auch ein Auftrag für Ihre Firma erwachsen. – Wobei der Richter zu meinem Bedauern in puncto Dauer der Vereinbarung bis zum Schluss unbeugsam geblieben ist«, fügte Moll noch an.

Mathilde legte sich eine leichte Jacke um die Schultern. »Wir werden die Zeit überstehen. Ich darf meinen Mann mit nach Hause nehmen. Alles andere findet sich.«

Dessen war sich Georg nicht sicher. Er warf Theodor, dessen Gelassenheit ihm unerklärlich war, einen verstohlenen Blick zu.

Als sie durch den Wartesaal schritten, trat aus der Nebentür eine Traube von Menschen, die aufgeregt miteinander redeten.

»Man hat ihn zum Tode verurteilt!«, rief einer, als hätte er soeben eine Medaille gewonnen. »Das Schwein wird noch heute sterben!«

Georg schüttelte den Kopf. »Was hat das zu bedeuten, Herr Doktor Moll?«

»Soeben wurde ein Raubmörder zum Tode verurteilt.« Der Anwalt wies auf die aufgeregte Gruppe und senkte die Stimme. »Diesen Leuten haben wir es zu verdanken, dass in unserem Gerichtssaal nur wenige Zuschauer saßen. Der andere Fall war für sie offensichtlich um Längen aufregender als unserer.«

KAPITEL 8

Julia

In der Nähe von Cortez, Colorado, Julias Farm, Grundstück des Reservats der Weeminuche, 15. Dezember 1919

»Deinen Anruf schickt der Himmel, Liebes!«, schrie Tante Vanda ins Telefon. »Wir haben gerade so sehr an euch gedacht!«

Die Atemlosigkeit, mit der sie gesprochen hatte, versetzte Julia in Alarmbereitschaft. »Ist etwas passiert?« Zum Glück war sie allein im Postamt, abgesehen von dem Beamten am Schalter natürlich, der sie wegen ihres Ausrufes neugierig beäugte.

Am anderen Ende wurde es kurz still, dann platzte es aus Tante Vanda heraus: »Unsere Caroline hat vor nicht einmal drei Stunden entbunden. Anton und Adele sind zwar klein und zart, aber kerngesund!«

»Grundgütiger! Sollten sie nicht erst im Januar zur Welt kommen?«

»Zwillinge haben es meist eilig, weil es ihnen im Schoß der Mutter zu eng wird.« In Tante Vandas Stimme schwang ein Lächeln mit. »Die beiden sind bildhübsch. Walther ist stolz auf

Caroline, sie brauchte nur wenige Stunden und sieht trotz der beschwerlichen Schwangerschaft immer noch aus wie das blühende Leben.«

Julia kämpfte gegen ihre Rührung. »Das macht mich froh. Ach, wie gern würde ich den beiden jetzt selbst gratulieren und die Kleinen im Arm halten! Bitte richte ihnen unsere herzlichsten Glückwünsche aus.«

»Aber gern. Mir würde es hingegen gar nicht gefallen, wenn ihr jetzt in Berlin wärt. Du kannst dir nicht vorstellen, wie schlimm die Spanische Grippe seit einigen Wochen dort wütet, schlimmer als im letzten Winter. Wir dürfen nur mit Atemschutzmaske außer Haus, müssen dort, wo viele Menschen aufeinandertreffen, Abstand halten und bei jeder sich bietenden Gelegenheit die Hände waschen. Trotzdem ersticken die Menschen auf grausame Weise. Unsere Emilie berichtet, dass bei vielen der Tod innerhalb weniger Stunden eintritt, nachdem sie sich infiziert haben. Bis dahin ringen die armen Menschen um jeden Atemzug. Gibt es in Cortez Fälle von Spanischer Grippe?«

Julia schauderte. »Glücklicherweise nicht, aber in Mancos und Dolores haben Heimkehrer die Seuche eingeschleppt und so ganze Familien ausgelöscht.«

»Wie bei uns. Kein Wunder, bedenkt man die haltlosen Zustände in den Schützengräben. Hoffentlich ist der Albtraum bald vorbei. Clemens ist verunsichert, wenn er maskierte Menschen sieht, und stellt Fragen, die ich ihm nicht beantworten kann, weil er dazu noch zu klein ist.«

»Passt bitte gut auf euch auf, Tante Vanda.«

»Natürlich, Liebes. Ich muss jetzt Schluss machen. Lass uns bald wieder telefonieren, ja? Ich habe versprochen, auf Clemens und Klein-Jakob zu achten, damit Felix und Emilie die frischgebackene Mutter in der Charité besuchen können.«

»Natürlich. Unsere Gracie feiert heute ein Adventsfest und hat ohnehin gleich Schulschluss. War schön, wieder mit dir zu sprechen, Tante Vanda.«

Beschwingt und erfüllt von neuer Energie verließ Julia das Postamt und zog ihren Mantelkragen höher. Die heftigen Schneefälle der vergangenen Nacht hatten das geschäftige Cortez in einen weißen, beinahe bis zum Knie reichenden Mantel gehüllt. In diesem Moment gelang es der Mittagssonne, sich einen Weg durch die dichten Wolken zu bahnen, und das ließ die Eiskristalle an den Fenstern und Dächern der Häuser glitzern. Der malerische Anblick konnte jedoch nicht über die Vorzeichen weiterer Niederschläge hinwegtäuschen.

In Berlin musste es bereits Abend sein, und Julia stellte sich vor, wie sich die Familie um den Kamin in der guten Stube versammelte und den vergangenen Tag Revue passieren ließ. Ob sie je wieder mit ihr vereint sein würden? Zu viele Widrigkeiten standen ihnen im Wege.

Eine halbe Stunde später saß Gracie neben ihr im Pferdewagen. Kenai schnaubte und fiel in einen leichten Trab. Chesmu und sie amüsierten sich jeden Winter darüber, wie begeistert das Pony den ersten Schnee begrüßte, fast wie ein Fohlen, das die weiße Pracht zum ersten Mal erlebte.

Als sie auf der Farm ankamen, liefen Julia und ihre Tochter gleich zu Chesmu, der sich über alle Maßen über die glücklich verlaufene Geburt der Zwillinge freute.

»Du wolltest Decken für die Kleinen weben. Hast du sie fertig, meine Sonne?«

Julia wehrte ab. »Vor der Geburt? Nein, mein lieber Mann, dazu bin ich zu abergläubisch. Jetzt habe ich allerdings den schönsten Anlass, mit der Webarbeit anzufangen.«

Sie lächelten einander an, und als Gracie ins Freie lief, um mit Barney zu spielen, sah Chesmu seiner Frau tief in die Augen. »Ich wünsche mir mehr Kinder von dir.«

Sie knuffte ihn in die muskulöse Seite. »Ich bin glücklich über unsere beiden gesunden Kinder. Lass uns nicht das Schicksal herausfordern.«

Chesmu tat, als ob er schmollte, und brachte sie damit zum Lachen.

Da nahm sie aus den Augenwinkeln in der Ferne eine hochgewachsene Gestalt auf einem Pony wahr, die sich mit wehendem Haar der Farm näherte. Es war Sam! Das regelmäßige Kampftraining mit Ashoks Söhnen hatte ihn nicht nur geistig reifen lassen. Mit seiner athletischen Figur, den kräftigen Beinen und der dunklen Haut sah er fast wie ein waschechter Krieger aus. Inzwischen konnte er sich gegen Dyami und Gaagii behaupten. Bis er den Brüdern an Kraft und Ausdauer ebenbürtig sein würde, mochte sicherlich ein weiteres Jahr vergehen. An ihre Wendigkeit, die sie seit dem sechsten Lebensjahr trainiert hatten, würde Sam aber vermutlich nie herankommen, denn sie lag den Núu-ci im Blut. Doch seine Haltung ähnelte nun der seines Vaters, und wie er jetzt auf sie zuritt, als hätte er sein ganzes Leben auf einem Pferd verbracht, machte sie unendlich stolz.

Chesmu war ihrem Blick gefolgt. »Hat sich der Junge heimlich aus dem Reservat geschlichen?«

»Wir werden es gleich erfahren«, erklärte sie ruhig.

Auf Sams Gesicht zeichnete sich Wiedersehensfreude ab.

Indes hüpfte Gracie von einem Fuß auf den anderen, sie vermisste ihren Bruder in den Wintermonaten, in denen er bei den Núu-ci lebte, immer sehr.

»Ich muss euch sprechen«, sagte Sam. »Großvater Akule hat es mir erlaubt.«

Julia forschte in seiner Miene, konnte jedoch kein Anzeichen von Furcht oder Sorge darin erkennen.

»Komm herein und wärm dich auf. Es ist lausig kalt heute.«

Julia legte ein Holzscheit ins Feuer und trug Gracie auf, Milch für ihren Bruder zu erwärmen.

Der Dreizehnjährige schenkte dem Getränk jedoch keine Beachtung. »Ihr kennt bestimmt Doli, oder? Sie ist die jüngste Schwester von Nicaagats verstorbener Frau. Sie lebt im Tipi neben dem unseres Medizinmanns.«

»Natürlich, ich habe sie allerdings in letzter Zeit wenig zu Gesicht bekommen«, antwortete sein Vater. »Sie macht die Mokassins für die Núu-ci. Ich habe gehört, Nicaagat will sie bald verheiraten. Wieso fragst du?«

»Dolis Schuhe sind einzigartig!« Sam sprach hastig, da es ihm schwerfiel, seine Begeisterung im Zaum zu halten. »Großvater Akule hat erlaubt, dass einer von euch sie besuchen darf.« Er suchte den Blick seines Vaters. »Erlaubst du Mama, dass sie mich begleitet? Bitte sag ja. Ich erkläre euch alles später.«

»Geht nur.« Chesmus Blick wurde streng. »Gracie, du machst inzwischen Hausaufgaben. Ich muss an Kenais Unterstand ein paar Bretter ersetzen, die morsch geworden sind.«

»Mach ich, Papa.«

Julia betrachtete ihren Sohn eingehend. Ihm schien die Angelegenheit wichtig zu sein. »Na schön. Ich sattle rasch Kenai.«

Sam grinste. »Wozu brauchst du einen Sattel? Lass Kenai seine verdiente Ruhe. Du kannst hinter mir aufsitzen.«

Wie erwachsen ihr Sohn geworden war!

Als sie durch das Gatter des Reservats ritten, folgten ihnen zahllose Augenpaare, während Mutter und Sohn unbeirrt auf ein Tipi am äußersten Rand des Reservats zusteuerten, wo ihnen ein junger Núu-ci das Pony abnahm. Vor der Behausung saß eine füllige junge Frau mit einem Zopf, der weit über ihre Hüften fiel.

Sam verbeugte sich vor ihr. »Ich sende dir die Grüße meines Vaters, Doli. Du kennst meine Mutter Julia?«

Sie lächelte scheu. »Wer kennt sie nicht. Willkommen!«

»Wir bitten um Erlaubnis, eintreten zu dürfen«, sagte Sam.

Die junge Núu-ci machte eine einladende Handbewegung. Die Öllampe im Tipi sorgte für ein angenehmes Halbdunkel.

»Wozu das alles?«, raunte Julia.

Sam lächelte. »Du hast mir erzählt, dass Großcousin Felix überlegt, eine Kollektion mit extravaganten Einzelstücken herauszubringen.«

»Ganz recht, aber was hat das mit Dolis Mokassins zu tun?«

Bevor Sam seiner Mutter antworten konnte, legte die Núu-ci zwei Körbe vor ihnen ab. In einem befanden sich Lederstreifen unterschiedlicher Art und Färbung sowie eine Reihe Nähutensilien. Im zweiten lagen einige in weichen Stoff gehüllte Bündel.

Doli wickelte vorsichtig ein Bündel nach dem anderen aus.

Julia entwich ein überraschter Laut. Vor ihr lagen mit Perlen geschmückte weiße Kinderschuhe aus Ziegenleder. Daneben ein elegantes besohltes Exemplar aus Hirschleder.

»Für den weißen Mann.« Doli reichte ihr das Hirschlederpaar. »Oder für einen Núu-ci, der in den Bergen lebt und festen Halt braucht, um sie zu erklimmen.«

Staunend strich Julia über das geschmeidige Material und die kunstvollen Nähte. »Sie sind wundervoll. Derart weiches Schuhwerk habe ich selten zu Gesicht bekommen.«

Dolis Wangen röteten sich vor Freude.

Sam legte den Kopf schief. »Was, wenn Großcousin Felix Schuhe nach den Vorbildern der Núu-ci macht?«

Julia blickte entgeistert auf. »Du meinst, Mokassins nach Dolis Entwürfen? Das klingt ein bisschen verrückt.«

»Wieso denn?« In Sams Augen blitzte es. »Für die Núu-ci wäre so ein Geschäft ein Segen, gleichzeitig hätte Großcousin Felix exklusives Schuhwerk anzubieten, nämlich Kunst von unserem Stamm, die es sonst nirgends in Europa zu kaufen gibt.«

»Das stimmt.« Seine Intelligenz und Kombinationsgabe versetzten sie immer wieder in Erstaunen. »Aber ich glaube kaum, dass diese Mokassins für Deutschland geeignet sind.«

Doli, die das Gespräch verfolgte, wirkte ebenso verwirrt wie Sam.

»Wieso passen die Schuhe für Berlin nicht, Mama?«

»Das Klima dort ist anders«, erklärte sie geduldig. »In Deutschland regnet es viel öfter als bei uns, sie brauchen wasserabweisende und im Winter wärmende Schuhe.«

»Ich verstehe.« Sam versank in Grübelei.

»Da habe ich etwas für dich.« Die Núu-ci gab Julia das größte Bündel.

Mit geweiteten Augen betrachtete sie die mit Perlen geschmückten Damenfellstiefel, deren Blickfang zwei Reihen Fransen waren.

»Wir tragen sie im Tipi, wenn uns kalt ist.«

Julias Gedanken überschlugen sich. »Deine Schuhe sind wunderschön. Wie bist du zu deinem Handwerk gekommen? Hast du es von deiner Mutter übernommen?«

Doli verneinte. »Als ich von der Indian Boarding School heimkehrte, fühlte ich mich leer, ich kannte meine Familie kaum wieder. Eines Tages habe ich Großmutter Too-Wee, die bei den Weißen Lizzie heißt, bei der Arbeit zugesehen. Sie hat früher für uns die Mokassins genäht. Ihre Finger waren schon steif und ihr Rücken krumm, also habe ich alles von ihr gelernt, damit ich ihr helfen kann. Meinem Stamm und unseren Ahnen auf diese Weise die Ehre zu erweisen, macht mich glücklich. Schuhe anzufertigen, bedeutet für mich weit mehr, als Leder zusammenzufügen und hübsche Nähte zu machen. Ich webe auch mit meinem Geist Segenssprüche für ihre Träger hinein. Dass sie mit ihnen die richtigen Wege beschreiten oder niemals den Pfad nach Hause vergessen mögen, zum Beispiel.«

Julia hatte ihr gebannt gelauscht und fasziniert beobachtet, wie sich die eher unscheinbare Núu-ci bei ihrer Schilderung in eine Frau verwandelte, die von innen zu leuchten schien.

»Großcousine Isa ist bekannt für ihre ausgefallenen Modelle«, unterbrach Sam ihre Gedanken. »Darüber haben wir öfter gesprochen. Vielleicht kann sie unsere Mokassins so umgestalten, dass sie sich für die Berliner eignen. Das wäre eine Ehre für Doli und alle Núu-ci.«

Julia lächelte. »Was dir so alles einfällt, mein Junge.«

Der Dreizehnjährige zuckte mit den Schultern. »Mir würde es gefallen, wenn man hinter dem großen Wasser etwas von unserem Stamm erfährt. Je mehr sie über uns wissen, umso besser lernen sie uns verstehen.«

In diesem Moment spiegelte sich der Einfluss seiner indianischen Familie auch in seiner Sprache wider. Seine Argumente klangen einleuchtend. Auf Sams Miene zeichnete sich seine innere Zerrissenheit ebenso ab wie Fragen und Zweifel. Aber auch die Liebe, die er für das Volk seines Vaters empfand, war aus ihr herauszulesen.

Julia wandte sich Doli zu. »Kannst du Modelle für Damen- und Herrenmokassins zeichnen? Am besten für den Alltag und für Feiertage.«

Die Núu-ci nickte. »Von den Modellen, die meinem Stamm besonders gut gefallen, habe ich bereits welche angefertigt, damit ich sie nacharbeiten kann. Brauchst du auch eine Anleitung mit den einzelnen Arbeitsschritten?«

»Unbedingt«, erwiderte Julia. »Kannst du schreiben?«

Doli starrte auf ihre Fellstiefel. »Musste ich in der Indian Boarding School lernen, aber das ist Jahre her.«

Julia strich über ihren Arm. »Dafür sprichst du ein hervorragendes Englisch. Sam schreibt die Anleitungen sicher gern für dich auf.«

Sam stimmte zu, und Doli und er verabredeten sich für den kommenden Nachmittag.

In der folgenden Stunde beobachteten Julia und Sam fasziniert, wie aus einigen Lederstreifen ein Paar Schuhe entstand. Doli erklärte, dass die Mokassins für den Alltag der Núu-ci zumeist aus Ziegenleder gefertigt wurden, während sie beim Nähen von festlichem Schuhwerk Elch- oder Hirschleder verwendete. Doch seit die Weißen sie gezwungen hatten, ihr freies Leben aufzugeben, waren diese schwer zu beschaffen.

Zum Abschied nahm Doli Julias Hände. »Möge der warme Wind sanft um dein Haus wehen.«

Julia lächelte. »Um deins ebenfalls.«

Die Zeichnungen sicher in einem Bündel in ihrer Manteltasche verborgen und den leichten Wind im Rücken, legte sie den Heimweg nachdenklich zurück, begleitet vom Knirschen ihrer Stiefeltritte im Schnee.

Sam würde bis zur Schneeschmelze im Reservat bleiben. Bis sie ihn wieder in die Arme schließen konnte, vergingen noch einige Monate. Neben dem Nahkampftraining hatte er in den letzten Wintern bei Großvater Akule die Feinheiten der Jagd erlernt, wobei er beweisen musste, dass er das Wild nicht nur erlegen, sondern es auch zu häuten und zu zerteilen verstand. Mehr hatte er Chesmu und ihr nicht verraten, denn über die Mysterien der Núu-ci und deren Geschichten der Ahnen durfte er nicht sprechen, bis man ihn als vollwertiges Stammesmitglied aufgenommen hatte.

Noch als sie die heimische Hütte betrat, war Julia erfüllt von den Eindrücken, die Doli in ihr hinterlassen hatte. Während sie Kürbisstücke und Zwiebeln in einen Topf mit schmorendem

Rindfleisch gab, schlichen sich die Hirschlederschuhe zurück in ihre Gedanken. Die Machart konnte man als ungewöhnlich bezeichnen, ein bisschen archaisch sogar, aber ebendies fand Julia reizvoll. Sie erinnerte sich, dass Isas Entwürfe vor dem Krieg eine Zeit lang orientalisch geprägt gewesen waren. Vielleicht konnte das Kunsthandwerk der Núu-ci ebenfalls das Interesse der Deutschen wecken.

Auf jeden Fall hatten sie zunächst mit dem Indian Agent Carrington zu sprechen, denn jedes Geschäft der Núu-ci musste vom Bureau of Indian Affairs genehmigt werden. Wenn es jemandem gelingen konnte, die strengen Weißen in der Behörde von den Vorteilen einer derartigen Idee zu überzeugen, dann ihm. Carrington hatte sich in den langen Jahren, die Julia ihn kannte, als kluger und besonnener Vermittler erwiesen. Obwohl der ältere Mann nie viele Worte darüber verlor, hatte er sich bei den schwierigen Verhandlungen, ob Sam und Gracie der Schulbesuch erlaubt sein würde, als Freund der Núu-ci herausgestellt.

Carrington würde erkennen, welche Möglichkeiten sich den Núu-ci eröffneten, wenn sie eine Geschäftsbeziehung nach Übersee aufbauen durften.

Chesmu hingegen betrachtete Sams Plan skeptisch. »Die Schuhe der Weißen sind dunkel, langweilig und haben nichts Persönliches. Hunderte tragen die gleichen. Wieso sollten ihnen Dolis farbenfrohe und fantasievolle Mokassins gefallen?«

Julia küsste seine Nasenspitze. »Möglicherweise lässt sich das jetzt ändern.«

Da ihr die Angelegenheit keine Ruhe ließ, fuhr sie am Nachmittag zum Postamt und ließ sich mit der Stadtvilla verbinden.

»Isa! Ich bin's!«

»Julia! Du hast Glück, ich wollte gerade zu Bett gehen.«

Himmel, in der Aufregung hatte sie den Zeitunterschied überhaupt nicht beachtet. »Entschuldige, Liebes. Seid ihr alle wohlauf?«

»Ja, zum Glück. Adele und Anton entwickeln sich prächtig, und das Unternehmen läuft auch wieder an.« Julia hörte, wie Isa kurz innehielt.

»Mehr Gutes habe ich leider nicht zu berichten«, fuhr Isa betrübt fort. »Momentan verhandeln unsere Politiker im Reichstag wegen Reparationsleistungen nach dem verlorenen Krieg. Besonders Frankreich will ein großes Stück vom Kuchen abbekommen.«

Julia entfuhr ein entsetzter Laut. »Meinst du, sie werden auch euch dazu verpflichten?«

»Wir sind Unternehmer, Liebes, bei uns werden sie zuerst die Daumenschrauben ansetzen. Bislang wissen wir leider nichts Konkretes und ebendiese Ungewissheit macht Felix zu schaffen.«

»Herrje, das kann ich mir vorstellen«, entwischte es Julia. »Ich möchte nicht in seiner Haut stecken.« Felix' Bild tauchte unverhofft vor ihr auf. Bei ihrem Zusammentreffen war sie noch ein halbes Kind und er Mitte zwanzig gewesen. Auf seinen klassischen Gesichtszügen hatte noch ein Hauch von Jugend gelegen. Sie erinnerte sich daran, wie er stets die Nase gekräuselt hatte, wenn er in Gedanken versunken gewesen war. Ob er das noch immer tat? Inzwischen ein gestandener Mann, lenkte er mit Klugheit und Weitsicht die Zügel des Unternehmens, was ihre Zuneigung für ihn nur verstärkt hatte. Dies war einer jener Augenblicke, in denen sie alles dafür gegeben hätte, bei der Familie in Berlin sein zu können.

Wehmütig zwang sich Julia in die Gegenwart zurück. »Ist wenigstens der lästige Auftrag für die Polizei erledigt?«

»Die unentgeltliche Ausstattung der Berliner Polizei ist zum Glück abgeschlossen«, antwortete Isa. »Jetzt arbeiten wir noch bis Ende Januar nächsten Jahres zum Selbstkostenpreis für sie, was nicht nur Onkel Georg jeden Tag aufs Neue ärgert, weil wir an den Aufträgen keinen Pfennig verdienen.«

»Die Zeit geht vorüber«, versuchte Julia, sie zu besänftigen. »Ist Felix noch wach?«

Isa verneinte. »Was hast du auf dem Herzen, dass du so spät noch anrufst?«

In kurzen Zügen berichtete Julia von Dolis Mokassins und Sams Idee.

Am anderen Ende sog Isa scharf die Luft ein. »Ich liebe ausgefallenes Schuhwerk, und Sams Vorschlag, den Stamm auf diese Weise zu unterstützen, gefällt mir sogar noch besser! Wie viele Entwürfe hast du denn von der Núu-ci bekommen?«

»Vier. Sobald ich die Anweisungen für die Modelle in Händen halte, schreibe ich sie ab und schicke dir alles.«

»Wunderbar. Alles Weitere besprechen wir, wenn ich sie begutachtet habe. Ich werde versuchen, Dolis Entwürfe ein wenig an den hiesigen Geschmack anzupassen, sodass sich beide Kulturen darin widerspiegeln. Vielleicht können wir die Exklusivkollektion damit ergänzen. Ob mir das gelingt und ob ich Felix für die Idee gewinnen kann, müssen wir abwarten.«

»Was sagt mein kluger Sohn so schön?« Julia schmunzelte. »Es kommt auf einen Versuch an. Bis bald, liebe Isa. Danke und gute Nacht.«

Zufrieden machte sie sich auf den Rückweg. Wie immer passierte sie dabei die Obstplantage ihrer Eltern, und weil der Schein der Lampen im Fenster geradezu unwiderstehlich einladend auf sie wirkte, lenkte sie Kenai auf die Einfahrt zu.

Ihr Vater schritt gerade das Grundstück ab und winkte.

»Wie schön, dich zu sehen, mein Schatz!«

Julia starrte auf das Gewehr in seiner Hand. »Jagst du etwa einen Schneemann?«

»Schön wär's.« Ernst deutete er auf eine Spur im Schnee, nur wenige Schritte von ihnen entfernt.

»Himmel!« Es war länger her, seit sie eine solche Fährte gesehen hatte, doch sie hätte sie jederzeit wiedererkannt. »Ein großer Puma!«

Wendelin stimmte zu. »Er streift schon seit Tagen durch die Siedlung. Meine Warnschüsse haben ihn fürs Erste verjagt, aber er kommt wieder. Hat Chesmu eure Zäune verstärkt?«

»Das hat er. Uns wird nichts geschehen, keine Sorge.« Julia strich über seinen Arm. »Es gibt spannende Neuigkeiten. Hast du einen warmen Platz am Ofen frei?«

Wendelin rückte seine Brille zurecht. »Was für eine Frage! Komm.«

KAPITEL 9

Felix

12. März 1920

Der düstere und regnerische Tag entsprach Felix' Stimmung. Den Großteil der Nacht hatte er am Schreibtisch verbracht. Seit man am 17. Dezember letzten Jahres das Reichsnotopfergesetz verabschiedet hatte, fühlte er sich wie ein Clown, der mit seinem Geld zu jonglieren hatte. Die Summe, die Schuherzeugung Breitenbach & Sohn monatlich an Wiedergutmachung zu leisten hatte, riss ein tiefes Loch in ihre Einnahmen. Zudem waren die Lebensmittelpreise um ein Vielfaches gestiegen. Der Reichsernährungsminister mahnte sogar eindringlich zum sparsamen Umgang mit Brot und hatte bereits eine Senkung der Mehlrationen angekündigt.

Nur wie Felix seine Familie ernähren sollte, dafür hatte der feine Minister offenbar keine Antwort parat. Auch im Unternehmen sah es nicht besser aus, denn ihre Einnahmen schwanden mit der Geldentwertung dahin, und es war nur eine

Frage der Zeit, wie lange er die Arbeiter und Arbeiterinnen, deren Lohn ihnen das Überleben sicherte, noch beschäftigen konnte. Gelangte er zu diesem Punkt der Überlegungen, zitterte sein versehrter Arm jedes Mal so heftig, als wollte er sich gegen einen unsichtbaren Gegner zur Wehr setzen, und ließ ihn nachts nicht schlafen.

Abgesehen von Walther und Levy, mit denen er ein Krisengespräch geführt hatte, wusste die Familie nicht, wie dramatisch es tatsächlich um das Unternehmen stand.

Er brauchte eine Lösung.

Tief in Gedanken versunken, ließ sich Felix zu Mikail bringen. Da sich Levy ausgezeichnet in seine neue Tätigkeit eingefunden hatte, war es Felix möglich, sich ganz auf die Therapiestunde zu konzentrieren. Ein Grund mehr, dankbar zu sein, dass Levy dort aushalf, wo sein Arm noch immer versagte.

Von den anstrengenden Übungen erschöpft, verließ er schließlich die Praxis und fand sich mit Isa, Caroline und Henny im Versammlungsraum von Schuherzeugung Breitenbach & Sohn ein, um über Isas neue Vorschläge für die Exklusivkollektion zu beratschlagen.

Felix stand wahrlich nicht der Sinn nach langen Debatten oder Konferenzen. Weil er aber wusste, wie viel Zeit und Mühe Isa für Sams Idee aufgewendet hatte, spülte er unauffällig einige Tropfen Schmerzmittel mit Wasser hinunter, um seiner Schwester, die einen Stapel Entwürfe auf den Tisch legte, mit voller Aufmerksamkeit folgen zu können.

»Wir haben heute darüber zu entscheiden«, begann Isa, »ob die von den Indianern inspirierten Entwürfe für unseren Markt geeignet sind. Ich habe sie zunächst für die Abendmode kreiert, kann mir aber auch Modelle für andere Anlässe vorstellen, sofern kleinere Änderungen vorgenommen werden.«

Sie schob ihrem Bruder den ersten Entwurf zu.

Felix kniff die Augen zusammen. Herrenschuhe zum Hineinschlüpfen, die Spitzen abgerundet und mit hellen Ziernähten versehen. Sein Interesse war geweckt.

»Das unauffälligste Modell hat eine robuste Sohle«, erklärte Isa. »Wir sollten es unbedingt aus Hirschleder fertigen. Das ist unvergleichlich weich und wird unsere Kunden begeistern. Um aus diesem Schuh einen Blickfang zu machen, können wir eine andersfarbige Sohle verwenden.«

»Für meinen Geschmack zu exzentrisch«, brummte Felix. »Die De-Luca-Brüder würden sich fraglos darauf stürzen.«

»In Berlin gibt es ebenfalls Exzentriker«, gab Caroline schmunzelnd zu bedenken.

Als sie, Isa und Henny wenig später einen Blick auf den zweiten Entwurf warfen, stießen sie anerkennende Pfiffe aus.

Auch Felix musste einräumen, dass die zierlichen Damenmokassins aus weißem Ziegenleder ins Auge fielen. Die schlichte Form passte hervorragend zur Abendmode. Einzigartig machte das Modell jedoch die Perlenapplikation in Form einer Sonne.

Ungebeten schlich sich die Stimme seines Vaters in Felix' Ohr, die ihn eindringlich an den Schwur auf den Ahorn erinnerte. Auf der einen Seite konnte er es am erregten Rauschen seines Blutes fühlen, dass diese beiden Modelle einen Wendepunkt für das Unternehmen darstellen konnten. Zumindest, wenn sie bei ihren Kunden eine ähnliche Begeisterung hervorriefen wie bei Henny und seinen Schwestern.

Gleichzeitig mahnte seine Stimme der Vernunft, dies sei der denkbar schlechteste Moment, ein unkalkulierbares Risiko einzugehen.

»Die Näherin der Núu-ci hat uns eine detaillierte Anleitung für die Herstellung der Applikationen überlassen«, erläuterte Caroline. »Wir benötigen zwei oder drei versierte Kräfte, die diese per Hand anbringen.«

Aus den nachfolgenden Modellen wählten sie noch ein Paar Damenstiefel mit einer Doppelreihe farbiger Fransen.

»Die restlichen Vorschläge sind entweder in der Herstellung zu teuer oder die Materialien schwer zu beschaffen.« Felix wandte sich Isa zu. »Lass von den drei Modellen jeweils Muster anfertigen. Zudem brauche ich eine Dokumentation über die Dauer der Herstellung samt einer Kostenaufstellung. Danach setzen wir uns wieder zusammen. Ich hätte gern auch Vaters und Onkel Georgs Rat zu unserem Vorhaben.«

Als Isa und Henny den Raum verlassen hatten, hielt Caroline ihn auf. »Stimmt etwas nicht, Bruderherz?«

»Die Frage gebe ich gern zurück.« Felix lächelte müde. »Deinen dunklen Augenringen nach zu urteilen, hast du nicht viel Schlaf bekommen, Wildfang.«

»Das will ich gar nicht leugnen. Kaum war Anton eingeschlafen, fing Adele zu weinen an.« Sie musterte ihn gespielt streng. »Dennoch lasse ich nicht zu, dass du mir ausweichst.«

Wieso ließ sie ihn nicht in Frieden?

»Mach mir nichts vor. Was bedrückt dich?«

Felix murmelte etwas davon, dass sie sich nicht sorgen müsse.

Seiner Antwort folgte ein Wortschwall, den er, so gut es ging, an sich vorbeirauschen ließ. »Lass es damit bewenden. Ich habe zu arbeiten.«

Damit drehte er sich auf dem Absatz um und steuerte, ihren fragenden Blick im Rücken, auf seine Schreibkammer zu. Kurz darauf telefonierte er mit Strathmann & Sohn, damit sie eine defekte Maschine noch heute instand setzten.

Zur Mittagszeit ließ er sich bei der Familie entschuldigen. Er musste seine Gedanken ordnen und Entscheidungen treffen.

Eine der Sekretärinnen fragte, ob sie ihm einen Imbiss bringen solle. Felix lehnte ab, allein die Vorstellung von Essen bereitete ihm Unwohlsein. Er schielte auf seine Uhr, denn er erwartete ein wichtiges Telefonat. Erst halb drei, und die Zeiger wollten sich nicht vorwärtsbewegen.

Als das Telefon klingelte und eine freundliche Frauenstimme ihm verkündete, dass die Verbindung nach Cortez aufgebaut sei, zwang er sich zur Ruhe und nahm das Gespräch entgegen.

»Felix, Junge!« Tante Rosas warme Begrüßung tat seinen angespannten Nerven gut. »Dein Telegramm hat mich beunruhigt. Muss ich mir Sorgen um euch machen?«

Einige Minuten später legte er den Hörer wieder auf die Gabel und lehnte sich in seinem Schreibtischsessel zurück. Ihm schien es, als würden sich auf einmal alle quälenden Fragen in Gewissheit verwandeln. Wenn dies die Lösung war, nach der er monatelang händeringend gesucht hatte, würde er in dieser Nacht vielleicht endlich ein wenig schlafen können.

Der Nachmittag zog sich quälend in die Länge. Wie die Familie wohl auf seinen Vorschlag reagieren würde? Da er nichts weniger gebrauchen konnte, als bohrende Fragen beantworten zu müssen, löste er das Versprechen ein, das er Clemens vor einiger Zeit gegeben hatte, und besuchte mit ihm das Aquarium im Zoologischen Garten.

In Felix war alles in Aufruhr, als er anschließend die Familie in die gute Stube rief. Auch Levy fand sich in ihrer Mitte ein. So wurde wohl jedem Anwesenden bewusst, dass es sich bei ihrer Zusammenkunft um weit mehr als ein Familientreffen handelte.

Nachdem sich die Anwesenden um den langen Tisch gruppiert hatten, erhob sich Felix. »Ihr Lieben, ich habe einen Vorschlag zu machen und bitte euch, mich in Ruhe anzuhören, bevor wir darüber diskutieren.« Sein Blick schweifte von einem zum anderen. »Seien wir ehrlich, uns allen ist deutlich geworden, dass das neue Reichsnotopfergesetz früher oder später unser Unternehmen ruinieren wird, wenn wir nicht schnellstens handeln.« Er nahm einen tiefen Atemzug, um sein rasendes Herz zu besänftigen. »Ich habe lange nachgedacht, wie wir das verhindern können.«

In den Mienen der Anwesenden war Anspannung zu lesen.

»Fest steht«, setzte Felix erneut an, »dass die Reparationsleistungen einige Jahre lang andauern, zurzeit vorläufig veranschlagt sind und nach der Höhe des Vermögens berechnet werden. Über die endgültige Staffelung streiten sich die Politiker voraussichtlich noch eine Weile. Deshalb sollten wir die Gelegenheit nutzen, unser Vermögen außer Landes zu bringen. Tante Rosa und Onkel Wendelin haben angeboten, es auf einem Konto in Cortez zu deponieren.«

Theodor sprang auf. »Junge, das ist eine fabelhafte Idee!«

Es geschah selten, dass sein Vater Anerkennung offen aussprach, er machte sie höchstens mit kleinen Gesten deutlich.

Onkel Georgs Glas klirrte hell, als er es ruckartig auf dem Tisch abstellte. »Grundgütiger, du ahnst nicht, wie mich das beruhigt!«

Auch der Rest der Familie entspannte sich sichtlich auf seinen Plätzen.

»Kommen wir zum nächsten und wichtigsten Punkt«, fuhr Felix fort. »Ich möchte, dass wir uns in absehbarer Zeit eine neue Existenz in Cortez aufbauen.«

Die Stille, die seinen Worten folgte, legte sich dumpf und schwer wie ein nasser Mantel um seine Schultern.

Emilie neben ihm rang um Fassung.

»Das kann nicht dein Ernst sein, Felix!« Das Gesicht seines Vaters rötete sich ungesund. »Du sprichst von meinem Zuhause! Meine Geschwister und ich wurden hier geboren, und später auch ihr drei.« Er machte eine umfassende Handbewegung. »In diesen Wänden stecken all unsere Erinnerungen!«

Vanda tastete nach der Hand ihres Mannes, doch er entzog sich ihr.

»Denkst du, ich würde euch einen derartigen Vorschlag unterbreiten, wenn es eine andere Lösung gäbe? Bitte macht euch klar, dass wir anderenfalls viel Geld verlieren werden«, gab Felix eindringlich zu bedenken, »gleich, wie hart wir arbeiten. Bis von dem, was Großvater Hermann einst eigenhändig und mit vielen Entbehrungen aufgebaut hat, nichts mehr übrig bleibt.« Er hob seine Stimme. »Genau das dürfen wir nicht zulassen, meine Lieben! Denkt an unsere Kinder, die einmal den Schwur auf den Ahorn in unserem Sinne fortführen sollen. Was für ein Erbe hinterlassen wir ihnen?«

Sein Vater wirkte wie ein Vulkan, der jeden Augenblick ausbrechen konnte. »Wir haben bislang alle Krisen gemeistert und werden auch diese überstehen.« Erbost baute er sich vor Felix auf. »Außerdem haben wir Verträge zu erfüllen. Schon vergessen?«

»Das werden wir, Vater. Unsere Vereinbarung mit der Polizei ist seit Ende Januar 1920 beendet. Wir würden im Fall eures Einverständnisses nur noch Aufträge entgegennehmen, die wir bis Ende Januar kommenden Jahres ausliefern können.«

Theodor verengte die Augen zu Schlitzen. »Ich kann nicht glauben, dass ausgerechnet du von Auswanderung sprichst.«

»Ich bitte dich, mich in Ruhe anzuhören, bevor du deine Entscheidung triffst, Vater«, antwortete er betont ruhig.

»Wie du meinst. Fahre fort.«

Felix spürte die unsichtbare Mauer aus Abweisung, die sein Vater vor ihm errichtet hatte, beinahe körperlich.

Onkel Georg raufte sich das Haar, auch die Frauen schwiegen.

»Danke, Vater.« Felix suchte Mathildes Aufmerksamkeit. »Du hast kaum noch Klavierschüler, weil sich deren Eltern den Unterricht nicht mehr leisten können, ist es nicht so?«

»Was ich sehr bedaure«, räumte sie leise ein. »Es hat mir leidgetan, meine begabten Schüler weinen zu sehen.«

»Ja, wer wird ihr Talent nun fördern?« Nachdenklich wandte sich Felix an Caroline und seine Frau. »Kommen wir zu euch zwei. Ihr zermartert euch ständig die hübschen Köpfe, ob es uns gelingt, genügend Grieß und Haferflocken für die Kinder aufzutreiben.« Er betrachtete Emilie liebevoll. »In Cortez habt ihr diese Sorge nicht.«

Seine Frau biss sich auf die Unterlippe.

Felix' Blick wanderte zu Isa. »Die Exklusivkollektion lässt sich verschieben. In Cortez könntest du mit den von den Núu-ci inspirierten aufregenden Modellen zur Verständigung von Rot und Weiß beitragen, zumal die Kosten dort weit geringer ausfallen, da du die Materialien vor Ort beziehen würdest.« Er zwinkerte. »Überdies habe ich mir sagen lassen, dass sich die nächste Schuhfabrik, die eigene Kreationen für den kleinen und großen Geldbeutel anbietet, in Denver befindet. Du wärst also eine Pionierin auf dem Gebiet.«

Isa starrte an ihm vorbei auf einen imaginären Punkt an der Wand.

Felix ahnte, was es sie kostete, ihn ausreden zu lassen. Levy und Walther folgten unterdessen ernst seinen Ausführungen. Dann richtete er sich an Onkel Georg und seinen Vater. »Ihr träumt davon, eure Schwester Rosa wiederzusehen. Dies wäre der rechte Zeitpunkt, unsere Familie in Cortez zu vereinen. Nach Jahrzehnten könntet ihr euren Lebensabend gemeinsam verbringen, ganz zu schweigen von unserem Simon, der seinen Bruder Wendelin schon viel zu lange nicht mehr gesehen hat. Und wer weiß, womöglich hat unsere Magda Lust, uns zu begleiten.«

Onkel Georg blinzelte eine Träne aus dem Augenwinkel.

Vanda betrachtete ihren Mann besorgt. »Dein Vorschlag kommt für uns alle unerwartet. Wie steht es wirklich um das Unternehmen?«

»Ich schlage vor, Walther gibt darüber Auskunft. Er hat den besten Einblick in unsere Buchhaltung.« Felix gab Carolines Mann einen Wink fortzufahren.

Dieser streckte den Rücken, und seiner Haltung nach zu urteilen, fühlte er sich unbehaglich in seiner Rolle. »Es tut mir leid, euch die Hiobsbotschaft überbringen zu müssen.« Er hielt kurz inne. »Wenn wir nichts unternehmen, müssen wir spätestens Ende nächsten Jahres die Pforten von Schuherzeugung Breitenbach & Sohn schließen.«

Die entsetzten Ausrufe sowie der Anblick seines Vaters, der bleich und steif wie eine Statue dasaß, drangen Felix durch Mark und Bein.

»Deshalb hast du also die Entscheidung über die exklusive Kollektion vertagt«, sagte Isa nach einer gefühlten Ewigkeit.

»So ist es. Tante Rosa und Onkel Wendelin an unserer Seite zu wissen, hat mir neue Hoffnung geschenkt. Von meinen Gedanken an eine Übersiedlung wissen die beiden bisher nichts. Ich wollte mich zunächst mit euch besprechen.«

Sein Vater verschränkte die Arme vor der Brust. »Nichts als Hirngespinste! Was sollen wir in Amerika?«

»In Frieden und ohne finanzielle Daumenschrauben leben«, sagte Felix ruhig. »Die Zeit vor unserer Abreise können wir dafür nutzen, um alles vorzubereiten. In dem Fall könnte ich beispielsweise unseren Lieferanten Vogl ins Vertrauen ziehen und ihn bitten, einzelnes Mobiliar sowie unser Gepäck zum Schiff zu bringen. Auf ihn können wir uns verlassen, er hat schon Carolines Gepäck damals nach Mailand gefahren.« Er suchte den Blick seines Vaters. »Ich wünsche mir einen sauberen Schlussstrich unter dem Kapitel Berlin. Was meinst du?«

Sein Vater fuhr hoch. »Was ich meine? Ich bin entsetzt, wie leichtfertig du alles, was unser Leben ausgemacht hast, fortwerfen willst.« Die Lippen zu einer dünnen Linie verkniffen, drehte er sich ruckartig um. »Mir reicht's, ich höre mir das nicht länger an!«

Felix zuckte zusammen, als die Tür geräuschvoll ins Schloss fiel. Mit Bedenken und Zweifeln hatte er gerechnet, nicht jedoch mit dem Zorn seines Vaters.

Einzig das Ticken der Standuhr durchschnitt die Stille.

Vanda erhob sich schließlich, blass, aber gefasst. »Theodor ist hier verwurzelt. Bitte seht ihm seine heftige Reaktion nach. Ich werde versuchen, ihn zu einem Spaziergang zu bewegen. Das klärt den Kopf.« Sie sah ihren Stiefsohn an. »Wir sprechen uns, wenn er sich beruhigt hat.«

»Natürlich.« Die harschen Worte seines Vaters hallten laut wie Sirenen in ihm nach.

Als Vanda den Raum verlassen hatte, meldete sich Isa zu Worte. »Nach Amerika auszuwandern, war für dich stets undenkbar. Die wirtschaftliche Lage kann nicht der einzige Grund sein. Weshalb hast du deine Meinung geändert?«

Mit dieser Frage hatte Felix gerechnet. Er hatte sie sich selbst oft genug gestellt. »Berlin war meine Heimat, doch das Gefühl, hierherzugehören, habe ich – lange fast unbemerkt – in den letzten Jahren verloren.« Vor seinem geistigen Auge spulten sich verdrängt geglaubte Erinnerungen ab. »Die Westfront hat mich gelehrt, das Leben zu schätzen, keine halbherzigen Kompromisse einzugehen und mir Wünsche zu erfüllen, bevor ich zu alt dafür bin. Dann der Aufstand am Alexanderplatz. Die rohe Gewalt von Demonstranten und Polizei hat mich zutiefst schockiert.« In seiner Stimme schwang Erregung mit. »*Das* ist nicht mehr meine Stadt! Außerdem habe ich mein Vertrauen in die neue Regierung nach einigen zweifelhaften Entscheidungen verloren. Nicht zu vergessen: Denkt nur an die frisch gegründete NSDAP! Wie ist es möglich, dass eine judenfeindliche Partei in der Bevölkerung von Tag zu Tag mehr Zuspruch gewinnt? Über viele Jahre hinweg haben alle mit ihren jüdischen Mitbürgern in Frieden und Freundschaft gelebt, um sie jetzt zu verunglimpfen? Sie sollten sich schämen!« Er suchte Onkel Georgs Blick. »Obendrein hat mich dein Gerichtsurteil betroffen gemacht. Sie haben an dir ein Exempel statuiert, während – und das weiß ich aus verlässlicher Quelle – andere Geschäftsleute, die auf dem Schwarzmarkt ein und aus gingen, nie angeklagt wurden.«

Seine Aussage schien seinen Onkel nicht zu überraschen. Er winkte ab. »Die Angelegenheit ist für mich erledigt, verschwende keinen Gedanken mehr daran.«

Emilie hatte ihre rosige Gesichtsfarbe verloren. »Wieso hast du nie darüber gesprochen?«

»Ich brauchte lange, um mir die Wahrheit einzugestehen. Verzeih, mein Herz. Aber in mir wehrt sich alles dagegen, unsere Kinder hier aufzuziehen, wo sie einer ungewissen Zukunft entgegensehen.«

Unterdessen ließ Isa ihn nicht aus den Augen. »Die Erkenntnis muss bitter gewesen sein, dennoch wundere ich mich, Bruderherz. Dir haben unsere Arbeiter und Arbeiterinnen all die Jahre am Herzen gelegen. Setzen wir sie etwa einfach auf die Straße?«

»Selbstverständlich nicht.« Felix hob begütigend eine Hand. »Wir bieten der Belegschaft an, bei der Stellensuche behilflich zu sein. Es hilft niemandem zu warten, bis wir unsere Arbeitskräfte nicht mehr bezahlen können.«

Bei der Vorstellung, was es in den folgenden Monaten alles zu bewältigen galt, wurde sein Mund trocken, und er stürzte ein Glas Wasser hinunter. »Mir ist die Bedeutsamkeit dieses Augenblicks durchaus bewusst. Unsere gemeinsame Entscheidung wird nicht nur das Schicksal der Familie, sondern auch das unserer Nachkommen beeinflussen.« Er wurde plötzlich ganz ruhig, und das Abendlicht zeichnete die Gesichter seiner Lieben weicher. »Schieben wir für einen Moment mal unsere Bedenken beiseite. In Berlin bleiben wir Gefangene der Regierung. In Cortez könnten wir unsere Träume verwirklichen!«

Levy räusperte sich. »Felix, erlaubst du, dass ich unser Gespräch kurz wiedergebe?«

Auf seine alten Tage wirkt er fast ein wenig schüchtern, dachte Felix. »Nur zu.«

»Danke«, begann Levy. »Felix hat mich gefragt, ob ich bereit wäre, Schuherzeugung Breitenbach & Sohn als sein Geschäftsführer fortzuführen, falls er nach Cortez übersiedeln würde. Das Angebot musste ich leider ausschlagen. Mir fehlt Erfahrung in der Führung eines derart großen Unternehmens, zudem fürchte ich, dass meine Konfession seinem Ansehen schaden könnte.«

Mathilde winkte ab. »Das ist doch absurd! Du bist ein geschätzter Kollege, die Belegschaft vertraut dir.«

»Gewiss, aber außerhalb des Betriebes sieht es leider anders aus«, kam Felix seinem Freund zur Hilfe. »Erez hat aufgrund seiner Herkunft den Posten in der Bank verloren, auf offener Straße beschimpft man ihn als jüdischen Drückeberger, und die liebe Irma, die wir alle schätzen und mögen, wurde von einer Händlerin aufgefordert, doch in jüdischen Geschäften einkaufen zu gehen.«

Über Levys Gesicht huschte ein Schatten. »Bedauerlicherweise haben eine ganze Zahl Mitglieder unserer Gemeinde ähnliche Erfahrungen gemacht. Mir liegt das Unternehmen zu sehr am Herzen, um seinen Ruf wegen meiner Herkunft aufs Spiel zu setzen.«

»Verständlich.« Mathildes Stimme wurde warm. »Wo wirst du arbeiten, sollten wir uns für eine Ausreise entscheiden, lieber Levy?«

Dieser hob die Schultern. »Wenn ihr einverstanden seid, würde ich euch dann gern nach Cortez folgen. Felix hat mir die Stellung des Prokuristen im neuen Unternehmen angeboten.«

Felix nickte. »Mich würde es freuen. Bis Schuherzeugung Breitenbach & Sohn dort seine Pforten öffnet, würde Levy den hiesigen Markt studieren und sich mit der Fertigung von Mokassins bei den Núu-ci vertraut machen. Ihr seht also, mein Vorschlag wäre für uns alle durchaus vorteilhaft. Deshalb bitte ich euch, gut darüber nachzudenken. In einer Woche setzen wir uns wieder zusammen. Bis dahin ist Vaters Wut hoffentlich verraucht und wir können sachlich miteinander reden. Ich bin davon überzeugt, dass mir Großvater Hermann zugestimmt hätte.«

Emilie küsste ihn. »Ich gehe zu den Kindern. Magda hat sich einen ruhigen Abend verdient.«

»Mach das.« Felix sah ihr nach. Sie hatte sich mit keiner Silbe zu seinem Vorschlag geäußert. Was wohl in ihr vorging?

Isa kam auf ihn zu. »O je, ich habe Vater lange nicht so wütend erlebt.« Sie verdrehte die Augen. »Mir schwirrt der Kopf. Wir sehen uns morgen.«

Caroline drückte nur seine Hand und verließ mit Walther den Raum.

»Du hast mir aus dem Herzen gesprochen. Ich bin stolz auf dich, mein Junge. Mach dir um deinen Vater keine Gedanken. Er beruhigt sich schon wieder.« Onkel Georg klopfte ihm auf die Schulter und sah seine Frau an. »Mir ist nach ein wenig Ablenkung. Was hältst du von einem guten Bier in der Brauerei Königstadt?«

»Himmlisch«, erwiderte Mathilde. »Magst du uns begleiten, Felix?«

»Danke, lieb von euch. Aber mir ist jetzt nicht nach einer munteren Geräuschkulisse zumute.«

Mathilde tätschelte ihn. »Natürlich, wir holen das bei einer anderen Gelegenheit nach.«

»Viel Spaß, ihr Lieben«, sagte Felix warm.

Wenig später fand er sich allein in der guten Stube wieder und verfolgte sinnierend das Züngeln der Flammen im Kamin. Hatte er ihnen verständlich machen können, wieso es unumgänglich war, Berlin hinter sich zu lassen? Er bezweifelte es. Die Nachricht hatte alle getroffen, Emilie und Isa schien er mit seinen Worten jedoch besonders aufgewühlt zu haben. Die Trauer auf ihren Zügen hatte Spuren bei ihm hinterlassen. Aber wer, wenn nicht er, hätte sie mit der rauen Realität konfrontieren sollen?

Felix lauschte auf Emilies Schritte, doch es blieb still im Haus. Insgeheim hatte er gehofft, dass sie ihn in der guten Stube aufsuchen würde, um ihm ihre Gedanken zu dem Thema anzuvertrauen. Offenbar war ihr jedoch nicht nach einem Gespräch zumute. Auf einmal fühlte er eine bleierne Müdigkeit, weshalb er bald darauf die Lichter löschte und den Raum verließ.

KAPITEL 10

Julia

Julias Farm, Grundstück des Reservats der Weeminuche, 20.
April 1920

Der Frühling hatte Einzug gehalten, der Schnee war geschmol-
zen und die Morgensonne wärmte Julias Wangen. Die ersten
Wildblumen blühten und hauchten gelbe und blaue Farbkleckse
auf die weite Ebene. Der Wind brachte die geschäftigen Laute
der Farmer mit, die ihre Felder bestellten, so weit das Auge
reichte.

Wenn sie sich umsah, konnte sie kaum fassen, wie sehr sich
Cortez und das Umland verändert hatten. Ein Umstand, den
Julia und Chesmu tatsächlich dem furchtbaren Krieg zu verdanken hatten. Wie makaber das klang! Dennoch entsprach es
der Wahrheit. Seit Kriegsende waren die Preise für Vieh, Fleisch
und Getreide in die Höhe geschossen, weshalb sich viele neue
Farmer im nahen Umfeld angesiedelt hatten. Der Aufschwung
hatte zudem für einen neuen Besucherstrom gesorgt. Um ihm
gerecht zu werden, fuhr man die Leute seit geraumer Zeit mit

Tourenwagen, in denen sicher zehn Leute Platz fanden, zum Mesa-Verde-Nationalpark. Die steigenden Einnahmen wurden außerdem für den Straßenbau genutzt. Im nächsten Jahr sollte der Navajo Trail eingeweiht werden, der Moab und Utah endlich mit New Mexico verbinden und so den Menschen mühsame Fahrten durch unwegsames oder schlammiges Gelände erleichtern *würde*.

Das vergangene Jahr hatte Chesmu und Julia erstmals erlaubt, Rücklagen zu bilden. Sie lächelte bei der Erinnerung an die kleine Feier, in der sie ihre Freude mit Akule, Nituna, Onawa und ihren Eltern geteilt hatten. Seit Ewigkeiten hatte sie nicht mehr derart ausgelassen getanzt.

Aber nicht nur Julias Familie wähnte sich im Glück, auch die Geldbörsen und das Ansehen der anderen Farmer waren gewachsen, was sie nur gerecht fand, immerhin ernährten sie die Einwohner in einer Zeit, in der viele Felder über Jahre unbestellt geblieben waren.

Doch bei dem leichten Aufschwung war es nicht geblieben, die Preise stiegen weiter und bescherten Chesmu satte Gewinne.

»Ich kann uns endlich eine anständige Kate bauen. Sam und Gracie wachsen aus den Kinderschuhen heraus, sie sollen eigene Zimmer bekommen.« Julia würde nie vergessen, wie stolz und froh er bei seinen Worten ausgesehen hatte. »Die alte Hütte nutzen wir für Gäste.«

Sie hatte sich glücklich an ihn gelehnt. Das Leben meinte es gut mit ihnen.

Vor ein paar Tagen war Sam von den Núu-ci heimgekehrt. Er schien seit ihrem letzten Treffen noch mehr gewachsen zu sein. Sie waren nun wieder komplett.

Julia hängte gerade das letzte Wäschestück auf die Leine, und Chesmu fütterte die Hunde, da entdeckte sie den Wagen ihrer Eltern.

Rosa wedelte mit einem Umschlag. »Den haben wir eben abgeholt. Seht mal auf den Absender.«

Julia hob verblüfft den Kopf. »An Rosa und Wendelin Ehrlich samt Familie.«

Sie setzten sich auf die überdachte Terrasse, die Chesmu vor Kurzem gebaut hatte. »Öffne du die Post, Mama.«

Julia lugte über ihre Schulter, als sie den Brief entfaltete.

Mutter und Tochter warfen sich verblüffte Blicke zu. »Wenn mein großer Bruder schreibt, muss es sich um etwas Wichtiges handeln«, murmelte Rosa.

> *Ihr Lieben,*
> *hoffentlich sitzt Ihr jetzt beisammen und genießt die Sonne, denn es gibt wichtige Neuigkeiten zu vermelden. Die Familie hat sich nämlich entschlossen …*

Rosa verstummte und der Brief fiel lautlos zu Boden.

Da sie sich nicht rührte, hob Julia das Schreiben auf und musterte das leichenblasse Gesicht ihrer Mutter. »Ist alles in Ordnung?«

Rosa weinte lautlos.

> *Die Familie hat sich nämlich entschlossen, nach Cortez überzusiedeln,*

las Julia mit zitternder Stimme vor.

> *Felix und ich hatten einen erbitterten Streit. Aber nachdem wir alle ein paar Nächte darüber geschlafen haben, verstehe ich besser, warum er in Berlin keine Zukunft mehr für uns sieht. Im kommenden Frühling werden sich Caroline,*

Walther und die Zwillinge, Felix, Emilie und die
beiden Jungs, Levy und seine Frau, Simon sowie
Georg und Mathilde auf die Reise nach Cortez
begeben. Caroline will dort eine neue Fabrik
samt einem Geschäft eröffnen.

Isa, Vanda und ich bleiben vorerst in Berlin.
Es gibt Unmengen zu regeln, wie Ihr Euch gewiss
vorstellen könnt. Das Unternehmen muss aufge-
löst werden, da ein Verkauf für uns nicht infrage
kommt. Ich habe einst meinen Eltern geschwo-
ren, es nie in fremde Hände zu geben, und daran
werde ich mich halten. Isa und Vanda möchten
den Arbeitern und Arbeiterinnen bei der Suche
nach einer neuen Stellung behilflich sein. Dann
gilt es noch, sich um die Zukunft der Stadtvilla
zu kümmern. Sie aufzugeben, wäre ungeheuer
schwer.

Ich habe mich noch nicht entschieden, ob ich
der Familie folge. Ich bin nicht mehr der Jüngste
und kann mir momentan nicht vorstellen, an-
derswo zu leben. Eins kann ich Dir jedoch heute
schon versichern, liebste Rosa: Ich wünsche mir,
Dich leibhaftig vor mir zu sehen und mit Dir zu
plaudern. Ist das nicht ein bescheidener Wunsch
eines alten Mannes?

Ob Isa sich der Übersiedelung anschließt,
ist ebenfalls noch offen. Sie sorgt sich, ob ihr in
Cortez ähnlich gute Therapiemöglichkeiten zur
Verfügung stehen.

Julia ließ das Schreiben sinken.

Chesmu nickte. »Isa braucht besondere Therapien.«

»In Dolores soll es einen hervorragenden Orthopäden geben«, warf Wendelin nachdenklich ein.

Julia bemerkte, wie sich ihre Mutter das Gesicht abtrocknete, und lächelte. »Wie es aussieht, geht dein größter Wunsch tatsächlich in Erfüllung.«

»Ich kann euch gar nicht sagen, wie sehr ich mich freue.« Rosas Wangen nahmen wieder einen rosigen Ton an. »Ich wünsche mir so sehr, dass wir endlich alle zusammen sind. Lies weiter, mein Schatz.«

> *Ich sehe Eure überraschten Gesichter vor mir. Fürs Erste bitte ich von Herzen um Eure guten Wünsche.*
>
> > *Fühlt Euch umarmt*
> > *Theodor*

Eine Weile hing jeder seinen Empfindungen nach. Dann erwachte Rosa jäh aus ihrer Betäubung und sprang auf. »Himmel, wir brauchen Unterkünfte für sie.« Ihre Augen schimmerten im Morgenlicht blau wie der Himmel. »Das wird eine Herausforderung.«

Wie ihre Mutter so auf und ab lief, als hätte sie der Hafer gestochen, wirkte sie fast wie ein Kind, das auf den Weihnachtsmann wartet.

Rosa verharrte. »Aber das ist längst nicht alles. Sie brauchen Möbel, Küchen, Betten, besonders für die Kleinen, und einen Vorratsraum für den Winter ...«

»Nun mal langsam.« Leise lachend hielt Wendelin seine Frau fest. »Das hat Zeit.«

»Ich will nicht, dass unsere Familie in Pensionen wohnen muss. Sie soll sich hier heimisch fühlen.« Rosa pustete sich eine Haarsträhne aus der Stirn.

»Setz dich, bevor du vor Aufregung ohnmächtig wirst.« Entschieden drückte Chesmu sie auf die Bank zurück.

Julias Vater starrte in die Ferne und versank in Schweigen. Die Denkerfalten auf seiner Stirn vertieften sich, die Brille rutschte ihm auf die Nase.

»Hast du uns etwas mitzuteilen, Papa?«, fragte Julia vorsichtig.

»Genau genommen ja.« Wendelin fuhr sich übers frisch rasierte Kinn. »Ihr wisst, dass wir uns zur Ruhe setzen wollen und uns schon lange vergeblich um einen Käufer für die Obstplantage bemühen. Mir ist eben möglicherweise *die* Lösung für unser Problem eingefallen.«

Julia begegnete Chesmus fragendem Blick und zuckte unmerklich mit den Schultern.

»Wie soll sie deiner Meinung nach aussehen?«, hakte Rosa nach.

Wendelin lächelte. »Wir haben durch die guten Gewinne einiges angespart. Deshalb schlage ich vor, wir bauen noch ein Farmhaus mit zwei Eingängen auf unserem Land, für Georg, Mathilde und vielleicht Caroline mit ihrer Familie,‹ und wir modernisieren unsere Kate. Sie ist mittlerweile ordentlich in die Jahre gekommen.«

Rosa, die Barney beobachtet hatte, wie er laut bellend eine junge Krähe im Gemüsegarten aufschreckte, bedachte ihren Mann mit einem verwirrten Seitenblick. »Sag das noch einmal.«

Geduldig wiederholte Wendelin seine Worte, und im nächsten Moment schlang seine Frau die Arme um ihn.

»Das ist eine wundervolle Idee, Liebling.« Rosa nahm ihre Wanderung kreuz und quer auf der Terrasse wieder auf und strahlte dabei wie die Sonne selbst.

»Wenn wir Näheres wissen, suche ich Rat bei dem Architekten Olsen, der das neue Hotel am Marktplatz erbaut hat. Dann sehen wir weiter.«

Julia hob den Zeigefinger. »In deinem Alter solltest du aber keine schweren Arbeiten mehr verrichten, Papa. Für den Hausbau engagiert ihr besser gute Handwerker.«

Wendelin tätschelte sie. »Zerbrich dir darüber nicht den Kopf. Es finden sich gewiss kräftige Hände, die beim Hausbau zupacken. Vergiss nicht, wir haben ein Jahr Zeit.«

Chesmu richtete sich auf. »Wir Núu-ci sind geschickt und helfen einander.«

Rosa betrachtete ihn aufmerksam. »Das wäre großartig. Meinst du, die Indianerpolizei lässt euch gewähren?«

»Solange wir nirgends unangenehm auffallen, wird das kein Problem sein.« Chesmu verzog spöttisch seinen Mund. »Im Übrigen kommt mir gerade eine Idee. Ihr habt doch vorletztes Jahr ein paar Reihen neue Apfel- und Pfirsichbäume gepflanzt. Fragt die Obstbauern am McElmo Canyon. Bestimmt vergrößert der eine oder andere seine Plantage und sucht junge, geeignete Bäume. Dafür solltet ihr bei den hiesigen Preisen ein ansehnliches Sümmchen bekommen.«

Julia weitete die Augen. »Darauf bin ich gar nicht gekommen, aber das stimmt.«

Rosa wandte sich ihrem Mann zu. »Unsere Obstbäume stehen derzeit in voller Blüte. Man kann sie frühestens im Spätherbst verpflanzen.«

»Das ist wahr.« Wendelin schlug die Beine übereinander. »Es wird sich alles finden.«

Rosa sah auf ihre Armbanduhr. »In Berlin ist es bereits Abend. Theodor oder Georg müssten jetzt zu Hause sein.«

Wendelin legte den Arm um sie. »Dann lass uns aufbrechen.«

»Mama ist völlig aus dem Häuschen«, sagte Julia, als der Wagen ihrer Eltern hinter einer Anhöhe verschwand.

»Hoffentlich wird sie nicht enttäuscht.«

Julia warf ihm einen raschen Seitenblick zu. »Wieso sagst du das?«

»Der Weg der Familie ist steinig. Sie verlässt ihre Heimat.« Chesmus Stimme klang belegt. »Die Weißen haben uns Núu-ci damals fruchtbares Land versprochen. Aber wir wussten, dass aus ihren Mündern nur Lügen kamen und sie unseren heiligen Berg entweiht hätten, wenn wir gegangen wären. Wir haben so lange dort ausgeharrt, bis die Weißen uns erlaubten zu bleiben. Kein Stamm hat je beharrlicher gekämpft. Deshalb kann ich nachfühlen, wie es deiner Familie geht.« Er küsste ihre Stirn. »Ich muss nach den Tieren sehen, zwei sind hochträchtig, und die Rinder sind außer Rand und Band, weil sie den ersten Tag wieder auf die Weide dürfen.«

Sie küssten einander, danach stellte Julia den Webstuhl unter den hohen Ahorn, der seine Äste gleich einem Schirm über ihnen ausbreitete, unter dem inzwischen ihre Familie Platz fand. Einen genüsslichen Moment lang gab sie sich der Vorstellung hin, wie sie mit Felix, Caroline und Isa im Schatten des Ahorns saß. Sie hätte die Zwillinge auf dem Schoß und Sam würde Clemens die Pferde zeigen, während Gracie mit dem kleinen Jakob im Gras spielte. Sie könnten über alles plaudern, was in einem Brief nie Platz fand, und Pläne schmieden.

In ihren rosigen Traum schlichen sich dunkle Wolken. Was, wenn Onkel Theodor und Isa in Berlin bleiben wollten und der Rest sich entschied, ihren Plan ebenfalls zu begraben, um die Familie nicht erneut zu trennen? *Mama wäre untröstlich.*

Julia zwang ihre Gedanken in eine andere Richtung. In ihrem Korb befand sich mehrfarbiges Baumwollgarn, das von ihren letzten handgefertigten Plaids übrig geblieben war. Daraus ließ sich ein hübscher Bettüberwurf fertigen, also machte sie sich sogleich ans Werk.

Als sie das nächste Mal aufblickte, wärmte die Nachmittagssonne ihren Nacken. Sie sah auf ihre Uhr. Um diese Zeit hätte Gracie eigentlich zu Hause sein sollen.

In den letzten Wochen ließ ihre Tochter es oft an Gehorsam fehlen. Chesmu und sie hatten die Kleine mehrfach zurechtgewiesen, weil sie auf dem Schulweg Schmetterlinge oder Greifvögel beobachtete und dabei die Zeit vergaß. Offenbar hatte die letzte Standpauke ihres Vaters nicht genügt, sie zur Vernunft zu bringen.

Julia wählte den Sandweg, der direkt zur Schule führte.

In einiger Entfernung grasten Weißwedelhirsche hinter einer Reihe hoher Kiefern. Präriehunde steckten ihre putzigen Köpfe aus der Erde und verfolgten jede ihrer Bewegungen. Doch von ihrer Tochter fehlte jede Spur.

Sie formte mit den Händen einen Trichter. »Gracie, wo steckst du?«

Zu ihrer Linken befand sich eine Reihe großer Findlinge, auf denen ihre Tochter gern umhersprang und die den Kindern zuweilen zum Verstecken dienten. Spielte Gracie ihr vielleicht einen Streich?

Zwischen den Steinen hatten sich mannshohe dornige Beerenbüsche angesiedelt.

Sie lugte dorthin. »Gracie, bist du hier?«

Doch der Wind verschluckte ihre Rufe, übrig blieb nur Stille.

Julia begann zu laufen. »Gracie!«

Auf halbem Weg zur Breitenbach School machte sie die Enkelinnen von Agnes aus, einer alten Freundin ihrer Mutter. Susan und Heather gingen in die zweite und dritte Klasse.

»Habt ihr meine Gracie gesehen?«

Die beiden Mädchen sahen sich an. »Sie hatte heute früher Schulschluss.«

Julias Puls raste. Sie verlor keine Zeit mit Höflichkeiten und drehte sich auf dem Absatz um. *Bestimmt spielt sie am Bach.* Was sie ihr natürlich verboten hatten. Gracie wollte sicher nicht ungehorsam sein, sie war einfach noch zu verspielt und gab sich gern ihren Träumereien hin. Das kniehohe Büffelgras vor Julia wiegte sich im Wind. Zwischen zwei mächtigen Pappeln hindurch verlief ein schmaler Pfad bis zum Bach, der wegen seiner hohen Büsche rechts und links schwer einsehbar war.

Julia hastete durchs Büffelgras und wiederholte ihre Rufe.

Da nahm sie einen mohnroten Fleck auf einem tief hängenden Ast einer Trauerweide am Bachufer wahr. Gracies Strickjacke! Ihr Herz krampfte sich zusammen. Mit weichen Knien stolperte sie auf den leuchtenden Punkt zu.

»Gracie!«

Plötzlich sah Julia sie, halb zusammengesunken gegen die Weide gelehnt. Die Strickjacke über ihr wehte wie eine rote Fahne im satten Grün der Landschaft. Gracie hielt ihre Lider geschlossen, den Kopf zur Seite gesunken, die Lippen blau wie Tinte.

Julia klopfte gegen ihre Wange. »Wach auf, Kleines.«

Mit fliegenden Händen tastete sie den schmalen Körper ab und meinte, ihr Herz müsse stehen bleiben, als sie ein paar Tropfen Blut an Gracies Handgelenk entdeckte. Grundgütiger, ein Schlangenbiss. »Liebling, wach auf!«

Gracies Lider flatterten, im nächsten Moment entwich ihr ein Stöhnen.

»Schmer…zen.«

Julia nahm ihre Tochter auf den Arm. »Hab keine Angst. Wir holen Hilfe.« Alles, was sie noch wahrnahm, waren der flache Atem ihrer Tochter und das hohe Büffelgras, das ihr das Laufen erschwerte.

»Hilfe!«, schrie Julia wieder und wieder. Wieso hörte sie denn niemand? Eiseskälte breitete sich in ihr aus.

»Hilfe! Ein Arzt!«

Eine Frau eilte aus der Schule. Es war Mary Lopez, Sams Mathematiklehrerin.

»Ein Schlangenbiss«, stammelte Julia atemlos.

»Hier entlang!« Die Lehrerin bat sie ins Sekretariat und rief den Arzt an. Die Schule gehörte zu den Ersten am Ort, die ein eigenes Telefon besaßen, worüber Julia nie glücklicher gewesen war als in diesem Moment.

Julia legte Gracie auf eine Pritsche an der dem Eingang gegenüberliegenden Wand und sprach beruhigend auf sie ein, obwohl sie nicht sicher sagen konnte, ob das Mädchen sie überhaupt verstand.

Die Lehrerin hielt eine Hand auf die Sprechmuschel. »Der Doktor wurde zu einem Feuer auf einer Farm gerufen. Sie sollen den Arm ruhigstellen. Er kommt, so schnell er kann, es kann allerdings eine halbe Stunde dauern.«

So viel Zeit hat sie nicht mehr. »Wir brauchen dringend ein Antiserum!«

»Ich sag es ihm.«

»Danke. Bringen Sie mir bitte zwei oder drei Stöcke und Binden. Schnell!«

Julias Nerven flatterten, als sie Gracies Arm fixierte und verband. »Darf ich mir Pferd und Wagen vor der Tür ausleihen?«

»Natürlich«, erwiderte die Lehrerin verwirrt. »Wo wollen Sie denn hin?«

Ohne ein weiteres Wort hastete sie mit Gracie ins Freie und trieb das Pferd an. *Großer Gott, nimm mir nicht mein Kind!* Die Kleine hatte erneut das Bewusstsein verloren.

Sie passierten ihre Farm, doch Chesmu war vom Weg aus nirgends zu erkennen. Wenn sie geahnt hätte, was sie erwartete, hätte sie Kenai eingespannt. Er war noch immer schnell wie der Blitz, der Schimmel der Schule hingegen ließ sich nur widerwillig zu etwas mehr Tempo bewegen.

Endlich kam das Reservat in ihr Sichtfeld.

Ein Núu-ci lehnte lässig an einer Kiefer und riss die Augen auf, als er sie sah.

»Hilfe! Wo ist Nicaagat?«, schrie sie bereits von Weitem.

Erschrocken gelang es ihm im letzten Moment, das Tor weit genug zu öffnen, damit sie passieren konnte. »Er müsste hier sein.«

Der Staub, den der Wagen aufwirbelte, brannte in ihren Augen. Menschen stoben auseinander und verfolgten das Geschehen kopfschüttelnd. Nur Momente später entdeckte sie Nicaagat vor seinem mit bunten Symbolen geschmückten Tipi.

»Gracie wurde von einer Schlange gebissen!«

Bevor sie weitere Erklärungen abgeben konnte, lief der Medizinmann mit der Kleinen schon in sein Tipi. »Warte draußen.«

Aus dem Inneren seines Heimes drang kein Laut. Tränen hüllten ihre Sicht in einen dichten Schleier. Sie kauerte vor Nicaagats Tipi und bettete den Kopf auf ihre angezogenen Knie. *Bitte nimm mir nicht mein Kind.*

Da fühlte sie eine sanfte Berührung an der Schulter. »Ich habe gehört, was passiert ist.« Akules Augen wirkten im Licht pechschwarz. Statt einer Antwort nahm er ihre eiskalten Hände in seine, setzte sich zu ihr und schwieg. Was sie mit Dankbarkeit erfüllte, denn nichts hätte sie weniger ertragen können als leere Floskeln oder die halbherzige Beteuerung, dass alles wieder gut werden würde.

Akule summte eine monotone Melodie und wiederholte sie, bis Julia glaubte, den Verstand zu verlieren. Doch sie wollte ihn nicht unterbrechen, vermutlich wurde die Melodie für Heilzeremonien benutzt.

Die Zeit verstrich. Núu-ci kamen und gingen. Manche lächelten, andere fragten, was geschehen sei. Aber ausnahmslos alle wünschten ihr und Gracie Glück.

Julia wusste nicht, wie viel Zeit verstrichen war, bis sich Nicaagats eindrucksvolle Gestalt ins Freie schob.

»Wir wissen nicht, wie lange das Gift Zeit hatte, sich in Repeat Dances Grace' Körper zu verbreiten. Die Verletzung an der Hand habe ich mit einem Heilmittel eingerieben, weil sie angeschwollen ist. Sie hat Muskelschmerzen und ist kaum ansprechbar. Ich habe getan, was ich konnte, um den Geist der Klapperschlange zu besänftigen. Nachdem ich ihr Schmerzmittel gegeben habe, ist sie eingeschlafen.« Der Medizinmann umfasste ihre Schultern. »Julia, ich weiß nicht, ob das Mädchen stark genug ist. Wir müssen abwarten.«

Der Boden unter ihr schwankte plötzlich, und sie fühlte, wie er sie auffing. Seine Worte lösten einen unerträglichen Schmerz in ihr aus.

»Julia!« Nicaagats Stimme klang wie ein Donnergrollen in ihr nach. Sein Blick hielt ihren streng fest. »Du musst jetzt stark sein und mit ihr kämpfen. Gehe jetzt zu ihr und sorg dafür, dass sie sich nicht bewegt.« Der Medizinmann gab sie frei. »Weiß Chesmu Bescheid?«

Julia verneinte.

»Ich kümmere mich um alles.«

»Danke.« Julia holte tief Luft, um die Enge in ihrer Brust zu vertreiben, und trat ins Halbdunkel des Tipis.

KAPITEL 11

Caroline

Prenzlauer Berg, nahe Berlin, 21. April 1920

Da Caroline einen Teil ihrer Aufgaben auch zu Hause erledigen konnte, hatte sie einen Schreibtisch ins Kinderzimmer gestellt und nutzte die Schlafenszeiten ihrer Zwillinge. Sie liebte es, den ruhigen Atemzügen ihrer fast fünf Monate alten Kinder zu lauschen, während sie Werbevorschläge ihrer Kollegen begutachtete oder einen Artikel für die nächste Kollektion entwarf. Nur an zwei Tagen die Woche fuhr sie ins Unternehmen, wenn es galt, Konferenzen abzuhalten oder mit Werbepartnern zu sprechen. Ein Umstand, der auch Walther gefiel.

Ihnen beiden machte die Vorstellung, ans andere Ende der Welt umzusiedeln, keine Angst. Im Gegenteil, zumindest in ihr hatte immer so etwas wie eine versteckte Abenteurerin geschlummert. Zu ihrem Bedauern musste sie nun ihren ehrenamtlichen Posten in der Zentrale des Cecilienhauses aufgeben, wo sie sich um die Werbung gekümmert und mit der Zeit Freunde gefunden hatte. Für Caroline stand jedoch außer

Frage, dass sie sich auch in der neuen Heimat für eine wohltätige Einrichtung engagieren würde.

Die erste von einer Reihe Herausforderungen würde vermutlich an Bord beginnen, wenn sie Anton und Adele, die sich bereits jetzt als äußerst lebhaft herausgestellt hatten, auf Schritt und Tritt bewachen musste, damit sie keinen Unsinn anstellten. Aber was war schon eine anstrengende Überfahrt im Angesicht der Aufgabe, die sie in Cortez erwartete? Sie hatte so viel von der Siedlung im Wilden Westen gehört, dass sie alles plastisch vor sich sah: Tante Rosas Kate mit Blick auf die Mesa Verde und ein Meer von Getreidefeldern, wenn man sich umwandte. Julias Farm inmitten der weiten Ebene, wo Adler kreisten und nachts die Petroleumlampen in den Fenstern zur einzigen Lichtquelle wurden.

Ein wenig schaudern ließ sie die Vorstellung von endloser Einsamkeit dennoch.

Dunkelheit senkte sich über die Hauptstadt, Caroline blickte auf die Standuhr von Großvater Hermann und seufzte. Es wurde Zeit aufzubrechen. Sie hatten die Belegschaften vom Prenzlauer Berg und Berlin-Mitte für sechs Uhr in den Versammlungssaal eingeladen. Wie sehr Carolines Familie der Termin unter die Haut ging, war allen seit Tagen deutlich anzumerken. Doch je eher ihre treuen Arbeiter und Arbeiterinnen die Wahrheit erfuhren, umso besser.

Felix und sie würden mit der Belegschaft sprechen, der Rest der Familie wollte geschlossen an der Versammlung teilnehmen.

Die Familie legte den Fußweg zum Unternehmen schweigend zurück, und Caroline wünschte sich insgeheim, der Belegschaft die Hiobsbotschaft ersparen zu können. Die Stellung zu verlieren, noch dazu in dieser Zeit, musste für die Arbeiter und Arbeiterinnen sein, wie den Boden unter den Füßen zu verlieren. Mit einem flauen Gefühl in der Magengegend tastete sie nach Walthers Hand.

Vor dem Saal machte Caroline Hunderte Wartende aus, und ihr Mund wurde auf einmal staubtrocken.

Ihr Vater blieb stehen und blickte von einem zum anderen. »Bringen wir es hinter uns, meine Lieben.« Wie kratzig seine Stimme plötzlich klang.

Dann traten sie geschlossen ein.

Als sie mit ihrem Bruder die kleine Bühne erklomm, hefteten sich alle Augenpaare auf sie.

Ein Raunen ging durch die Menge, als Felix die Lage schilderte. »Mit den Wiedergutmachungszahlungen und den Preisen, die sich verdreifacht haben, wird es für uns täglich schwerer, das Unternehmen aufrechtzuerhalten.« Er wies auf die Belegschaft. »Wir kämpfen alle ums Überleben.«

»So ist es. Seht euch auf der Straße um. Nie habe ich so viele Obdachlose gesehen. Wo soll das Ganze noch enden?«, rief eine Frau, die ihren im Krieg gefallenen Mann an der Fertigungsmaschine ersetzt hatte.

»Das weiß niemand.« Felix streckte den Rücken. »Leider müssen wir Ihnen heute mitteilen, dass wir uns trotz zufriedenstellender Auftragslage außerstande sehen, den Betrieb langfristig fortzuführen. Wenn wir nichts unternehmen, wären wir wegen der Wiedergutmachungszahlungen im kommenden Jahr nicht mehr in der Lage, Ihre Löhne zu zahlen.«

Das Entsetzen stand den Menschen ins Gesicht geschrieben.

»Das können und wollen wir nicht zulassen.« Felix' heisere Stimme klang fremd in Carolines Ohren. »Sie haben uns stets treu gedient und verdienen, für Ihre Arbeit anständig entlohnt zu werden. Deshalb werden wir die vorhandenen Aufträge erfüllen und neue nur annehmen, sofern sie bis zum 31. Januar 1921 abgeschlossen sein können. An diesem Tag schließen wir die Betriebe in Berlin-Mitte und am Prenzlauer Berg, die Gebäude und Fertigungshallen werden veräußert.«

Niemand sagte einen Ton, es war wie bei der trügerischen Stille vor einem Gewitter. Für einen kurzen Moment meinte Caroline, die bangen Fragen der Arbeiter und Arbeiterinnen hören zu können, doch das Schweigen hielt an.

Felix hob beschwichtigend die Hände. »Es tut uns leid, Ihnen keine bessere Nachricht überbringen zu können. Aber seien Sie versichert, wir werden Sie mit Ihren Nöten nicht allein lassen.«

Eine der Sekretärinnen bat, sprechen zu dürfen. »Verzeihen Sie, darf ich Ihnen eine persönliche Frage stellen, Herr Breitenbach?«

»Nur zu.«

»Die Schließung von Schuherzeugung Breitenbach & Sohn stimmt uns alle traurig, aber Sie haben sich den Schritt gewiss wohl überlegt. Auch Sie verlieren somit Ihre Aufgabe. Wie geht es für die Familie Breitenbach weiter?«

»Vieles ist noch in Planung, aber eins steht fest: Wir wagen einen Neuanfang in Colorado, auf den wir uns trotz aller Widrigkeiten freuen. Dort ist ein Teil unserer Familie beheimatet.«

»Da beglückwünsche ich Sie aber!«, stieß ein Mann aus der Reparaturwerkstatt mit vor Hohn triefender Stimme aus.

»Du sagst es! Und was wird jetzt aus uns?«, rief ein Maschinist aus der vordersten Reihe aufgebracht. »Ich arbeite seit zehn Jahren für Sie und habe sechs Kinder zu versorgen. Wir werden also den Obdachlosen in Zukunft Gesellschaft leisten, weil wir unsere Mieten nicht mehr zahlen können?«

»Werden Sie nicht, lieber Herr Bluhm«, widersprach Caroline ihm geduldig. »Meine Schwester, meine liebe Mutter und ich helfen Ihnen nach Kräften bei der Arbeitssuche. Das ist der Grund, weshalb wir heute schon mit Ihnen allen sprechen wollen. Wir verschaffen uns so Zeit, mit Ihnen den Wechsel vorzubereiten.«

Felix nickte ihr unmerklich zu. »Für diejenigen unter Ihnen, die sich vorstellen können, uns nach Colorado zu folgen: Sie sind uns im neuen Unternehmen, das voraussichtlich Ende nächsten Jahres eröffnet, herzlich willkommen. Wir würden uns freuen. Denken Sie darüber nach.«

»Als ob dies so einfach wäre!«, schrie einer.

»Wovon zahle ich die Überfahrt für meine Frau und mich?«, fragte ein anderer.

»Uns ist durchaus bewusst, dass wir Sie mit der Ankündigung erschreckt haben. Vermutlich finden wir auch nicht für jeden ein passendes Angebot«, erklärte Caroline sanft. »Ich kann nur wiederholen: Wir werden unser Bestes geben, so vielen wie möglich die Arbeitslosigkeit zu ersparen.«

Otto Staub trat nach vorn und strich sein Jackett glatt. »Wenn ich mich mal dazu äußern darf: Ich möchte Ihnen persönlich von Herzen danken, dass Sie sich die Zeit für die Betriebsversammlung genommen haben. Ich sehe, die gesamte Familie ist anwesend. Um es freiweg zu sagen: Ich finde es sehr anständig von Ihnen, dass Sie uns reinen Wein einschenken. Sie hätten das Unternehmen ohne Angabe von Gründen schließen können, wie andere Arbeitgeber der Stadt es ohne Wimpernzucken getan haben. Für Ihr offenes Wort zolle ich Ihnen Respekt und bedanke mich.« Staub klatschte und ein Großteil der Umstehenden fiel ein.

Eine Handvoll der älteren Arbeiter flüsterte miteinander, einige wischten sich über die Augen. Ihnen war ebenso bewusst wie Caroline, dass sie in ihrem Alter vermutlich keine neue Arbeitsstelle mehr finden würden.

Sie blickte in die Runde. »Diejenigen unter Ihnen, die unser Angebot in Anspruch nehmen möchten, bitte ich, sich in die Liste einzutragen, die ab morgen in jeder Abteilung ausliegt. Wir setzen uns dann mit Ihnen in Verbindung. Bitte haben

Sie etwas Geduld, das Ganze wird einige Zeit in Anspruch nehmen.«

Eine Frau hob die Hand. »Wie wollen Sie uns denn Stellen besorgen?«

Caroline gab ihrer Stimme einen festen Klang. »Wir stehen mit einer Reihe von Kollegen, Privatleuten und Unternehmern in Kontakt.« Abgesehen von jenen, die sie ins Vertrauen gezogen hatte, hatte Felix' Mutter, die sich bis auf ihre regelmäßigen Besuche bei ihren Enkeln im Hintergrund hielt, zugesagt, sich in ihrem großen Bekanntenkreis umzuhören. Die Arbeiter und Arbeiterinnen brauchten nicht zu wissen, wie kläglich die Liste der Leute war, die Caroline, Vanda und Isa Unterstützung zugesagt hatten. Nicht, weil sich ihnen die Kollegen verweigert hatten. Onkel Georg und Theodor lehnten es schlichtweg ab, dass jedermann über ihre Situation Bescheid wusste, und sie akzeptierten ihre Entscheidung.

Caroline reckte das Kinn. »Das wäre es fürs Erste. Wir danken Ihnen, dass Sie unserer Einladung gefolgt sind. Wenn sich etwas Neues ergibt, treffen wir uns an dieser Stelle wieder.«

Die Breitenbachs verließen geschlossen den Versammlungssaal. Caroline fühlte sich erschöpft, so ähnlich musste es Emilie damals ergangen sein, als sie den Männern und Frauen im Unternehmen mitgeteilt hatte, dass sie die Suppenküche schließen würden. Doch obwohl ihr das Gespräch nicht leichtgefallen war, wuchs die Vorfreude auf ihr neues Leben in Cortez, zumal sie alles Erdenkliche tun würden, um der Belegschaft die Zukunft zu erleichtern.

Die Männer und Frauen der Spätschicht kehrten an ihre Arbeitsplätze zurück, Caroline und ihre Familie hingegen ließen sich von Simon in die Stadtvilla fahren.

Sie kam gerade richtig zur Fütterungszeit ihrer Zwillinge und genoss es, mit ihnen zu spielen. Da klingelte das Telefon.

Magda steckte den Kopf durch die Tür. »Julias Mann ist am Apparat.«

»Geh nur, ich bleibe bei den Kindern«, sagte Walther.

Caroline eilte in den Salon. »Chesmu! Wie schön, deine Stimme zu hören. Wie geht es euch?«

Sie lauschte der tiefen Stimme mit dem unverwechselbaren Akzent. Dann entfuhr ihr ein spitzer Schrei. »Um Himmels willen. Wie geht es der Kleinen?«

»Gracie ist in der Nacht kaum aufgewacht. Julia hat ihr ein paar Löffel Brei eingeflößt, die sie aber gleich wieder erbrochen hat. Nicaagat meint, dass sie mit dem Schlangenbiss länger als eine Stunde unversorgt gelegen hat, ehe Julia sie gefunden hat. Hoffentlich kann der Arzt schnell das Gegenmittel auftreiben.«

»Wo ist Sam?«, fragte sie.

»Bei Rosa und Wendelin, das war sein Wunsch.«

Felix, Vanda und Onkel Georg waren indes herbeigeeilt und hingen an ihren Lippen, während sie weiter Chesmus Ausführungen lauschte und ihm anschließend für seinen Anruf dankte.

Danach gab Caroline das Gespräch wieder.

Felix' Lippen wurden bleistiftdünn. »Viele Betroffene tragen von einem Schlangenbiss Folgeschäden davon. Hoffentlich verhält es sich bei Gracie anders. Sie ist noch ein Kind.«

Vanda schüttelte energisch den Kopf. »Solche Gedanken sollten wir gar nicht erst zulassen. Wenn sie erst das Gegenmittel erhält, werden sich ihre Beschwerden verflüchtigen.«

Onkel Georg stimmte zu. »Erzählen wir es den anderen. Himmel, was für ein Tag! Das arme Mädchen.«

Betroffen von den Ereignissen, war weder Caroline noch dem Rest der Familie zum Essen zumute, besonders nicht, da es mal wieder gestampfte Rüben mit Zwiebeln gab.

Danach zogen sie sich bald in ihre Räumlichkeiten zurück, doch wenn Caroline auf einen ruhigen Abend mit Walther gehofft hatte, sollte sie sich getäuscht haben.

Das Telefon klingelte erneut. »Ich gehe schon.« *Ist etwas mit Gracie?* Carolines Puls raste. Sie erreichte den Salon noch vor Simon.

»Caroline Singer am Apparat. Mit wem spreche ich?«

»*Mi amore,* wie geht es dir, den süßen Bambini und der Familie?«, tönte es wohlklingend in ihrem Ohr.

»Arturo! Den Zwillingen geht es gut. Aber der Tag gehört zu jenen, an denen man froh ist, wenn er endet. Umso schöner, deine fröhliche Stimme zu hören!«, entfuhr es Caroline. »Ich habe die letzten Tage viel an euch gedacht. Erzähl, war die Präsentation eurer Luxuskollektion ein Erfolg? Wie ich euch kenne, haben die schönsten Frauen Mailands eure Modelle vorgeführt, und der Champagner floss in Strömen.«

Der Mailänder Herrenschneider lachte. »Die Damen waren nicht halb so schön wie du. Ansonsten kann ich dir nur beipflichten. Enzo und ich haben eben beim Espresso über euch gesprochen, und ja, unsere glänzende Laune hat einen Grund.« Er legte eine kurze Kunstpause ein. »Für den Anfang hatten wir vorsichtig kalkuliert. Fünfmal vierhundert Paar wunderbar dekadentes Schuhwerk, das seit acht Uhr heute Morgen vergriffen ist!«

»Wie bitte?« Caroline wäre fast der Telefonhörer entglitten. »Wie ist das möglich, Arturo?« Dachte sie an die Kollektionen der Mailänder, sah sie perlenbesetzte Schuhe, Stiefel im römischen Stil und pelzbesetzte Pumps vor sich.

Arturo kicherte. »Mischen wir einen bunten Korb aus Gelegenheiten, die uns zugutekamen. Zum einen hat ein Conte aus der Gegend den feinen Adel zur Hochzeit seiner Tochter geladen. Dann gibt ein Politiker im Mai einen Kostümball, um sich in der Partei lieb Kind zu machen. Dann wären da noch einige Privatmänner mit ihren Mätressen, die zu unserem erlesenen Kundenkreis gehören. Je extravaganter, umso besser, ist ihr Motto.«

Caroline schüttelte den Kopf. »Fabelhaft! Ich gratuliere von Herzen! Soll die dunkle Zeit nun endlich ein Ende haben?«

»Auf jeden Fall, zumindest für die bessere Gesellschaft. Ihr Deutschen und vermutlich auch die Siedler – verzeih meine schonungslose Ehrlichkeit – braucht meist etwas länger, einen Trend zu erkennen und ihm zu folgen. Aber wir sind davon überzeugt, dass die Sehnsucht nach rauschenden Bällen gleich einer Welle um die Welt gehen wird. Wir Menschen können nicht ewig trauern, wir brauchen Musik, Lachen und ein wenig Luxus. Die Zeit ist reif.«

»Das ist auch unsere Hoffnung, mein Lieber.«

»Verrätst du mir nun endlich, was eure Exklusivkollektion so brisant macht?«, fragte Arturo schmeichelnd.

Caroline seufzte in gespielter Verzweiflung, denn er hatte schon mehrfach versucht, ihr Details zu entlocken. Doch dann erzählte sie es ihm.

Der Mailänder stieß einen Pfiff aus. »Jetzt verstehe ich! Entweder die Siedler werden sich um die von Indianern inspirierten Modelle reißen oder sie wegen der langen Fehde verschmähen.«

»Du hast es erfasst. Ich bin jedenfalls sehr gespannt, ob und wann die Kollektion erscheint.«

»Ich auch, liebste Caroline.« Im Hintergrund vernahm sie hektisches Stimmengewirr. »Verzeih, ich muss wieder an die Arbeit. Wenn es so weitergeht, müssen wir zusätzliche Arbeitskräfte einstellen. Wir hören voneinander.«

»Richte Enzo meine Grüße aus«, sagte sie noch, aber da hatte er die Verbindung bereits beendet. Von innerer Erregung erfasst, starrte sie aufs Telefon. Vielleicht lagen nun bessere Jahre vor ihnen. Aus der Küche drangen die Stimmen von ihrem Vater und Onkel Theodor.

Sie ging in ihre Privaträume. Walther wiegte die Zwillinge in seinen Armen.

»Die beiden waren unruhig«, flüsterte er. »Jetzt fallen ihnen langsam die Augen zu. Ich glaube, sie wollen wieder beisammen liegen.« Er legte sie behutsam in eins der Betten.

Caroline lehnte sich leicht gegen ihn. »Kann ich sie dir noch ein paar Minuten überlassen?«

»Aber ja.«

»Danke, ich bin gleich zurück.« Sie küsste ihn.

Felix und ihr Vater saßen sich am Küchentisch gegenüber, auf dem ein Ordner lag. Ihre Unterhaltung verstummte, als sie eintrat.

»Störe ich?«

»Ach was«, wehrte ihr Vater ab. »Wir rechnen nur zum hundertsten Mal die Ausgaben des Monats nach. Setz dich doch.«

Sie tat ihm den Gefallen und sah in ihre missmutigen Gesichter. »Seid ihr bereit für eine gute, vielleicht sogar eine sehr gute Nachricht?«

Felix zog die Mundwinkel hoch. »Das fragst du noch? Raus mit der Sprache, Wildfang!«

Kurzerhand berichtete Caroline von ihrem Telefongespräch mit Arturo.

»Die Kollektion war in drei Tagen vergriffen?« Felix strich sich über die hellen Locken mit den Silberfäden. »Die Italiener sind ein modebewusstes Volk, dennoch hätte ich auf die Kollektion der De-Luca-Brüder keinen Pfifferling gegeben.«

Die Sorgenfalten auf der Stirn ihres Vaters glätteten sich wie von Zauberhand. »Ich habe es euch prophezeit! Die Glücklichen, die unversehrt und ohne Verlust durch den Krieg gekommen sind, warten geradezu darauf, sich wieder nach allen Regeln der Kunst zu amüsieren. Sie werden in naher Zukunft unseren Betrieb in Cortez sichern.« Sein Blick schweifte in die Ferne. Dann schlug er mit der flachen Hand auf den Tisch. »Wie schnell können wir mit der Produktion der Exklusivkollektion beginnen?«

Caroline überschlug in Gedanken die vorbereitenden Schritte. »Wenn wir die Materialien bestellen, ein paar Facharbeiter finden, die sich sofort an die Arbeit machen, und es keine Lieferverzögerungen für die Materialien gibt, frühestens in fünf oder sechs Wochen.«

Felix erhob sich schwungvoll. »Lasst es uns jetzt angehen. Was meint ihr? Mit etwas Glück sind wir diejenigen, die im Reich den Trend setzen!«

»Recht hast du!«, stieß Theodor begeistert aus. »Wir sollten es versuchen!«

Felix nickte seinem Vater zu.

»Veranlasse alles Nötige, Caroline! Sieh mich nicht an, als hätte ich einen Frosch verschluckt!« In die Augen ihres Vaters trat ein neuer Glanz. »An die Arbeit!«

»Nichts lieber als das!« Sie küsste seine Wange. »Gleich morgen früh rufe ich die Tageszeitungen an. Dann erscheinen die Stellenanzeigen noch in der Sonntagsausgabe.«

»Viel Glück«, sagten Felix und ihr Vater wie aus einem Mund.

KAPITEL 12

Julia

Reservat der Weeminuche, 22. April 1920

In der mondlosen Nacht drang das Heulen eines Kojoten in das Tipi, das Nicaagat ihnen zur Verfügung gestellt hatte. Julia war nicht von Gracies Seite gewichen. Seit dem Abend fieberte das Mädchen.

Standen Schweißperlen auf der Kinderstirn, kühlte Julia Gracies Gesicht mit feuchten Tüchern. Wimmerte die Kleine, sprach sie beruhigend auf sie ein oder sang eins der Lieder, die ihre Mutter ihr einst vorgesungen hatte, wenn sie krank oder ängstlich gewesen war. Sie flößte ihr Wasser ein, damit Gracies Körper nicht austrocknete, und sorgte dafür, dass die Bissstelle an ihrem Handgelenk sauber und trocken blieb.

Am Morgen fuhr Chesmu Sam in die Schule und hielt danach mit Julia gemeinsam Wache an Gracies Schlafstatt.

»Wo bleibt das Gegenmittel?«, raunte sie ihm zu.

»Ein Krankenhaus in Denver stellt es uns zur Verfügung, der Arzt kann allerdings nicht versprechen, dass es heute noch ankommt. Er warnte, weil das Mittel teuer ist, aber ich sagte, das ist gleichgültig, solange er Gracie nur helfen kann.«

Julias Augen füllten sich mit Tränen. Sie wusste nicht, ob Gracies Zustand ihr mehr zusetzte oder das Gefühl der Ohnmacht, mit der sie auf das Gegenmittel zu warten hatten.

»Lege dich ein wenig schlafen, meine Sonne«, flüsterte er. »Du musst bei Kräften bleiben. Ich kümmere mich um unsere Tochter.«

Doch wie sollte Julia schlafen, wenn die Kleine mit weit geöffneten, unsteten Augen umherblickte, ohne ihre Eltern wahrzunehmen? Es schien Julia, als wäre sie mit ihren Sinnen fern von ihnen, an einem Ort, an dem sie sie nicht erreichen konnten. In diesem Moment drehte Gracie den Kopf in ihre Richtung, murmelte etwas Unverständliches und verzog in stummem Schmerz das Gesicht.

Julia konnte den Blick nicht von ihr wenden. Kälte kroch in ihre Adern, als sie ihrem Mann antwortete. »Ich kann nicht, Liebling. Kümmere dich um Sam und die Farm. Ich komme zurecht.«

Nachdem Chesmu widerwillig gegangen war, lauschte Julia auf den viel zu flachen Atem ihrer Tochter.

Da lächelte Gracie plötzlich und streckte die gesunde Hand nach etwas aus, das nur sie wahrnahm, fast so als würde sie einen alten Freund begrüßen. Der Ton, der aus ihrer Kehle drang, klang flehend, ja beinahe sehnsüchtig.

Die Haare auf Julias Körper stellten sich auf. »Gracie, Schatz. Alles wird wieder gut. Schlaf, mein Kind.«

Aber die Augen des Mädchens blieben weit geöffnet, selbst als es verstummte. Den Kopf hatte Gracie leicht zur Seite geneigt, als würde sie lauschen. Wartete sie auf etwas, auf jemanden?

Geräuschlos huschte eine junge Frau ins Tipi und brachte Julia eine Schale mit in Butter gebratenen Maisfladen. Aber Julia rührte sie nicht an.

Als Nicaagat einige Zeit später eintrat und mit seiner Erscheinung den ganzen Raum einnahm, erhob sie sich rasch.

»Ich habe Medizin. Lass uns allein.«

War das Gegenmittel endlich eingetroffen? Das erschien Julia nach Chesmus Aussage vom Morgen unwahrscheinlich. Ihres Wissens gab es jedoch kein anderes Mittel gegen das Gift. Sie getraute sich aber nicht zu fragen, den Worten eines Medizinmannes hatte jedermann auf der Stelle Folge zu leisten. Also deutete Julia eine Verbeugung an, wie es in seiner Gegenwart üblich war, nestelte nach ihrem wollenen Umhang und trat ins Freie.

Aus dem Inneren meinte sie seine tiefe Stimme zu vernehmen, nur Augenblicke später stieg ihr der scharfe Geruch eines ihr fremden Krautes in die Nase. Die Vorstellung, dass er einen ihr unbekannten Zauber bei Gracie ausüben könnte, behagte ihr nicht. Den Umhang enger um ihren bibbernden Leib gezogen, verharrte sie regungslos vor dem Tipi.

Mit starr auf den wolkenlosen Himmel gerichtetem Blick sprach sie in Gedanken jedes Gebet, an das sie sich erinnerte.

Da entdeckte sie Nituna mit einem Webrahmen unterm Arm, begleitet von der älteren Onawa, deren langes Haar inzwischen vollends ergraut war.

»Du trinken.« Onawa reichte ihr einen Becher Früchtetee.

Julia zitterte, weshalb sie nur kurz an dem Getränk nippte, um es nicht zu verschütten. »Nicaagat ist bei Gracie. Sie ist wach, aber nicht ansprechbar.« Sie holte tief Luft. »Ich habe große Angst, dass ihr Geist verwirrt bleibt.«

»Schlange mächtig«, erwiderte Onawa nachdenklich. »Viele Völker verehren Schlange.«

»Menschen, die nicht glauben an Macht, verlieren Verstand«, raunte Nituna, als fürchtete sie, die Tiere könnten ihre Worte mit ihren gespaltenen Zungen wahrnehmen. »Wir auch Angst um Repeat Dances Grace. Zusammen aber nicht so schlimm wie allein.«

Entgeistert verfolgte Julia, wie Nituna ihr den Webrahmen in den Schoß legte.

»Du Finger beschäftigen«, erklärte Chesmus Mutter. »Wenn Hände arbeiten, Geist kann fliegen. Du wirst weben für Repeat Dances Grace. Das ihr helfen.«

In Julia krampfte sich alles zusammen. »Ich weiß nicht, ob ... ich das kann.«

»Du bist Mutter, du kannst.« Onawa betrachtete sie mitfühlend.

Sie hatte gelbes und orangefarbenes Garn auf den Webrahmen gespannt. Die Farben der Sonne. »Was soll ich weben?«

»Egal. Gute Gedanken an Tochter weben«, sagte Nituna. »Du ihr später schenken.«

Jäh erinnerte sich Julia daran, wie Doli ihr berichtet hatte, dass sie dem späteren Träger beim Anfertigen von Mokassins wünschte, er möge viele Meilen mit den Schuhen laufen. »Wie soll ihr das helfen?«, wagte Julia einzuwerfen. »Soweit ich weiß, kann nur das Gegenmittel sie heilen.«

Onawa schnaubte. »Weiße nur kennen Spritzen und Pillen. Nicaagat weiß viel mehr.«

»Vertraue heiligem Mann.« Nituna legte eine Hand auf ihre Herzgegend. »Webe.«

Julia fehlte die Kraft für Widerstand und sie tat, wozu man sie aufgefordert hatte. Der Webrahmen maß kaum einen Meter mal einen Meter. *Gerade groß genug für ein Halstuch vielleicht*, dachte sie. Wie von ferner Hand gesteuert bewegten sich Julias

Finger auf dem Webrahmen, während ein Teil ihrer Sinne im Inneren des Tipis weilte.

Nicaagat sagte etwas in der alten Sprache der Núu-ci, die sie in all den Jahren noch nie gehört hatte.

Da waren auch Laute, als ob jemand kämpfte. Keuchen.

Julia schluchzte auf und fuhr nach Nitunas leiser Aufforderung mit der Arbeit fort. Die Sonne wärmte ihren Nacken, der Wind spielte mit ihren Haaren, während die Zeit allmählich verstrich. Schließlich wischte sie sich über die brennenden Augen. »Wie lange dauert es noch? Die Sonne steht schon hoch am Himmel.«

»Niemand weiß. Nicaagat muss mit Geist von Schlange verbinden«, antwortete Onawa.

Julia schwieg. Obwohl sie ihr halbes Leben lang mit einem Núu-ci verheiratet und ihr die Lebensweise seines Volkes vertraut war, blieb ihr dessen Welt doch fremd und mutete sie zuweilen sogar unheimlich an, eine Kultur, deren Geheimnisse ihr wohl für immer verschlossen waren. Sie beugte den Kopf wieder über ihre Arbeit und stellte bald darauf erstaunt fest, dass sie bereits an den letzten Reihen webte und das Zittern ihrer Hände aufgehört hatte.

Nituna nickte zufrieden, als Julia den Webrahmen fortlegte.

Die drei Frauen warteten stumm. Indes kehrten die Männer des Stammes von der Feldarbeit zurück, ein paar Heranwachsende veranstalteten mit ihren Ponys ein Rennen und wirbelten dabei jede Menge Staub auf. Eine alte Frau mit schadhaftem Gebiss schickte ihnen wüste Beschimpfungen hinterher, vermutlich weil bei dem wilden Ritt Staub in ihren Kessel gelangt war.

Da hörte sie Nicaagat etwas rufen, laut und durchdringend, und die Núu-ci, die vorbeigingen, hielten inne und wirkten auf einmal andächtig.

Er wiederholte einige melodisch klingende Worte.

Julia beugte sich näher zu Onawa. »Was sagt Nicaagat?«

Die beiden Núu-ci-Frauen sahen einander vielsagend an.

Onawa wandte sich schließlich zu ihr um. »Shu'mana, Schlangenmädchen. Er sagt: Wach auf, Shu'mana!«

»Grundgütiger!« Julia zog die Beine an. Die Ungewissheit schnürte ihr die Luft ab.

Dennoch verging eine weitere Ewigkeit, bis Nicaagat das Leder am Eingang des Zeltes zurückschob. Seine Augen waren dunkel umrändert, auf seiner Stirn perlte Schweiß.

»Sie schläft jetzt. Gehe zu ihr.«

Julia sprang auf und nahm seine Hände. »Wird sie wieder gesund?«

»Das liegt nicht mehr in unserer Hand. Ich habe getan, was ich konnte. Repeat Dances Grace' Geist muss entscheiden, ob sie lebt oder stirbt. Geh, Julia. Ich sehe dich heute Abend.«

Sie dankte ihm und den beiden Frauen leise und ging ins Tipi.

Gracie lag ganz still auf einem Fell, den Kopf auf ein Kissen gebettet, den Mund leicht geöffnet. Ihre Haut sah aus wie Porzellan. Trotz der Decke, die man ihr bis zur Brust hochgezogen hatte, waren ihre Hände eiskalt. Julia schlüpfte unter den warmen Stoff und beobachtete, wie sich Gracies Brustkorb hob und senkte. Wie fremd sie aussah, fast als würde der Tod bereits darauf warten, sein zerstörerisches Werk zu beginnen!

Die Geräusche im Reservat hüllten sie ein, und ohne dass sie es selbst bemerkte, fiel sie in einen leichten Schlaf.

Eine Berührung ließ Julia aufschrecken. Als sie die Lider hob, blickte sie geradewegs in Sams besorgtes Gesicht und strich schlaftrunken über seine Wange. »Ich habe dich nicht kommen hören.«

»Ihr habt ganz fest geschlafen, Mama. Ich soll dich von Großmutter und Großvater grüßen. Wir haben vorhin Vater besucht.« Er wies auf seine Schwester. »Wie geht es ihr?«

Julia tastete nach Gracies Hand. »Nicaagat hat sie behandelt. Ihre Hände sind warm, das Fieber ist gesunken. Aber sie ist so blass und still.«

»Das ist ein guter Anfang, Mama.«

Julia fuhr sich mit gespreizten Fingern durchs Haar, um es zu ordnen. »Ja, das ist es. Wisst ihr schon, wann das Gegenmittel eintrifft?«

»Vater bekommt es morgen Vormittag.« Sam beobachtete seine Schwester. »Wann wacht sie endlich auf?«

»Ich weiß es nicht.« *Vielleicht nie, weil es zu spät für das Gegenmittel ist,* durchfuhr es sie. Vielleicht würde sie leben, aber womöglich nie wieder durch den Garten tollen, sprechen oder lachen. Doch diese mögliche bittere Wahrheit würde sie Sam vorerst ersparen. »Wir müssen geduldig sein.«

Er verzog das Gesicht. »Vater hat erzählt, dass Barney am Zaun auf Gracie gewartet hat. Als sie nicht kam, hat der Hund ein Loch gegraben. Wenn Vater ihn nicht zurückgepfiffen hätte, wäre er bestimmt ausgebüxt und hätte sie überall gesucht.«

Julia senkte den Kopf, um ihre aufsteigenden Tränen zu verbergen.

Unbeholfen strich er über ihren Arm. »Ich muss heim. Ich habe versprochen, Vater zu helfen. Eine Kuh wird heute noch kalben und die Ponys müssen vor Einsetzen der Dunkelheit bewegt werden.«

Sie zog ihn an sich. »Natürlich. Geh nur.«

Als draußen seine Schritte verebbten, entdeckte sie eine Schüssel mit frischem Wasser, Seife sowie ein Tuch. Offenbar hatte jemand die Sachen hereingebracht, als sie geschlafen hatte. Dankbar machte sie sich frisch. Während sie die Knöpfe ihres Kleides schloss, fiel ihr Blick auf die Webarbeit neben Gracies Schlafstatt. Da sie ihr für ein Halstuch zu schmal erschien, legte sie den orange-gelben Streifen wie einen Sonnenstrahl behutsam über die Mädchenstirn und suchte auf dem jungen Gesicht nach einem Hauch von Erwachen. Doch ihre Tochter rührte sich nicht.

Die ersten Sterne leuchteten am Himmel, da kehrte Nicaagat zurück und unterzog Gracie einer kurzen Untersuchung.

»Was kann ich tun, um Gracie ins Leben zurückzuholen?«

Der Medizinmann musterte sie so lange, dass Julia begann, sich unbehaglich zu fühlen. »Ihr Geist muss Gründe finden, weshalb er den Ort, an dem er verweilt, verlassen soll. Du bist klug und wirst einen Weg finden.« Er legte ihr eine Kette mit einem silbernen Anhänger um den Hals, in den das heilige Symbol der Bärenklaue geprägt war. »Er verleiht dir Kraft.«

Julia wollte ihm danken, doch die Empfindungen nahmen ihr die Worte.

»Sorg dafür, dass deine Tochter genug trinkt. Mehr können wir nicht tun.« Damit ließ Nicaagat sie allein.

Julia kauerte vor Gracies Schlafstatt. Sie besaß weder das Wissen um geheime Zeremonien noch Medizin. Alles, was sie hatte, waren goldene, unvergessliche Erinnerungen an die Jahre mit ihrer Tochter. Zärtlich strich sie ihr eine Haarsträhne aus dem Gesicht. »Ich werde den Tag, an dem du geboren wurdest, nie vergessen, weißt du? Ich habe Wäsche auf die Leine gehängt und fühlte plötzlich diesen stechenden Schmerz in meinem Rücken. Dein Vater hat sofort Onawa gerufen, sie hatte schon einige Kinder auf die Welt geholt. Wie ein wildes Tier ist dein Vater stundenlang vor der Tür auf und ab gelaufen.« Julia kicherte. »Du hättest sehen sollen, wie glücklich er und Sam waren, dass der Allmächtige dich uns geschenkt hat. Dein Bruder hat dich im Arm gehalten wie einen Korb mit rohen Eiern.« Vor ihrem geistigen Auge spulten sich lieb gewonnene Erinnerungen ab, so klar, als wären sie erst gestern gewesen. »Barney hat dich keinen Moment aus den Augen gelassen, und wenn du in deiner Wiege geschlafen hast, lag er draußen mit

gespitzten Ohren da. In deinem ersten Winter durfte er tags-
über neben deiner Wiege wachen. Ansonsten hätte er uns mit
seinem Gebell auch verrückt gemacht.« Julia fuhr die Linien
ihres Gesichts nach und wusste, selbst im Schlaf hätte sie ihre
Tochter noch zeichnen können. »Habe ich dir eigentlich schon
mal erzählt, wie sehr du in der Gestik deiner Großmutter Rosa
ähnelst? Du redest ebenso lebhaft und wirfst das Haar wie sie
zurück.« Vorsichtig kämmte sie Gracies langes, weiches Haar.
Ein Schluchzen stieg ihr in die Kehle. »Wir haben dich lieb.
Komm bitte zu uns zurück.«

Einzig Gracies ruhige Atemzüge antworteten ihr.

Julia fuhr unbeirrt fort, bis sie nichts als Leere in sich fühlte,
und fiel bald in einen Dämmerschlaf, von dem sie wieder und
wieder hochschreckte, um gleich darauf erneut einzunicken.

Als sie sich ihrer Umgebung erstmals wieder bewusst wurde,
fiel ein Lichtstrahl durch einen schmalen Schlitz am Eingang.
Benommen lugte sie ins Freie. Es musste bereits heller Morgen
sein, denn die ersten Núu-ci machten sich auf, um am nahen
Bach Wasser zu holen.

»Mama.«

Es war nur ein Flüstern, dennoch deutlich vernehmbar. Die
Lider ihrer Tochter flatterten.

Julias Herz machte einen Satz. Sie umfasste ihr Gesicht.
»Gracie, Schatz! Ich bin bei dir.«

Eine schier unendliche Zeit schien vergangen zu sein, als
das Mädchen seine Augen öffnete.

»Mama …« Ihre Stimme klang belegt und wie aus weiter
Ferne. »Wo bin ich?«

Julia spürte kaum die Tränen, die ihr über die Wangen
rollten. »In einem Tipi, Liebling. Du wurdest von einer
Klapperschlange gebissen. Erinnerst du dich?«

Gracie schüttelte den Kopf.

»Ich hole rasch Nicaagat.« Julia stürzte ins Freie und lief, barfuß und im Nachthemd, zum Tipi des Medizinmannes.

»Ich muss Nicaagat sprechen«, sagte sie zu dessen Tochter, die vor dem Eingang am Mahlstein Mais zu Mehl zerkleinerte.

Diese gab Julia ein Zeichen zu warten und huschte hinein.

Nur Momente später begrüßte Nicaagat sie mit einem Segensspruch, dann sprudelte die Nachricht aus ihr heraus.

Als er wenig später vorsichtig Gracies Bissstelle begutachtete, sah ihn Gracie mit geweiteten Augen an.

»Repeat Dances Grace, wie geht es dir?«

»Mir ist schwindelig. Mein Arm tut weh.«

Er gab etwas Salbe auf die Bisswunde und legte einen neuen Verband an. »Das vergeht. Was ist das Letzte, woran du dich erinnerst?«

»Meine Jacke ist ins Gras gefallen. Ich wollte sie aufheben«, erklärte Gracie stockend. Das Sprechen schien ihr schwerzufallen. »Plötzlich tat meine Hand furchtbar weh und ich bin eingeschlafen. Im Traum habe ich eine Klapperschlange gesehen, die sich aufgerichtet hatte und größer war als ich.« Sie wischte sich über die Augen, als könnte sie so ihre inneren Bilder vertreiben. »Sie hat mit mir gesprochen.«

Im Gegensatz zu Julia schienen ihre Worte den Medizinmann nicht zu verwundern. Mit ernster Miene beugte er sich über sie. »Was hat die Schlange gesagt, Repeat Dances Grace?«

Die Stimme des Mädchens klang verwaschen. »Weiß ich nicht mehr.«

»Das ist jetzt auch nicht wichtig, mein Schatz«, warf Julia begütigend ein. »Du bist am Leben und zu uns zurückgekehrt.«

Gracie zog die Stirn kraus. »Wieso sollte ich denn nicht?«

Julia küsste sie erlöst. »Schon gut.« Sie hielt ihr eine Schale mit Wasser an die Lippen.

Ihre Tochter trank durstig und machte Anstalten, den Kopf zu heben, doch ihre Mutter drückte sie sanft aufs Kissen zurück.

Gracie suchte den Blick des Medizinmannes. »Du hast mich gesund gemacht.«

»Nein, das habe ich nicht.« Nicaagat flößte ihr eine dunkle Flüssigkeit ein.

Das Mädchen verzog angewidert das Gesicht. »Doch, ich habe im Traum deine Stimme gehört.«

»Du brauchst Ruhe. Schlaf jetzt!« Er gab Julia einen Wink, ihm nach draußen zu folgen.

»Deine Tochter bleibt noch zwei Nächte hier. Wir müssen sie weiter beobachten.« Er richtete sich auf und Julia verspürte den jähen Wunsch zurückzuweichen. »Wo bleibt das Gegenmittel der Weißen? Eure Ärzte haben versagt. Ich bin Nicaagat, heiliger Mann der Núu-ci, und konnte ihrem Geist helfen, den Pfad zu dir zurückzufinden. Welche Medizin war nun wirksam?«

Wie hatte sie auch annehmen können, ihre Zweifel wären ihm entgangen?

KAPITEL 13

Georg

5. Juli 1920

Die letzten Tage hatten Georg Kraft gekostet. Nach den hektischen Wochen war die Familie froh, dass sie vorgestern ihren Stammkunden die Exklusivkollektion präsentieren konnte. Ein Dekorateur hatte die Wände des Versammlungssaals mit Satintüchern verhüllt, ein zweiter brachte die beiden ausladenden Kronleuchter seines Vaters an, von denen sich die Familie nie hatte trennen können. Emilie und Isa schmückten die Tische, Caroline und Walther legten den roten Teppich aus, den Arturo ihnen vor seiner Rückkehr nach Mailand überlassen hatte. Vanda und Emilie kümmerten sich um das leibliche Wohl der Gäste und Mathilde betreute die Kleinen.

Sie hatten Reporter von Modejournalen und Tagesblättern eingeladen, dennoch gelang es Georg nicht, einzuschätzen, ob der Abend erfolgreich verlaufen war. Der Saal hatte sich lediglich zur Hälfte gefüllt, die Reaktion der Reporter blieb verhalten. Überdies hörten die geladenen Gäste höchstens zu tuscheln auf, sobald sich einer aus der Familie näherte. Entsprechend nervös hatte Felix nach der Veranstaltung gewirkt.

Zu allem Unglück erschienen am Montagmorgen eine Reihe geradezu vernichtender Kritiken.

Wer hat den Breitenbachs zu dieser Kollektion geraten?
Fertigt die Unternehmerfamilie nur noch für die Reichen
und Schönen? Ein Schlag ins Gesicht für alle
Geringverdiener,

lautete die Überschrift einer Tageszeitung.

Georg machte sich keinerlei Illusionen. Wem die ausgefallene Kollektion missfiel, der würde zahlreiche Begründungen dafür finden. Diejenigen jedoch, die Carolines Ausführungen über die Núu-ci und deren kunstvoll gefertigte Mokassins aufmerksam verfolgt hatten, verstanden, dass die Familie die Geschicklichkeit und Tradition des Volkes auf diese Weise ehren wollte.

Als Georg gegen Mittag die Anzahl der Bestellungen erfragte, schlug ihm die Antwort aufs Gemüt. Frustriert setzte er sich ans Klavier, doch nicht einmal der Walzer von Chopin schenkte ihm heute inneren Frieden.

Beim Mittagessen verschüttete er Limonade und verschluckte sich an einer Fischgräte.

Mathilde lachte leise. »Du bist heute zu nichts zu gebrauchen, mein lieber Mann. Suche dir eine Beschäftigung, bevor noch ein Unglück geschieht.«

Isa betrachtete ihn ruhig. »Ist es wegen der Kritiken?«

»Unsinn«, brummte er, ohne sie anzusehen.

»Natürlich ist es deswegen«, widersprach Theodor ungewohnt sanft. »Erinnere dich an die Worte unseres Vaters: Schlechte Presse ist besser als keine. Bleib gelassen.«

Das war leichter gesagt als getan. Immerhin träumte er heimlich davon, das Unternehmen mit einem Feuerwerk zu schließen.

Energisch rief er sich zur Ordnung und machte sich in der Firma nützlich. Zudem bot er Emilie an, einige Gespräche mit Arbeitern zu übernehmen. Immerhin war sie erst am Nachmittag aus den Beelitz-Heilstätten heimgekehrt und hatte ihre Kinder nur am Morgen kurz gesehen.

»Danke, du bist ein Engel. Dann kann ich Elena doch zusagen. Sie möchte mit mir und den Kindern zum Müggelsee fahren. Die beiden werden sich freuen.«

»Ganz bestimmt.« Er betrachtete die dunklen Ringe unter ihren Augen. Kein Wunder, der tägliche Kampf gegen das Virus, das die Menschen innerhalb von Stunden tötete, musste ihr wie allen Pflegekräften das Äußerste abfordern. Seit einigen Wochen entspannte sich die Lage und es gab kaum mehr Neuinfektionen. Dennoch, hätte er etwas zu sagen gehabt, hätte er darauf bestanden, dass sie sich ein paar Tage ausruhte. »Wie hat Elena eigentlich auf unsere geplante Ausreise reagiert?«

Emilie zuckte mit den Schultern. »Bislang fehlte mir die Gelegenheit, mit ihr zu sprechen.«

Er strich über ihren Arm. »Na hör mal. Das ist ja auch Felix' Aufgabe. Schließlich ist sie seine Mutter.«

Sie stimmte ihm zu. »Vermutlich bringt er es nicht übers Herz, ihr davon zu erzählen.«

Georg schnalzte mit der Zunge, wollte einwenden, dass man ein Gespräch dieser Sorte besser nicht auf die lange Bank schob, verbiss sich jedoch einen Kommentar. In dieser Hinsicht tat er gut daran zu schweigen, denn vor nicht allzu langer Zeit hatte er, als die Polizei ihn nach seinem »Besuch« bei Henry Shawn aufgegriffen und zur Wache beordert hatte, den gleichen Fehler begangen und sein Geständnis gegenüber der Familie hinausgezögert. »Ich habe den Eindruck, ihr Verhältnis hat sich ein wenig entspannt.«

»In gewisser Weise ja.« Emilie griff nach ihrer Handtasche. »Sie sprechen zwar eher über belanglose Themen, waren vor Kurzem aber sogar mit Jakob, Clemens und den Zwillingen im Gemeindepark am Klarensee.«

Georg atmete geräuschvoll aus. »Das ist ein guter Anfang. So, nun gehe zu deinen Kindern, bevor du den Nachmittag mit einem alten Mann vergeudest.«

Emilie lächelte weich und ließ ihn allein. Sie hatte ihm vor wenigen Tagen gestanden, dass ihr der Gedanke wehtat, ihren Posten in den Beelitz-Heilstätten im nächsten Jahr aufgeben zu müssen. Auf seine Antwort, sie werde in der neuen Heimat sicher rasch eine Stelle im Krankenhaus finden, hatte sie nur den Kopf geschüttelt.

»Meines Wissens gibt es lediglich ein kleines Krankenhaus in der Stadt, das allein von einem Ehepaar betrieben wird. Die anderen Krankenhäuser befinden sich in Mancos, Durango und Dolores. Felix wird nicht zulassen, dass ich täglich weite Strecken zur Arbeit zurücklege.«

»Was ich vernünftig finde. Du wirst eine Tätigkeit finden, die dich erfüllt, meine Liebe«, hatte er versucht, sie zu trösten.

Als er gegen fünf das Firmengebäude verließ, hatte er vier Namen von Arbeitern auf der Liste, samt ihren Neigungen und Berufszweigen, und machte sich auf die Suche nach Isa. Vielleicht konnte sie ihm bei der Vermittlung der Arbeiter helfen.

Auch in den folgenden Tagen bereiteten Georg die wenigen Bestellungen Kopfschmerzen, die für die Exklusivkollektion eingegangen waren. Von Anfang an hatte er sich dafür ausgesprochen, den riskanten Versuch zu unternehmen, weshalb er den miserablen Start nun wie eine persönliche Niederlage empfand. Zumal sein Gewissen schlug, dachte er an sein Gerichtsurteil, das ein gehöriges Loch in ihre Einnahmen gerissen hatte und für das er sich verantwortlich fühlte. Davon abgesehen musste er seither die tägliche Jagd nach Lebensmitteln anderen überlassen. Wenn ihm in dieser Hinsicht schon die Hände gebunden waren, wollte er zumindest bis zur Schließung von Schuherzeugung Breitenbach & Sohn seine Lebenserfahrung einbringen und seiner Familie die Schulter sein, an die sie sich lehnen konnte, wann immer sie es benötigte.

Genau dies war der wahre Grund, Isa eines Nachmittags aufzusuchen, und wie erwartet, schien sie sich über seine Unterstützung zu freuen. Wie reizend sie in ihrem blauen Sommerkleid und mit den hochgesteckten Haaren aussah, die ihre schlanke Gestalt betonten! Im Alltag brauchte sie kaum mehr Hilfe, bewältigte die Flure im Unternehmen auf Krücken und saß nur im Rollstuhl, wenn sie allzu erschöpft war. Was in seinen Augen einem Wunder gleichkam.

»Ist das Gefühl inzwischen vollends in deine Zehen zurückgekehrt?«, fragte er vorsichtig, als er bemerkte, dass sie während ihres Gesprächs ihre Fesseln massierte.

»An manchen Tagen kribbeln sie, an anderen habe ich Gefühl in ihnen. Zuweilen sind sie wie totes Fleisch«, sagte sie gelassen. »Meine Zehen verhalten sich wie eine launische Diva.«

Isas trockener Humor gehörte zu den Eigenschaften, die er an ihr besonders liebte. »Du bist stärker. Eines Tages wird kaum jemand mehr deine Behinderung bemerken. Du wirst es schaffen, weil du nicht bereit bist, ein Scheitern hinzunehmen.«

Ihr liebevoller Blick traf ihn mitten ins Herz. »Du hast mich durchschaut, und bis es so weit ist, brauche ich Mikails Hilfe.« Als er etwas einwenden wollte, hielt sie ihn mit einer rigorosen Handbewegung auf. »Sicher verfügt Cortez über gute Orthopäden und Therapeuten, aber dort gibt es keinen Doktor Mikail Ascher. Niemand kennt mich besser. Nur mit seiner

Unterstützung kann ich mich eines Tages lediglich mit einer Krücke fortbewegen.«

»Unterschätzt du nicht die Fähigkeiten anderer Fachleute, Kleines?«

»Ganz und gar nicht, Onkel Georg. Doch Mikails Methode ist für mich die einzig wirksame. Sie steht weder in Lehrbüchern, noch wird sie an Universitäten gelehrt.« Isa beugte sich tiefer über den Tisch. »Ich bin bereits zweiunddreißig. In meinem Alter sind die meisten Frauen Mütter von Kindern im Backfischalter. Ich will keine Zeit vergeuden, verstehst du?«

Er musterte sie. »Ich kann dich nicht dazu bewegen, mit mir schon im Frühjahr nach Amerika überzusetzen?«

»Nein.«

Ihre heftige Reaktion gab ihm zu denken. »Bitte versprich mir, noch mal in Ruhe darüber nachzudenken. Mir gefällt der Gedanke nicht, dich mit Vanda und deinem Vater in Berlin zurückzulassen.«

Isa sah ihn offen an. »Ich komme nach, sobald die Zeit reif ist. Außerdem hast du die Gesellschaft deiner Schwester zu genießen und keine Zeit, mich zu vermissen.«

Er wehrte ab. »Weit gefehlt. Ich bin erst zufrieden, wenn wir wieder vollzählig sind.«

Sie lachte seine Bedenken fort, dann wies sie vielsagend auf ihren mit Akten gefüllten Schreibtisch.

»Verstanden«, erwiderte er schmunzelnd. »Ich lasse dich allein.«

Doch was fing Georg mit sich an, außer wieder nach den eingegangenen Bestellungen zu schielen? Überraschenderweise war seit dem Morgen ein Dutzend des eleganten Herrenschuhs aus Hirschleder bestellt worden, dem unauffälligsten Modell der Kollektion. In Georg machte sich Unruhe breit, zu seiner Erleichterung blieb zumindest die Anzahl der Bestellungen für die Arbeitsschuhe stabil.

Auf dem Flur traf er auf Felix. »Hast du einen Moment Zeit?«, fragte dieser.

»Für dich immer.«

Sie setzten sich in Felix' Schreibkammer. »Ich habe gerade mit Julia gesprochen.«

»Wie geht es Gracies Arm?« Georg winkte ab, als sein Neffe ihm eine Tasse Muckefuck anbot. »Julia sagte beim letzten Telefonat, Gracie hat durch den Schlangenbiss Durchblutungsstörungen im Arm zurückbehalten.«

»Richtig.« Felix nahm einen Schluck aus der Tasse und verzog das Gesicht. »Aber mittlerweile macht die Kleine Fortschritte, und der Orthopäde ist guter Hoffnung, dass ihre Beschwerden in absehbarer Zeit vollends abklingen.«

»Ich kann mir vorstellen, wie glücklich die Nachricht Julia und Chesmu macht«, sagte Georg weich.

»Uns ebenfalls.« Felix lächelte leicht. »Aber ich habe dich aus einem anderen Grund zu mir gebeten. Magda wird uns wohl nicht nach Übersee begleiten.«

Georg fühlte Bedauern in sich aufsteigen. Magda hatte ihren Dienst bei der Familie als junges Mädchen angetreten, als er noch ein kleiner Junge gewesen war, und stets die Avancen von Männern abgewiesen, die von ihr erwarteten, dass sie ihre Stellung für sie aufgab. So kam es, dass die treue Seele bis heute unverheiratet geblieben war. »Ich verstehe sie. Sie hat eine Schwester mit Familie in der Stadt und steht außerdem kurz vor dem Ruhestand.«

»Ich kann es ihr auch nicht verdenken. Sie wird zu ihrer Familie ziehen. Das alte Mädchen wird mir fehlen«, gestand Felix.

»Mir auch«, sagte Georg. »Unsere Magda hat sich den Ruhestand mehr als verdient. Simon begleitet uns?«

»Ja, ihn hält nichts in Berlin, zumal sein Bruder Wendelin in Cortez auf ihn wartet.« Felix schob die Tasse von sich. »Wenn sich am Fahrplan bis dahin nichts ändert, legt am 7. Mai nächsten Jahres die *New Rochelle* Richtung New York ab. Sobald die Schiffspassagen verfügbar sind, werde ich sie kaufen. Unser Herr Vogl hat sich übrigens einverstanden erklärt, unser Gepäck gegen einen Obolus höchstpersönlich zum Schiff zu transportieren.«

Es wird also ernst, durchfuhr es Georg. Seine Haut begann zu prickeln. »Gut, auf den Mann ist Verlass. Aber wie verfahren wir mit Simon? Ich glaube kaum, dass sein Erspartes für eine Überfahrt ausreicht. Denke nur an die Preissteigerungen allerorts.«

»Wendelin wird ihn vermutlich unterstützen. Simon hat mir jedenfalls versichert, dass wir uns nicht sorgen sollen.« Felix schob seinem Onkel ein Papier zu.

Georg runzelte die Stirn. »Das ist hoffentlich nicht die nächste Hiobsbotschaft?«

»Mitnichten.« Felix verzog keine Miene.

Georg überflog das Schreiben, in der ein Schulleiter ein Kaufangebot für die Stadtvilla abgab, das Georg durchaus angemessen erschien, und um eine Besichtigung bat. »Das darf nicht wahr sein! Woher weiß dieser Münsterländer, dass die Stadtvilla veräußert werden soll?«

»Er hat mir das Kuvert vorhin selbst überreicht«, erwiderte Felix. »In einer Konferenz hat er erwähnt, dass die Schule vergrößert werden soll. Eine seiner Lehrerinnen, die mit Levys Schwiegertochter bekannt ist, hat ihm offenbar von unserer Ausreise erzählt.«

»Dann weiß sie es von Selma, der Frau von Levys Sohn Tomas«, erklärte Georg. »Sie arbeitet in der jüdischen Schule hier in der Rykestraße.«

»So wird es gewesen sein.« Felix schloss eine Akte auf dem Tisch. »Herr Münsterländer würde jedenfalls gern heute Abend bei uns vorsprechen.«

Georg zwirbelte gedankenversunken seinen Bart. »Was sagen Caroline und Isa dazu? Immerhin gehört ihnen die Stadtvilla, seit Rosa sie ihnen überschrieben hat.«

»Sie sind einverstanden. Von der Verkaufssumme würden sie ein passendes Grundstück in Cortez kaufen und die Fabrik samt Geschäft bauen lassen.«

»Das wird Theodor gar nicht gefallen, mein Junge.«

»Natürlich nicht. Wobei der Schulleiter das Nebengebäude nicht benötigt. Vater, Vanda und Isa hätten also auch weiterhin genügend Platz.« Felix hob die Schultern. »Herrn Münsterländer abzuweisen, ohne mit ihm gesprochen zu haben, kommt jedenfalls für mich nicht in Betracht.«

»Ganz deiner Meinung. Na schön, ich rede mit deinem Vater.«

Felix stieß heftig die Luft aus. »Danke, darum beneide ich dich nicht.«

»Halb so schlimm. Wünsch mir Glück.«

Auf dem direkten Weg kehrte Georg in die Stadtvilla zurück, hielt nach seinem Bruder Ausschau und entdeckte ihn in der Küche, wo er mit Simon den Speiseplan der folgenden Tage besprach.

Da Georg die Gewohnheiten seines Bruders kannte, wartete er in der guten Stube auf ihn. Es dauerte nicht lange und Theodor gesellte sich mit einer Tasse Muckefuck zu ihm. Als er, ohne seinen Bruder weiter zu beachten, nach einer Illustrierten griff, nahm Georg sie ihm aus der Hand.

»Es gibt etwas zu besprechen«, begann er vorsichtig, legte Theodor das Schreiben vor und beobachtete dabei dessen wechselndes Mienenspiel. Als er geendet hatte, stand sein Bruder auf und blickte aus dem Fenster.

»Vanda und ich bleiben zwar auf absehbare Zeit in Berlin«, erwiderte er mit hohl klingender Stimme, »dennoch wäre es unklug, das Hauptgebäude unbewohnt zu lassen.«

Georg glaubte, seinen Ohren nicht zu trauen. »Korrekt! Angebote wie diese bekommen wir nicht alle Tage«, bekräftigte er. »Wir sollten den Schulleiter empfangen.«

Theodor verharrte regungslos. Just in diesem Moment fühlte sich Georg eng mit ihm verbunden, auch er empfand Wehmut bei der Vorstellung von Fremden, die in ihren vertrauten Räumen lebten und sie veränderten. Aber zu einem Neuanfang gehörte auch ein Abschied.

»Der Gedanke gefällt mir«, riss ihn Theodor aus seinen Überlegungen.

Georg war fassungslos. »Wovon sprichst du?«

»Mir gefällt die Vorstellung, dass Leute unsere Stadtvilla bewohnen, die nichts von uns und von unserer Geschichte wissen. Die Villa soll mit neuen Menschen, Begegnungen und Erfahrungen erfüllt sein und ein Ort werden, wo man junge Menschen auf das Leben vorbereitet. Ein Ort, an dem sie jenes Wissen vermittelt bekommen, das sie einmal befähigt, die Fehler unserer Generation nicht zu wiederholen und Berlin zu neuem Glanz zu verhelfen.«

Georg blinzelte erstaunt. »Das ist wahr. Der Abschied würde auch mir leichter fallen, wenn dieses Haus einen höheren Zweck erfüllt.«

Theodor lächelte, mit einem Hauch Trauer zwar, aber mit einer derartigen Reaktion hätte Georg in seinen kühnsten Träumen nicht gerechnet.

Auch Felix und der Rest der Familie zeigten sich erlöst, dass sie zu einer einvernehmlichen Entscheidung gekommen waren. Caroline und Isa wären bei der Führung liebend gern dabei gewesen, Theodor und Georg wollten aber zunächst allein mit dem Interessenten sprechen.

Glücklicherweise vergingen für die beiden die restlichen Stunden, bis der Schulleiter sie aufsuchen wollte, wie im Fluge, denn sie hatten noch allerlei Entscheidungen zu treffen, die Aufträge für das Unternehmen betrafen.

Sie waren gerade mit dem Abendessen fertig, da schellte die Klingel, und Simon teilte mit, dass Herr Münsterländer im Salon wartete. Als sie den Besucher begrüßten, verbarg Georg geschickt seine Verblüffung. Er hatte sich den Schulleiter als älteren, gesetzten Herrn vorgestellt. In einen modernen dreiteiligen Anzug gekleidet, mit Schnauzbart und einem Gesicht, dem man ansah, dass er gern lachte, wirkte er eher wie eine jüngere Version von Felix.

Theodor machte eine einladende Handbewegung zur Sitzgruppe.

Münsterländer folgte seiner Aufforderung und nahm Platz. »Nett, dass Sie sich Zeit für mein Anliegen nehmen. Mir ist zu Ohren gekommen, dass Sie nach Übersee gehen.«

»Ganz recht«, sagte Georg. »Der große Teil setzt bereits im kommenden Mai über.«

Es stellte sich heraus, dass Münsterländer die Schule vor einigen Jahren ins Leben gerufen hatte und derzeit fünfzig Kinder bis zur sechsten Klasse aufnahm. »Inzwischen haben wir eine lange Liste Wartender und würden gern die Anzahl der Schüler erhöhen, wofür uns aber die passenden Räumlichkeiten fehlen.«

»Ihre Schule scheint einen guten Ruf zu besitzen«, warf Georg ein.

»Nun ja, wir nehmen Schüler aller Konfessionen und Nationalitäten auf«, erwiderte Münsterländer, »weil wir der Überzeugung sind, dass jedem Kind das gleiche Recht auf die bestmögliche Ausbildung zusteht. Der Grundsatz findet regen Anklang.«

Die beiden Brüder tauschten Blicke.

»Unsere Schüler kommen aus allen Teilen Europas«, fuhr der Schulleiter fort, »manche sind Diplomaten- und Botschafterkinder, andere stammen aus bürgerlichen Verhältnissen.«

Georg nickte. »Beachtlich, in einer derartigen Schule hätten wir mit Freude gelernt.«

Theodor stimmte zu und erhob sich. »Aber vielleicht sehen Sie sich die Räumlichkeiten zunächst an, ob sie Ihnen zusagen.«

In der folgenden Stunde führten sie ihren Besucher durchs Haus. Als sie in den Salon zurückkehrten, kam der Schulleiter gleich auf den Punkt.

»Die Villa hat es mir angetan. Sie eignet sich vorzüglich als Schule, ist weder zu groß noch zu klein und verbreitet eine heimelige Atmosphäre.«

Als die beiden Brüder zögerten, erhöhte er sein Gebot.

Georg gab seinem Bruder einen Wink. Theodors Blick schweifte durch den Salon, blieb an den vielen Details hängen, die ein Haus zu einem Heim machten. Seine Kieferknochen mahlten, und Georg konnte förmlich spüren, wie sein Bruder einen inneren Kampf ausfocht. Doch schließlich reichte er dem Schulleiter die Hand. »Einverstanden.«

»Wann dürfen wir einziehen?«

Theodor legte den Kopf schief. »Uns würde der Juni passen.«

»Fabelhaft.«

»Wir geben Ihnen Bescheid, wenn der Kaufvertrag zur Unterzeichnung vorbereitet ist«, sagte Theodor.

»Danke.« Münsterländer lächelte. »Wir hören voneinander. Ich freue mich sehr.«

»Wir uns ebenso«, erwiderte Georg. »Ich begleite Sie hinaus.«

Als Georg und sein Bruder wenig später die gute Stube ansteuerten, hatte sich die Familie bereits geschlossen dort eingefunden und nahm die gute Nachricht erleichtert, aber auch ein wenig wehmütig auf.

Doch bald entspannte sich die Atmosphäre. Georg hatte den Arm um Mathilde gelegt und lauschte den aufgeregten Gesprächen von Isa und Caroline, die bereits Pläne für die Ausstattung des neuen Unternehmens schmiedeten und über die ersten Kollektionen beratschlagten. Die Älteren der Familie – Felix eingeschlossen – blieben nachdenklich, denn ihnen wurde jeden Tag mehr bewusst, wie rasch die Monate verstrichen und wie viele Arbeiter und Arbeiterinnen sie bis dahin möglichst noch in Lohn und Brot bringen wollten. Aber unabhängig von der Arbeit, die vor ihnen lag, fühlte Georg bis in die Fingerspitzen, dass sich mit dem Verkauf der Stadtvilla viele ihrer Sorgen und Bedenken in Luft auflösen würden. Und wenn er in die Gesichter seiner Lieben blickte, war er zuversichtlich, dass sie ebenso empfanden.

Kapitel 14

Felix

19. Juli 1920

Felix hatte verschlafen. Als er ins Badezimmer stürzte, hörte er nebenan Emilie mit den Kindern sprechen. Zwanzig Minuten später küsste er sie und eilte ins Freie, wo seine Schwestern ihn mit liebevollem Spott empfingen.

Auf dem Weg ins Unternehmen redeten sie nur über Belanglosigkeiten. Zu mehr wäre Felix nach der kurzen Nacht, in der er und Emilie den von Bauchweh geplagten Jakob abwechselnd gewiegt hatten, auch nicht fähig gewesen.

Sein erster Weg führte ihn zu Walther, der ihn bezüglich der Buchhaltung auf den neuesten Stand bringen sollte.

»Bislang sieht es besser aus als erwartet.« Walther deutete auf die Einnahmen- und Ausgabenliste. »Was mich zu einem wichtigen Punkt führt: Für die Produktion der Sportschuhe in Berlin-Mitte müssen wir die Anzahl der Arbeiter aufstocken.«

Felix rieb sich die Augen. »Ist die Summe der Bestellungen korrekt?«

»Das ist sie. Die Nachfrage nach Sportschuhen für die Dame ist in den vergangenen Wochen rasant in die Höhe geschossen.« Walther schob seine Brille hoch, die ihm auf die Nase gerutscht war. »Die Tennisschuhe mit den Gummisohlen sind derzeit unsere beliebtesten Modelle.«

Felix spielte mit der Taschenuhr in seiner Weste. »Es wird nicht leicht sein, gute Aushilfskräfte für das letzte halbe Jahr zu bekommen. Aber ich werde tun, was ich kann.«

»Danke.« Walthers Blick schweifte zum Auftragsbuch. »Womöglich sind die Kunden besonders kauffreudig, weil sie von unserer Schließung erfahren haben.«

»Oder wegen der Ersten Olympischen Frauenspiele, die nächstes Jahr stattfinden sollen«, gab Felix zu bedenken.

Er hatte kaum ausgesprochen, da stürmte Caroline mit roten Wangen in den Raum.

»Die Sekretärin wollte dir dies auf den Schreibtisch legen, Bruderherz. Ich dachte, ich übergebe dir das Papier selbst.« Sie kreuzte die Arme vor der Brust. »Was sagst du nun?«

Ungläubig starrte Felix auf die Liste. Gedanken huschten wie Blitze durch seinen Kopf.

Er musste dabei ein komisches Bild abgegeben haben, denn Caroline lachte lauthals. »Du kannst es nicht fassen? Doch es ist wahr: Der Herrenmokassin ist nicht nur fast ausverkauft, es liegt uns auch eine lange Liste von Anfragen vor, ob nicht ein ähnlicher Schuh auch für die Dame produziert werden kann.«

Felix' Hals wurde eng. »Wie sieht es bei den anderen Modellen aus?«

»Die Anzahl der Bestellungen steigt ebenfalls, allerdings langsamer.« Caroline setzte sich und schlug die langen Beine übereinander. »Licht am Horizont, meine Lieben.«

Felix' Stimmung hellte sich schlagartig auf.

Mit dem jedoch, was die Familie in den folgenden Tagen und Wochen erlebte, hätte er wohl am wenigsten gerechnet.

Die De-Luca-Brüder hatten einen guten Spürsinn bewiesen, denn auch die anderen Modelle der Exklusivkollektion verkauften sich derart gut, dass die Breitenbachs nicht so rasch produzieren konnten, wie die ausgefallenen Schuhe über die Ladentheke gingen.

Den Erfolg schrieb Felix zum Teil den Kaufhäusern zu, die allerorts wie Pilze aus dem Boden schossen und die Exklusivkollektion in ihr Sortiment aufgenommen hatten. Isa fertigte unterdessen Entwürfe für Damenmokassins, die für die Berlinerinnen ebenso attraktiv wie tragbar sein würden. Mokassins für den Alltag und Stiefeletten für den Abend. Caroline hingegen tat ihr Bestes, die Neugier der Kunden auf die nächste Kollektion zu wecken.

Wenn sie die neuen Modelle noch im September auf den Markt bringen wollten, mussten sie schnell sein.

Während Felix und seine Familie unter Hochdruck an der neuen Kollektion arbeiteten, sah sich Tante Rosa in der näheren Umgebung von Cortez nach einem geeigneten Grundstück um. Tatsächlich war Felix heilfroh, dass sie im Laufe der nächsten Wochen kaum zum Luftholen kamen und abends wie erschlagen einschliefen. Wie er von Tante Rosa erfuhr, gestaltete sich ihre Suche jedoch schwieriger als gedacht, da sich Cortez zu einer rasch wachsenden Stadt entwickelt hatte und der Bedarf an Immobilien sowie Waren aller Art rasant anstieg. Zumal sie ein stadtnahes Grundstück benötigten, damit die Kunden mühelos zum neuen Unternehmen gelangen konnten.

So hielt der August Einzug, und Felix ließ sich mit wachsender Unruhe eines frühen Abends vom Salon aus mit Cortez verbinden.

»Meinst du, du findest rechtzeitig Wohnraum für uns, Tante Rosa? Für den Anfang wären zwei Häuser ausreichend. Wir stellen keine besonderen Ansprüche.« Felix holte tief Luft.

»Entschuldige, falls ich zu hartnäckig nachfrage. Ich bin ein wenig besorgt, dass wir dich mit der Organisation überfordern.«

»Das ist nicht nötig, mein Lieber«, beruhigte sie ihn. »Wir haben gute Verbindungen zu Siedlern wie Architekten.«

Ihr Optimismus lockerte seine Anspannung ein wenig.

Auf dem Weg zu seinen Privaträumen kam ihm Elena mit einem beinahe schuldbewussten Lächeln entgegen.

»So spät noch hier?«, entfuhr es Felix.

»Tut mir leid, falls ich störe. Ich hatte Clemens und Jakob versprochen, ihnen eine Gutenachtgeschichte vorzulesen.«

Felix verkniff sich den Kommentar auf seiner Zunge. Bilder aus der Vergangenheit tauchten vor ihm auf. Als er noch ein kleiner Junge gewesen war, hatte ihm meist sein Vater etwas vorgelesen oder ihn getröstet, wenn er geweint hatte. Hatte Mutter dagegen an seinem Bett gesessen, dann bereits geschminkt und in feiner Abendgarderobe, weil sie bei einem ihrer zahlreichen Freunde eingeladen war. Die Mutterrolle hatte ihr nicht besonders zu Gesicht gestanden. Als Großmutter, das räumte er ein, machte Elena ihre Sache allerdings erstaunlich gut.

»Außerdem wollte ich mich mit Emilie besprechen«, fuhr sie fort, da er geschwiegen hatte. »Ich konnte für drei ältere Arbeiterinnen und einen Arbeiter gute Stellen vermitteln.« Für einen winzigen Moment verloren sich die harten Linien um ihren Mund. »Ich glaube, Emilie hat sich sehr darüber gefreut.«

Felix hob eine Braue. »Gratuliere. Du überraschst mich immer wieder.«

»Nichts Besonderes.« Seine Mutter wirkte höchst zufrieden. »Bekannte von mir suchen erfahrene Kräfte für Haushalt und Garten.«

Sie schien völlig ahnungslos zu sein. Obwohl sie von der Schließung des Unternehmens wusste, hatte sie ihn nie nach seinen weiteren Plänen gefragt. Was ihn andererseits nicht weiter verwunderte, Neugier hatte nie zu ihren ausgeprägten

Eigenschaften gehört. *Vielleicht ist es ihr aber auch gleichgül-tig, solange sie ihre Enkelkinder besuchen kann,* dachte er bitter. Dennoch, es wurde Zeit, ihr reinen Wein einzuschenken.

»Du willst sicher bald nach Hause«, wagte er sich vor. »Hast du schon eine Droschke bestellt?«

Ihr Blick wurde aufmerksam. »Nein, Simon hat angeboten, mich heimzufahren. Wieso?«

»Lass uns vorher noch ein bisschen die Stille im Garten genießen.«

Sie sah ihn verwundert an. »Was hast du auf dem Herzen?«, fragte sie, als sie auf einer Bank Platz genommen hatten und einen Hasen beobachteten, der sich in den Garten verirrt hatte und am Gras knabberte. Die abendliche Idylle würde er nun zerstören, und zum ersten Mal seit langer Zeit empfand er so etwas wie Mitgefühl mit seiner Mutter.

»Wir werden übersiedeln und in Colorado ein neues Unternehmen gründen.«

Sie fuhr herum und starrte ihn fassungslos an. Doch er durfte jetzt nicht zögern.

»Wieso ausgerechnet der Wilde Westen, wo unzählige Gefahren lauern?«, stieß sie stockend aus, als er geendet hatte. »In der Schweiz soll man ebenfalls gut leben können.« Sie rang nach Luft. »Colorado liegt am anderen Ende der Welt!«

Obwohl Felix ihre Reaktion verstand, spürte er Ungeduld in sich aufwallen. Schließlich war ihr bekannt, dass die Familie stets unter der Trennung gelitten hatte.

»Wir wollen uns endlich wieder vereinen. Außerdem bie-tet Colorado die besten Möglichkeiten, sich eine neue Existenz aufzubauen.«

Aus Elenas Gesicht war jede Farbe gewichen, doch sie schwieg.

»Ich habe dir einen gehörigen Schreck eingejagt, Mutter. Es tut mir wirklich leid.«

Elena fuhr hoch. »Ich komme mit!« Als Felix etwas einwenden wollte, brachte sie ihn mit einer herrischen Handbewegung zum Verstummen. »Nein, lass mich ausreden.« In ihren Augen schimmerten Tränen. »Was soll ich allein in Berlin?«

Felix heftete seinen Blick auf den Sommerapfelbaum, der seine letzten Früchte trug. »Du hast einen großen Bekanntenkreis, Freunde. Eine luxuriöse Wohnung.«

Seine Mutter stemmte die Hände in die hageren Hüften. »Wann habt ihr euch für die Ausreise entschieden?«

»Bereits vor einer Weile.« Diesen Augenblick hatte er gefürchtet, in dem sich die zierliche Person vor ihm in einen wütenden Vulkan verwandeln würde.

»Wieso stellst du mich vor vollendete Tatsachen? Warum hat mich niemand in eure Pläne eingeweiht? Obendrein wagst du es, mir mein Leben in Berlin mit Nebensächlichkeiten schmackhaft zu machen? Als ob mir Luxus oder Freunde wichtiger wären als meine Familie. Das ist eine bodenlose Frechheit!«

Er streckte den Rücken durch. »Ich hätte früher mit dir sprechen sollen. Weil sich aber unser Kontakt seit langer Zeit auf das Nötigste begrenzte, fehlte mir außerdem die Gelegenheit.«

Sie rang die Hände.

»Es steht dir natürlich frei, uns zu begleiten«, fuhr Felix steif fort. »Ich gebe aber zu bedenken, dass du deinem alten Leben den Rücken kehren und lediglich mit ein wenig Gepäck eine neue Welt betreten würdest. Es ist die Welt der Ureinwohner, in der Skorpione, Raubtiere und Schlangen zu Hause sind. Die Sommer sind sengend heiß, im Winter sind die großen Straßen wegen Schneefalls oft unpassierbar. Überlege es dir gut, ob das ein Leben wäre, das dich glücklich machen kann.«

Ihre Lippen bebten. »Du scheinst mich nicht zu verstehen. Natürlich reise ich.« Dann drehte sie sich auf dem Absatz um. »Darüber werde ich auch nicht mit dir diskutieren. Wenn du mich jetzt entschuldigst, ich will heim.«

Damit ließ sie Felix stehen. Von widerstreitenden Gefühlen geschüttelt, verharrte er und sah zu, wie die Sonne hinter den Dächern der Stadt allmählich versank.

Er blickte kaum auf, als sich Emilie zu ihm setzte. »Hast du dich mit Elena gestritten? Sie hat fluchtartig und ohne Abschied das Haus verlassen.«

»Ich habe ihr von Colorado erzählt. Sie ist wütend und verletzt.«

Emilie küsste ihn. »Lass ihr Zeit. Komm ins Haus. Es ist kühl.«

In der folgenden Zeit liefen sich Mutter und Sohn stets nur flüchtig über den Weg, was in den sich überschlagenden Ereignissen begründet lag.

Isa hatte drei Modelle für die Dame entworfen, die inzwischen mithilfe eines halben Dutzends Facharbeiter gefertigt wurden. Für den Betrieb in Berlin-Mitte hatte Felix einige versierte Männer aus dem verdienten Ruhestand geholt, die für die filigranen Applikationen der Mokassins zuständig waren. Unterdessen hatte sich die Produktionsmenge für das Herrenmodell verdreifacht.

Oberflächlich betrachtet, überlegte Felix einmal mehr, *könnte ein Außenstehender glauben, die Lage der Berliner würde sich allmählich entspannen.* Für die bessere Gesellschaft mochte das stimmen, doch für ihre Arbeiter sah das Leben anders aus. Seit die Geldentwertung ins Uferlose stieg, ließ Felix die Löhne täglich auszahlen, da das Geld am folgenden Morgen möglicherweise schon nichts mehr wert war. Nach Schichtende standen deshalb die Arbeiter und Arbeiterinnen in Reih und Glied vor dem Zahlhaus, das die Familie eilig eingerichtet hatte, und warteten auf ihre Auszahlung. Der Anblick, wie anschließend deren Mütter oder Ehepartner ungeduldig vor der Tür warteten, damit sie in aller Eile beim Konsum wenigstens das Nötigste einkaufen konnten, verfolgte Felix und Emilie in so mancher Nacht bis in ihre Träume.

Eines Nachts, sie hatten sich lange und leidenschaftlich geliebt, lauschten sie dem Wind, der durch das Fenster drang und ihre Wangen kühlte. Zart fuhr Felix die Linien ihres nackten Körpers nach. Wie schmal Emilie geworden war. Kein Wunder, denn er hatte oft genug beobachtet, dass sie den Kindern beim Essen einen Teil ihrer Portion zugeschoben hatte, damit sie auch satt wurden. Wenn sie nur schon in Cortez gewesen wären, wo die Entbehrungen ein Ende haben konnten.

»Ich möchte, dass du deinen Posten bei den Beelitz-Heilstätten so schnell wie möglich kündigst.«

Emilie setzte sich auf, und Felix strich ihr eine Locke aus dem Gesicht. »Wieso?«

»Sieh dich nur an, Liebling. Du musst dich von deiner anstrengenden Arbeit erholen. Die lange Reise nach Cortez wird dir viel Kraft abverlangen. Davon abgesehen spüren die Kinder unsere Unruhe. Wir drei brauchen dich jetzt.«

Sie rang mit sich, gab aber schließlich nach und nahm Felix somit eine Last von den Schultern.

Felix atmete auf, als der zweite Sonnabend im September anbrach, jener Tag, an dem sie ihren Kunden die letzte Exklusivkollektion von Schuherzeugung Breitenbach & Sohn präsentieren würden. *Die letzte Kollektion*, wiederholte es sich in seinem Kopf. *Was für ein seltsames Gefühl!* Als Isa und er den Presseleuten und Kunden die Modelle vorstellten, zu denen auch zwei Paar Damenmokassins zählten, ernteten sie verblüffte Gesichter und zaghaften Applaus. Besonders die Tanz- und Alltagsschuhe für die Frau erregten einige Aufmerksamkeit. Die Presse verhielt sich nach der feierlichen Präsentation ausgesprochen sachlich, was Felix vorsichtig positiv bewertete. Isa studierte hingegen jeden Morgen die einschlägigen Zeitschriften.

Felix wusste, wie viel Liebe und Arbeit sie in die ausgefallene Kollektion gesteckt hatte, von der sie hoffte, das Interesse ihrer Kunden für indianisch inspirierte Schuhmode zu wecken. Also erarbeitete er mit Caroline einen Plan, der ihre Schwester nach Kräften mit ausgeklügelten Werbemaßnahmen unterstützen sollte. So veranstalteten sie einen Informationsabend für die Mokassinherstellung am Beispiel der Ute-Indianer, boten Führungen durch die Fertigungsabteilung an und standen der Presse Rede und Antwort über die Umstände, durch die die Zusammenarbeit mit den Indianern entstanden war. Der Plan ging auf. Ende des Monats konnten sie die Damenmokassins als Achtungserfolg verzeichnen, was Felix wegen der ungewöhnlichen Modelle kaum zu hoffen gewagt hatte. Isa machte einen sehr zufriedenen Eindruck.

Doch dies war nicht der einzige Kampf, den Felix und seine Familie gewinnen wollten. An die achtzig Arbeiter und Arbeiterinnen hatten am Prenzlauer Berg um Hilfe bei der Stellensuche gebeten, weswegen Felix seine Tante Mathilde, Isa und Caroline außerhalb der Mahlzeiten höchstens im Vorbeigehen zu Gesicht bekam, und er bewunderte die Hartnäckigkeit, mit der sie ihr Ziel verfolgten.

Vanda nahm sich unterdessen im Oktober eines sensiblen Themas an: des Verkaufs der Innenausstattung. Mit ihrer Feinfühligkeit schien sie ihm auch die beste Wahl für dieses Unterfangen zu sein, da jedes Familienmitglied seine eigenen Erinnerungen mit Möbeln, Leuchtern und Sekretären verband. Gemeinsam hatten sie beschlossen, dass alle, die im Mai nach Übersee aufbrechen würden, lediglich ein größeres Möbelstück mitnehmen sollten. Zuweilen bemerkte Felix, wie sich sein Onkel wie auch Mathilde bei ihrer Auswahl verstohlen über die Wange wischten, und fühlte mit ihnen. Ihm hingegen fiel es leicht, sich von der Einrichtung zu trennen. Sie war für ihn nur schmückendes Beiwerk, das sich wiederbeschaffen ließ.

Alles, was ihm etwas bedeutete, war Tante Rosas Begrüßung bei ihrem letzten Telefonat.

»Ich zähle die Wochen, bis ich euch alle endlich in die Arme schließen kann, Felix. Mein halbes Leben lang warte ich auf diesen Tag, und manchmal glaube ich fast, ich träume und wache jeden Moment auf.«

Die Freude, die in ihren Worten mitschwang, belohnte ihn für alle Mühe und Hektik.

Anschließend gab Tante Rosa Neuigkeiten von Siedlern und Núu-ci zum Besten. »Du weißt sicher, dass sich unser Sam in den Kopf gesetzt hat, Lehrer zu werden, nicht wahr?«

»Davon habe ich gehört. Vermutlich will er dir und Julia nacheifern und später die Schule übernehmen.«

»So ist es. Nur stellt sich Sams Position komplizierter dar.« Tante Rosa seufzte. »Sie lassen für die Highschool lediglich Weiße zu. Im Dezember erreicht er mit vierzehn das Mindestalter für Bewerber um einen Schulplatz. Der Junge pocht auf sein Recht, weil er zur Hälfte weiß ist.«

»Wie hoch schätzt du seine Erfolgsaussichten ein?«

»Seit man dieses Gesetz verabschiedet hat, wurde niemand indianischer Abstammung zur Highschool zugelassen.«

»Dann wird es Zeit für die erste Ausnahme«, sagte Felix warm. »Sam ist ein Kämpfer.«

Tante Rosa lachte leise. »Chesmu nennt ihn heimlich einen Krieger ohne Waffe.«

»Wenn das so ist, wird Sam es schaffen.«

»Hoffen wir das Beste.« Ihre Stimme klang atemlos vor Erregung. »Aber ich muss dir noch etwas erzählen. Ich habe nämlich ein geeignetes Haus für euch gefunden, das in euer Budget passt.« Sie hielt inne.

Felix umklammerte den Hörer. »Wirklich? Erzähl! Ich muss alles wissen!«

»Der Bruder unseres Nachbarn kommt aus den Südstaaten und baute vor zwanzig Jahren mit seiner Frau ein zweistöckiges Haus im Stil ihrer Heimat. Bis zu seiner Pensionierung arbeitete er als Beamter bei einer Behörde in Cortez. Jetzt wollen sie sich etwas Kleineres im Stadtkern kaufen. Das Haus hat fünf großzügig geschnittene Räume, eine große Veranda, ein Grundstück mit altem Baumbestand und einen hübschen Blick auf die Plantagen. Ach, und bevor ich es vergesse: Zu unserem Land sind es nur zehn Fahrminuten.«

»Das klingt wundervoll.« Wärme durchflutete Felix. Den geschäftigen Lärm der Großstadt würde er jedenfalls nicht vermissen. »Falls du nicht mit der Kaufsumme auskommen solltest, gib mir bitte Bescheid.«

Sie lachte. »Du kennst mich offenbar nicht, sonst wüsstest du, dass ich das Feilschen besser beherrsche als die meisten Händler auf dem Marktplatz. Morgen verhandle ich mit dem reizenden Ehepaar. Lass uns übermorgen wieder sprechen, dann wissen wir mehr.«

»Danke für alles, Tante Rosa.«

»Es ist mir ein Vergnügen. Wir hören voneinander, meine Lieben.«

Kurz darauf beendete Felix die Verbindung und hatte es eilig, der Familie die Neuigkeit zu überbringen.

Kapitel 15

Emilie

Unterwegs nach Cortez, 28. Mai 1921

Die Szenen der letzten Wochen zogen noch einmal vor ihrem geistigen Auge vorüber. Da war der Tag, an dem Schuherzeugung Breitenbach & Sohn seine Pforten geschlossen hatte, einschließlich der guten Wünsche ihrer Arbeiter und Arbeiterinnen, die sich für die Hilfe der Familie bedankten. In der verwaisten Stadtvilla hatte jeder Laut widergehallt, als sie noch einmal durch die Räume gegangen war. Dann war der Augenblick des Abschieds gekommen.

Theodor zog sie in die Arme. »Meldet euch, wenn ihr angekommen seid.« Er räusperte sich. »Wir werden euch und die Kleinen vermissen, liebste Emilie.«

»Ich euch ebenfalls.«

Vanda weinte und küsste sie nur auf beide Wangen. Sie hätte vermutlich auch kein Wort über die Lippen gebracht.

Wie es Isas Natur war, lächelte sie tapfer. »Lass dich nicht von Schlangen oder Skorpionen beißen, und vergiss nicht zu schreiben.«

»Wo denkst du hin?« Emilie warf Theodor, der sich abgewandt hatte, einen verstohlenen Blick zu und flüsterte: »Achte gut auf deinen Vater. Er ist empfindsamer, als er zu erkennen gibt.«

Isa stützte sich auf ihre Krücken. »Darauf kannst du dich verlassen.« Dann trat sie an ihren Bruder heran.

Emilie nahm Magda in die Arme. »Alles Gute und danke für alles, was du für unsere Familie getan hast.«

Magda schnäuzte sich geräuschvoll. »Werden Sie glücklich im fernen Amerika. Bekomme ich ab und zu mal eine bunte Postkarte?«

»Aber natürlich.«

Die Familienmitglieder sahen einander stumm an. Für mehr Worte fühlten sie sich außerstande, zu eng waren ihre Kehlen, zu fern der Tag, an dem sie einander wiedersehen würden.

Dann führte Felix seine Frau zu einer der vier wartenden Droschken. Eine fünfte würde das Handgepäck der Familie zum Schiff in Bremerhaven bringen. Das Mobiliar und die Koffer hatte der Lieferant Vogl wie versprochen bereits gestern mit einem Lastwagen zum Hafen transportiert. Levy und seine Frau Irma saßen im ersten Wagen. Felix' Mutter gesellte sich zu ihnen. Ohne großes Federlesen hatte sie ihr Hab und Gut verkauft und eine Passage für dasselbe Schiff wie alle anderen gebucht. Caroline, Walther und die Zwillinge saßen im zweiten Wagen, Mathilde, Georg und Simon im dritten und Felix, Emilie und die beiden Jungs im vierten Wagen.

Die vierzehntägige Überfahrt würde Emilie nachhaltig im Gedächtnis bleiben, denn Georg und Clemens vertrugen die raue See nicht und wurden bis zu ihrer Ankunft von Brechreiz geschüttelt. Mathilde und Caroline indes schien das schaukelnde Schiff nicht zu stören, sie genossen sichtlich die Reise. Auch die Zwillinge hielten die Familie in Atem und erkundeten das Schiff neugierig und ohne Scheu. Irma sonderte sich zuweilen von ihnen ab. An einem diesigen Tag auf See hatte sie Emilie erzählt, wie schwer ihr der Abschied von den vier erwachsenen Söhnen gefallen war.

»Sie wollen so bald wie möglich nachkommen«, hatte sie leise gesagt. »Aber unsere beiden Jüngsten sind verliebt, und ich bezweifle, ob die jungen Frauen bereit sind, ihr Leben in Berlin aufzugeben und mit ihnen nach Übersee zu gehen.«

Emilie tätschelte sie wortlos. Als Mutter wusste sie, was die Ältere fühlte.

In New York bewunderte Emilie die Grand Central Station und war erleichtert, wieder festen Boden unter den Füßen zu spüren. Sie erinnerte sich noch lebhaft an Wendelins Bericht über Georgs, Rosas und seine Reise vor über dreißig Jahren, die aufgrund der damals häufigen Raubüberfälle der Indianer durchaus gefährlich gewesen war. Ganz abgesehen von den holperigen Pisten, wegen denen so mancher Reisende scheiterte, weil die Wagenräder nicht für das Gelände taugten. Aber, das hatte er ihnen versichert, das Straßen- wie das Eisenbahnnetz hatte man inzwischen besser ausgebaut und so die Fahrzeiten verkürzt. Wenn sie sich vorstellte, unter welch widrigen Bedingungen Rosa, Georg und Wendelin damals reisen mussten und was ihnen alles hätte zustoßen können, verbot sich Emilie, über die stickige Luft oder die mangelnde Hygiene in der Eisenbahn zu klagen.

Die Bahnfahrt nach Cincinnati gestaltete sich für Walther und Caroline bald zur Herausforderung, da Anton und Adele bei jedem Pfeifen der Eisenbahn begeistert klatschten oder juchzten und abends nicht einschlafen wollten aus Angst, etwas von dem Abenteuer zu verpassen. Felix hingegen wurde zusehends einsilbiger, die Enge des Abteils und der nie versiegende Geräuschpegel ließen ihn das Ende der langen Reise herbeisehnen.

In Cincinnati mieteten sie sich in der Nähe von Wielert's Café ein, wo Rosa, Georg und Wendelin auf der Durchreise gearbeitet hatten, um sich die Weiterfahrt zu verdienen, und gönnten sich abends noch einen Drink. Sie legten zwei Tage Rast ein, in denen sie sich von den Strapazen erholten, fuhren dann weiter nach Saint Louis und stiegen früh am nächsten Morgen in eine Eisenbahn nach Durango.

Von Rosas blumigen Erzählungen beflügelt, erkundeten sie die für Vergnügungen aller Art berühmt-berüchtigte Stadt und übernachteten in einer Pension, die für ihr gutes Essen bekannt war.

Erfrischt und erholt trafen sie gleich nach Sonnenaufgang auf den Reiseführer James, der sie mit zwei weiteren Fahrern samt drei Tourenwagen erwartete. Ein Einheimischer, der ihr großes Gepäck bis Cortez transportieren sollte, war ebenfalls eingetroffen und bildete mit seinem Lastwagen das Schlusslicht der Gruppe. Rosa hatte die erfahrenen Männer engagiert, um ihre Familie auf der letzten Wegstrecke wohlbehalten nach Cortez zu lotsen.

Keine Wolke störte die morgendliche Idylle. Die weite Landschaft mit ihren einsamen, endlos langen Straßen löste gleichzeitig Faszination und Beklemmung in Emilie aus. Dann wieder ragten in der Ferne schroffe Bergmassive vor ihnen auf, die bald darauf von dichten Wäldern abgelöst wurden. Inmitten unberührter Natur passierten sie Wildbäche, an denen Männer ihre Angeln auswarfen oder Frauen ihre Wäsche wuschen. Dann wurde die Landschaft flacher, und sie zogen an einer Ebene vorbei, die nur von einzelnen Büschen und Felsbrocken unterbrochen wurde. Obgleich ihre Augen von dem trockenen Wind brannten, der feinen Sand mitbrachte, gelang es ihr kaum, sich dem Anblick der reizvollen Natur zu entziehen.

Erschöpft von der Vielzahl an Eindrücken, beobachtete sie Mathilde und Georg, die vor ihnen saßen, sich wie Frischverliebte an den Händen hielten und leise mit Simon sprachen. Felix neben ihr hatte Jakob auf dem Schoß und Clemens an seiner Seite und las den beiden ein Märchen vor. Elena hinter ihnen schwieg und ließ vermutlich die Landschaft auf sich wirken.

Später am Vormittag legten sie in Mancos eine kurze Rast ein, um sich zu stärken. Dann setzten sie ihre Fahrt fort. Emilie vergewisserte sich schließlich, dass ihre Söhne in Felix' Armen eingeschlafen waren, und schloss ebenfalls die Augen. Den Kopf gegen seine Schulter gelehnt, lauschte sie den Huftritten der Pferde. »Wie lange fahren wir noch?«

»Noch ein paar Stunden, mein Herz. James sprach von einer Ankunft am Nachmittag.«

Emilie unterdrückte ein Seufzen. Sie sehnte sich nach einem Spaziergang und rutschte auf der schlecht gepolsterten Bank herum. Als ihre Söhne kurz darauf erwachten, hielten Felix und sie die beiden mit ein paar Spielen bei Laune. Die einsame Ebene, nur hin und wieder von ein paar Büschen oder Bäumen unterbrochen, sowie das Bergpanorama im Hintergrund zogen Emilie in den Bann und bescherten ihr gleichzeitig eine feine Gänsehaut im Nacken. Ein paar weiß getünchte Farmhäuser warfen Kleckse in die unendliche Weite, und hinter einem Dornengestrüpp meinte sie den schmalen Kopf eines Kojoten auszumachen, der sie aufmerksam beobachtete. Was, wenn sich an jener Stelle Räuber verbargen und die Kolonne aus dem Hinterhalt überfielen? Emilie bekam eine Ahnung dessen, was Rosa, Wendelin und Georg damals auf dieser Wegstrecke empfunden haben mussten, als noch Indianer die Siedler in Angst und Schrecken versetzt hatten. Emilies leises Unbehagen hielt bis zu ihrer letzten Rast an, und als gegen drei Uhr am Nachmittag die ersten Häuser von Cortez in Sichtweite gerieten, verflog auch ihre Erschöpfung schlagartig.

Auf der Main Street ging es zu wie in einem Bienenstock. Eine Gruppe Chinesen jonglierte im ersten Stock eines Hauses auf einem Gerüst und putzte Fenster. Kinder tollten mit einem Hund herum, und junge Frauen mit Sonnenschirmen und gepuderten Nasen flanierten an bunten Geschäften vorüber. Emilie beschäftigte sich unterdessen mit Jakob, der immer unruhiger wurde.

Clemens reckte den Hals. »Warum sehen uns die Leute so an und winken?«

Felix warf Emilie einen amüsierten Blick zu und setzte seinem Sohn eine Schirmmütze gegen die stechende Sonne auf. »Ich glaube, sie sind neugierig und winken, um uns willkommen zu heißen.«

»Das machen die Menschen zu Hause nicht«, warf der Junge ein.

»Das stimmt«, sagte Emilie. »In einer kleinen Stadt wie Cortez ist das so Brauch.«

Der Junge zuckte mit den Schultern. Der Marktplatz, an dem sie gemächlich vorbeifuhren, interessierte ihn weit mehr, da dort offensichtlich eine Pferdeauktion stattfand, an der sich hauptsächlich Männer von den Stämmen beteiligten. Clemens sah ihnen mit geweiteten Augen nach. Emilies Blick hingegen wurde von dem majestätischen Tafelberg im Hintergrund der Stadt angezogen, von dem ihr Tante Rosa oft erzählt hatte.

In einer Seitenstraße stiegen Levy, Irma und Elena aus. Das Ehepaar hatte eine kleine Wohnung zur Miete gefunden und würde weiterhin Ausschau nach einem Haus in der jüdischen Siedlung von Cortez halten. Elena zog es in eine Dachgeschosswohnung mit Blick auf die Stadt.

Dann folgten sie dem gewundenen Weg, der aus der Stadt hinausführte. Hohe Kiefern schluckten einen Teil des Lichts, weshalb sich Clemens tiefer in den Sitz drückte.

Etwa zehn Minuten später steuerte die Gruppe auf ein Grundstück mit Obstbäumen zu, die wie stumme Soldaten in Reih und Glied standen. Cottonwood-Bäume tauchten vor ihnen auf, hinter denen Emilie ein lang gestrecktes Gebäude sowie eine Kate ausmachte.

Emilie sprang auf. »Das muss Tante Rosas und Onkel Wendelins Zuhause sein!«

Tatsächlich, die Fahrer hielten in einer Einfahrt. Wendelin, Rosa, Chesmu und Julia standen vor dem Haus und winkten. Die Familie war den Wagen kaum entstiegen, da schrie Rosa: »Ihr seid da! Ihr seid endlich da!« Sie hüpfte wie ein kleines Kind und lief in Georgs Arme.

Emilie beobachtete sie gerührt.

»Wer ist das?«, wollte Clemens wissen.

»Onkel Georg und Tante Rosa.« Emilie wies auf den Kleinen auf ihrem Schoß. »Sie sind Geschwister wie du und Jakob und haben sich sehr lange nicht mehr gesehen.«

»Das ist traurig«, meinte Clemens. »Dann wird Tante Rosa bestimmt weinen.«

»Wieso glaubst du das?« Felix bemühte sich um Ernsthaftigkeit.

»Mama weint auch, wenn sie sich freut. Ich nur, wenn ich traurig bin.«

Sie kam nicht dazu zu antworten, der Anblick der Brüder Simon und Wendelin, wie sie einander umfingen und auf die Schulter klopften, nahm sie gefangen. Die beiden hatten sich seit über dreißig Jahren nicht gesehen, und Emilie wurde bewusst, dass sie deren Trennung genauso wie der Rest der Familie zu wenig Beachtung geschenkt hatte. Was vermutlich daran lag, dass die beiden Männer nie viel darüber gesprochen hatten. Sie waren zwar alt und ergraut, aber zu wissen, dass sie ihren Lebensabend nun gemeinsam verbringen würden, machte Emilie glücklich.

Jäh riss sie eine warme Umarmung aus ihren Beobachtungen. Es war Julia, die ihr über die Wangen strich. »Ich freue mich so sehr, dich zu sehen.«

Chesmu nahm ihre Hände. »Willkommen! Wie war die Reise über das große Wasser?«

»Anfangs gefiel es mir, später habe ich den Horizont immer nach Land abgesucht.«

Das Lächeln stand dem stolzen Mann ausgesprochen gut. »Möge Sonnenschein deinen Weg auf unserem heiligen Land begleiten.«

Emilie dankte ihm fasziniert. In den folgenden Minuten wusste sie kaum, wie ihr geschah, doch die überschäumende Freude auf den Gesichtern, die ihr fremd und dennoch vertraut vorkamen, wärmten ihr Innerstes.

Rosa hatte sich indes einen der Zwillinge auf die Hüfte gesetzt und deutete auf eine Reihe langer Sitzbänke auf der Terrasse. »Verschnauft erst mal und macht es euch gemütlich.«

Die nächste Stunde verging wie im Flug, während sich die Familie, Simon und die Fahrer mit einem Imbiss stärkten. Sam und Gracie spielten mit den kleineren Kindern und machten sie mit Kenai bekannt, der an eine Kiefer gebunden graste und die Aufmerksamkeit genoss.

Es gab so viel zu erzählen.

»Du wohnst natürlich auf unserer Plantage«, sagte Wendelin zu seinem Bruder. »Wir haben die Hütte hergerichtet, die ich nach unserer Ankunft für mich gebaut habe.« Er zwinkerte seiner Frau zu. »Damals wusste Rosa noch nicht, dass sie mich heiraten muss.«

Simon lachte herzhaft und spielte mit seiner Mütze. »Darüber freue ich mich. Aber nur die Natur und das Nichtstun zu genießen, ist nichts für mich.« Er wirkte verlegen, als sein Blick von Georg und Mathilde weiter zu Rosa und Wendelin schweifte. »Also ich würde mich als Koch für Kost und Logis und bei Bedarf auch als Fahrer der ganzen Familie zur Verfügung stellen.«

»Das wäre ein Segen!«, entwischte es Caroline begeistert. »Bei dem Gedanken, mit den Kindern allein unterwegs zu sein, wenn Walther in der Geschäftsstelle arbeitet, wird mir schon etwas mulmig.«

»Gute Idee. Dann bekommt Kenai auf seine alten Tage noch eine Aufgabe. Das wird ihm guttun.« Wendelin setzte eine strenge Miene auf. »Ich rate dir, gehe niemals ohne Messer, Glocke und Gewehr aus dem Haus. Das kann lebensgefährlich sein.«

»Glocke und Gewehr?«, stieß Simon entgeistert aus.

»Die Glocke wegen der Bären, die im Winter zu uns ins Tal kommen, und das Gewehr, um Pumas auf Abstand zu halten.«

Die Familie lachte über Simons fassungslose Miene. »Willkommen im Wilden Westen, Bruder«, warf Wendelin gut gelaunt ein.

»Wie geht es Theodor, Vanda und Isa?«, wollte Felix schließlich wissen. »Habt ihr miteinander gesprochen?«

Julia schenkte Getränke nach. »Ihnen geht es gut. Sie haben sich im Nebengebäude häuslich eingerichtet und vermissen Magda und unseren Simon, die ihnen immer zur Hand gegangen sind. Wegen einiger Termine hatten sie wenig Zeit, aber du wirst sie sicher bald anrufen.«

Noch während die Familie angeregt miteinander plauderte, begannen James und die Fahrer das Reisegepäck von zwei Wagen in einem Schuppen neben der Kate zu verstauen.

Georg deutete auf das Farmhaus und zog seine Stirn kraus. »Das Gebäude ist mir neu. Habt ihr einen Teil eures Grundstücks verpachtet?«

Rosa lächelte geheimnisvoll. »Nun, das werdet ihr gleich sehen. Ihr Lieben, folgt mir.« Ohne auf deren verdutzte Mienen zu achten, führte sie Georg und Mathilde zur ersten Tür. »Dies ist jetzt euer Zuhause. Wir hoffen, ihr fühlt euch recht wohl.«

Danach bat sie Caroline, die nur verwirrt den Kopf schüttelte, und Walther zur zweiten Tür. »Das Haus ist für euch vier natürlich zu klein. Aber bis ihr etwas Geeignetes gefunden habt, seid ihr uns hier herzlich willkommen. Tretet näher.«

Emilie hatte das Geschehen verblüfft beobachtet. »Wie habt ihr das geschafft?«

Felix beugte sich über den Tisch. »Habt ihr das große Farmhaus etwa selbst gebaut?«

»Mit eigenen Händen«, erwiderte Wendelin. »Der Rohbau wurde natürlich von Fachleuten errichtet, um den Innenausbau haben wir uns dann aber selbst gekümmert.« Er suchte Chesmus Blick. »Dank meinem Schwiegersohn waren täglich mindestens vier Stammesmitglieder samt tatkräftigen Nachbarn vor Ort. Ein paar andere haben uns mit Holz und Dachziegeln ausgeholfen, und Chesmu und sein Vater Akule übernahmen die Bauaufsicht.«

»Was für eine Überraschung!«, stieß Emilie aus. »Damit haben sie nicht gerechnet.«

Zufrieden beobachtete Wendelin die spielenden Kinder. »So soll es sein. Ich gebe zu, im letzten Jahr gab es Momente, in denen wir uns um Haaresbreite verplappert haben.«

Emilie schmunzelte.

Da verließen die vier mit Rosa das Farmhaus.

»Ich finde keine Worte.« Bewegt zog Mathilde Wendelin wenig später in die Arme. »Das Haus ist zauberhaft. Ihr habt es sogar mit dem Nötigsten ausgestattet und dabei auch nicht vergessen, unseren Fahrern im Garten Schlaflager einzurichten, damit sie morgen erholt zurückfahren können. Wir wissen gar nicht, wie wir euch danken sollen.«

Georgs Blick schweifte zu Chesmu. »Rosa hat mir von eurer unermüdlichen Arbeit am Haus erzählt. Wir schulden euch was.«

»Nein«, wehrte dieser ab. »Wir Núu-ci geben und nehmen mit offenen Händen.«

Emilie konnte nicht verhehlen, wie sehr Wendelin und Chesmu sie beeindruckten. Mit Herz und Tatkraft hatten sie ein Zuhause für zwei Familien geschaffen, etwas, wofür sich andere gebrüstet hätten. Für die beiden jedoch schien es eine Selbstverständlichkeit zu sein, für diejenigen, die sie liebten, alles zu geben.

Caroline schien ähnlich zu empfinden, denn auf ihren Wangen schimmerten Tränenspuren. Walther hatte den Arm um ihre Taille gelegt und übernahm es, sich bei Rosa und Wendelin zu bedanken. »Uns bedeutet es viel, was ihr für uns getan habt. Wenn wir in der nächsten Zeit bleiben dürfen, sind wir dankbar.«

»Solange ihr wollt«, gab Rosa zu verstehen.

Natürlich ließ es sich auch der Rest der Familie nicht nehmen, das neue Heim der beiden gebührend zu bewundern.

Die Schatten wurden länger, und als sich Clemens die Augen rieb, klatschte Julia in die Hände und sah von Felix zu Emilie. »Es wird bald dunkel. Wir haben das Pony eingespannt, der Lastwagenfahrer und James fahren mit dem Gepäck vor. Chesmu wird euch in euer neues Zuhause bringen.« Sie hob die Schultern. »Die Kinder müssen ins Bett.«

»Vielen Dank. Diesmal fällt uns der Abschied leicht, nicht wahr?« Felix rief nach den Kindern. »Wir sehen uns sehr bald wieder.«

Wenig später knatterten die Räder des Pferdewagens auf dem roten Sandweg. Clemens plapperte während der Fahrt ununterbrochen, Jakob hingegen schien sich in der einsetzenden

Dunkelheit zunehmend unbehaglich zu fühlen und versteckte sich im Arm seines Vaters.

Emilie hielt den Atem an, als ein zweistöckiges Steinhaus vor ihnen auftauchte, in dessen Fenstern Lampen eine einladende Atmosphäre verbreiteten.

Chesmu öffnete die Tür. »Willkommen. Möge euer Haus mit Liebe erfüllt sein.«

Die Bedeutsamkeit dieses Augenblicks wurde Emilie auf einmal bewusst, und sie spürte, dass es Felix ebenso erging. Seine linke Hand lag warm an ihrer Taille, seine rechte umfasste die von Clemens, und sie trug Jakob auf dem Arm. Sie waren im Begriff, über die Schwelle zu einem neuen Leben in einer neuen Welt zu treten. Neue Möglichkeiten taten sich vor ihnen auf, den Schwur auf den Ahorn, den Felix einst seinem Vater und Großvater geleistet hatte, zu erfüllen. Er würde die Familie vereinen und das neue Unternehmen sicher in die Zukunft führen. Emilie holte tief Luft und trat mit ihrem Mann ein.

EPILOG

Felix

Nahe Cortez, 30. Juni 1921

Gegen halb acht setzte Felix den Hut auf, den Wendelin ihm geschenkt hatte, und schlüpfte in die Stiefel, ohne die er wegen der Skorpione und Schlangen nie aus dem Haus ging. Der Morgen versprach wieder heiß zu werden. Emilie hatte alle Hände voll zu tun, ihre erste Gemüseernte einzukochen und gleichzeitig die Kinder zu beaufsichtigen. »Richte ihnen bitte Grüße aus!«, rief sie ihm noch nach, dann zog er die Tür ins Schloss.

Die Blüten der kniehohen Büsche, wie wahllos in der Gegend verstreut, bildeten gelbe Farbkleckse in der wilden Landschaft. Seit Tante Rosa ihm zugesichert hatte, dass er das Telefon im Lehrerzimmer jederzeit benutzen dürfe, wandte er sich jede Woche am roten Sandweg nach links, um direkt zur Breitenbach School zu gelangen.

Doch selbst auf der kurzen Route blieb er regelmäßig stehen, mit dem heiligen Ute Mountain der Núu-ci im Rücken, weil entweder Raubvögel, das Büffelgras, das sich im Wind wiegte, oder die putzigen Präriehunde seine Aufmerksamkeit auf sich zogen.

Vergangene Woche hatte Felix Onkel Georg nach Rico begleitet, in jene ehemalige Bergbaustadt, in der er durch schicksalhafte Umstände ein Female Boarding House geführt hatte. Inzwischen war in dem Haus am Silver Creek ein Erholungsheim für Kinder untergebracht, das sie besichtigt hatten. Den Abend hatten sie in einem Saloon beschlossen. Dabei erzählte Onkel Georg, dass Tante Mathilde in Cortez Klavierstunden geben wolle, nicht umsonst hatten sie das schwere Instrument in die neue Welt mitgebracht. Am folgenden Morgen waren Felix und sein Onkel zufrieden wieder heimgefahren.

Schmunzelnd erinnerte sich Felix an das erste Telefonat mit seinem Vater kurz nach ihrer Ankunft vor vier Wochen.

»Himmel, tut es gut, deine Stimme zu hören! Wie geht es euch?«

In der Leitung hatte es bedenklich geknackt, die Aufregung seines Vaters war dennoch beinahe mit Händen greifbar gewesen.

Felix hatte von ihrer Erschöpfung nach der langen Reise ebenso gesprochen wie von der Landschaft, die beinahe einem kitschigen Postkartenmotiv glich, und von Clemens, der bei jedem unbekannten Tierlaut aus dem Schlaf geschreckt war. Er hatte seinem Vater von dem geräumigen Haus erzählt, das sogar über den Raum verfügte, den er sich für die Geschäftsstelle des künftigen Unternehmens gewünscht hatte. Rosa und Wendelin hatten das Haus so gut ausgestattet, dass es Felix und Emilie leichtgefallen war, es nach ihren Wünschen herzurichten. Die Vorratskammer war bei ihrer Ankunft gefüllt gewesen, auf dem Tisch hatten Blumen gestanden und auf dem Bett hatten sie eine hübsche Decke vorgefunden, die Julia eigens für sie gewebt hatte.

Sein Vater hatte von der Handwerksfirma berichtet, die die Stadtvilla seit vergangener Woche umbaute, damit Herr Münsterländer nach den Schulferien mit dem Unterricht beginnen konnte, und von fast vierzig Arbeitsstellen, die Isa und Vanda insgesamt vermittelt hatten. Bedachte Felix ihre beschränkten Möglichkeiten, fand er das Ergebnis beachtlich.

»Anfangs fiel es mir schwer, mit anzusehen, wie sich die Räume veränderten«, hatte er Felix gestanden. »Mittlerweile freut es mich, dass frischer Wind durchs Haus zieht.«

Offenbar söhnte sich sein Vater allmählich mit den Gegebenheiten aus, und die Familie atmete auf.

Felix rief sich in die Realität zurück, denn er hatte die Breitenbach School erreicht und küsste Tante Rosas Wange, die am Eingang gerade eine Mappe von Sam entgegennahm.

»Lässt du von deiner Großmutter die Hausaufgaben kontrollieren?«, wollte er von dem Vierzehnjährigen scherzhaft wissen.

Sam verneinte. »Großmutter korrigiert mein Bewerbungsschreiben für die Schule.«

Felix strich über sein dichtes schwarzes Haar. »Viel Glück!«

Im Lehrerzimmer griff er nach dem Hörer.

Isa nahm das Gespräch entgegen. »Bruderherz, es gibt gute Neuigkeiten! Der Kaufvertrag für die Stadtvilla ist seit gestern rechtskräftig, und die Kaufsumme wird bald eurem Konto gutgeschrieben. Wie ist die Besichtigung des Grundstücks beim früheren Silberbergwerk verlaufen?«

»Caroline liegt es zu weit abseits«, erwiderte Felix. »Heute sieht sie sich ein weiteres an. Es befindet sich an der Straße, die zum Mesa-Verde-Nationalpark führt.«

»Das klingt vielversprechend. Wir drücken euch die Daumen! Habe ich eigentlich erzählt, dass auf einem Großteil unserer Firmensitze wahrscheinlich ein Wohngebiet entsteht? Die Stadt hat Interesse bekundet.«

»Hast du nicht, Liebes, aber zusätzlicher Wohnraum wäre für Berlin ein Gewinn.«

»Genau. Warte kurz. Vater wird bereits ungeduldig, weil er mit dir sprechen will. Mikail lässt euch alles Gute wünschen. Bis bald.«

»Danke ebenfalls. Lass es dir gut gehen, Kleines.«

»Guten Tag, mein Junge«, erklang Theodors sonore Stimme am anderen Ende. »Wie geht es Emilie und den Kindern?«

»Sie blühen auf, Vater.« Weil in diesem Moment Kinder lautstark in die Schule stürmten, hielt sich Felix ein Ohr zu, damit er seinen Vater verstehen konnte. »Unser Garten ist ihr liebster Spielplatz. Es ist so erlösend zu wissen, dass wir hier ohne finanzielle Not leben können. Das wünsche ich euch ebenfalls. Ach ja, Sam gibt Clemens Reitunterricht. Er ist der Meinung, in Cortez muss jeder reiten können. Jakob und die Zwillinge sind ganz verrückt nach Gracie. Sie hat ein feines Händchen für Kinder.«

»Merkt man dem Mädchen noch an, dass es Schwierigkeiten mit seinem Arm hatte?«, erkundigte sich sein Vater.

»Überhaupt nicht. Gracie hatte eine Menge Glück. Jetzt freut sie sich auf den Winter, den sie bei ihrem Großvater Akule verbringt, um die Traditionen und die Lebensweise der Núu-ci kennenzulernen. Nach dem Schlangenbiss behauptet sie vehement, dass weiße Ärzte nichts taugen, und lässt sich von ihrem Standpunkt auch nicht abbringen. Aus Gracie wird einmal eine kluge junge Frau, an der sich so mancher die Zähne ausbeißen wird.«

»Erstaunlich, wie unterschiedlich sich die Geschwister entwickeln, nicht wahr?«

»Ja, richtig. Bevor ich es vergesse: Dein Bruder sitzt schon morgens mit Tante Rosa auf der Terrasse und macht dabei ein höchst zufriedenes Gesicht. Gestern war er mit Chesmu fischen.«

»Georg?« Theodor lachte leise. »Er scheint neue Talente zu entwickeln. Freut mich zu hören.« Er verstummte, als suchte er nach den richtigen Worten. »Wir haben etwas zu besprechen.«

Wie ernst er auf einmal klang!

»Weil ich nicht gern um den heißen Brei herumrede«, fuhr sein Vater fort, »bringe ich es gleich auf den Punkt. Isa möchte auf einem kleinen Teil unseres alten Firmengeländes eine Werkstatt und ein Geschäft für ihre Eigenkreationen eröffnen.«

Felix schnappte nach Luft. »Wir haben seit Januar geschlossen. Wozu das alles?«

»Lass es mich dir erklären«, erwiderte sein Vater ruhig. »Erinnere dich an den reißenden Absatz der Exklusivkollektion kurz vor der Schließung. Berlin befindet sich im Wandel, mein Junge. Kaufhäuser schießen wie Pilze aus dem Boden. Mode wird wieder attraktiv, besonders die ausgefallene. Wie heißt es noch so schön? Nach mageren kommen fette Jahre. Und ich sag dir, auf uns kommen glorreiche Jahre zu. Wenn du sehen könntest, mit wie viel Freude die Menschen für ihren nächsten Besuch im Tanzsaal einkaufen! Bei der Entwicklung kann einem alten Knochen wie mir durchaus schwindelig werden.«

Felix' schwirrte von dem Wortschwall seines Vaters der Kopf, und er rieb sich die Schläfen.

»Ich verstehe nicht ganz. Aber was ist mit den Wiedergutmachungszahlungen? Sie würden euch auch weiterhin knebeln.«

»Davon gehe ich aus«, erwiderte sein Vater trocken. »Mit einem anständigen Gewinn lässt es sich jedoch angenehm aushalten. Stelle dir vor, wir bekommen noch immer fast täglich Nachrichten von Kunden, die sich enttäuscht über unsere Schließung zeigen, weil sie nirgends sonst Modelle wie unsere bekommen.«

Widersprüchliche Gedanken wechselten sich in Felix ab. Seine Knie wurden weich. »Das ist in der Tat erstaunlich.«

»Junge, wenn Isas Firma nur halb so erfolgreich wirtschaftet, wie ich es vermute, wäre das ein Gewinn für uns und für die Stadt. Wir sollten die Gelegenheit beim Schopf ergreifen, bevor es die Konkurrenz tut!«

Felix ließ sich auf einen Stuhl sinken. »Verzeih, wenn ich dir eine direkte Frage stelle. Du hast Schuherzeugung Breitenbach & Sohn dein ganzes Leben gewidmet. Aus welchem Grund solltest du den Ruhestand aufgeben, um in einer unsicheren Zeit neue Risiken einzugehen? Das ergibt doch keinen Sinn.«

Theodor senkte die Stimme. »Die Zukunft ist immer ungewiss. Wer nicht wagt, der nicht gewinnt. Überdies geht es hier nicht um mich, sondern um deine Schwester. Sie hat weder einen Ehemann noch Kinder. Soll sie – abgesehen von den paar Entwürfen fürs neue Unternehmen – für den Rest ihres Lebens Däumchen drehen und therapeutische Übungen machen, die sie ständig an ihre Behinderung erinnern?«

Felix befeuchtete seinen trockenen Mund. »Natürlich nicht. Das wäre pure Verschwendung.«

»Das lasse ich auch nicht zu. Ich bin schließlich euer Vater.«

Felix vernahm ein Flüstern, dann meldete sich Isa zu Wort. »Bitte erlaube mir, die Berliner mit schicken Damensportschuhen und ausgefallenen, von Indianern inspirierten Modellen zu bestücken. Ich bin noch jung und brauche eine Herausforderung wie du auch.«

Felix schwieg betreten.

Dann übernahm sein Vater wieder das Gespräch. »Ich würde einige unserer besten Kräfte ansprechen, von denen ich weiß, dass sie noch keine neue Stellung gefunden haben. Wir dachten an höchstens zwanzig Arbeiter und ein Geschäft mit zwei Verkäufern. Die Kosten würden wir von dem Verkauf des Firmengeländes in Berlin-Mitte decken.« Seine Stimme nahm einen beschwörenden Klang an. »Haben wir in unserer Unternehmensgeschichte nicht stets darauf geachtet, Sicherheiten zu schaffen?«

Felix spürte förmlich, wie ihm die Argumente wie Sand durch die Finger rieselten. Wenn es noch welche gegeben hätte, mit denen er ihnen den wahnwitzigen Plan hätte ausreden können, dann hätte ihm wohl sein schmerzender Kopf die Denkfähigkeit verweigert.

»Denk an die Fabrik in Rico, die Georg damals aufgebaut hat«, gab sein Vater eindringlich zu bedenken. »Denk an Caroline, die eine Zweigstelle in Mailand führte. Für das neue Unternehmen in Cortez brauchen wir das Gleiche, nämlich ein zweites Standbein, das unsere Existenz in Krisenzeiten sichert.« Theodor stieß heftig die Luft aus. »Wir Alten benötigen es womöglich nicht mehr, mein Junge. Wohl aber ihr und eure Kinder, denen wir einmal ein solides Erbe hinterlassen wollen.«

Bis ins Innerste aufgewühlt schloss Felix die Augen. Selten war ihm eine Antwort derart schwer gefallen wie diese. »Was soll ich sagen, Vater? Wenn ihr wirklich entschlossen seid, den Schritt zu wagen, habt ihr meinen Segen. Mir geht aber etwas anderes durch den Kopf.«

»Spucke es aus«, entgegnete sein Vater so sanft, wie er ihn selten erlebt hatte.

»Das bedeutet, dass wir … auf unbestimmte Zeit voneinander getrennt bleiben.«

Theodor atmete schwer. »So ist es leider. Wir müssen alle Opfer bringen. Dies ist meins. Auch du hast geopfert, indem du die Heimat verlassen hast, um die Familie in eine sichere Zukunft zu führen. Ich bewundere deine Entschlossenheit, mein Junge.«

Eine Weile blieb es still in der Leitung.

»Ich werde es der Familie so schonend wie möglich beibringen«, sagte Felix, als er sich wieder gesammelt hatte.

»Sie wird es verstehen. Dessen bin ich sicher.«

Felix räusperte sich. »Auch ich habe etwas zu berichten. Heute Nachmittag treffen wir uns alle bei Chesmu und Julia, einschließlich Levy und Mutter, und dies hat einen besonderen Grund.«

»Erzählst du es mir jetzt freiwillig oder muss ich dir jedes Wort aus der Nase ziehen?«, brummte sein Vater.

»Wir wollen den Schwur auf den Ahorn erneuern. Sam und Gracie haben uns wissen lassen, dass sie ihn ebenfalls leisten möchten. Ich wünschte, ihr wärt dabei.«

»Wir auch, Felix. Ich habe neulich eine Flasche Wein ergattert, und wir werden heute Abend auf euch anstoßen.«

»Danke, Vater. Und wir auf euch! Grüße Vanda, und bis nächste Woche.«

Er legte den Hörer wieder auf die Gabel und machte sich tief in Gedanken versunken auf den Rückweg.

Emilie weinte, als sie von Isas Plänen erfuhr. »Sie wollte von Anfang an in Berlin bleiben.« Sie umschloss sein Gesicht mit ihren Händen. »Wenn die Zeit reif ist, wird sie kommen, Liebling. Bei deinem Vater bin ich mir allerdings nicht so sicher.«

Insgeheim stimmte er ihr zu, ließ es aber damit bewenden.

Am Nachmittag setzte Simon die Familienmitglieder samt Elena und Levy vor Julias Farm ab.

»Danke, dass du dich um die Kinder kümmerst«, sagte Felix zu seiner Mutter.

»Ich bin froh, wenn ich helfen kann.« Sie strich über seinen Arm. »Ich habe reichlich Zeit, die ich am liebsten mit euch verbringe.«

Er sah ihr nach. Seine Mutter hatte bereits einige Bekanntschaften geschlossen. Nie hätte er erwartet, dass sie sich so rasch in die neue Umgebung einfügen würde.

Die Begrüßung zwischen Felix und Levy fiel ausgesprochen herzlich aus. »Wie ist dein erster Besuch bei Doli verlaufen? Hat Julia dich begleitet?«

»Nein, ich war mit Sam unterwegs. Ein netter Junge«, erwiderte Levy. »Das Gespräch mit Doli war sehr aufschlussreich. Ich werde demnächst mit ihrer Unterstützung Mokassins per Hand fertigen. Nur in der Praxis erfahre ich, worauf wir bei der Herstellung zu achten haben. Ich bin schon sehr gespannt.« Levy wies mit dem Kopf zu Elena, die an der Pforte mit Julia plauderte. »Bist du sicher, dass ich bei dem Schwur dabei sein soll?«

Felix zwinkerte. »Ganz sicher. Komm, gehen wir.«

Wenig später nahm die Familie unter dem Ahornbaum Platz, den Julia mit bunten Bändern liebevoll geschmückt hatte.

Felix fürchtete, dass er mit der Nachricht von Isas Plänen den Zauber des feierlichen Nachmittags zerstören würde, doch die Familie nahm die neue Entwicklung recht gefasst auf, sah man von Tante Rosa ab, deren Traum von einem gemeinsamen Lebensabend mit ihren Brüdern nun in weite Ferne rückte.

Im Grunde hatte jeder geahnt, dass Theodor wie ein alter Baum war, der sich nicht mehr verpflanzen ließ, und Vanda nie von seiner Seite weichen würde.

Caroline, die gerade Jakob fütterte, wirkte betroffen. »Ich habe gehofft, dass sie ihre Meinung ändert und nachkommt.«

Felix, Tante Mathilde und Julia schlossen sich ihren Worten an.

Onkel Georg machte eine resolute Handbewegung. »Isa hat es wie sonst niemand verdient, sich die Anerkennung zu verschaffen, die sie verdient. Theodor hat richtig entschieden. Obendrein gibt es meiner Beobachtung nach einen weiteren Grund, wieso sie in Berlin bleiben will.« Als sich alle Augenpaare auf ihn richteten, lag ein leises Lächeln um seine Lippen. »Sie liebt Mikail, sie weiß es nur noch nicht.«

»Das ist möglich«, sagte Emilie. »Die Zeit wird es zeigen, nicht wahr?«

Felix nickte und sah in die Gesichter seiner Lieben, die in diesem Moment Freude wie Trauer widerspiegelten. *So ist unser Leben*, durchfuhr es ihn. *Kein Licht ohne Schatten.*

Als sich erwartungsvolle Stille zwischen ihnen ausbreitete, entfernte sich Elena mit den friedlich schlafenden Zwillingen und rief Jakob und Clemens, die gelangweilt auf den Schößen ihrer Eltern gesessen hatten, zum Spielen.

Julia erhob sich.

In ihrem hellen Ziegenlederkleid, wohl ein Geschenk von Chesmu, und mit den kunstvoll geflochtenen Zöpfen sah sie wunderhübsch aus. *Fast wie eine Indianerin, wäre ihr Haar nicht blond wie das einer Wikingerin*, dachte Felix.

Chesmu konnte den Blick nicht von seiner Frau wenden, als sie zu sprechen begann.

»Bei meinem Besuch in Berlin war ich blutjung und habe mich nach meinem Eid gefragt, was ich, eine geborene Amerikanerin aus dem Wilden Westen, tun kann, um meinen Teil des Schwurs zu erfüllen. Also habe ich diesen Ahornbaum gepflanzt und mich ziemlich klein gefühlt, weil ich aus der Entfernung nicht mehr beizutragen hatte, als ein Zeichen zu setzen.« Julias Züge wurden weich. »Seht ihn euch an, was für ein prächtiger Baum aus ihm geworden ist! Fünfzehn Jahre später findet ihr alle Platz unter seinem Dach.« Ihre Augen schimmerten feucht. »Dass ihr heute bei uns seid, auf unserem Stück Land, das lange durch einen Zaun von der Außenwelt getrennt war, bedeutet mir mehr, als ich ausdrücken kann.«

Tante Mathilde zog sie an sich. »Darüber sind wir heilfroh.«

»Wir alle«, warf Tante Rosa ein.

Julia setzte sich. Sam und Gracie hatten kerzengerade und in ihren feinsten Kleidern auf den Stühlen verharrt. *Ob sich die*

beiden bewusst sind, dass der Schwur ihr zukünftiges Leben mitbe-
stimmen wird, fragte sich Felix.

»Ihr Lieben«, ergriff er das Wort. »Unter dem Ahornbaum
wollen wir den Schwur erneuern, die Familie zusammenzuhalten und das Unternehmen in den nächsten Jahrzehnten in
sicheres Fahrwasser zu lenken.« Lächelnd sah er in die gespannten Mienen seiner Familie, dann verweilte sein Blick auf Gracie
und Sam.

»Warum möchtet ihr den Schwur leisten?«

»Wir sind die ältesten Kinder«, erklärte Gracie feierlich.
»Wir sollen uns immer vertragen und aufpassen, dass es dem
Unternehmen gut geht.« Ihre Wangen waren gerötet, doch ihre
Stimme blieb fest. »Ich weiß noch nicht, wie ich helfen kann,
aber ich werde es versuchen.«

Sam erhob sich. »Dafür setze ich mich auch ein. Aber weil
wir Halbblutkinder sind, will ich darum kämpfen, dass die
Weißen uns Núu-ci besser verstehen. Wir gehören zusammen.
In diesem Land ist für jeden Platz.«

Wurden Chesmus Augen feucht oder lag es an der tief ste-
henden Sonne?

»Dann hört mir zu, ihr beiden.« Felix wartete, bis er sich
der Aufmerksamkeit aller gewiss war. »Viele Jahre musste dieser
Ahornbaum wachsen, neue Äste bilden und seine Wurzeln tief
in der Erde verankern, bevor er stark genug war, den Stürmen
des Lebens zu trotzen. Euer Urgroßvater war wie der Stamm –
er hat die Fabrik gegründet. Ihr seid die beiden kräftigsten Äste,
die den Baum krönen und sich weiter und weiter verzweigen. Es
mögen Zeiten kommen, in denen es unser Ahorn schwer hat,
bei Unwetter zu überleben. Es liegt an euch, ob er ein starker
Baum bleibt, der andere überragt. Habt ihr verstanden?«

Sam und Gracie nickten.

»Dann schwört jetzt auf den Ahorn, die Familie und das Unternehmen mit Liebe und Tatkraft zu schützen, wenn es an der Zeit ist.«

»Wir schwören«, antworteten die beiden wie aus einem Mund.

Etwas in Felix kam endlich zur Ruhe. Er erhob sein Glas und die anderen taten es ihm gleich. »Auf Sam und Gracie. Mit euch blicken wir zuversichtlich in die Zukunft.«

NACHWORT

Auf diesem Weg möchte ich das Thema des »großen Zitterns« noch einmal aufgreifen, ein Symptom, unter dem während und nach dem Krieg unzählige Soldaten gelitten haben. Wer sich dafür interessiert, wird hier fündig:
https://www.derstandard.at/story/1389858893075/kriegs neurosen-das-grosse-zittern-an-der-front

Hin und wieder habe ich Segenssprüche der First Nation erwähnt, die bei Begrüßungen und Abschied üblich waren. Um den Text nicht aufzublähen, habe ich sie vorsichtig eingesetzt. Sie werden sie im Text finden.

In einer Szene habe ich außerdem ein Zitat aus einer Zeitung von 1917 verwendet, die sich in meinem Besitz befindet.

Zeitungsartikel
https://picclick.de/BERLINER-TAGEBLATT-1741917-Die-Schlacht-an-der-Aisne-271443835360.html#&gid=1&pid=1
Berliner Tageblatt, 17. April 1917

Die Hygieneregeln während der Spanischen Grippe haben mich erstaunt, denn sie gleichen denen unserer heutigen Zeit. Insofern war man damals recht fortschrittlich.

https://www.br.de/nachrichten/wissen/schon-1918-gab-es-dieselben -hygieneregeln-wie-heute,SFYKH7Z

Ein paar Worte zum Schluss: Vermutlich ist es Ihnen, meinen lieben Lesern, die meine Saga kennen, ebenso wie mir ein Bedürfnis, die Familie Breitenbach eines Tages zu vereinen. Die historischen Gegebenheiten sowie der Wunsch der älteren Familienmitglieder, den Lebensabend gemeinsam zu verbringen, verschafften mir in diesem Band die passende Gelegenheit, die es ihnen ermöglicht, eines Tages wieder zusammen zu sein. Nun wäre mir ein Ende, an dem sich in ihrer neuen Heimat alles rosarot ineinander fügt, aber unrealistisch erschienen. Ob in dem krisengeschüttelten Berlin oder in dem aufstrebenden Cortez, das sich nur allmählich von den langen kriegerischen Auseinandersetzungen von Natives und Einwanderern erholt, meine Familie wird sich behaupten müssen. Doch nun sind sie beinahe komplett und finden in der Gemeinschaft hoffentlich neue Stärke.

DANKSAGUNG

Ich freue mich so sehr, dass Sie meinen Roman nicht nur gelesen, sondern auch mit meinen lieb gewonnenen Charakteren mitgefiebert und ihren schicksalhaften Weg quer durch Kontinente verfolgt haben.

Während meines Schreibprozesses habe ich viel Unterstützung erfahren.

Ich danke von Herzen meiner Literaturagentin Lianne Kolf und ihren Mitarbeiterinnen, die mir immer mit Rat und Tat zur Seite stehen. Ihr seid großartig!

Ein besonderes Dankeschön gilt meinen lieben Lektoren Lena Woitkowiak und Daniel Habeland von Amazon Publishing, die mich mit viel Einfühlungsvermögen durch eine schwierige Phase begleitet haben.

Den Korrektoren danke ich für das aufmerksame Auge, mit dem sie mein Manuskript auf Herz und Nieren geprüft haben, und den Grafikern für das wunderbare Cover.

Aber auch abseits des großen Getriebes habe ich vielen lieben Menschen zu danken: Zuallererst meiner Familie, die wegen meiner Leidenschaft oft auf mich verzichtet und mir so manches Mal den Rücken freihält. Danke auch an meine lieben Freundinnen. Schön, dass es euch gibt!

Mein größter Dank gilt wie immer Ihnen, meine lieben Leser, weil Sie sich auf jedes neue Buch von mir freuen und mir damit das größte Geschenk bereiten, das ein Autor bekommen kann.

Bis bald, auf Wiedersehen und Schalom
Ihre Mina Baites

Zeitfracht Medien GmbH
Ferdinand-Jühlke-Straße 7
99095 Erfurt, Deutschland
produktsicherheit@kolibri360.de

Druck:
CPI Druckdienstleistungen GmbH
im Auftrag der
Zeitfracht Medien GmbH
Ein Unternehmen der Zeitfracht - Gruppe
Ferdinand-Jühlke-Str. 7
99095 Erfurt